Georg Asmussen

* 14. Mai 1856

† 30. Dezember 1933

Georg Asmussen

Stürme

Roman

Husum

Umschlagbild von Werner Matthiesen, Hörnum

Die Deutsche Bibliothek – CIP-Einheitsaufnahme

Asmussen, Georg:
Stürme : Roman / von Georg Asmussen. [Hrsg. vom Heimatverein der Landschaft Angeln]. – Husum : Husum, 1995
ISBN 3-88042-732-1

Herausgegeben vom Heimatverein der Landschaft Angeln

Husum Druck- und Verlagsgesellschaft mbH u. Co. KG, Husum
Reproduktion: Fotosatz Husum GmbH
Druck und Verarbeitung: Husum Druck- und Verlagsgesellschaft
Postfach 1480, D-25804 Husum
ISBN 3-88042-732-1

Der Verfasser dieses Romans, Georg Asmussen, gehört zu den hervorragendsten Schriftstellern der Landschaft Angeln. Hier stand im Schulhaus in Pommerby seine Wiege und hier bettete man ihn auf dem Friedhof in Grundhof zur letzten Ruhe. Er hat seine Heimat sehr geliebt und es ist daher kein Wunder, wenn seine vielen und bedeutenden Werke Menschen, Schicksale und Erlebnisse dieser an landschaftlichen Schönheiten reichen Halbinsel zwischen Förde, Ostsee und Schlei in ihrer Vielseitigkeit schildern. Das ist um so erstaunlicher, als er viele Jahrzehnte außerhalb dieser Welt lebte und durch seinen Beruf einen großen Teil der Länder Europas und der amerikanischen Staaten kennen lernte und dadurch den Weitblick eines gebildeten Menschen hatte. Gerade unter diesen Voraussetzungen gewinnen die Aussagen in seinen Lebenserinnerungen ihre besondere Bedeutung. So schrieb er im Rückblick auf seine Kindheit in dem kleinen Dorf auf der Geltinger Halbinsel: „Vor einigen Jahren stand ich wieder vor dem alten Pommerbyer Schulhause, in dem einst meine Kinderaugen verständnislos ins Licht blinzelten, wo dann das weiche Kinderherz die ersten Eindrücke von Freud und Leid erhielt. Sie zeichnen Runen hinein in die Blätter, die in unserer Gehirnkammer verwahrt liegen. Spätere Jahre häuften dann die Sorgen und Mühen des Lebens darüber. Die ersten Eindrücke scheinen ausgelöscht und unkenntlich gemacht durch all die harten Linien, die der Kampf ums Vorwärtskommen, das Streben nach Geltung und Erfolg hineingemeißelt haben. Und doch ruht manches davon wohlerhalten unter dem Schutt und Staub, den das Hasten und Drängen des Lebens darüberhäufte. – Gehe einmal als alter Mann auf Pfaden, die dir als Kind vertraut waren, dann gehen Quellen auf aus geheimnisvollen Tiefen, dann wird die Erinnerung geweckt; Bilder von einer Feinheit und Zauberkraft stehen vor uns, wie sie nur das Kinderland einst uns bieten konnte." Und an einer anderen Stelle heißt es: „Wem das Brausen der Wellen hineinklang in seine Jugendträume, wer am Strande stand, wenn die weißköpfigen Brecher heranrollten, wer mit Fischern ausfuhr, um draußen die Netze aus der Tiefe herauszuholen, oder mit den Lotsen, wenn ein von fernher kommender Dreimaster die Flagge gesetzt hatte, wer das Meer kennen und lieben gelernt hat, wenn es im blauen Rock prangte und wenn es in Hemdsärmeln arbeitete, mit dem geht eine tiefe Sehnsucht nach diesem allen durchs Leben. So ging es wenigstens mir."

Das sind die Aussprüche eines weisen Mannes, die im späteren Leben geschrieben wurden und die gerade darum beweisen, daß er ein echter Sohn seines Angler Heimatlandes war und geblieben ist.

Jes Georg Asmussen wurde am 14. Mai 1856 in Pommerby als Sohn des Lehrers Peter Henning Asmussen geboren. Die Schwester Magdalene war zwei Jahre älter. Als der Junge neun Jahre alt war, übernahm der Vater die Lehrerstelle in Ülsby, die mit der Küsterstelle verbunden war. Aber bereits wenige Jahre später kehrte die Familie nach Nieby zurück, freilich ohne den in verhältnismäßig jungen Jahren plötzlich verstorbenen Vater. Die tapfere und ewig fleißige Mutter hatte es schwer, die Familie zu ernähren, und besonders lag ihr das Fortkommen ihres begabten Sohnes am Herzen. Pastor Ziese in Gelting sorgte dafür, daß der Junge eine gute geistige Grundlage bekam, so daß er bald darauf in Schleswig die Domschule besuchen konnte und auch bei Ziese, der inzwischen Propst in Schleswig geworden war, wohnen durfte. Der begabte junge Domschüler hätte es ohne Schwierigkeiten zum Abitur schaffen können, doch entschloß er sich nach seiner Konfirmation die Schule zu verlassen. In jener Zeit blühte die deutsche Industrie gewaltig auf und hier einen angesehenen Platz zu erringen schien dem jungen Asmussen erstrebenswerter zu sein, als später Pastor, Jurist oder Lehrer zu werden. Es war sicher ein ungewöhnlicher Schritt, aber er entsprach der Neigung des jungen Menschen. Daran änderte auch die Tatsache nichts, daß in akademischen Kreisen jener Zeit der Beruf eines Ingenieurs dem eines gewöhnlichen Handwerkers gleichgesetzt wurde und daher wenig geachtet war. Die Ausbildung erfolgte in der Maschinenfabrik der Gebrüder Klemm in Eckernförde. Es war ein harter Anfang für den Primaner, von ganz unten her an der Feilbank stehend, seinen Beruf zu erlernen. Und dennoch sagt Asmussen später, er möchte diese Zeit nie wieder missen, denn sie habe ihn gelehrt, den einfachen Arbeiter gründlich kennen und in seiner Arbeit achten zu lernen.

Nach Ableistung des einjährigen Dienstjahres bei der Feldartillerie folgte der Besuch des Polytechnikums in Langensalza und dann die Tätigkeit als Ingenieur auf der Schichau Werft in Elbing und in mehreren Maschinenfabriken in Berlin, bis es ihm gelang, auf der im Entstehen begriffenen Werft von Blohm & Voss in Hamburg festen Fuß zu fassen. Wer heute an diesen gewaltigen Werftanlagen gelegentlich einer Hafenrundfahrt vorbeifährt, muß wissen, daß dieses Weltunternehmen aus kleinen Anfängen wagemutiger Unternehmer entstanden ist, der muß aber auch bedenken, daß gleich hinter den beiden Besitzern der Oberingenieur Georg Asmussen stand und der maßgeblich am Auf- und Ausbau beteiligt gewesen ist. Der allzeit Rastlose hat die Bauten zur Ausweitung der Werft geplant und im Werden beaufsichtigt, er hat ein Dock nach dem anderen mit entstehen lassen, eine Erfindung und Verbesserung folgte der anderen und voll berechtigtem Stolz stand er immer wieder dabei, wenn der Stapellauf großer und immer größerer Schiffe erfolgte, aufrecht und gerade, obwohl eine stets hohe Verantwortung auf seinen Schultern lag. Man beauftragte immer wieder ihn, die Werft auf den großen Weltausstellungen in Paris, St. Louis und in Schottland zu vertreten, nicht nur aus repräsentativen Gründen sondern und vor allem deshalb, weil er als scharfer und vergleichender Beobachter wertvollste Anregungen mit nach Hause brachte.

Aber auch manche andere Aufgaben, über die nachher noch berichtet werden soll, packte er mit großer Energie an, wie er überhaupt alles, was er anfaßte, ganz tat. Das aber blieb nicht ohne Folgen. Von Natur aus war Asmussen ein kerngesunder Mann, aber die Rastlosigkeit zehrte dennoch an seinen Kräften, so daß er kurz vor dem ersten Weltkrieg beschloß, in den

Ruhestand zu treten. Der Entschluß dazu ward ihm nicht leicht, aber er hatte einmal gesagt, er wolle „zum letzten Mal aufrecht durch das Werfttor" schreiten, und daran hielt er fest. Blohm und Voss bedauerten tief, daß der bedeutendste Oberingenieur ausscheiden wollte. Man nahm ihm aber das Versprechen ab, der Werft wieder zur Verfügung zu stehen, wenn es bestimmte und von ihm am besten zu leistende Aufgaben gab. Diese ließen nicht lange auf sich warten. Schweren Herzens nahm er für zwei Jahre wieder Abschied von Westerholz, als man ihn zum Auf- und Ausbau der Putilow-Werft in St. Petersburg in Rußland brauchte und im ersten Weltkrieg entsandte man ihn nach Konstantinopel, wo seiner große Aufgaben warteten. So blieb er der Werft in Hamburg bis 1917 mit seiner Arbeitskraft verbunden und hat ihr damit fast 30 Jahre lang in großer Treue gedient.

In den vielen Jahren des rastlosen Schaffens blieb in ihm das Sehnen nach der alten Heimat wach. In seinen Lebenserinnerungen liest man: „In all den langen Jahren voller Kämpfe und Hasten habe ich die Heimat nie vergessen. Ich habe daran gedacht im Brausen der Maschinen, im Prasseln der Niethämmer. Wie ein Zauberbild ist es vor mir aufgestiegen, wenn ich voller Stolz vor meinem Werke stand, das mir gelungen war, oder wenn ich in stiller Nacht über eine zu lösende Aufgabe nachdachte. Wenn ich Schottlands Berge im Purpurschimmer der blühenden Heide, wenn ich die Gletscherwelt der Schweiz vor mir sah, wenn die bunte Pracht des Indianersommers in Amerika mich umgab, immer wurde in der Fremde die Sehnsucht in mir wach nach der lieben alten Heimat."

In Westerholz, hart am steilen Kliff, hatte Asmussen sich ein Stückchen Land gekauft und darauf ein Sommerhaus errichten lassen. Hier weilte die Familie oft, wenn sie sich im Urlaub von Hamburg löste. Später kaufte man ein 2 ha großes Gebiet und erbaute darauf eine repräsentative Villa, die inmitten eines bereits vorher angelegten Obstparks mit mehr als 800 Bäumen stand. So lag in Westerholz in herrlichster Lage der Alterssitz, in den man wenige Jahre vor dem ersten großen Krieg einzog, hoffend auf einen schönen Lebensabend – und doch kam es ganz anders.

So war aus dem „Oberingenieur der Westerholzer Kätner" geworden, schreibt Asmussen, und es gefiel ihm sehr in dieser Rolle. Der große Garten erwartete eine starke Pflege und seine Frau und er haben es daran nicht mangeln lassen, auch wenn die Hände dabei hart und schwielig wurden. Aber der reiche Boden lohnte die Arbeit Jahr für Jahr. Man hielt sich ein paar Ziegen, im Hühnerhaus wurden fleißig Eier gelegt, am Bienenstand summten die emsigen Nektarsammler und ein prachtvoller Schäferhund hielt die Wache. Der nervlich überanstrengte Oberingenieur gesundete und fand die alte Spannkraft wieder, und wenn ihn auch neue und große Aufgaben immer wieder nach Hamburg und ins Ausland riefen, so war auch das nur eine willkommene Unterbrechung für den schaffensfreudigen Mann. Dann aber entwertete das Geld in erschreckendem Maße und als schließlich für so viele treue Sparer der Tag kam, wo sie vor dem Nichts standen, war auch Asmussen unter ihnen. In „Hans Hühnchens Feierabend" schildert er diese Zeit. Zusammenfassend und rückblickend schreibt er in seinen Erinnerungen: „Wenn wir heute zurückblicken auf jene sinnverwirrende Zeit, so wird es uns schwer, eine aufwallende Bitterkeit zu unterdrücken. Unser Glaube an Gerechtigkeit, an Treue und Glauben, erhielt einen argen Stoß. Trotzdem sage ich: Vielleicht hat jene schwere Zeit dazu geholfen, manchem Alten die Arbeitskraft zu erhalten, indem sie ihn zwang, tätig zu bleiben. Am schlimmsten war es für die vielen, die arm wurden aber das Arbeiten nicht gelernt hatten oder es nicht mehr konnten." Durch jene Zeit hat ihn ein Wort getragen, daß er einmal als Widmung einem Freunde in das Buch „Stürme" schrieb: „Sich nicht werfen lassen, weder von Menschen noch vom Schicksal!"

Ihm zur Seite hat in einem langen Leben eine tapfere Frau gestanden. Im März 1885 verlobte er sich mit Theodora Petersen, die aus dem Lehrerhaus in Kronsgaard stammte. Das Paar wurde in der Kirche in Böel eingesegnet und die Hochzeitsfeier fand im Schulhaus in Mohrkirch-Westerholz statt. Frau Asmussen schenkte ihrem Manne nicht nur vier Kinder, zwei Knaben und zwei Mädchen, sie war auch die, die in schweren Zeiten und in Jahren der Bedrängnis, lebensmutig an seiner

Seite stand und in ihrer realistischen Weise nie den Kopf hängen ließ. 1926 erkrankte sie an einem unheilbaren Leiden, und als sie dann von ihm gegangen war, ward es still um ihn. Aber seine Schaffenskraft auf literarischem Gebiet erlahmte auch jetzt noch nicht. Das Ende kam am 30. Dezember 1933, als Georg Asmussen plötzlich nach einem Schlaganfall abberufen wurde. Auf dem Friedhof in Grundhof ruht er neben seiner ihm vorangegangenen Frau. Das Grab aber ziert ein schwerer Findling vom Westerholzer Strand.

In drei Dingen ist Asmussen als bedeutender Mann hervorgetreten, als Oberingenieur, als führender Guttempler und als Schriftsteller, und auf allen drei Gebieten hat er Hervorragendes geleistet.

Er selbst ist zur Guttemplerbewegung gestoßen, ohne gefährdet zu sein. Während seiner Tätigkeit bei Blohm & Voss aber sah er in manche Familien der einfachen Arbeiter hinein und war tief betroffen von dem Elend, das er dort an vielen Stellen vorfand. Es gab so viele, die den Wochenlohn zum größten Teil in den Bierstuben vertranken, und daheim hatte man kaum das trockene Brot. Es war ihm auch bekannt, wie sehr die Leistung solcher Arbeiter herabsank, besonders am Montag, wenn diese Menschen noch unter den Folgen des Alkohols standen. Bereits in den neunziger Jahren des vorigen Jahrhunderts setzte er seine ganze Kraft ein, hier zu helfen. 1893 trat er einer Flensburger Guttempler-Loge bei und drei Monate später gründete er die Loge „Holsatia" in Hamburg. Bereits 1894 wählte man ihn in Apenrade zum Vorsitzenden des Deutschen Guttempler-Ordens. Fünf Jahre versah er dieses Amt, und es war kein Wunder, daß die Mitgliederzahl von 730 in 28 Gruppen auf 6375 in 175 Gruppen anstieg. Ein Jahr nach der Übernahme des Vorsitzes wurde er Schriftleiter der Guttempler-Zeitschrift und gab diese Stellung erst auf, als er 1912 nach St. Petersburg ging. Georg Asmussen hat wesentlichen Anteil daran gehabt, daß der 1851 in den USA gegründete Orden, der sich 1887 über England und Skandinavien verbreitete und über Dänemark nach Deutschland kam, sich im ganzen Reichsgebiet ausbreitete.

Der Anfang war schwer, es fehlte an allem, insbesondere aber an starken Persönlichkeiten, die dem Orden Anerkennung und Achtung verschaffen konnten. Eine solche Persönlichkeit aber war Georg Asmussen. Der Kampf gegen den Alkohol, durch den so viele Familien in bitterstes Elend gerieten, entsprach auch dem sozialen Denken Asmussens. Er ging in die Häuser, klärte auf und überzeugte viele Menschen. Besonders Gefährdete nahm er in seinem Haus auf und half sie so über die Krisenzeiten hinweg.

Georg Asmussen ist aus der Geschichte des Deutschen Guttempler-Ordens nicht hinwegzudenken. Auch auf diesem Gebiet war er ein Rastloser, immer stark durch die Hilfe seiner Frau gestützt.

Aber dennoch, die große Bedeutung Georg Asmussens als Oberingenieur einer Weltfirma und das segensreiche Wirken im Guttemplerwesen hätten nicht hingereicht, nach ihm eine Schule zu benennen und einer Straße in Gelting seinen Namen zu geben, wenn er nicht als Schriftsteller so besonders hervorgetreten wäre. Bei Durchsicht des Nachlasses und nach einer Information der Schleswig-Holsteinischen Landesbibliothek habe ich festgestellt, daß mindestens 28 Romane, Novellen und Erzählungen von ihm in Buchform erschienen sind. Dazu kommen hunderte kleinere Abhandlungen, die in den vielen Heimatbeilagen namhafter Zeitungen in Schleswig-Holstein, Hamburg und darüber hinaus veröffentlich wurden und ferner die Veröffentlichungen in der von ihm geleiteten Guttemplerzeitschrift. Auch im Flensburger Kreiskalender und im Jahrbuch des Angler Heimatvereins fehlte Asmussen selten als Autor. Es ist schwer, eine Wertung seiner Werke nach einer gewissen Rangordnung zu schreiben. Alle Romane fesseln den Leser, doch stets vornean der Roman „Stürme", wenn auch „Wegsucher" literarisch noch höher gewertet wird, dennoch aber weniger bekannt ist. Großes Aufsehen erregte das Erscheinen der „Gesiegelten", denn in diesem Roman behandelt der Verfasser das Schicksal der Leibeigenen auf den Gütern Ostangelns. Die packende Erzählung „Auge um Auge – Zahn um

Zahn" greift eine alte Sage des Kirchspiels Grundhof auf und lokalisiert sich um Lundsgaard und das Westerholzer Kliff.

In seinen Erinnerungen hat Asmussen wenig von seinen Büchern geschrieben, doch sagt er darin aus, seine Romangestalten wären alle nach Vorbildern aus dem Leben geschrieben. Das spürt man auch sehr stark in dem Roman „Stürme". Am Rande sei bei diesem Buch erwähnt, daß es nirgendwo eine so packende Schilderung der Sturmflut vom 13. November 1872 gibt, also der schwersten, die die Ostsee seit Menschengedenken erlebt hat, und eine besondere Stellung nimmt in dem Buch die alte nunmehr verschwundene Birkkate ein.

Auf der Domschule in Schleswig lernte Asmussen das Buch der schleswig-holsteinischen Sagen von Müllenhof kennen. Diese haben ihn nie wieder losgelassen und daher finden wir solche, wahrscheinlich von ihm selbst dichterisch gestaltete, immer wieder in seinen Werken. Im Hintergrund steht auch vielfach die Schleswig-Holsteinische Geschichte, die er sehr gründlich gekannt hat. Endlich aber spürt der Leser in manchen literarischen Schöpfungen Asmussens seine abgeklärte aber seinem Wesenszug entsprechende tiefe Religiosität, die meistens mit einem starken sozialen Empfinden für das Schwache, Leidende und Gestrauchelte verbunden ist.

Zusammenfassend muß gesagt werden, daß Asmussen unserer Angler Heimat in seinen Werken ein großes Geschenk hinterlassen hat, und wenn er auch das Schicksal so vieler Schriftsteller teilen muß, die in das Dämmergrau des fast Vergessenseins zurückgetreten sind, so soll die Neuherausgabe seines Romans „Stürme" ihn wieder nach vorne tragen. Er hat es als Mensch und als Schriftsteller verdient, daß wir ihn nicht vergessen. In jenen Jahren, als seine Werke erschienen, nannte man seinen Namen neben Gustav Frenssen, Otto Ernst, Gustav Freitag, Börries Freiher von Münchhausen und anderen. Auch deren Werke haben ihren Klang verloren, uns aber im Heimatverein der Landschaft Angeln ist es eine liebe und verpflichtende Aufgabe, dieses vortrefflichen Mannes in Ehrfurcht und Dankbarkeit zu gedenken.

Gelting, 1974 Peter Schwennsen

Die Konfirmanden stehen auf!" rief Lehrer Lorenzen eines Nachmittags während der letzten Schulstunde nach der Knabenseite hinüber. Es war in Pommerby, kurz vor Weihnachten. Acht Jungen erhoben sich.

Er musterte sie einen Augenblick schweigend, dann trat er an den untersten heran: „Johann Thomsen, was willst du werden?

„Knecht!"

„Das ist ein hartes, aber sicheres Brot," sagte Lorenzen. „Du wirst an das Wort denken: „Im Schweiße deines Angesichts sollst du dein Brot essen."

„Was willst du werden, Peter Greggersen?"

„Schneider," antwortete leise ein kleiner, etwas verwachsener Bursche, und die Mädchen auf der anderen Seite kicherten. Lorenzen sah scharf hinüber nach Meta Norgaardt, die ihrer Nachbarin etwas zuflüsterte. Da duckten sich die lachenden Gesichter. Lorenzen aber sprach laut und langsam:

„Das Handwerk hat einen goldenen Boden! – Sei fleißig und halte dich recht, Peter, dann wird es dir besser gehen, als manchem anderen, der gerade und lang gewachsen ist."

Da flog ein glückliches Lächeln über die hageren Züge des Krüppels. Lorenzen fragte den nächsten:

„Peter Ottsen, was willst du werden?"

„Hofbesitzer!" kam es laut und selbstbewußt von den Lippen des breitschulterigen, stämmigen Burschen. Drei Generationen seiner Familie saßen schon auf Schnarstruphof, der schönsten Stelle in weitem Umkreise, und er war der einzige Erbe. Die Ottsens hatten sich auf dem Hofe heraufgearbeitet, nachdem die Herren von Heister dort abgewirtschaftet hatten.

Lorenzen sah ihn an und sagte dann:

„Was du ererbt von deinen Vätern hast, erwirb es, um es zu besitzen."

„Dat heff ick nich nödig," dachte Peter Ottsen bei sich, „denn ick krieg de Städ ock so." – Er freute sich, daß er nun die längste Zeit in der Schulstube gesessen und unter der Fuchtel des Schulmeisters gestanden hatte. Seine Blicke glitten dabei durchs Fenster über den Schulgarten hinweg auf die Dorfstraße. Im Geiste sah er sich schon dort fahren mit den beiden jungen Füchsen. Wenn er dann mit der Peitsche knallte, so würden die Kinder hier drinnen die Hälse lang recken und sich zuflüstern: „Kiek, dor föhrt Peter Ottsen!" Er wußte, daß es etwas Großes und Vornehmes sei, der Sohn eines Hofbesitzers zu sein, der die Stelle kriegt.

Lorenzen aber war schon weiter gegangen mit seinen Fragen und schließlich vor den obersten hingetreten:

„Hans Thordsen, sag' mal, was willst du denn werden?"

Ein Lächeln glitt über das Gesicht des Lehrers und dann auch über das des Angeredeten. Die Frage schien überflüssig. Der große, flachsköpfige Junge, der seine sämtlichen Altersgenossen überragte, schaute nach rechts auf die Bänke der jüngeren Knaben, warf dann einen flüchtigen Blick auch nach links, wo die Mädchen saßen, und sagte ruhig, wie jemand, der sich der Wirkung seiner Worte bewußt ist, und laut genug, daß man es in der äußersten Ecke verstehen konnte: „Ich will zur See."

Da ging ein Murmeln durch die Reihen, von oben an bis zur letzten Bank, und niemand dachte mehr an Peter Ottsen, der doch bald ein großer Bauer werden würde, sondern jeder – auch Meta Norgaardt, die im Herbst auf Ottsens Stoppelfeldern die Gänse gehütet hatte – fühlte es, daß Hans Thordsen der Größere, daß er der Held der Pommerbyer Schule war. Wer zur See geht, der hat Mut.

– Davor beugte sich auch Meta Norgaardt, die zwar arm und mißachtet, aber doch die trotzigste war. Das lag an ihrer Abstammung, sagte Lorenzen.

In diesem Augenblick dachte Lorenzen aber nicht an das Mädchen, er schaute dem kräftigen, hochgewachsenen Jungen in das offene Gesicht und in die blauen, ehrlichen Augen, legte ihm die Hand auf die Schulter und sprach:

„Du gehst zur See! Wir wußten es ja. Du gehst zur See, die deine Mutter zur Witwe machte. Es steckt so in dir, du kannst nicht anders. – Vielen Stürmen und Gefahren gehst du entgegen, zu Wasser und zu Lande, aber Gott geht mit dir. Denk an ihn und deine Mutter, die sich täglich um dich sorgt. Halte dich brav."

Während der Lehrer sprach, senkte sich der Blick Hans Thordsens, und ein leichter Nebel umflorte die goldenen Bilder, die seine Knabenphantasie ihm vorgemalt hatte. Er setzte sich. – Lorenzen ließ zum Schluß des heutigen Unterrichts einen Gesangbuchvers singen. Hans Thordsen sang mit, aber seine Gedanken schweiften hinaus an den Ostseestrand und hinweg über die blauen Fluten. Vor seinem Geiste tauchte am Horizont ein Segel auf, klein und weiß wie eine Schaumflocke, doch es wurde größer und größer. Vom großen Belt herüber kreuzte eine stolze Bark, an ihrem schlanken Bug rauschten die weißen Krausköpfe empor und umschäumten den träge herabhängenden Anker. Ruhig und sicher hielt sie ihren Kurs auf das Feuerschiff am Kalkgrund. Das war die „Marianne Dahl" aus Flensburg, die von Ostindien erwartet wurde. Auf diesem Schiff sollte er seine erste Reise machen als Schiffsjunge. Nicht als einer von den grünen und feinen, die im Inlande nicht gut tun wollen, und die da meinen, auf der freien See sei es besser als auf der hohen Schule! – Nein! Er kannte von klein auf See und Segel, Wind und Wellen, er hatte harte Hände und helle Augen, er stammte aus einer Familie, der die See Herd und Heimat, Wiege und Grab bedeutete.

Wie aus weiter, weiter Ferne klang dann des Lehrers gewohntes Schlußwort: „So weit für heute!" zu ihm herüber. Vor seinen Ohren rauschte das Meer, und die Segel schlugen klatschend an den Mast. Er selbst, Kapitän Thordsen, kommandierte die schlanke Bark, die in verwegener Fahrt von China die erste neue Teernte herüber brachte. Er überholte alle anderen Schiffe; auch die Dampfer mit ihren schwarzen Schornsteinen und den breiten, unbeholfenen Leibern blieben zurück. Mit den Sturmvögeln um die Wette flog er über die dunkle Flut hinweg; alle Segel waren gesetzt, und er ließ keins reffen. Er wußte, was er seinem Schiff zutrauen durfte, er machte die schnellsten Fahrten. – Und wenn er dann heimkehren würde in sein abgelegenes Heimatdorf, dann würden die Bauernsöhne, die über ihn hinweggesehen hatten, zu ihm aufschauen, denn er war ein weitgereister und reicher Mann. Dann wollte er – – „Hans Thordsen, dröhnst du?" schrie ihm da sein Nachbar ins Ohr; er hatte schon seine Bücher unterm Arm und drängte ihn aus der Bank heraus, daß er ihm Platz machte.

Es schneite draußen. Vor der Schultür stand Lorenzen, er holte tief Atem, denn die Schulstube war niedrig und die Luft darin dumpf. Sein Blick hinderte die Jungen, gleich vor der Schultür ein lebhaftes Schneeballengefecht zu veranstalten; es war recht schade! Das nötige Kriegsmaterial fiel so verlockend dicht und weich vom Himmel. So zogen sie denn die Mützen über die Ohren und klapperten auf ihren Holzschuhen heimwärts. Die Mädchen banden die Kappenbänder unter dem Kinn fest und steckten dann prüfend die Köpfe durch die Spalte der Windfangtür. Zuweilen lauerten die Jungen hinter der Ecke, um „die Deerns" mit Schneeballen zu empfangen, die dann kreischend wie eine Herde Spatzen davonstoben. – Aber heute schien draußen alles sicher. Sie wickelten die Hände in die Schürzen und folgten in angemessener Entfernung den Voraneilenden.

Dicke Flocken fielen vom Himmel, der Wind fegte die weiße Saat über die Fußspuren, die die kleine Herde in der weichen Decke gezogen hatte. In den Zweigen der Haselbüsche und Dornen, mit denen die Wälle auf beiden Seiten des Weges bewachsen waren, fing sich der Schnee und beugte durch seine Last die Sträucher tief hinab in den Graben. Beim Gammeldammer Heck aber, wo die Knicks die Einfahrt auf die Felder freigaben, fegte der Wind den Schnee von den Koppeln auf den Weg, er hatte quer über der Straße eine hohe Schanze aufgebaut. Mit Hurra stürmte die Niebyer Jugend das Hindernis und machte dann mit wildem Geschrei den nachfolgenden Falshöftern den Weg streitig.

„Wir sind die Preußen und Österreicher und die Niebyer sind die Dänen", schrien die Falshöfter. Der hohe Schneewall, der die beiderseitigen Knicks beinahe überragte, war zur Düppeler Schanze geworden; ein erbitterter Kampf entspann sich um seinen Besitz.

Die Niebyer waren im Vorteil. Sie waren vollzählig auf der Schanze und ihr starker Anführer, der rothaarige Niklas Tiesen aus der Langfelder Kate, schleuderte den Anstürmenden die härtesten Schneeballen ins Gesicht, daß sie zurückwichen. Sie waren auch in der Minderzahl. Entmutigt standen die deutschen Belagerer vor der Übermacht der Dänen, die von ihrer Feste aus höhnten und Kugeln zusammenkneteten. Es fehlte zudem ihr Hauptmann: Hans Thordsen war zurückgeblieben und noch immer nicht zu sehen.

Jetzt kamen die Mädchen heran. Friedlichen Sinnes trippelten sie eine hinter der anderen her, gerade auf die Schanze los.

„Wir sind auch Dänen," rief Meta Norgaardt den Kriegern auf der Schanze zu. Ein Schneeball war die Antwort.

„Laßt uns vorbei, wir sagen's sonst dem Schulmeister," klang es halb bittend, halb drohend aus der Reihe der Kleinsten.

„Die Westerfelder dürfen durch, die Falshöfter kriegen was aufs Jack," bestimmte Niklas Tiesen und warf Meta Norgaardt, die schon an der Wallseite die Schanze erstiegen hatte, in die Büsche, daß sie von dem herabstürzenden Schnee ganz zugedeckt wurde.

„Hallo, de Birkvoß. Wascht ihr mit Schnee die Sommersprossen ab!" riefen die Jungen.

„Haut die Hannemänner! Hurra!" so tönte es jetzt in den Jubel und Hohn der Sieger. Hans Thordsen ist zu seinen zurückgeworfenen Dorfgenossen gestoßen. Mit einem Blick hat er das Schlachtfeld überschaut. Mit Hurra geht's vorwärts.

„Komm heran, wenn du was von uns willst!" so ruft ihm von oben Niklas Tiesen höhnisch entgegen.

Hans Thordsen sagt nichts, er packt von unten her seinen Gegner. Der aber hat die bessere Stellung und faßt den Angreifer mit beiden Händen um den Hals.

„Niklas, op em!" „Hans Thordsen, hol di!" so werden die Starken von ihren Dorfgenossen angefeuert. Aber keiner faßt mit an. Keuchend ringen die beiden Anführer, Hans Thordsen sucht an dem Gegner Halt zu finden, und obgleich dessen Gewicht auf ihm lastet, arbeitet er sich schrittweise am Wall in die Höhe.

Auf einmal schießt Meta Norgaardt unter dem Schnee zwischen den Büschen hervor. Mit kreischendem Aufschrei und wutfunkelnden Augen, wie eine Katze, fällt der Birkfuchs Niklas Tiesen an, mit beiden Händen packt sie ihn an den Haaren.

„Verfluchte Voß!" - Da liegt er aber auch schon auf dem Rücken im Schnee, auf seiner Brust kniet Hans Thordsen. Die Falshöfter schreien mit gellenden Stimmen: „Hurra! Die Preußen haben gewonnen!" -

„Allein kannst du nichts machen. Die Deern muß dir erst helfen! Du bist mir 'n fixer Kerl! - Nu geh' man mit deiner Braut nach Hause," höhnte der Überwundene.

„Hans Thordsen und der Birkfuchs! Hurra, Bräutigam und Braut!" schrien jetzt die Niebyer.

Brennend rot vor Scham und Zorn sprang dieser auf. „Was hast du dich da hineinzumischen?!" schrie er das Mädchen an. „Mach', daß du fortkommst, oder -!"

Trotzig blieb Meta stehen. „Ich kann gehen, wann ich will!"

„Mach', daß du nach Hause kommst!" schrie nun Hans Thordsen voller Wut, und als sie ihn höhnisch anlachte, stieß er sie vor die Brust, daß sie in den Weg fiel. Im nächsten Augenblick stand er dann vor seinem Gegner: „Komm' an, wenn du Lust hast!" Eine Minute später flog Niklas Tiesen im hohen Bogen von den so heldenhaft verteidigten Düppeler Schanzen in den Graben.

„Ich treff' dich wohl 'mal wieder!" drohte er, „dich und den Birkfuchs", machte sich aber vorsichtig auf den Rückzug.

„Dann nimm dich aber vor mir in acht", rief ihm der Sieger nach. Beide Parteien zogen ab; der Birkfuchs lief voraus und war schon an der nächsten Biegung den Blicken entschwunden.

Der Sieger fühlte sich aber beschämter als der Besiegte, daran war der Birkfuchs schuld. Sein hämischer Gegner wußte wohl, welchen Schimpf er ihm antat. Es war keine kindische Neckerei, wie sie unter Schulkindern üblich ist. Wer die Verhältnisse kannte, der begriff den Ärger Hans Thordsens. Man hatte ihn, der aus einer alteingesessenen Schifferfamilie stammte, dessen Urväter hier Lotsen gewesen waren, mit einer „hergelaufenen Deern" in Verbindung gebracht. Der Birkfuchs hätte Hans Thordsen beigestanden und sei seine Braut, so würde es nun heißen.

Mit der Herkunft Meta Norgaardts hatte es nämlich eine eigene Bewandtnis. Ganz Genaues darüber wußte man freilich nicht, desto mehr wußte man aber davon zu erzählen.

Meta Norgaardts Vater wohnte draußen auf der Birk, die an der Einfahrt der Flensburger Förde liegt. Ihr Haar war nicht in schlichten, strohgelben Flechten um den Kopf gewunden, wie bei anderen Kindern, sondern es war rot und kraus, und unbändig war ihr Sinn, wie der eines Fuchsfüllens. Das läge im Blut, meinte Lorenzen. Sie war keine Einheimische, wie die übrigen Schulkinder, deren Eltern und Voreltern fast alle als echte Angliter sich fühlten. Sie hatte daher nicht die abwägende und zurückhaltende Art geerbt, die diesem Volke eigentümlich ist, die sich ausbildete, als es Jahrhunderte lang zurückgezogen für sich lebte und seine Rechte vorsichtig und zäh schützen mußte gegen Übergriffe von verschiedener Seite.

Meta Norgaardts Sippe war vor ungefähr hundert Jahren ins Land Angeln gekommen, sie hatte einer Klasse angehört, der man lieber aus dem Wege ging. – Zu jener Zeit war es hoch hergegangen in Gelting und Umgegend. Sönke Ingwersen, ein Bredstedter Kind, war aus Ostindien wiedergekommen, er hatte dort drüben die Tochter eines Rajah zum Weibe und viel Geld gewonnen. In der meerumspülten schleswig-holsteinischen Heimat konnte er nun den großen Herrn spielen. Er kaufte das Gut Gelting und ward als Baron von Geltingen in den Reichs-Freiherrnstand erhoben. Nun sah der alte Hof ganz andere Zeiten und Menschen als früher. Jahrhunderte lang hatten die alten Adelsgeschlechter von der Wisch und von Ahlefeldt dort gehaust, sie hatten den breiten Hausgraben auswerfen und die hohen Erdwälle dahinter anlegen lassen, hinter denen dann fest und sicher das Schloß lag. Von hier aus war auch Hans von Ahlefeldt in den Dithmarscher Krieg gezogen, er hatte die berühmte Danebrog-Fahne vorangetragen. Als ruhmgekrönter Bezwinger der trotzigen Bauern gedachte er wieder in Gelting einzuziehen, aber auf grundloser Marsch verlor er Kriegsruhm und Leben. Höhnend riß ihm ein wilder Geselle den heiligen Danebrog aus der erstarrenden Faust. Als ein toter Mann hielt er seinen Einzug durch das niedere Burgtor. - Noch 200 Jahre hielten seine Söhne und Nachkommen das Gut, dann ging es auf die Wedderkops und endlich auf Sönke Ingwersen über.

Nun erhob sich Gelting aus dem Verfall, die Festungswälle bedeckten sich mit Gartenanlagen, auf dem Hausgraben glitten bunte Boote und weiße Schwäne hin und her, und in dem neuen Schloß verdrängten prunkender Sammet und knisternde Seide den klirrenden Panzer. Fürstliche Pracht herrschte auf dem „Hof von Angeln"; in den Prunkgemächern spielte die Hofkapelle. Auch ein Komödienhaus wurde aufgeführt und Schauspieler zogen ein. – Das lustige Leben setzte der Sohn des ersten Barons von Geltingen noch fort, so lange er es konnte; sein Tod ließ den Glanz erbleichen.

Meta Norgaardts Urgroßmutter oder Großmutter war „so eine von diesen Komödiantinnen" gewesen. Sie hatte eine große Rolle gespielt am Hofe. In kostbarer Seide war sie gekleidet gewesen und hatte von einem mit vier Rappen bespannten Wagen hochmütig hinweggeblickt über die leibeigenen Hofleute und Insten, die unter der Frohneiche am Hausgraben lagerten. Manches verächtliche Wort, mancher Fluch wurde in diesen Kreisen laut, wenn des hohen Herrn schönes Liebchen vorüberfuhr.

Aber alles hat seine Zeit.

Später wohnte sie einsam, von der Welt gemieden, in einem kleinen Häuschen am Nordschauer Holz; nichts war ihr geblieben als Krankheit und Elend. Nur ein kleines Pastellbild im goldenen Rahmen erinnerte an die Zeit ihres Glanzes. Es zeigte ein schönes, goldhaariges Weib, das einen schneeweißen Kakadu auf der Hand hielt. Ein Knäblein schmiegte sich an sie und reichte dem Papagei ein Stück Zucker. Nichts auf dem Bilde ließ ahnen, daß die „Baronsche", wie die Jungens ihr höhnisch nachriefen, einst so ausgesehen hatte. Und aus dem niedlichen Knaben war ein gefürchteter Herumtreiber geworden, der, so lange es ging, von seiner Mutter Geld erpreßte, dann aber der Gemeinde zur Last fiel. Er war der Vorfahr von Meta Norgaardt. Das wußte man in der ganzen Gegend.

Wenn Meta zur Kirche nach Gelting ging, kam sie am Nordschauer Holz vorbei. Die Schulkameraden vergaßen dann nie, mit dem Finger hinüberzuzeigen nach dem moosbewachsenen, alten Strohdach, das heute noch hinter dem hohen Knick hervorlugt, und ihr zuzurufen:

„Kiek, Meta, dor hett de Baronsche wahnt!" Alle lachten, und die großen Jungen sangen ein Spottlied, sie sahen sich aber dabei vor, daß die Verhöhnte ihnen nicht zu nahe kam. Dann fuhr sie, flink wie ein Wiesel, dem nächsten in die glattgefetteten Haare oder riß ihm die Sonntagsmütze vom Kopf und warf sie über den Knick auf die Koppel. Ebenso plötzlich, ehe die groben Fäuste der Bauernjungen ihr gefährlich wurden, war sie dann wieder verschwunden und steckte den Drohenden die Zunge aus. Sie wurde gemieden oder verhöhnt und vergalt Böses mit Bösem, weil sie, so lange sie denken konnte, sich selbst hatte schützen und wehren müssen. Kein Wunder, daß unter diesen Umständen und Verhältnissen Hans Thordsen es als eine schwere Ehrenkränkung empfand, mit Meta Norgaardt in zarte Beziehungen gebracht zu werden!

Weihnachten war gewesen. Auf Schnarstruphof hatte man am Weihnachtsabend Langkohl und Schweinskopf gegessen und Punsch getrunken, am ersten Weihnachtsfeiertage war man in der Kutsche zur Kirche gefahren, und die Pferde hatten das silberbeschlagene Geschirr angehabt. Bei Peter Greggersen und Hans Thordsen hatte es Reisgrütze mit Butter und nachher Fördchen gegeben. Meta Norgaardt hatte Pellkartoffeln mit Speck bekommen und nachher von ihrem Vater Schläge, denn er hatte sein Lieblingsgetränk, Schnaps, mitgebracht, und als nichts mehr davon da war, ärgerte er sich; darum schlug er seine Tochter und dann seine Frau. An den Festtagen sammelte Meta Holz, das am Strande angeschwemmt war, und trug es nach Hause.

Jens Norgaardt stammte nicht von der ehemaligen Komödiantin ab, er hatte kein Tröpflein adeligen Blutes in den Adern;

er war ein eingewanderter Däne. Früher war er Kutscher auf Geltinghof gewesen und hatte dort das Kindermädchen kennengelernt, von deren Herkunft man so schnurrige Sachen erzählte. Er fragte nichts nach Schnackereien. Man hatte von ihm, ehe er der Heimat den Rücken kehrte, auch allerlei geredet. So verheiratete er sich denn, erhielt freie Wohnung auf der Birk, wofür er ein Auge auf den zum Gut gehörigen Strand zu werfen hatte; auch sollte er aufpassen, daß kein Unberufener den Hasen des Barons nachstellte. Seinen übrigen Unterhalt erwarb er sich – wie er sagte – durch Fischen.

Außer den drei Norgaardts wohnte im Birkhaus noch eine Familie Böhm, bestehend aus einem alten Ehepaar und drei erwachsenen Söhnen. Diese kannte man weit und breit im Lande. Wenn es hieß: „Die Böhmen kommen!" dann liefen die Kinder ins Haus und riefen nach Vater und Mutter. Und wenn sie vorbei waren, dann sahen die Eltern nach, ob nichts auf dem Hofe fehlte, oder ob es nicht am Scheunendach oder im Strohdiemen glimmte. In einer Gegend, wo man nachts die Türen nicht zu schließen brauchte und die Wäsche draußen auf der Leine hängen ließ, hob sich die Unehrlichkeit besonders schwarz vom Hintergrund ab. Sie waren zudem faul und arbeitsscheu, die Böhmen, auch das galt als ein Verbrechen, in einem Lande, wo jeder ehrliche Mann arbeitete.

Zwischen Weihnachten und Neujahr trat starke Kälte ein. Der Frost bemühte sich, eine feste Brücke zu schlagen, über die Flensburger Förde, von Angeln bis nach Alsen. Die Wellen aber störten ihn beim Bau. Der Wind trieb das Eis an die Küste und die Dünung hielt es in Bewegung; sie türmte Blöcke und Wälle auf. Die Fischer konnten das offene Meer nicht mehr erreichen, das sich schwarzblau von dem glitzernden, schneeweißen Saum am Strand abhob. Jede Nacht aber setzten Frost und Wind eine Bahn mehr an den Saum, der es den Fischern unmöglich machte, ihre Netze auszusetzen. Sie standen auf der Drecht neben ihren Booten und schauten nach den Wolken und nach dem Winde, ob es nicht bald Tauwetter würde.

„Wenn der Wind nicht herumgeht, nützt es nichts", sagte Fritz Braak. „So lange er aus der Ostsee kommt, müssen wir den Hosenriemen immer noch ein Loch strammer ziehen."

„Du hast ja noch Speck im Schornstein hängen", meinte Peter Lassen. „Aber ich mit meinen sechs Kindern! Die Kartoffeln werden auch knapp, und den Kohl haben mir dem Baron seine Hasen aufgefressen."

„Fang' sie doch weg, zieh ihnen das Fell über die Ohren und leg sie in die Pfanne, dann hast du deinen Kohl mit Zinsen wieder", lachte Hans Boysen, der Uhrmacher von Lesumfeld.

„Und wenn Jens Norgaardt davon hört und mich anzeigt, dann muß ich Brüche zahlen, oder ich komme ins Loch. Nein, stehlen will ich nicht", sagte Peter Lassen und ging fort.

Hans Boysen lachte immer noch, er wußte wohl warum.

Während auf der Ostsee der Frost mit den Wellen kämpfte, hatte er auf dem flachen Wasser des weiten Noores viel leichteres Spiel. Eine dicke, spiegelglatte Eisfläche dehnte sich aus vom einsamen Birkhaus bis zum Beveröer Damm. Wo die Noorgräben waren, hieben nun Norgaardt und zwei der „Böhmen" Löcher ins Eis und stachen mit dem Elker Aale, die sich dort an die Luftlöcher heranzogen. Das war ein einträchtiges Geschäft.

Auf dem offenen Herde des Birkhauses stand die dreibeinige, eiserne Pfanne über dem Holzfeuer, und über ihren Rand spritzte das Fett der dicken Aalstücke in die lodernde Glut. Da brauchte man die Hosenriemen nicht strammer zu ziehen. Aber so viel Fett schmeckt nicht gut, man muß auch mal was anderes haben! – Jedenfalls hatte Jens Norgaardt das Bedürfnis, und er wußte Rat.

„Du gehst heute abend mit dem Rummelpott los!" sagte er am Neujahrsabend zu seiner Tochter, „damit wir Brot und Stuten auf den Tisch kriegen und auch ein paar Schillinge für Schnaps. Man verdirbt sich sonst mit all dem fetten Aal den Magen". – Er hatte schon am Nachmittag eine trockene Schweinsblase über einen braunen Topf gespannt und in ihrem Mittelpunkt ein Stöckchen befestigt. Rieb man an diesem mit der Hand auf und nieder, so gab's brummende Töne. Das war der Rummelpott, der nun in Vergessenheit gerät.

Meta gab keine Antwort, als ihr Vater seine Ansicht kundgab.

„Hörst du nicht?" rief er ärgerlich.

„Ich gehe nicht mit'm Rummelpott!" Sie sah ihn etwas unsicher an.

„Was?" schrie er. „Ich will dir zeigen, was du willst."

„Ich will aber nicht. Die Leute lachen mich aus, und die Jungen rufen mir nach: „Betteldeern von der Birk!" Und sie sagen, wir sind Lumpen und Faulenzer!"

„Hol sie der Deutscher! Wenn einer mir das sagt, dann geht es ihm schlecht. Die Falshöfter sind nicht besser als wir, und wenn wir nichts fischen können, müssen wir doch sehen, wo wir sonst was kriegen."

„Ich mag nicht betteln", wiederholte Meta etwas zuversichtlicher.

„Mit'm Rummelpott gehen, das ist doch kein Betteln", erklärte nun Jens Norgaardt. „Das tun in Danmark viele Kinder aus Spaß, und kriegen Kuchen zu essen und Punsch zu trinken, wenn sie ihr Lied nett gesungen haben."

„Ich sing' aber nicht aus Spaß, ich muß betteln", war die trotzige Entgegnung.

Da hob er drohend die Hand: „Du gehst!"

Meta machte, daß sie fortkam, ehe die rohe Faust ihr in den Nacken oder das krause Fuchshaar fuhr, sie warf die Tür hinter sich zu und flüchtete in die Küche.

„Mein Gott, was will er denn?" jammerte mit ängstlicher Miene ein kümmerliches Weib, das am Herde stand. „Was ist denn wieder los?"

„Ich soll betteln!" Hart und trotzig stieß sie es heraus und ihre Augen funkelten in schier grünlichem Schein. „Ich will aber nicht!"

„Sch! Sch! Er hört es ja!"

„Ich will aber nicht. Ich lauf' weg und komm' nicht wieder."

„Meta!" Schmerzlich zitternd kam der Laut aus der kranken Brust.

„Mutter!" Sie kam langsam heran. Es arbeiteten in ihr der Haß und die Liebe. „Mutter, ich mag nicht mehr betteln gehen. – Ich will arbeiten für dich, laß mich nicht betteln!"

Die Frau schluchzte leise. „Es wird immer schlimmer!" Sie dachte an die Zeit, wo er im schönen blauen Rock mit den blanken Knöpfen auf dem Kutscherbock gesessen hatte. Keiner konnte so gut fahren, als der Jens. Sie aber war damals „lieb' Kind" auf Geltinghof. – Das waren andere Zeiten gewesen. –

„Wenn ich erst tot bin, Meta, dann kannst du gehen. Dann mußt du fort. Wenn du aber jetzt gehst, dann kann ich's auch nicht mehr aushalten. Dann geh ich in die Noorkuhle."

„Komm mit!"

„Ach Kind, ich bin eine kranke Frau, wo soll ich Stackel hin?" - Ein hohler Husten schüttelte ihre gebrechliche Gestalt, als wollte er die Wahrheit der Worte bestätigen. Sie setzte sich auf die alte Eimerbank am Fenster, Meta legte die Arme um ihren mageren Hals und flüsterte ihr ins Ohr:

„Ich gehe nicht weg von dir, Mutter! - Ich laß dich nicht allein. Du hast mir immer beigestanden, ich will dir auch beistehen. Ich bin 12 Jahre, bald bin ich groß und stark und dann -", sie drohte mit der fest geballten Faust nach der Stubentür -, „dann soll er nur wagen, uns anzufassen."

„Sch! Sch!" machte die Frau mit ängstlicher Miene. „Sei still, er hört es!"

Sie schwieg und horchte. Man hörte aber nur ein knurrendes Schnarchen durch die Ritzen der Tür dringen. Da schmiegte das Mädchen ihr Gesicht an die blassen Wangen des lebensmüden, kümmerlichen Weibes und flüsterte ihr zu: „Ich kann dann für dich arbeiten, liebe Mutter. Dann sollst du es gut haben. Dann sind wir weit, weit weg von hier!" - - -

Es wurde ganz still in dem engen Küchenraum, nur der Wasserkessel summte, und zuweilen knallte ein feuchtes Holzstücklein in der Glut unter dem schwarzen, rußigen Dreifuß.

„Woran denkst du, Mutter?" fragte das Mädchen.

Sie fuhr auf aus ihren Träumen. „An das, was früher war, dachte ich, Kind!"

Da fuhr durch Metas Hirn ein besonderer Gedanke.

„Was war es mit der Schauspielerin, Mutter, die mit dem roten Haar, die Baronin werden wollte auf Geltinghof, und die arm starb am Nordschauerholz. Vor mehr als hundert Jahren soll es gewesen sein, aber sie erzählen noch immer davon. Hast du viel davon gehört, Mutter?"

Sie antwortete nicht gleich, Dann sagte sie mit müder Stimme: „Ich weiß auch nur, was mir der alte Weber Jens Lund in Süderballig erzählte, als ich noch ein halbes Kind war."

„Erzähl', Mutter!" Und die Frau sprach ihr davon, was sie

einst erlauscht hatte, als der Webstuhl klapperte und das Schiffchen surrte. Von dem schönen leichtsinnigen Weibe hatte der alte Jens manche absonderliche Mär hineingewebt in seine Geschichten. Einmal aber hatte er gesagt: „Die Sünde der Väter will der strenge Gott rächen an den Kindern bis ins dritte und vierte Glied."

In Meta's Gesicht flammte es auf wie Wetterschein: „Das ist ein hartes und ungerechtes Wort von Gott!" rief sie. Die Mutter aber fuhr erschreckt zusammen: „Sag' das nicht! O, sag' das nicht, Meta, du versündigst dich. Und Gott straft dich. Ich bitte täglich den lieben Gott, daß er es von uns nimmt und dich gut und glücklich macht." Sie weinte heftig. Da streichelte Meta ihrer Mutter die blassen Wangen und sagte leise: „Mutter, du bist gut. Ich bin wild und schlecht. Aber ich gehe heute abend. Ich schäme mich so! Aber ich gehe doch und bringe dir etwas mit!"

Als die Dämmerung einbrach, ging das Mädchen ganz langsam über das Eis des Noors, sie trug einen Korb am Arm, der war sorgfältig zugedeckt mit einem großen rotbunten Taschentuch. Als sie bei der letzten Falshöfter Kate die Straße erreichte, traf sie auf eine Schar Jungen, die berieten, bei wem heute abend Töpfe an die Tür oder auf die Hausdiele geworfen werden sollten. Das war für die Ausübenden und die Betroffenen ein gleich großes Vergnügen. - Sobald sie die kleine Geächtete sahen, ging es los: „Hallo, der Birkfuchs!"

„Birkfuchs, wo willst du hin mit dem Korb?"

Und dann schrie einer ganz laut: „Der Birkfuchs geht rund mit'm Rummelpott." Im Nu hatte man sie umringt und einer riß ihr das Tuch vom Korb. - Richtig! - Der Rummelpott. Ein fürchterliches Hallo erhob sich.

„Laßt die Deern gehen!" rief der Fischer Peter Jachum, der nebenan wohnte und den Lärm gehört hatte.

„Laßt mich in Ruhe, ihr Räuber und Spitzbuben", kreischte Meta Norgaardt, zerrte voller Wut an ihrem Korb und wehrte sich mit Händen und Füßen gegen die Angreifer.

„Laßt die Deern los, oder ich komme euch fix aufs Fell", rief Peter Jachum wieder und gab seinem August eine kräftige Ohrfeige. Das half. Im nächsten Augenblick war der Birkfuchs den Peinigern aus den Fingern und an der Wegecke verschwunden. Im Trab lief sie den Schmiedeberg aufwärts; einmal fiel sie hin und fürchtete schon, daß der Topf zerbrochen sei. Sie nahm ihn aus dem Korb, und es kam ihr im Zorn der Gedanke, ihn gegen den nächsten Baum zu werfen. Sie dachte dann aber an die abgezehrte, kümmerliche Frau, die sie lieb hatte, und ging weiter. – Hinter dem Fuchs schlichen in angemessener Entfernung die „Jäger". So leicht ließen die ihre Beute nicht fahren!

Inzwischen war es dunkel geworden. Sie kam an der Schmiede vorbei, blieb stehen, getraute sich aber nicht mit ihrer beschämenden Arbeit hier zu beginnen. Meister Bustedt stand noch am Amboß. Im Schuppen schalt ein Knecht seine beiden Pferde Schinner und Racker, weil sie nicht still stehen wollten. Das waren Ottsens Füchse, deren Hufeisen scharf gemacht wurden; wahrscheinlich sollten sie morgen am Neujahrstag vor den Schlitten.

Vom dunklen Hintergrund der rußigen Esse hob sich die rote Glut des Schmiedefeuers ab, aus dem die Funken des schweißenden Eisens wie Sternschnuppen umherspritzten. Jedesmal, wenn der Meister den Blasebalg anzog und der Atem aus der weiten Lunge des ledernen Gehilfen durch die dunkel glühende Kohlendecke fuhr, lohten gelbe Flammen auf, und ein heller Schein huschte durch die angelehnte Tür über die weiße Schneedecke der Straße. Die Augen des Schmiedes folgten dem Licht; er erkannte die kleine Gestalt, die, in ein altes, zerrissenes Umschlagtuch gehüllt, unschlüssig ihm zuschaute. – Da dachte Meister Bustedt an die Zeiten, wo er als wandernder Handwerksbursche sich selbst nach einem wärmenden Feuer, einem Mund voll warmen Essens und einem warmen Wort gesehnt hatte: „Meta, komm' mal her!" rief er.

Langsam kam sie heran und blieb in der Tür stehen.

„Was willst du denn heute abend noch hier?" fragte er; ein gutmütiges Lächeln flog über sein schwarzes Gesicht.

Sie sagte nichts, sie blickte nur beschämt vor sich hin. Er aber sah den leeren Korb und dachte sich das Weitere. Er nahm den Handhammer und schlug auf das Horn des Ambosses ein paarmal nacheinander einen harten und zwei leichte Schläge.

Das klang hell durchs Haus und war seiner Frau ein wohlbekannter Ruf. Es bedeutete: „Hitz! Hitz!" Meister Bustedt hatte nämlich keinen anderen Gesellen als den ledernen, der das Feuer anblies. Wenn jemand nach Feierabend mit Arbeit kam, so pflegte er mit dem Daumen auf den Blasebalg zu deuten und zu sagen: „Mein Geselle mag nicht mehr!" – Wenn er aber „Hitz" hatte und zwei größere Stücke zusammenschweißen mußte, wobei er dann mit jeder Hand eins auf dem Amboß hielt, dann mußte seine Frau den Vorhammer nehmen und draufschlagen.

„Nanu, kann man heute abend nicht einmal in Ruhe seine Fördchen backen?" sagte sie halb ärgerlich, halb lachend und griff zum Hammer.

Er aber drehte nur die Zange im Feuer herum, daß die andere Seite des Eisens in die rechte Glut kam: „Laß nur, Marie, hier werde ich allein fertig; aber dort kannst du helfen!" Und er deutete nach der Tür. Sie begriff schnell, wie es gemeint war. „Ich komme gleich wieder, Kind!" rief sie und lief in die Küche.

„Mach' nur zu, Meister, daß du fertig wirst!" brummte Thomas Ottsens Knecht, der zur Hintertür hereingekommen war. „Mach' fix zu, sonst essen sie zu Hause alle Reisgrütze auf, und ich krieg nix!"

„Laat di man Tied!" sagte Meister Bustedt gemütlich. „Du wirst noch leicht satt!"

„Was will denn die da?" fragte der Knecht. „Das ist ja der Fuchs aus der Birkkate!" Er lachte verächtlich.

Die Frau war wiedergekommen, sie legte dem Kinde ein in Papier gewickeltes Päckchen in den Armkorb und gab ihm einen warmen, runden Pfannkuchen in die Hand. Meta Norgaardt dankte schüchtern und wollte gehen. „Halt!" rief der Schmied. „Wünsch' mir erst noch Prost Neujahr!" Dann griff er in die Westentasche und gab ihr einen Schilling. „Ist gut! ist gut!" wehrte er den Dank ab. Sie ging.

„Gottverdammi!" fluchte der Knecht. „Du scheinst viel Geld zu verdienen, daß du die Lumpen und Faulenzer fett machst."

„Wat geit di datt an!" war die Antwort des Schmieds.

„Solche Bande soll arbeiten und nicht betteln!" schrie der Knecht.

„Sag' das dem Vater, Mensch! Laß aber das arme Wurm in Ruh'!" donnerte nun der Schmied, und als er sah, daß sie schon weit genug fort war, setzte er hinzu: „Was kann die Deern denn dafür, daß der Vater säuft und dem lieben Herrgott den Tag wegstiehlt? Sie und ihre Mutter sind kümmerlich genug daran."

„Mit der Mutter ist auch nichts los", fiel der Knecht ihm in die Rede.

„Kennst du sie oder schwatzt du bloß nach, was andere Leute reden?" fragte der Meister scharf. Der Knecht schwieg, da fuhr er fort: „Ich will dir mal die Sache erzählen, ich weiß das. Ich habe die Frau früher gekannt, als ich noch Schmied auf Geltinghof war, damals war sie Kindermädchen. Da hat man sie verwöhnt, denn die Barons sind freundliche und gute Leute. Und da hat sie den Norgaardt kennengelernt. Der war damals noch ein stattlicher Kerl, der mit Frauenzimmern umzugehen wußte. Sie war mit ihrem rötlichen Haar und ihrem hellen Gesicht eine, die einem wohl gefallen konnte, und der Norgaardt meinte, weil sie gut dort angeschrieben stand, daß ihm das auch gut zustatten kommen könnte, wenn er sie heiratete. Man hat sie genug gewarnt vor dem Kerl. Aber wie es denn so geht, da hat sie erst recht ihn haben wollen. Und so ist sie in ihr Elend hineingelaufen. Armes Weib, nun ist sie schwach und krank und leidet seit Jahren auch an Krämpfen. Kein Wunder bei dem Leben und der Behandlung! - Aber sie hält das Kind so ordentlich wie sie kann, und von ihr lernt es nur Gutes. Aber er! - Na, wenn ich ihn mal bei Gelegenheit in die Finger kriege, dann gibt es was aus der Armenkasse!" - Und dabei streifte er die Hemdsärmel auf und zeigte den muskulösen Arm. - „Dann gibt es was für alt und für neu! Und das kann sich jeder merken!"

Der Knecht sagte gar nichts mehr, als er diese Anstalten sah.

Das Eisen sprühte Funken aus der Glut, denn der Meister hatte im Eifer der Rede kräftig den Blasebalg gezogen, nun zog er die Zange heraus, warf im Schwunge dem Knecht die sprühenden Schlacken vor die Füße und hämmerte mit mächtigen Hieben auf dem Amboß ein Hufeisen zurecht.

Meta Norgaardt war weiter gegangen; die Schmiedeleute

waren freundlich zu ihr gewesen, das machte sie etwas ruhiger und zuversichtlicher.

Sie kam nun an das Haus, wo der alte Schuster Tramm wohnte. Er hatte nicht viel zu schustern und daher auch nicht viel zu brechen und zu beißen, denn an den Wochentagen lief alles auf Pantoffeln oder Holzschuhen und nur am Sonntag und bei besonderen Gelegenheiten wurden Stiefel angezogen. Das waren in dieser Winterzeit kräftige Schmierstiefel, die nicht so leicht aus den Fugen gingen. Flickarbeit gab's also nicht viel, und das neue Fußzeug machte Johann Hansen in Kronsgaard. Er mußte sich mit Steingutnieten oder Kitten und mit Haarschneiden etwas mit hinzuverdienen, denn zur Feldarbeit war er zu alt und stackelig. Seine Frau verdiente ein bißchen mit Spinnen. Aber als arme Leute wußten sie, wie es armen Leuten zumute ist. –

Meta klinkte leise die Pforte auf und ging mit vorsichtigen Schritten ans Fenster. An der einen Seite konnte sie am vorgehängten Laken vorbeisehen in die Stube. In einem Holzleuchter brannte das Talglicht, es warf seinen gelblichen Schein auf das runzelige Gesicht und die großen Brillengläser des alten Tramm. Er las seiner Frau etwas vor. Meta hörte die stockenden Worte seiner hohen, dünnen Stimme, die das Surren des Spinnrades übertönten.

Sie klinkte dann die Haustür auf, leise, daß man sie nicht hörte. Der Schuster drinnen las nicht weiter, es war ganz stille. Hatte man das Geräusch gehört? – Da blieb Meta keine Zeit zum Zögern, schnell sang sie zu den brummenden Tönen die eintönige Weise des alten Volksreimes:

„Fruken, maak de Dör opp,
De Rummelpott will in;
Dor kömmt en Schipp von Holland,
Dat hett so'n moje Wind.
Schipper, wist du wieken,
Bootsmann, wist du strieken,
Sett en Segel op dien Topp
Un giff mi watt in min Rummelpott!"

Während das Lied erklang, war von drinnen die Stubentür aufgemacht, und neugierig schaute der Schuster über die Messingbrille hinweg auf die Diele hinaus. Da erkannte er, in die dunkelste Ecke gedrückt, Meta Norgaardt. Als das flackernde Licht der Kerze auf ihr Gesicht fiel, zitterte ihre Stimme, sie sah nieder auf die ausgetretenen Steine des Fußbodens und regte sich nicht.

„Mutter, das ist die kleine Rote von der Birk", rief der Schuster. Dann standen beide Schustersleute auf der Türschwelle.

„Komm herein, lütt Deern", sagte die alte Frau freundlich. „Komm man herein, brauchst dich nicht zu schenieren, wir sind ja man zwei arme, alte Leute. Komm man her!" – Damit faßte sie Meta an der Hand und zog sie hinein in die Stube.

„Wir haben heute ein bißchen Kaffee gemacht und ein bißchen Honig haben wir auch noch von unseren Bienen. Komm, setz' dich an den Tisch. Bist gewiß verfroren. Sollst gleich was haben!" – Damit trippelte sie fort. Bald stand eine Tasse mit Zichorienkaffee auf dem Tisch und ein Stück Kandiszucker lag dabei; das nahm man in den Mund und trank den Kaffee. So gehörte es sich. Dazu gab es ein Stück Schwarzbrot, mit Honig dick bestrichen.

„Vielen Dank!" sagte Meta etwas verlegen, langte aber gleich zu.

„Iß man und laß dir Zeit! Es ist doch noch zu früh, ins Dorf zu gehen, die Bauern haben noch nicht gegessen," meinte der Schuster. „Ich bin als Junge auch mit dem Rummelpott gegangen. Da ist nichts bei los. Damals gingen die meisten Jungen damit bei den Bauern herum. Die freuten sich und gaben einen Bankschilling oder einen Sechsling, und dann gab es auch noch ein Ende Wurst oder ein Stück Speck. Das war 'n Spaß!"

„Ich mag nicht gern gehen, mein Vater sagt, ich soll!" wandte Meta ein.

„Na ja, für Deerns ist da ja auch nicht so viel Spaß bei", meinte denn der Schuster. Nach einer Weile setzte er aber begütigend hinzu: „Aber es macht doch nichts!" – Dann schwiegen alle. Der Alte machte sich mit dem Licht zu schaffen. Seine Frau aber ging in die Küche. Als sie gleich wieder hereinkam, fragte sie Meta: „Was hast du schon in deinem Korb?" und nahm ihn in die Hand, als wenn sie nachsehen wolle, was da drinnen sei.

„Noch nicht viel!" sagte diese. „Ich fang' erst an!" Dann trank sie den Rest des wärmenden Getränks aus, stellte die Obertasse umgekehrt auf die Untertasse, um in üblicher Weise anzuzeigen, daß sie nicht darauf rechne, zu einer weiteren Tasse genötigt zu werden. „Ich danke auch vielmals! Prost Neujahr!" Damit ging sie. Erst als sie draußen das Tuch wieder über dem Korb zurecht zog, merkte sie, daß die alte Frau ihn nicht aus Neugier in die Hand genommen hatte, sondern daß sie von dem Speck, der morgen zum Langkohl sollte, ihr ein Stückchen abgeschnitten und hineingelegt hatte.

Das war ein guter Anfang. Inzwischen war es dunkel geworden. An Hans Knudsens Haus ging sie vorüber, denn sie fürchtete sich vor dem Hund. Dann kam sie an den Dorfkrug von Jens Lewetz.

Lewetz hatte aber gleichzeitig eine Hökerei und etwas Landwirtschaft, denn in der Wirtschaft war nicht viel los; Lagerbier gab es damals auf dem Lande noch nicht, und ein guter Kunde kam selten. Er führte nur die gangbaren Waren, und wenn jemand etwas forderte, was er nicht hatte, dann sagte er: „Grade hat Stine Petersen - oder Hans Asmussen - den letzten Rest davon geholt. In ein paar Tagen kriege ich von Hamburg wieder was." - Und dann besorgte er das Gewünschte aus Gelting oder Kappeln.

Als die Türglocke ausgebimmelt hatte, fing Meta sofort ihre Musik an, gleich darauf öffnete sich aber auch die Tür nach der Gaststube, und Fritz Lewetz, der erwachsene Sohn des Wirtes, schaute hinaus. Aus dem Hintergrunde hörte man eine laute, lallende Stimme:

„Herein mit die Musikanten! Herein mit sie!"

Zögernd folgte das Mädchen, schüchtern und stockend sang sie weiter.

„Ist das die ganze Neujahrsmusik?" schrie ein Mann mit rotem Gesicht, der einzige Gast, der da war.

„Mehr sind da nicht!" Fritz lachte.

„Deern, sing noch mal ein Lied, ein anderes Lied aber!" Der Mann trank sein Grogglas leer. „Fritz, noch einen!

Nich to väl Water!"

Meta schwieg. Da schlug er auf den Tisch, daß der Tabakskasten tanzte. „Verdammte Deern, willst du gleich singen! Zu was lauft ihr denn zu Lorenzen in die Schule?"

Da fing sie das Neujahrslied aus dem Gesangbuch an, das sie in der Schule sangen:

„Das Jahr, das nun vergangen ist,
Das danken wir dir, Jesu Christ!
Du hast uns schon so manches Jahr
Bewahrt vor Elend und Gefahr."

„Man weiter", lallte der Trunkene, stützte den roten Kopf in die Hand und starrte mit weit aufgerissenen Augen vor sich hin.

Meta sang weiter, ihre Stimme wurde sicher und fest. Sie sang den zweiten und dritten Vers und wollte aufhalten.

„Weiter!" schrie der Mann, holte einen Doppelschilling aus der Tasche, warf ihn auf den Tisch und schrie nochmals: „Weiter!" Sie sang:

„Hilf uns den Lastern widerstehn
Und deine Wege freudig gehn;
Bestrafe Herr, durch dein Gericht
Des alten Jahres Sünden nicht!"

Voll und hell klang ihre Stimme, wie in der Schule. –

Thomas Ottsen, der Besitzer von Schnarstruphof, war es, dem sie das Lied vorsang. Er war ein tüchtiger Mann, aber er war ein Quartalstrinker. Wer ihn während seiner ruhigen Periode traf, der konnte sich gar keinen Begriff davon machen, was die krankhafte Sucht aus diesem Manne machte.

In seinen guten Tagen stand er morgens in der Frühe auf und sah nach, daß die Pferde ihren Putz und ihr Futter, und daß nachher auch die Knechte ihr Recht bekamen. Damals gab es noch Milch und Buchweizengrütze als erste Frühkost in der Leutestube. Daneben lag das mächtige eigengebackene Schwarzbrot auf dem Tisch, davon konnte sich jeder schneiden, so viel er wollte. Aber Butter mußte er aus der eigenen Dose nehmen, denn die bekam er wöchentlich zugewogen. Thomas Ottsen hielt fest an den alten Gebräuchen. Von Kaffee wollte er nichts wissen, der gab keine Kraft. Er selbst aß jeden Morgen seine Grütze. Wochenlang arbeitete er fleißig, dann aber wurde er plötzlich unruhig, lief planlos im Haus und Hof umher, und seine Leute konnten ihm nichts recht machen. Er kämpfte dann mit dem unheimlichen Geist, dessen Nähe er fühlte. Zuweilen blieb er Herr, meist aber unterlag er und wurde ein willenloses Opfer des Dämons. Dann ließ er den Wagen anspannen, und man fuhr fort. Die Unruhe trieb ihn in andere Gesellschaft; man machte Besuche bei Freunden und Verwandten, und dann wurde L'hombre gespielt; aber abends kam „de Muck" auf den Tisch. Es wurde starker Grog getrunken. Thomas Ottsen hielt dann an sich; mitten in dieser Gesellschaft fiel er nicht ab. Aber am anderen Morgen stand er ganz früh auf. Wenn alles noch schlief, holte er aus der Speisekammer die Flasche mit „Bommerlunder"; dann brauchte er kein Glas. Nachher, gegen Mittag oder Abend, ließ er anspannen, um nach Gelting oder Bobeck oder Kappeln zu fahren, dann durfte aber seine Frau nicht mit, dann hieß es: „Ich habe Geschäfte, die ich allein besorgen will!" So hieß es nun schon jeden Tag zwischen Weihnachten und Neujahr, so hatte er auch gesagt, als er nach Gelting fahren wollte.

„Laß mich mit. Ich kann ja so lange zu Petersens gehen", bat sie freundlich.

„Du willst wohl aufpassen, daß ich nicht so viel Geld ausgebe? Hast du das Geld mitgebracht oder habe ich es gehabt? Du hast nichts gehabt!" schrie er.

„Aber Thomas, ich meinte doch nur – – – –"

„Dummer Schnack, ich brauch keine Aufpassersche. Ich komme allein rechtzeitig nach Hause. Du bleibst hier und siehst nach der Wirtschaft! – Niklas soll anspannen!"

Dann ging er an die Schatulle, kramte in seinen Papieren herum, als wenn er etwas suchen müßte, und nahm eine Handvoll Taler aus dem oberen Fach. Die steckte er vorsichtig, daß sie nicht klapperten, in die Tasche, denn ein schlechtes Gewissen hatte er doch! – Nun ging's los, von einer Wirtschaft in die andere. Thomas Ottsen trank Grog, und wer gerade in der Wirtschaft war, trank mit. Die Leute, die er hier bei Lewetz traktiert hatte, waren gegen Abend einer nach dem anderen vorsichtig durch die Hintertür hinausgeschlichen, und der „Wohltäter" saß nun allein mit seinem Gewissen und seiner Unruhe!

Niklas Steffen, sein alter Kutscher, saß währenddessen in der Leutestube, er trank auch Grog, das hatte er bei dem vielen Herumfahren und Warten in und vor den Krügen gelernt. Niklas erzählte Geschichten und „Fahrten" von seinem Herrn, sein Gesicht glühte und die Zunge wurde ihm dabei trocken. Aber Fritz Lewetz sorgte dafür, daß er nicht zu verdursten brauchte.

„Nimm dich nur in acht, daß ihr heil nach Hause kommt", neckte das Dienstmädchen, Liese Witt. „Einer von euch beiden muß doch bei Verstand bleiben."

„Ich kann trinken und ich kann's auch lassen", prahlte Niklas und schlug sich mit der Hand auf seinen Bauch. „Hier, hier kann ich's lassen."

„Wenn sie beide den Weg nicht mehr wissen, dann finden die Pferde auch so nach Hause", lachte der Dienstjunge, der Hausknecht spielte, wenn Fuhrwerk einkehrte. „Ich hab' ihnen eben noch einen Eimer Wasser gegeben, das hält den Kopf klar."

„Für dich ist es das beste", sagte Niklas barsch. „Fritz Lewetz, soll ich noch ein Glas Grog haben?"

„Dein Herr ist wieder schön in der Fahrt", meinte Liese Witt.

„Der kann nicht anders, der muß!"

„Er ist doch sein eigener Herr, er braucht es doch nicht."

„Das verstehst du nicht, Deern, das ist 'ne Krankheit."

„Bi de Herrn is dat en Krankheit", sagte trockenen Tones der alte Tagelöhner Claus Nissen, der am Ofen saß und aus der kurzen Holzpfeife Tabak mit Rosenblättern rauchte. – „Wenn awers en Daglöhner so watt hett, denn is dat en Swinegel." Er blieb ganz ernst dabei. Niemand wußte, wie das gemeint war.

„Bei unserm Herrn ist das 'ne Krankheit, das ist ganz gewiß", wiederholte Niklas. „Es ist gut, daß der Junge heranwächst. Fünf Jahre weiter, dann kann er die Stelle wohl schon übernehmen. Der Alte geht dann auf die Abnahme. Das wird das beste sein."

„Das Trinken vererbt sich auf die Kinder, ebenso wie die Hofstelle!" sagte Claus Nissen. „Auf Starumhof sind die Laurenzens daran zugrunde gegangen und hier wird's ebenso gehen."

Da schlug Niklas mit der geballten Faust auf den Tisch, daß die Gläser klirrten und rief: „Das ist nicht wahr! Der Junge hat gutes Blut, der wird noch mal ein Herr, vor dem ihr alle die Mütze abzieht."

„Wollen's abwarten!" knurrte der Tagelöhner.

Niklas aber fuhr fort: „Der Alte muß nun mal so verschlissen werden, wie er einmal ist. Da wird nicht viel mehr an zu machen sein. Früher hat er den Doktor dafür gebraucht, den alten, dicken Doktor Theden in Flensburg. Ich weiß das ganz genau, denn ich habe ihn damals immer nach Flensburg gefahren. Der alte Doktor trank nämlich auch gern einen. Als Thomas Ottsen nun zum ersten Male zu ihm kam und von seinem Leiden erzählte, daß er immer so 'ne Unruhe hätte und dann hinaus müsse aus dem Hause, da kuckte ihm der Doktor scharf ins Gesicht und sagte: „Ja, lieber Mann, Sie trinken wahrscheinlich Branntwein."

Das mußte der Alte zugeben, und der Doktor verbot ihm das. Er durfte nur Grog von gutem alten Rum trinken. Davon wurde es aber auch nicht besser. – „Sie dürfen nur noch Wein trinken!" sagte dann der Doktor: er dachte wohl, daß Thomas Ottsen das dann zu teuer würde. – Ja, teuer wurde es, aber er trank doch. So mußte er wieder zum Doktor.

Zu dem Kerl wäre ich nicht wieder gegangen! Na, wir haben die Fahrt auch umsonst gemacht. Als wir in Flensburg ankamen, hörten wir schon bei Nane Hansen, wo wir ausspannen, daß Dr. Theden verreist ist, er müsse selbst eine Kur durchmachen, sagten die Leute. Das muß 'ne böse Kur gewesen sein, denn nach einiger Zeit hörten wir, sie hätten ihn begraben."

„Und was machte euer Herr dann?" fragte der alte Tagelöhner mit spöttischem Ton.

„Er hat noch allerlei gebraucht, wenn er merkte, daß die Unruhe kam, das nützt aber alles nichts. Da kann keiner gegen an, das ist 'ne Krankheit, die die Doktors auch nicht kurieren können. Aber er geht da fürchterlich gegen an, und das hilft zuweilen doch etwas. Ich bin aber bange, wir kriegen jetzt wieder böse Tage!"

„Wißt ihr wirklich nicht, woher das kommt?" fragte Claus Nissen und sah mit lauerndem Blick einen nach dem anderen an. Sie schüttelten die Köpfe.

„Und was weißt du denn davon, du Wichtigmacher?" rief Niklas Steffen ärgerlich.

„Vielleicht mehr als du. Aber man darf wohl nicht davon reden, wenn du dabei bist. Du gehörst ja mit zum Hof."

„Wichtigmacher!" wiederholte Niklas.

„Erzählen!" riefen die anderen.

Claus Nissen steckte sich erst die Pfeife an und ließ sich noch etwas bitten, dann warf er ihnen erst mal einen Brocken hin:

„Das Kluwenmoor, wißt ihr, hat früher nicht zu Schnarstruphof gehört; was der Großvater von Thomas Ottsen ist, der hat es den Solstrupern abgeschworen."

„Was sagst du da?" - „Was hat er abgeschworen?" - Sie steckten die Köpfe zusammen. Es wurde ganz still in der Stube.

„Ich will nichts gesagt haben", sagte der Tagelöhner wieder und schielte nach Niklas Steffen hinüber. Der stierte halb ärgerlich, halb neugierig in sein Grogglas. - „Minsch, vertell doch mal!" ermunterte ihn nun auch Fritz Lewetz. „Ick bring di en Glas Grog." Das entschied.

Als das Glas Grog vor ihm stand, fuhr der Erzähler fort: „Da ist auch kein Geheimnis bei. Das war so: Ein paar Jahre haben sie sich vor Gericht gestritten um das Moor, auf das früher keiner was gegeben hat. Nun waren sie wie die Hunde, die sich um den Knochen beißen. Der alte Ottsen war aber ein grapsiger Kerl, der keinem was gönnte und alles zusammenschrapte, was er kriegen konnte. Zuletzt ist das Gericht herausgekommen nach dem Kluvenmoor und hat alles besichtigt, und dann hat der alte Ottsen da an Ort und Stelle beschwören müssen, was er von früher her noch wußte, und daß der Grund und Boden, auf dem er nun stand, ihm gehörte, so wahr ihm Gott helfe und sein heiliges Wort!"

Claus Nissen trank sein Glas Grog aus. Alle machten sie

bedenkliche Gesichter, nur Liese Witt rief: „Na, wenn er das so gewiß wußte, konnte er das ja auch gerne tun."

„Ich will nichts gesagt haben", versicherte Claus, aber der Grog gab ihm wieder einen Stoß und gleich darauf fuhr er fort: „Soviel sag' ich doch: rein und richtig ist die Sache nicht gewesen!" Dann dämpfte er die Stimme, als er fortfuhr: „Eine alte Frau, die am Noorgraben Dreiblatt suchte, hat gesehen, daß er am Morgen früh, ehe er den Eid leistete, auf seinem eigenen Moor stand und sich da Erde in seine Holzschuhstiefel füllte. Nachher hat er denn geschworen, daß der Boden, auf dem er steht, ihm gehört."

Sie sahen einander an und wußten nicht, was sie sagen sollten, endlich rief Fritz Lewetz laut: „Das war denn wohl ein Meineid!" Dem Dienstjungen lief es eiskalt am Rücken hinunter: ein Meineid war ja das schrecklichste Verbrechen, das es gab. Liese Witt fragte ängstlich: „Ist ihm denn nicht nachher die Hand aus dem Grabe gewachsen?"

„Dumme Deern!" brummte Claus Nissen, „glaub' doch nicht so'n Kram. Ganz was anderes ist passiert. Ich will aber nichts gesagt haben, denn eigentlich glaub' ich auch nicht an sonne Hexengeschichten, aber hier muß doch was dran sein, denn ich habe alte Leute gekannt, die das ganz gewiß wußten."

„Na, denn raus damit, man nicht so ängstlich, ich bring' dir noch ein Glas Grog", ermunterte ihn Fritz Lewetz. So lange wartete Claus noch, bis das Glas vor ihm stand, dann tat er einen langen Zug und fuhr fort:

„An demselben Abend – es war gerade schöner Mondschein – geht nun der alte Ottsen noch mal hinaus nach dem Moor. „All mien!" sagt er. Da hört er mit einem Male hinter sich einen laut lachen. Er dreht sich um, sieht aber keinen Menschen. Nur am Torfhaufen sieht er einen großen, grauen Fuchs stehen, der pliert ihn an. Der Alte nimmt eine Torfsode auf und schmeißt nach dem Fuchs. – Der reißt aber nicht aus, nein, er bleibt ruhig sitzen, und als der Alte herangeht, macht er 'nen krummen Buckel, steht auf, zeigt die langen, spitzen Zähne und knurrt. Da reißt der Bauer einen Zaunpfahl heraus, geht auf das Biest los und schlägt zu. Der Pfahl fährt in den weichen Grund – der Fuchs ist zur Seite gesprungen, fletscht die Zähne und heult ihn an. Hinter sich hört er aber nun wieder das höhnische Lachen. – – Da kriegt er es mit der Angst und läuft weg. Hinter ihm her heult und lacht es fürchterlich, und der Fuchs schnappt ihm immer nach den Beinen. Er rennt und rennt, alles was er kann; über Wälle und Gräben geht es. Wie vom Teufel geritten kommt er endlich auf seinem Hof an, reißt die Haustür auf, wirft sie ins Schloß und stößt den Riegel vor. – – Dann sackt er auf der Diele zusammen. Draußen hört man noch einen furchtbaren Schlag gegen die Tür ballern, dann ist alles totenstill."

„Na, denn bist du ja auch woll zu Ende mit deinem Lügenkram", sagt nun ganz trocken Niklas Steffen. „Ich glaube nicht an Spökelsgeschichten, das ist was für alte Weiber."

Claus Nissen lacht höhnisch. „Ich bin ja, Gott sei Dank, nicht dabei gewesen, aber der alten Webersch ihre Mutter hat am anderen Tag die Tür gesehen, und sie hat oft genug erzählt, daß fünf Finger: Tatzen mit langen Krallen, neben der Klinke auf der Türfüllung eingebrannt gewesen sind. Die Stelle hat man nicht wegkriegen können, sie hat sich immer wieder durch die Farbe durchgefressen. Zuletzt hat der Tischler eine neue Füllung einsetzen müssen, und darauf hat er ein Kreuz eingeschnitten, das hat der Paster geraten, dem soll der Bauer von dem Spuk erzählt haben. Aber von der Moorerde in den Stiefeln hat er ihm nichts gesagt. Geholfen hat aber das heilige Zeichen, und das Kreuz sitzt noch auf der Tür. Ich hab's noch gestern gesehen, und du kannst es dir heute abend auch noch angucken, Niklas Steffen!"

Dann waren sie alle ganz stille. Der Erzähler trank bedächtig sein Glas leer und schloß: „Der Bauer lag lange krank, und später ist er ein menschenscheuer, stiller Mann geworden, aber immer geiziger und raffiger nach Geld. Jedesmal, wenn Vollmond war, hatte er nachts keine Ruhe, dann lief er im Hause umher und fühlte an allen Fensterhaken und Türen nach, ob sie auch zu wären. Auf dem Moor soll es dann nicht geheuer gewesen sein. Der Fuchs, der große graue Fuchs – wißt ihr – das war der Teufel selber! – – – Kein Bauer aber von Schnarstruphof hat seitdem Ruhe, wenn der Vollmond ihm aufs Hausdach scheint."

„All Lögen und Schiet!" fuhr nun Niklas Steffen auf und schlug mit der schweren Faust auf den Tisch.

Der Kater sprang erschreckt von Liese Witts Schoß, Niklas stand auf und ging einen Schritt näher an den Erzähler heran. - - - -

In diesem Augenblick der Stille war es, als man den Klang der hohen, hellen Kinderstimme hörte: der Neujahrschoral klang hinein ins Nebenzimmer und dämpfte die aufsteigende Glut. Man drängte sich an die Tür, öffnete sie leise und lauschte dem Gesange Meta Norgaardts, bis sie zum Schluß kam:

„Bestrafe Herr durch Dein Gericht
Des alten Jahres Sünden nicht!" -

Die Tür war weit aufgegangen, sie konnten die Sängerin sehen und auch den einzigen Gast, Thomas Ottsen. Er hatte den Kopf in die Hand gestützt und stierte ins Glas, nur ab und zu flog ein scheuer Blick über den Tisch hinweg auf Meta. Als das Lied zu Ende war, fuhr er auf, so daß das Mädchen sich erschrocken nach der Tür wandte.

„Halt!" schrie Thomas Ottsen, stemmte beide Hände auf die Tischkante und erhob sich schwerfällig. Zitternd blieb die Kleine an der Tür stehen und verfolgte ängstlich jede Bewegung des Betrunkenen. Schwankend kam er hinter dem alten Eichentisch hervor und machte einen Schritt vorwärts, aber er mußte sich an der Tischecke festhalten. - „Geld! Hier ist Geld in deinen Rummelpott", lallte er, griff mit der Linken in die Westentasche, holte einen Taler heraus und hielt ihr ihn hin. Sie zögerte. Da warf er ihr das Geldstück vor die Füße, daß es klirrend hochsprang und an die Tür rollte. Im nächsten Augenblick erfaßte er das halbvolle Glas und schleuderte es an die Wand. „Verfluchter Suff!" brüllte er und stieß mit den Füßen nach den Scherben. Beinahe wäre er hingefallen, doch der alte Lewetz sprang hinzu und hielt ihn fest. - „Weg da!", Thomas Ottsen reckte sich und schüttelte den Arm des Wirtes ab, dann schrie er so laut, daß es durch das ganze Haus dröhnte: „Niklas, anspannen! Wi wöllt to Hus!"

Da hob Meta Norgaardt schnell den Taler auf und machte, daß sie weiter kam.

Bei Jes Petersen ließ man Meta in die Wohnstube hereinkommen; sie mußte unter hellem Gelächter von Groß und

Klein zweimal ihr Lied singen. Dann wurden die Knechte und Mädchen hereingerufen, man wollte noch ein Lied hören, ehe man ein Geschenk gab. Meta sang nun ein Schwedisches Lied, das sie früher oft von ihrem Vater gehört hatte: „Du gamla, du friska, du fjällhöga Nord." Die Dienstboten aber bekamen inzwischen kräftigen Punsch und wurden munter.

„Der kleine Birkfuchs ist wohl 'ne danske Pige?" fragte eins der Mädchen halblaut und spöttisch.

„Eigentlich ist sie 'ne Baronin", rief jemand von hinten herüber. Alles lachte, Meta trat das Blut ins Gesicht, sie sang aber weiter.

„Was hat sie denn schon alles im Korb?" fragte ein junger Knecht, trat heran und hob das Tuch hoch, das darüber lag. Meta merkte es nicht. Da nahm er leise eine Torfsode aus dem Kasten, der am Ofen stand und ließ sie unter das Tuch gleiten. Bald folgte eine zweite und dritte. Da wurde der Korb schwer. Meta blickte sich um und sah in die lachenden Gesichter der Leute. Da griff sie rasch in den Korb, warf die Torfsoden auf die Diele und drängte sich durch nach der Tür.

„Haltet den Fuchs am Ohr fest!" rief der junge Knecht. „Sie soll alles wieder aufsammeln." Rohe Fäuste packten sie und zogen sie zurück ins Zimmer. „Erst aufsammeln!" schrien die Mädchen und zeigten auf die Torfbrocken, die auf der Diele lagen. „Nein, ich tu's nicht!" sagte Meta trotzig. Da bekam sie einen Stoß, daß sie gegen den Ofen flog. Ich tu's aber doch nicht! - Und wenn ihr mich totschlagt, ich tu's nicht!" Sie knirschte mit den weißen Zähnen. Im selben Augenblick erhielt sie vom Bauern Jes Petersen eine schallende Ohrfeige und er schrie: „So'n Lumpengesindel will sich hier noch mausig machen. Raus damit an die frische Luft!"

Da trat der erste Knecht August Boysen vor, ein Hüne von Kerl, der einen Sack Weizen unterm Arm tragen konnte, er sagte laut und ruhig: „Sie hat keine Schuld, Herr, das hier ist der Schleef." Er zeigte auf den jungen Knecht. - „Raus!" schrie trotzdem der Bauer. Da nahm August Boysen das Mädchen an der Hand: „Komm' mit mir, Meta", sagte er, „und der Teufel soll den holen, der dir etwas tut!" Er führte sie hinaus.

Sie lief eine halbe Stunde lang, und kam dann in eine Gegend, wo man sie nicht kannte. Hier zog sie singend von Haus zu Haus, fand harte und mildtätige Leute, hörte spöttische und freundliche Worte; das ging alles über sie hinweg, sie mußte singen und betteln und so füllte sie ihren Korb mit Gaben.

Als sie spät abends übers Eis des Noores nach Hause ging, stand der Mond hoch am Himmel und beleuchtete ihren Weg. Vom Lande her drang noch dann und wann der dumpfe Knall eines Flintenschusses herüber, denn bis Mitternacht wurde von den Knechten vor den Fenstern geschossen und gelärmt. Aber auch hinterm Noor fiel jetzt ein Schuß und dann noch einer. Das waren nicht die Bauernknechte. Das waren Hans Boysen von Lesumfeld und einer der „Böhmen" aus dem Birkhaus. Die schossen des Barons Hasen und legten sie in ihre eigene Pfanne.

Zu Hause wollte sie sich leise nach dem Boden schleichen, wo sie in einem Verschlag ihre Lagerstätte hatte. aber Jens Norgaardt hörte die Tür gehen und schrie gleich:

„Herein mit dir! Was hast du denn mitgebracht?" Er riß das Tuch vom Korb und packte aus: Brot und Speck, Eier und Fördchen, auch ein paar braune Weihnachtskuchen.

„Her mit dem Geld", hieß es dann. Da zeigte sie auf das Tuch und holte aus dem Knoten in der Ecke etwas Kupfergeld hervor. Die Schillinge hatte sie wohl verborgen, die zählte sie nachher ihrer Mutter vor. Den Taler drückte sie ihr ganz zuletzt in die Hand, und als sie das tat, verschwanden all die Schatten des Abends; aus ihren Augen leuchtete, als das alte Jahr schied, die Sonne des Glücks.

Hans Thordsen verlebte den letzten Abend im alten Jahr recht angenehm. Er warf den Nachbarn einige Töpfe gegen die Tür und rannte dann fort, um in angemessener Entfernung die Wirkung zu beobachten. Nachher verzehrte er seine Reisgrütze mit Butter, hörte etwas schläfrig zu, als seine Mutter langsam und andächtig ein Neujahrskapitel aus dem Gesangbuch vorlas, und ging dann zu Bett. Er träumte von der Seefahrt und von der „Marianne Dahl".

Es gingen aber doch noch einige Wochen hin, bis die Bark, auf der er seine erste Reise über die blaue Ostsee und den weiten Ozean antreten sollte, in Sicht kam. Täglich stand er am Strande oder saß oben auf der Leiter am Lotsenhause und spähte hinaus auf die See. Kein Segel, das am Horizont auftauchte, entging seinem Auge, und wenn er von der Schule nach Hause kam, war seine erste Frage: „Ist sie schon vorbeigekommen?"

„Wer? - der Birkfuchs?" sagte eines Tages mit höhnischem Lächeln ein Fischerjunge. Im nächsten Augenblick lag er im Sande und noch acht Tage später hatte er ein blaues Auge. Das waren die Folgen des Kampfes um die „Düppler Schanzen".

An einem Sonntagnachmittag war es, da sah Hans Thordsen nördlich von Ärrö die Segel eines größeren Schiffes auftauchen, sie wuchsen am Horizont und wurden größer und größer. Es war eine Bark. „Dat ist dien Schipp, dat is de Marianne", sagte der alte Lotse Matthiesen, der hinter ihm stand und das lange, altmodische Fernrohr, den Kieker, vorm Auge hielt. Da schlug dem Jungen das Herz mächtig gegen die Rippen, er fühlte sich, als wenn er einen Fuß gewachsen sei: er gehörte nun zu den Seeleuten, da kam sein Schiff. -

Wieder einige Wochen später, da stand der junge Seefahrer mit seinen Schulkameraden vor dem Altar der Geltinger Kirche, um konfirmiert zu werden.

Fast alle Konfirmanden trugen lange schwarze Röcke, denn das „gehörte dazu", nur Hans Thordsen und zwei Knaben aus Kronsgaarde hatten blaue Jackettanzüge an und darunter ein blaues Flanellhemd, das den Hals und oben die Brust frei ließ. Was sollten die auch mit langen Röcken und schwarzen Westen machen?! - Sie wollten ja zur See! Sie standen am Altar nebeneinander. Der alte Pastor Hansen richtete, als er sie eingesegnet hatte, an „seine Seefahrer" einige besondere Worte der Mahnung, er gedachte auch im Gebet ihrer und ihrer Eltern. Das ging Mutter Thordsen, die ganz hinten unter dem alten Orgelboden saß, sehr zu Herzen. Das Licht der dicken Wachskerzen, die auf dem Altar standen, flimmerte vor ihren Augen: einen Augenblick sah sie dort nicht mehr ihren Jungen in der Reihe der Konfirmanden. Auch Pastor Hansen sah sie nicht mehr - es war Pastor Jensen, der dort stand: der alte Pastor Jensen, der einst seine weiße zitternde Hand auf ihr volles blondes Haar gelegt hatte, als sie den Myrtenkranz trug. Und zwischen den Altarlichtern tauchte aus dem Nebelschleier, der vor ihren Augen lag, eine andere Gestalt auf: das war der, auf dessen Heimkehr sie so lange und sehnlichst gewartet hatte. Seine ernsten, blauen Augen blickten nach ihr hin, und seine segnenden Hände sah sie erhoben über dem Haupt ihres Jungen. - - - „Amen", sprach der Pastor, und das war wieder Pastor Hansens weiche, freundliche Stimme. Da verblaßte das Bild, das vor ihren Augen gestanden hatte, und zerflimmerte im Lichtschein. Sie fuhr sich mit dem weißen Taschentuch über die alten Augen. - Nun sah sie wieder alles klar. - - -

Hans Thordsen gingen diese Worte des Pastors sehr zu Herzen; er fühlte, wie stolz er auf seinen Beruf sein mußte. Vor der ganzen Gemeinde richtete der Pastor seine Worte an ihn und seine beiden Kameraden, an sie, die armen Tagelöhner- und Schifferjungen, und nicht an die reichen Bauernsöhne oder an solche, die Schneider oder Knecht werden wollten. Das war etwas Besonderes! - Aber er ließ es sich nicht anmerken, daß ihm das so nahe ging, denn es schickte sich nicht für einen Seemann. Als die drei Seeleute auf ihrem Platz saßen, hatte Thordsen sich schon so weit gefaßt, daß er seine beiden Kameraden auf das Schiff aufmerksam machen konnte, das neben dem Taufstein an der Decke hing. Er hatte nämlich mit Kennerblick herausgefunden, daß der Besanmast zu kurz und das Schiff überhaupt vorn viel zu völlig gebaut sei, um gut segeln zu können. Seine beiden Kameraden bestätigten dieses Urteil. -

Bald darauf ging es fort von der Heimat. An einem Märztage in aller Frühe, als es noch ganz dunkel war, trat er mit einem ansehnlichen Bündel beladen die Reise nach Flensburg an. Er und seine Mutter hatten die ganze Nacht nicht geschlafen, darum waren sie auch so früh auf. Als gestern abend die alte Frau ihrem Jungen die Strümpfe und Hemden zusammenwickelte und ins Bündel packte, vergaß sie auch die Bibel nicht. Manche gute Ermahnung und freundliche Warnung hatte sie außerdem noch mit hineingeschnürt. Vieles hatte sie zu sagen gehabt. Heute morgen war sie ganz stille. Als sie zum letzten

Mal am Kaffeetisch einander gegenübersaßen, wollte es ihnen beiden nicht schmecken.

„Iß doch tüchtig, du hast einen langen Weg vor dir", sagte sie und schob ihm ein Stück Schwarzbrot hin, das dick mit Butter und braunem Sirup bestrichen war. „Ich will dir auch noch eine Tasse Kaffee einschenken." Sie holte den Kessel vom Herde und goß ihm die Tasse voll, obwohl sie nur halb leer war.

„Ich bin noch gar nicht hungrig", meinte er. Das Brot wurde ihm so lang im Munde; kleinlaut sagte er dann: „Es ist noch so früh." Nun blickte er sie an: er sah, wie ihre Lippen zuckten und wie eine Träne ihr an der runzligen Wange herunterrann. – Da, zum ersten Male, fiel es ihm so recht schwer aufs Herz, daß er bisher nur an sich gedacht habe, daß er eigentlich all die Jahre lang alle Wohltaten, alle die sorgende Mutterliebe als etwas Selbstverständliches betrachtet hatte, als etwas, das ihm von rechtswegen zukam, ohne daß er dafür besonders dankbar zu sein brauchte. In diesem Augenblick fühlte er, wie ungerecht das war. Und da überkam den großen Jungen das Gefühl, als wenn er der lieben, treuen Mutter um den Hals fallen und ihr danken müßte für alle die Liebe und Sorge und Arbeit, die ihr Leben ausgefüllt hatten, um ihn groß zu ziehen. Aber er drängte doch das Gefühl zurück, wenn's ihm auch schwer wurde, denn solche Zärtlichkeiten waren in Falshöft nicht Mode, und als Seemann mußte er ja hart sein, hart wie Stahl. – Wenn er ihr nun um den Hals fiel, dann würde er weich werden, dann würde er bitterlich weinen müssen.

So blieb er denn fest, trank langsam und schweigend seinen Kaffee aus. Scholli, der kleine, langhaarige Wachtelhund, der lungernd mit den Vorderfüßen auf seinem Stuhl stand, bekam Brocken um Brocken von dem leckeren Sirupsbrot, bis es alle war. Dann stand Hans auf, faßte die Hand der alten Frau und streichelte ihre Wangen: „Adieu, Mutter!" –

Sie aber lief in die Küche, holte die alte Öllaterne und zündete sie an. Sie konnte ihn noch nicht so gehen lassen. „Komm, Scholli." Der Hund sah sie verständnisvoll an und wedelte mit dem Schwanz. So machten sie sich denn alle drei auf den Weg.

Bis Nieby wollte sie mitgehen, als sie aber Mangelsen's Pappelallee hinter sich hatten, da konnte sie sich noch nicht von ihm trennen. „Es ist noch so dunkel", sagte sie, „und du bist nun an das Licht der Laterne gewöhnt. Dann geht sich das nachher so schlecht, und die Laterne kannst du doch nicht mitnehmen!" Sie versuchte zu lächeln. - „Ich gehe noch ein bißchen mit, bei Nordschau will ich umkehren." - So ging sie denn weiter, immer ganz dicht hinter ihm her, das Licht ihrer Laterne fiel voraus auf den schmalen, trockenen Fußsteig und auf die tiefen, schmutzigen Wagenspuren des Fahrweges. Da kam es ihr in den Sinn, daß dies das letzte Mal sein könnte, wo sie ihrem Jungen den rechten Weg zeigte, und dann gingen ihr allerlei Gedanken durch den Kopf. Das Herz wurde ihr so voll und die Zunge so schwer, sie konnte das nicht sagen, was sie für ihn fühlte. Sie gingen weiter bis an den Goldhöfter Berg, da blieb sie stehen:

„Hans!"

„Ja, Mutter?" - Er drehte sich um und sah vor sich nieder.

„Hans du gehst nun fort in die weite Welt." Ihre Stimme zitterte.

„Ja, Mutter."

„Dein Vater hat früh von uns weg müssen, er konnte dir nicht . . .", sie stockte.

„Ja, Mutter, du bist immer gut zu mir gewesen."

„Ich bin eine schwache Frau, aber ich zeigte dir doch den Weg, so gut ich konnte, wie ich es auch heute tue."

„Ja, Mutter, das hast du getan."

„Du gehst nun in die weite Welt. Geh den schmalen Steig, Hans! Tritt nicht rechts in den breiten, schmutzigen Weg. Fall nicht links in den tiefen Graben." Das Bild hatte sie vor Augen gehabt, als sie hinter ihm ging, das mußte sie ihm sagen.

„Nein, Mutter, das will ich auch nicht." Er verstand noch nicht so ganz, wie sie es meinte.

„Ich kann dir dann nicht mehr auf deinen Weg leuchten. Aber der liebe Gott kann das. Er geht mit dir. Ich will ihn jeden Morgen und jeden Abend bitten, daß er dich nicht verläßt, daß er dir den rechten Weg zeigt. - Tu du das auch!"

„Ja, Mutter, das will ich auch."
„Und dann schreib."
„Ja, Mutter."
Sie hatte umkehren wollen und nun ging sie doch weiter. Von Zeit zu Zeit rauschte es in den Büschen am Wege, Scholli sprang über den Wassergraben und erschien im Lichtkreise der Laterne. Schwanzwedelnd schaute er seinen Herrn an und verschwand dann wieder in der Dunkelheit. Im Nordschauer Holz schlugen die Drosseln der Dämmerung entgegen, sonst war alles stille. In Gelting war hinter einigen Fenstern schon Licht. Sie gingen durchs Dorf und am neuen Kirchhof entlang nach Ohrfeld zu. Dann fing es an zu dämmern. Die alte Frau blieb stehen, löschte die schwelende Laterne aus und stellte sie auf den Fußsteig. „Hans, nun muß ich umkehren!"
„Mutter! - Mutter! Liebe Mutter!" Er konnte es nicht mehr zurückhalten, der aufwallende Schmerz durchbrach den Damm, den der Knabenstolz künstlich aufgeworfen hatte. Wie er als kleines Kind es getan hatte, wenn Leid ihn drückte, so warf sich jetzt der große Junge an ihre Brust: „Mudder, mien leewe Mudder, nu mutt ick weg von di!" Und er weinte bitterlich.
„Mußt nich weenen! - Mußt ja doch nich weenen!" schluchzte sie und wischte ihm die Tränen mit ihrer Schürze ab, wie früher, wenn er mit dem Kopf auf ihrem Schoß gelegen hatte und sie ihn tröstete.
„Bist du mi ock gud, Mudder? - Bist du mi ock gans gewiß öwer nix mehr bös, wat ick dahn heff?" -
„Du bist mien leewe Hans! Mußt ja nich weenen! Du kümmst ja werrer! - Und denn freuen wi uns. - Un ick bäd ja jeden Dag tom leewen Gott för di, mien Jung!" -
Ihre Stimme wurde wieder fest und zuversichtlich. Nun ihr Kind weinte, wurde sie stark und still. So ist das Mutterherz. - Eine ganze Weile hielt sie ihn umschlungen, streichelte seine Backen und trocknete ihm die Tränen.

Vom Ohrfelder Hof hörte man einen Wagen über das Steinpflaster rummeln, dann mahlten die Räder leise im Kies der Straße. Ein Peitschenknall kam von der nächsten Wegbiegung, man hörte das Schnauben der Pferde, da raffte Hans sich zusammen:

„Adjüs, Mudder, mien leewe Mudder!"

„Adjüs, Hans! Gah mit Gott!" - Das waren ihre letzten Worte, die rief sie ihm noch nach, als er zurückschaute und ihr zuwinkte. Dann verschwand er hinter den Büschen. Einen Augenblick stand sie still, gleich darauf war sie aber an der nahen Wegbiegung, da sah sie ihn noch einmal in der Morgendämmerung rüstig fortschreiten. - Nun war er fort. - Sie lockte Scholli heran, der mit aufgehobenem Vorderfuß winselnd sie anschaute, und streichelte ihm freundlich das nasse, schmutzige Fell. Er hatte ja auch seinen Kummer. - „Komm, Scholli! Wir können nicht mit, wir müssen nach Haus." Dann nahm sie ihre Laterne und ging heim. Nun durfte sie weinen.

Als sie anderthalb Stunden später wieder die ersten Häuser von Falshöft erreichte, war sie wieder ruhig und stark. „Es steht in Gottes Hand!" Das felsenfeste Gottvertrauen hatte ihr beigestanden in Not und Tod. Als sie damals die Nachricht bekommen hatte, daß ihr Mann nie wieder heimkehrte, da hielt das sie aufrecht. Nun hatte sie wiederum ihr Einziges und Liebstes hergegeben, aber „ohne seinen Willen fällt kein Haar von unserem Haupte", so stand für sie geschrieben im heiligen Buche!- Wohl dem, der eine so feste Stütze hat, die ihn hält, wenn alles rings umher schwankt und wankt, und wehe dem, der einem schwachen Menschen den Grund unterwühlt, auf dem diese Stütze ruht. - Weiß er denn, wann und wo jener sie gebrauchen muß, und kann er gerade diesem Menschen etwas besseres wiedergeben? - - -

Als der Frühling den ersten Hauch von frischem Grün über die Weiden und Wiesen an der Flensburger Förde legte, als der Kiewit schreiend über das Noor dahinstrich und in den Binsen seinen Nistplatz suchte, als die schwarzweißen Tauchenten wieder zu zweien am Strande fischten und die großen Haffmöwen im Sonnenschein mit dem warmen Westwind spielten, da glitt eines Abends die „Marianne Dahl" mit vollen Segeln am nördlichen Ufer der Außenförde der Ostsee zu. Hans Thordsen war Decksjunge, denn er verstand schon etwas von der Sache, er hatte harte Hände und helle Augen und kletterte wie eine Katze. - Es war beim Wenden eine Leine an der Marsraa unklar geworden, und er wurde hinaufgeschickt, um sie klar zu machen. Er blieb aber merkwürdig lange oben. Die Landzunge, die an dieser Stelle die Förde verengt, war ja seine Heimat. Von der luftigen Höhe aus konnte er weit ins Land schauen. Und nun glitten im raschen Fluge die lieben, bunten Bilder an ihm vorüber, die er so gern festgehalten hätte. Es war ihm, als wenn er wieder in den Guckkasten schaute, mit dem der alte, bucklige Peter Benz im Winter von Schule zu Schule zog. Das war den Kindern auch immer zu schnell gegangen. Immer ein neues Bild! – Und man hatte das andere doch erst halb betrachtet. Aber es half nichts, daß man versuchte, ihm die Hand festzuhalten. Dann drehte er nachher um so schneller. Bild auf Bild zog vorüber, bis das letzte kam und man in den schwarzen, dunklen Kasten hineinstarrte.

So auch jetzt. Die Beveröer Mühlen kamen in Sicht, die beiden großen, die so langsam und bedächtig ihre Flügel bewegen und die beiden kleinen Bockmühlen, die es so eilig haben. Sie müssen das Wasser aus dem Noor mahlen, damit die Kühe vom Hofe dort ihr Futter finden können. – Gleich darauf aber schob sich der Wald vor das Bild und links tauchten die hohen Pappeln am Niebyer Wege auf. Zwischen ihnen war er neulich hindurchgegangen, als seine Mutter ihm das Geleite gab; schlank und gerade, wie eine Reihe Grenadiere standen sie da drüben, als wenn sie den Sohn der Heimat noch einmal grüßen wollten. Dann kam das einsame Eichen- und Schwarzdorngebüsch am Strande der Birk, das von Jugend auf gegen die scharfen Nordwinde einen harten Kampf ums Dasein geführt hatte. Vor ihm lag der gleichmäßig öde Strand mit dem braunen Tangsaum, endlich erschien das altersgraue Birkhaus mit dem zerzausten Strohdach und den grünlichen Fachwerkbalken. – Ein rothaariger Mädchenkopf tauchte vor ihm auf, er sah ihn freilich nicht mit den Augen, dazu war das Haus zu weit weg. „Birkfuchs, wenn du am Strande wärst, könntest du mein Schiff noch mal sehen!" murmelte er, dachte dann aber an wichtigeres. Hinter dem Birkhaus wurde jetzt der weiße Falshöfter Strand sichtbar, und in der Ferne hoben sich einzelne Häuser und Baumgruppen vom Abendhimmel ab. Dort lag seiner Mutter Haus. –

Er hörte nicht, daß unten zum „Backen und Banken" gerufen wurde, er lag oben auf der Raa und schaute hinüber nach dem Land. – Der Wind blähte die Segel und trieb die „Marianne Dahl" weiter und weiter. Da wischte er mit dem Hemdärmel über die Augen und machte rasch seine Arbeit fertig.

Die Jahre vergingen. – –

Des Schulmeisters Georg war ein kleiner dummer Junge, als Hans Thordsen konfirmiert wurde, nun war er in Schleswig auf dem Gymnasium. Wenn der wohlbestallte Tertianer in den Ferien zu Hause war, sah man ihn oft am Strand. „Was macht Hans?" rief er dann, wenn er Mutter Thordsen im Garten sah, und reichte ihr durch die Lücke in der Dornhecke die Hand.

„Hans geht's gut", war stets die Antwort, ein freundliches Lächeln flog dabei über die faltigen Züge, und die grauen Augen fingen an zu leuchten. – „Hans ist in China" – „Hans fährt jetzt ums Cap Horn herum", so oder ähnlich hieß es, und meistens setzte sie hinzu: „Komm man mal mit herein, Georg, ich will dir was Schönes zeigen."

Die Kommode, auf der die Geburtstagstassen in Reihen aufgestellt waren, enthielt Schätze, die Hans mitgebracht hatte. Da gab es allerlei chinesisches Schnitzwerk zu sehen und Malereien auf silberglänzenden Perlmuttermuscheln, auch Haifischzähne und vergiftete Pfeilspitzen. Das Wunderbarste aber war ein vollständig aufgetakeltes kleines Schiff, ein Dreimaster, in einer Glasflasche. Der Hals der Flasche war so eng, daß der Rumpf des Schiffes eben hindurchkonnte, und doch stand es dadrin mit Masten und Raaen. Das war die reinste Hexerei; und es war doch keine Hexerei, denn die Sache war nicht von einem Chinesen, sondern von Hans Thordsen selbst gemacht. Mutter Thordsen wußte auch, wie es gemacht wurde, das durfte sie aber nicht nachsagen. Und dann wurden die letzten Briefe hervorgeholt, die Messingbrille wurde aufgesetzt, und Georg lauschte den Berichten von Sturm und grober See, von schwarzen und gelben Menschen.

Damals hatte der qualmende Dampfer, der ruppige Geselle, der sich um Wind und Sturm nicht zu kümmern braucht, noch nicht die Oberhand auf dem weiten Weltmeer, damals galt der Segler noch etwas, und die kostbarsten Lasten vertraute man ihm an. Wenn die erste Tee-Ernte in den beiden großen Teeverschiffungsplätzen Chinas, Hankau und Futschau, ankam, dann warteten dort schon die berühmten Teeklipper auf die Fracht. Und hatten sie diese wohlverstaut im Raum, dann ging die Wettfahrt los. Alle Segel wurden gesetzt, dann hieß es biegen oder brechen, denn wer die erste Ladung auf den Londoner Markt brachte, der erhielt von den Verfrachtern eine hohe Prämie. Außerdem wurde gewettet, große Summen wurden gesetzt, verloren und gewonnen; die Kapitäne und Mannschaften aber setzten ihr Leben ein, um Geld und Ruhm zu gewinnen. Zur Führung dieser riesig aufgetakelten Chinaklipper gehörte Erfahrung und Wachsamkeit, aber auch Wagemut und Kaltblütigkeit; die Mannschaft mußte die gewandteste und kühnste sein.

Mit Stolz zeigte Mutter Thordsen ein Bild des berühmten Klippers „Hallowen", das über der Kommode hing und in China für einen unglaublich billigen Preis recht nett gemalt war. Der hatte alle anderen Klipper geschlagen und in 89 Tagen die Reise von Shanghai bis Dover gemacht. Hans war bei dieser Wettfahrt Matrose auf dem Schiff gewesen und schrieb von den Gefahren und Strapazen des tollkühnen Rasens. – Mit Stolz las die Seemannsmutter das vor, gespannt horchte Georg, und wenn er ging, bekam er die fremden Briefmarken.

Peter Ottsen war um diese Zeit schon ein großer Herr. Sein Vater war in den letzten Jahren etwas grau und steif geworden. Die Anfälle waren häufiger gekommen und nach und nach immer länger geworden. Schüttelte er den Vampir ab, der ihm die Ruhe raubte und sein Blut vergiftete, so kam der Rückschlag: Scheu und verdrießlich blickte er umher und gab auf harmlose Fragen barsche Antworten. Den Leuten ging er aus dem Wege und sie gingen ihm aus dem Wege. Auch seine Frau hatte den Kampf aufgegeben, sie stand vor einem schweren, unabwendbaren Übel und suchte nur zu verhüten, daß der Besitz nicht zu sehr geschädigt wurde. Wenn er im Rausch einen dummen Handel abgeschlossen hatte, dann suchte sie diesen rückgängig zu machen; wenn er einen Knecht geschlagen oder einen Händler beschimpft hatte, dann gab sie Geld oder tat Abbitte. Gleichwohl wurde sie für ihre Umgebung immer stolzer und unnahbarer; es war, als wenn sie jede Demütigung, die sie für ihn ertrug, dadurch wieder wett machen müsse. – Sie tat es ja nicht allein für ihn, sondern für ihren Besitz und für ihren Sohn, auf den der Hof und der Reichtum möglichst ungeschmälert übergehen sollte. Sie rechnete die Jahre aus, bis Peter verheiratet sein werde, dann müßten sie auf die Abnahme ziehen. Dann hatte ihr Mann sein Festes und Gewisses, und dann würde auch das mit dem Trinken besser werden. So dachte und rechnete sie.

Vorläufig hatte der Alte allerdings noch die Zügel in der Hand und dachte nicht an Abgeben und Abnahme. Wenn er mit schweren Schritten, stier vor sich hinblickend, vom Dorfe her und am Schulhause vorbei kam, dann drückte sich Georg Lorenzen vorsichtig hinter die dichte Dornhecke, die den Garten umschloß. Mit angehaltenem Atem horchte er auf die Worte, die der Vorübergehende im Selbstgespräch ausstieß. Nach so einer Periode war er mit Gott, der Welt und dem Wetter meist sehr unzufrieden und hielt damit nicht hinter dem Berge.

War es längere Zeit trocken und warm gewesen, dann brummte er: „Jeden Tag prellt uns die Sonne auf'm Buckel. – Wenn Er da oben für die Lilien auf dem Felde sorgen will, warum läßt er es denn nicht regnen! – Die Kühe haben nichts zu fressen und brüllen nach Futter, das kann jeden Menschen jammern, wenn man das ansieht. Aber Ihm ist das egal! – Das ist 'ne dolle Wirtschaft!" – Und wenn es regnete, wenn gerade der alte Ottsen sein Korn mähen oder einfahren wollte, dann war er ganz besonders wütend und schimpfte: „Nu hat Er alles wachsen lassen und läßt es verderben. Ist da Sinn drin? Ist das das richtige und gerechte Regiment, von dem der Pastor redet?! – Immer Regen und immer Regen, Tag für Tag! – Das ist ja 'ne verrückte Wirtschaft! – Da kann der Teufel ja besser regieren!"

Dem Jungen hinter der Hecke lief es kalt am Rücken hinunter ob der gotteslästernden Rede. Wenn der leibhaftige Gottseibeiuns aus dem tiefen Grunde des Brunnens dort an der langen Stange heraufgeklettert wäre und dem alten Bauern das Genick umgedreht hätte, so würde er das für eine ganz angemessene Strafe gehalten haben. Aber im Brunnen regte sich nichts, und der alte Lästerer ging weiter, schüttelte den Kopf, hob drohend den gelben Eichenstock gen Himmel und ärgerte sich über den lieben Gott, über die ganze Welt und am meisten über sich selbst.

Wenn dann nach einigen Tagen die üblen Folgen und bösen Nachwehen des Trunks verflogen, dann war der alte Ottsen ein anderer Mensch. Dann drohte er nicht dem lieben Gott da oben, sondern höchstens den Schulknaben, wenn deren „Trüll" ihm an die Holzschuhe lief. Das war aber auch nicht böse gemeint.

Die paar dänischen Brocken, die er aus früherer Zeit noch behalten hatte: „Will de wäre rolig!" erregten regelmäßig echt jungenmäßige Heiterkeit.

Der „junge Herr" spielte eine andere Rolle.

Als in der meerumschlungenen Nordmark noch der Danebrog wehte, als die Schlagbäume der Chausseen noch rot und weiß angestrichen und die Kanonen des Danewerks und der Düppeler Schanzen noch südwärts gerichtet waren, da seufzte man in diesem gesegneten Landstrich zwischen der Flensburger Förde und der Schlei über das dänische Joch. Man ballte die Faust in der Tasche und schimpfte im vertrauten Kreise über die Regierung in Kopenhagen und über die stockdänischen Hardesvögte, aber – man freute sich, daß man nichts mit den preußischen Feldwebeln zu tun hatte. Beim Militärdienst kam man glimpflich weg. Die Dienstzeit war kurz, und wer Geld hatte, kaufte sich einen Stellvertreter. So verdienten die einen, und die anderen brauchten nicht zu dienen. Das war recht nett und bequem.

Als dann aber die Sturmkolonnen der Preußen und Österreicher die deutsche Grenze nach Norden bis an die Königsau verschoben hatten, als man wieder frei und öffentlich das Schleswig-Holstein-Lied spielen und singen durfte, da zog mancher Militärpflichtige ein schiefes Gesicht, wenn - - vom „bunten Rock" die Rede war. Nun konnte man keinen Stellvertreter mehr schicken, nun mußte man selber kommen und sich vom Unteroffizier die Beine gerade biegen lassen. Das war kein Spaß für die Bauernsöhne. - Aber die Preußen waren gar nicht so schlimm, als es zuerst den Anschein hatte, bei ihnen gab's ja eine einjährige und eine dreijährige Dienstzeit. Die hohe Sprungleine, die vor das Einjährigenjahr gespannt war, steckte man damals einige Löcher tiefer, damit die Bauernsöhne hinüberkommen konnten. Die Ansprüche, die man beim Examen an sie stellte, waren in der Übergangsperiode recht mäßige, sie wurden erst später von Jahr zu Jahr verschärft.

Peter Ottsen hatte das Examen bestanden. Im Rechnen hatte er das große Einmaleins gut gekonnt, das war eine schöne Leistung! Er wußte auch, daß die Elbe ein Fluß bei Hamburg war, daß der König von Preußen Wilhelm hieß, und daß die Gans ein Wasservogel war. So kam er denn einige Monate später als flotter Husar auf Urlaub nach Hause. Als er mit der blauen Attila, den engen schwarzen Hosen und Reitstiefeln und mit langhängendem Schleppsäbel - alles natürlich feinste Extrauniform - spazierenging, damit alle Eingeborenen die Gelegenheit hatten, einen schönen preußischen einjährig-freiwilligen Husaren aus nächster Nähe zu sehen, stand Georg gerade an der Gartenpforte.

„Guten Morgen, Peter!" grüßte er freundlich und legte die Finger an seine kleine, grüne Tertianermütze. Der Husar warf nur einen halben Blick über den Schulmeisterjungen hinweg, blies eine Rauchwolke kräftig von sich und rasselte weiter. - Etwas besser erging es dem Lehrer, der an der Hausecke stand und seinem ehemaligen Schüler schon von weitem zunickte. Peter Ottsen nahm den Säbel in die Linke, drückte dessen oberes Ende an die Hüfte und schritt in würdiger Haltung vorüber, indem er die Rechte leicht gekrümmt, beinahe bis an den Mützenrand legte und genau so herablassend grüßte, wie die Offiziere es ihm gegenüber zu tun pflegten.

Lorenzen blickte ihm lächelnd ins Gesicht und zog, sich tief verneigend, die Mütze. Er glaubte, das Ganze sei nur Spaß; erst als Peter Ottsen den Säbel wieder aus der Hand ließ und mit langen Schritten weiterging, ohne sich umzublicken, merkte der harmlose Schulmeister, wie es gemeint war. Da nickte er ein paarmal bedächtig mit dem Kopfe, brummte etwas vor sich hin, das beinahe klang wie „dummer Bengel" und ging ins Haus.

Als aber am nächsten Sonntag Peter Ottsen nach Gelting zur Kirche ging, feierte er seine schönsten Triumpfe. Husaren hatte man in der Gegend allerdings schon gesehen, aber einen Einjährigen in so glänzender Uniform doch noch nicht!

Als die Glocken läuteten und der Pastor grüßend durch die auf dem Kirchplatze stehende Menge schritt, trat Peter Ottsen aus der gegenüberliegenden Gastwirtschaft heraus und ließ den Säbel auf den steinernen Treppenstufen klirren; sofort wandten sich die Köpfe dorthin und voller Verwunderung machte man ihm Platz. Ein Rekrut von der Sonderburger Festungsartillerie, der zum ersten Mal auf Urlaub in die Heimat losgelassen war, zog die Knochen zusammen und stand stramm, als der Husar vor ihm auftauchte. Er hielt die glänzende Erscheinung für einen Offizier.

„Süh mol dor, dat is Thomas Ottsen sien Söhn", rief eine alte Frau.

„Kiek dor, Peter Ottsen!" hörte der Held des Tages hier und da flüstern. Er aber hielt den Kopf gerade im Kragen und hoch aus der Halsbinde heraus, er zuckte mit keiner Wimper. Er verzog keine Miene, wenn ihn aus den Reihen der Tagelöhner und Knechte jemand mit unverschämt vertrautem Lächeln begrüßte. Auch Peter Greggersens freundliches „Gun Dag, Peter!" überhörte er völlig. Und nachher beim Mittagessen äußerte er sich abfällig über den kleinen buckligen Kerl, der „die Kriegskasse mit sich herumtrug" und doch ein „verhungerter Schneider" war.

Die größeren Besitzer und ihre Söhne aber wurden von Peter eines freundlichen Blickes gewürdigt; ganz nach Leutnantsart fiel der Gruß hier aus. Einigen vertrauten, natürlich reichen, Bekannten streckte er die weißbehandschuhte Rechte entgegen. Bei Emma Marxen vom Kallumhof blieb er stehen, nahm die Hacken zusammen, legte die Finger an die Mütze und machte ihr eine etwas steife Verbeugung. Sie errötete bis ins blonde Haar hinein und reichte ihm die Hand, sie wußte aber im Augenblick gar nichts zu sagen und zu antworten. Da kamen auch die beiderseitigen Eltern hinzu, man tat sich zusammen und zog in die Kirche, nach dem erhöhten Platz, der Kanzel gegenüber. Ringsumher flüsterte man und stieß sich an; erst als der Pastor auf die Kanzel ging, gab es Ruhe und Andacht.

Ganz unten in der Ecke unter dem alten Orgelboden saß Meta Norgaardt; sie diente jetzt als „Binnerdeern" auf Schnarstruphof. Sie war eine von den wenigen Leuten, die Peter Ottsen nicht wegen unziemlicher Vertrautheit in die ihnen zukommenden Schranken hatte weisen müssen. Sie hatte das Gepäck vom Wagen geholt, als er ankam, und war in der Haustür beinahe gegen ihn angelaufen. Etwas verwundert war er stehengeblieben und hatte sie angestarrt. Das eigenartige leuchtende Rot ihrer Haare hatte ihm in die Augen gestochen; es war ihm auch gleich aufgefallen, daß ihre Gestalt hübscher geworden war – merkwürdig hübsch für eine Pflanze, die auf solchem Boden gewachsen! – „Hübsche Mädchen und flotte Husaren, das paßt zusammen", so sagte man in Schleswig und sang dazu ein Lied von der „Soldatenliebe", die von heute bis morgen früh dauert. – Peter Ottsen, der reiche Bauernsohn, nickte und lächelte, sie aber, das arme Dienstmädchen, verzog keine Miene, sie blickte starr und kalt an ihm vorbei, als hätte sie ihn früher nie gesehen. Im nächsten Augenblick war sie an ihm vorübergeschlüpft.

Es waren Tage der Wonne und Triumpfe, die Peter Ottsen in der Heimat verlebte, leider waren die nur von kurzer Dauer. Wenn er auf dem Grauschimmel durchs Dorf ritt, dann liefen die Leute an Türen und Fenster, und als er an der Schule vorbeikam, waren Ruhe und Aufmerksamkeit dahin, Lorenzen mußte erst einige Einreibungen mit „Haselfett" machen, um alles wieder in guten Gang zu bekommen.

Ein halbes Jahr später mußte Peter die glänzende Uniform ausziehen, leider ohne am Kragen die Tressen oder auch nur einen Gefreitenknopf bekommen zu haben. Eines Tages war er wieder auf Schnarstruphof, sah wieder so aus wie die anderen gewöhnlichen Menschen, lernte es auch wieder, mit ihnen zu verkehren. Natürlich spielte er den Knechten und Mädchen gegenüber den Herrn. Am besten gelang ihm das, wenn sein Vater nicht dabei war; so leicht ließ sich nämlich der Alte das

Heft nicht aus den Händen nehmen. Er war zuweilen recht mißtrauisch und schrie ohne besondere Veranlassung die Leute an: „Noch bün ick Herr!" Peter fand sich aber in seine Rolle hinein; als ihm dann doch die Zeit dabei etwas lang wurde, ging er ein Jahr nach Kappeln auf die Ackerbauschule. Dort sah man ihn mit Heften und Büchern gehen, sehr oft saß er aber auch bei Scharstein und trank Bier und Grog – je nach der Jahreszeit.

So kam das Jahr 1872 heran.

Klaus Groth sagt in seinem Gedicht „De Floth":

„De Ostsee is je'n Pohl,
Awer de Floth, de is dull!" –

Wer die große Sturmflut vom 13. November 1872 an der Ostsee miterlebt und miterlitten hat, der weiß es aber, daß nicht nur die Nordsee eine Mordsee ist, sondern daß auch die friedliche, freundliche Ostsee toben und wüten, daß sie Gut und Leben der Menschen erbarmungslos verschlingen kann.

Ein starker, anhaltender Wind hatte von Westen her viel Wasser um Skagen herum in die Ostsee getrieben. Dann sprang er nach Nordost um und bald drängte ein gewaltiger Sturm die Wassermassen auf die südwestlichen Küsten des großen „Pohls", namentlich auf das schleswig-holsteinische Land.

„Das Wasser ist hoch", hieß es am Abend des 12. in Falshöft, aber man dachte sich nichts weiter dabei. Man ging an den Strand und zog mit „Horiöh" und „Alle Mann nochmaal!" die Fischer- und Lotsenboote höher hinauf auf die Drecht. Dann ging man ruhig zu Bett, machte mit nassem Finger das Talglicht aus, zog die Bettdecke bis an die Ohren hoch und freute sich, daß die Häuser hohl und die Dächer dicht waren. Der Püsterich mochte pfeifen und an Türen und Fenster klopfen – herein konnte er nicht. Wenn er dann einen Augenblick anhielt, um neuen Atem zu schöpfen, dann hieß es: „Aha! Nun kann er nicht mehr.

Nun geht ihm die Puste aus. Ja, ja, so was hält man nicht lange aus!" – Dann kam er aber gleich wieder und heulte höhnisch durch den weiten Schornstein: „Ich kann noch besser!" – Er riß die Haken aus dem morschen Holz der Stalltüren und warf die dann donnernd auf und zu, er pochte an die Fensterladen und durchs Eulenloch: „Ich will euch Schlafmützen bald zeigen, was ich kann!" Dazu aber brüllten und brausten die Wellen; das drang weit hinein ins Land.

Am frühen Morgen, als der erste graue Schimmer über Aerö sichtbar wurde, standen die Falshöfter Fischer am Strand und schauten auf die Brandung, die den flach ansteigenden Strand peitschte. Als es heller wurde, kamen immer mehr Leute, um sich das Schauspiel anzusehen, das Wind und Wellen boten. Wie sie heranstürmten, die langgestreckten, weißköpfigen Brecher! – Draußen in der Tiefe bäumten sie sich und spielten mit dem Sturm; wenn sie aber den Sandrewel erreichten und festen Boden unter sich fühlten, dann bildeten sie schräge anlaufende Sturmkolonnen; sie richteten sich hoch auf und warfen sich brüllend auf die Schanzen, die ihnen entgegengestellt waren. Sie konnten aber nichts dagegen ausrichten: sie überschlugen sich in ohnmächtiger Wut und wichen in Schaum vergraben zurück. Aber gleich drängte der Hintermann mit noch wilderer Hast nach. Er kam auch schon ein Stück höher hinauf, wo noch keiner vor ihm gewesen war, und warf, hinstürzend die weiße, mollige Mütze hoch in die Luft, weithin über Sand und Tang, hinüber auf die Felder, in die Gräben und auf die Dächer des Dorfes. „Wir kommen nach!" brüllten draußen und am Strande die übermütigen Stürmer des Meeres: Wir kommen nach und treiben die Menschen vor uns her, die da glauben, sie seien die Herren dort!"

Aber die Leute verstanden nicht, was die krausköpfigen Brecher schrien; sie glaubten nicht, daß sie jene Grenzen überschreiten würden, die seit Menschengedenken Flut und Wellen überragt hatten. Die alten Lotsen freuten sich sogar, daß ihnen mal wieder ein anständiger Seewind um die Nase pfiff. Sie saßen hinter den Booten und erzählten von den Taifunen, die sie in den chinesischen Gewässern erlebt hatten. Da waren die Masten abgeknickt wie Zündhölzer, vierzöllige Trossen waren gerissen wie Bindfäden, das Meer hatte ausgesehen wie Schwarzsauer und der Himmel gelb wie Schwefel. – Ja, das war fürchterlich gewesen; dagegen war dies der reine Spielkram. – So sagten sie.

Mutter Thordsen war auch an den Strand gekommen. „Wat'n Storm! – Wat'n Storm!" sagte sie wohl zehnmal und band sich das bunte Tuch fester über die grauen Haare. „Ach Gott, so'n Storm, un denn buten op See!"

Aber Lotse Matthiesen tröstete sie: „Hans lag vor sechs Tagen seeklar in Riga. Sie haben gegen den Wind kreuzen müssen. Jetzt sind sie ganz gewiß auf hoher See. Die „Enigheden" ist ein gutes Schiff und wer das unter den Füßen hat, der braucht nicht bange zu sein."

„Wat'n Storm awers!" sagte Mutter Thordsen.

„Ach was, das hat keine Not", entgegnete Matthiesen ärgerlich. „Die Frauensleute sind gleich bange. Bei so'n Wetter liegt man mit einem Segel hart im Wind, dann pfeift er durchs Tauwerk und die Wellen waschen mal über Deck, aber machen können sie nichts. – Machen können sie gar nichts."

„Ich weiß das wohl", sagte die Frau. „Mein Mann hat mir genug davon erzählt. Aber wer weiß, ob der Schoner jetzt die offene See vor sich hat!?" – „Bange bin ich auch nicht", setzte sie dann nach einer kleinen Weile hinzu. „Ich bin doch 'ne Seemannsfrau. Aber 'ne Seemannsmutter macht sich doch noch mehr Gedanken, als 'ne Seemannsfrau. – Und er ist ja mein Einzigster." – Die Männer sagten nichts dazu, sie aber konnte die bösen Gedanken nicht los werden. Sie ging wieder heim, nahm die alte Bibel und las darin. Sie dachte an die vielen Nächte, die sie in jungen und alten Tagen schlaflos gelegen, wenn der Sturm über ihr niedriges Strohdach brauste und die See ihr die Sorge um Mann und um Kind ins Ohr brüllte. Wie oft hatte sie dann die Hände gefaltet und aus tiefstem Herzen heraus so laut und lebendig mit ihrem Herrgott gesprochen, daß sie die feste Überzeugung gewann, er strecke die starke Hand aus und halte den in sicherer Hut, für den sie gebetet. Und doch war es nicht immer so geschehen. – War sie lässig oder kleinmütig gewesen? „Des Herrn Wege sind nicht unsere Wege", hatte damals Pastor Hansen sie zu trösten gesucht. – Es war ihm nicht gelungen, erst die Jahre hatten das trostlose Gefühl abgeschwächt. Nun war sie zu alt, um noch Schwereres zu verwinden! –

Immer mehr Leute kamen an den Strand.

„So lange ich denken kann, ist das Wasser nicht so hoch gewesen", sagte der alte Vater Tramm, „und das sind nun bald 70 Jahre."

„Zwei Fuß kann es noch steigen, ehe es an meine Schwelle kommt", meinte Lotse Matthiesen und blickte hinüber nach seinem kleinen, schmucken Hause, das er vor drei Jahren am Haff, auf der Höhe der Drecht, gebaut hatte. – „Aber so hoch kommt es nicht", setzte er dann hinzu.

„Wenn es aber erst über die Drecht läuft, dann wird es schlimm", sagte Vater Tramm. „Dann versäuft uns das Vieh im Stall."

„So hoch kann es unmöglich kommen", versicherte Peter Jansen.

Gleich darauf kam sein Junge angelaufen, er hatte die Holzschuhe in der Hand und rannte, was er konnte, auf Strumpfsocken. „Das Birkhaus steht schon im Wasser", schrie er.

„Dann kriegt Jens Norgaardt nasse Füße." Peter Jansen lachte. „Und du kriegst gleich en Jackvull, wenn du die Holzschuhe nicht anziehst", bedeutete er seinem Jungen. Keiner lachte mit. Aber man ließ die Hoffnung nicht sinken und redete sich gegenseitig Mut zu:

„Der Wind geht nach Norden um."

„Dann muß er abflauen."

„Es schien heute morgen, als ob das Wetterglas wieder ein bißchen herauf wollte."

So redete man, Wind und Wasser aber kehrten sich nicht daran. Immer weiter, Schritt für Schritt, leckte die hungrige Flut am Strand empor. Bald schien sie zu stehen, dann machte sie aber wieder einen Sprung bergan. Wo vor einer Stunde nur noch die ungestümsten Dränger den trockenen Sand berührt hatten, da wälzte sich jetzt schon Woge auf Woge. Immer schneller erfolgte der Angriff: Die anprallende Woge riß die kraftlos zurückweichende zu neuem Ansturm mit sich fort, immer wilder brüllten Sturm und Brandung, und immer mehr wich die Hoffnung aus den Herzen der ohnmächtigen Menschen.

Wieder kam ein Junge gelaufen: „Hintei der Birk läuft das Wasser über die Drecht ins Noor. Man kann den breiten Streifen vom Schmiedeberg aus sehen." Da fuhr allen der Schreck in die Glieder.

Nun fiel ihnen der Feind, dem sie zuerst neugierig, dann furchtsam ins Gesicht gestarrt hatten, auf Umwegen in den Rücken. Sie verließen eiligst die Schanzen; sie sahen nicht mehr, wie auch hier die Sturmflut über den Berg stieg, wie dann alle Hemmnisse durchbrochen und fortgeschwemmt wurden. Sie rannten nach Hause, um zu retten, was zu retten war.

Peter Jansen blieb; sein Haus lag am anderen Ende des Dorfes, am weitesten vom Strand, er ließ überhaupt die Hoffnung nicht fahren. „Das gibt Luft", meinte er, als er hörte, daß bei der Birk das Wasser überflutete. Aber das bißchen Wasser, was aus der Ostsee herauslief, war nur ein Tropfen. Das Haff war voll genug, und der Wind sorgt für Nachschub. Bald mußte auch Peter Jansen die Hoffnung aufgeben, denn nun drängte ein breiter Wasserstrom in den Weg hinein. Die wütende Flut riß Sand und Steine, Boote, Brückenbohlen und Segelhaus mit sich fort, alles im bunten Durcheinander. Man meint, daß er es noch verflucht hat, sein Boot zu bergen, aber niemand hat's gesehen. Er hat's auch keinem erzählen können.

In Falshöft aber wogte in jedem Hause der Kampf um Gut und Leben. Jetzt war es bitterer Ernst. - Die Stalltüren auf, sonst geht's dem Vieh ans Leben! - Für die Schweine war es am schlimmsten; wenn man sie an den Ohren packte, so drängten sie rückwärts, und zog man sie am Schwanz, so wollten sie vorwärts. Bald stand das Wasser höher als die Stalluken und man mußte sie ihrem Schicksal überlassen. Den wenigen Kühen, die im Dorf waren, wurden die Klagen abgenommen; mit Schlägen trieb man sie gegen den Strom ins Freie, nach Nieby zu, auf den Schmiedeberg. Dort standen sie naß und zitternd hinter dem Knick. - Die Hühner flogen in ihren Ställen von einer Stange auf die andere, immer höher, aber das Wasser kam nach.

Mutter Thordsens Haus lag höher als die Straße. Bald schon lief ihr das Wasser über die Türschwelle auf die Hausdiele und in die Stube. Sie hatte aber schon die Stühle auf den alten, dicken

Eichentisch gestellt. Oben darauf packte sie das Bettzeug und allerlei Hausgerät - so hoch konnte das Wasser doch nicht steigen! - Aber es stieg und stieg. Es trieb die Mäuse aus den Löchern des gemauerten Feuerherdes, ohne Scheu schwammen sie in der Küche und der Stube umher, die spitzen Schnauzen eben über Wasser, die Ohren hoch. - Das hielten sie aber nicht lange aus, so kletterten sie denn an den Tischbeinen und Schränken empor. Niemand kümmerte sich um sie, jeder dachte an das eigene Leben.

Das Wasser aber stieg und stieg, es löschte das Feuer auf dem Herd aus und plätscherte unter den Brettern der Bettstelle, es füllte die Schubladen der Kommode und warf die schönen Geburtstagstassen um, die oben drauf so nett in Reih' und Glied standen; es hemmte den Perpendikel der alten Wanduhr, die bisher unbekümmert um das Hasten und Treiben in gleichmäßigem Ticken weitergearbeitet hatte; es stemmte sich unter den schweren, alten Kleiderschrank, hob ihn auf und warf ihn um. Nach einer Stunde schon plätscherte es am Balken der Decke, nun mußten die Mäuse doch dran glauben! - Die Menschen aber waren rechtzeitig auf den Boden geflüchtet.

Mutter Thordsen jammerte nicht um ihren mühsam erworbenen Hausrat; ihre Gedanken waren draußen auf dem wilden, wütenden Meer. Aber nach dort hinaus sehen konnte sie nicht, ihre Bodenluke führte nach der Dorfstraße; hier sah sie Unglück und Verwüstung genug. So weit sie blickte, nur Wasser: trübe, brausende Flut, die im Sturmlauf landeinwärts drängte. Die Pappeln und Apfelbäume ragten standhaft daraus empor, vom Buschwerk auf dem Knick sah man aber nicht viel mehr, nur die Spitzen der Haselbüsche und Schwarzdornsträucher patschten im Wasser umher. Wie kleine trostlose Inseln lagen die grauen und grünmoosigen Strohdächer der Häuser mitten in der gewaltigen Sintflut.

Auf Peter Jansens kleinem Backhaus saß oben zwischen den Hängehölzern, im weißlichen Seegras, ein Hase. Der hatte wahrscheinlich am Grabenwall gelegen; der angenehme Geruch des grünen Kohls hatte ihn zu lange dort festgebannt. Dann war plötzlich der Graben voll Wasser gelaufen und die Flut war am Wall hinaufgestiegen. Hätte die alte, krumme Weide nicht an der Mauer gestanden, und wäre von hier aus das Backhaus nicht mit einem guten Sprung zu erreichen gewesen, so hätte er zum letzten Mal Kohl gerochen. - Nun drückte er sich hinter den Schornstein, aber Jansens Kinder sahen ihn doch. Sie dachten aber nicht daran, ihn mit Steinen totzuschmeißen, sie schrien nach ihrem Vater. Der kam immer noch nicht. Der kam nimmermehr! - Als man ihn wiederfand, lag er unter seinem gestrandeten Boot mit eingedrücktem Brustkasten: tot. - - -

Mutter Thordsen hatte die Hände gefaltet und blickte stumm hinaus auf die Verwüstung. Ihr konnte der Tod heute oder morgen kommen, wenn er nur ..... Ein starker Stoß erschütterte plötzlich ihr Häuschen, gleich darauf scheuerte und rammte, von den Wellen hin und her geschleudert, ein schwerer Gegenstand an der Giebelwand vorbei, das war Fischer Hans Braacks großes, grünes Boot. Bald trieb es weiter am Knick entlang, blieb an den hohen Eschenbüschen hängen, schwenkte herum und wurde mit Macht gegen die Hausecke seines Eigentümers geworfen. Hier kenterte es und trieb mit gebrochenem Steven kieloben weiter.

Fischer Braack saß mit seiner Frau und seinem kleinen Enkelkinde auf dem Boden. Seine Schwiegertochter lag mit fiebernden Wangen und matten Augen, mit Bettzeug zugedeckt, auf dem Stroh. Vor acht Tagen hatte sie das Knäblein geboren. - Der alte Braack sagte kein Wort, als er das Wrack seines Bootes vorübertreiben sah, er fand es in diesem Augenblick eigentlich ganz natürlich, daß an diesem Unglückstage auch dieser treue Geselle sein Ende fand. - Er dachte aber an jene Nacht, wo er vor zwei Jahren bei Schleimünde vom Gewittersturm überrascht wurde. Schwarzblau stand damals der Himmel im Osten über dem Wasser; züngelnde Blitze schossen daraus hervor und beleuchteten grell die dunkle See. Der Donner grollte von fernher dumpf herüber. - Sie hatten sich zuerst nicht viel darum gekümmert; sie hatten nur ein Reff in das Großsegel geschlagen und waren weiter gefahren, denn von Osten kam ja doch fast nie ein Gewitter auf. Das Wasser zog es an und ließ es nicht hoch. Und sie wollten noch vor Dunkelwerden nach Hause. - Dann aber war urplötzlich ein

Heulen und Pfeifen, ein Prasseln und Krachen durch die Luft gegangen; von den dunklen Massen im Osten hatte sich eine schwarze Fahne losgetrennt und war nach Schwansen hinübergezogen. – „Die Schoten los! Großsegel herunter!" schrie der alte Braack. Aber das Boot legte sich so weit über, daß das Wasser über den Bordrand lief; das Großsegel stand noch prall und stramm, das Boot war unklar geworden. Da ging es auf Leben und Tod. In der Angst hatte der alte Braack mit dem Bootshaken das Segel entzwei gehauen. – Ja, in der Todesangst! – Nicht um sein altes Leben, sondern um Christian seines, der hinten am Steuer saß. Die Lappen des Großsegels flatterten und prasselten gegen den Mast, das alte Boot richtete sich wieder auf und ging langsam und schwerfällig in den Wind. Damals ging's noch gut. Am nächsten Sonntag gingen beide in die Kirche und hielten, als sie im Gotteshaus waren, ihre Mützen sehr lange vors Gesicht. Dieses Mal nicht aus alter Gewohnheit, sondern weil sie ihrem Herrgott was zu sagen hatten! –

Im letzten Frühjahr aber war Christian von den erbarmungslosen, beutegierigen Fluten doch gefaßt; bei Weidefeld hatten sie nach fünf Tagen seinen Leichnam an den Strand geworfen, bei Golsmaas trieb das Boot an. Die ganzen Tage hatte der alte Braack im Wasser und am Strand nach seinem Sohn gefischt; ein Glück wenigstens, daß sie ihn überhaupt fanden. So kam er doch endlich zur Ruhe. Christians Kameraden Johann Dau fand man erst viel, viel später. –

Der alte Vater hatte dann seinen Sohn in diesem Boot geholt. Es war so schönes Frühlingswetter gewesen, die klaren Wellen hatten an den Bug geplätschert und dem Toten ein letztes Seemannslied gesungen. – Ein trauriges Lied! – Wie gerne hätte der alte Braack sich dort am Boden des Bootes lang und steif hingelegt, wenn der Junge hätte das Ruder in die Hand nehmen können. – Und er nahm wieder die Mütze ab und hielt sie vors Gesicht. Er warf sich auf die Knie, er betete und bettelte und glaubte im einfältigen Kinderglauben, in der Überreizung der fünf, von Sorge und Qual erfüllten, durchwachten Nächte und Tage, der liebe Gott dort oben könne und müsse ein Wunder tun, wie einst zu Nain geschehen. –

Aber der Jüngling vor ihm blieb steif und starr. Als der Vater das Segel zurückzog, sah er in das fahle Totenantlitz mit dem wirren Haar und den fest zugekniffenen Lippen. – Da rollte ihm eine heiße Tränenflut an den Wangen nieder, er konnte weinen! –

Seit einem halben Jahr lag nun Christian in Gelting auf dem Friedhof, und der alte Braack fuhr allein aus zum Fischen, er mußte auch noch für die Witwe seines Sohnes und für sein Enkelkind sorgen. – Wie aber sollte es nun damit werden? – Das kam ihm erst in den Sinn, als das Wrack aus dem Gesichtskreis verschwunden war.

Vom Strande war nichts mehr zu sehen, über die Drecht hinweg brandeten überall die Wellen. Soweit man hinausschauen konnte, sah man nur weiße, hochgepeitschte Kämme über der dunklen Flut hinwegrollen. Aber wer kümmerte sich noch darum, was draußen auf der See vorging!? – Fast alle Fischer und Lotsen, Kätner und sonstigen Dorfbewohner waren von den Fluten auf die Dachböden gedrängt. Hier wurden sie belagert; jeder Einzelne und jede Familie hatte genug mit sich selbst zu tun. –

Im Birkhaus war man ganz von Gott und aller Welt abgeschnitten. Als die ersten Spritzer über die Drecht hinwegflogen, sagte Fritz Böhm: „Nach meinem Leben frag' ich nicht viel, denn wenn ich tot bin, kann ich ruhig liegen und brauche nicht zu schuften und zu rackern, aber – im Wasser mag ich nicht versaufen!" – „Wenn wir man einen in'n Buddel hätten!" fügte Niklas Böhm hinzu. – „Adjüs, Jens Hannemann!" riefen sie Norgaardt zu. „Paß auf, daß das Wasser dir nicht in die Töffeln läuft! Das ist nicht gesund!" Dann machten sie sich auf die Lappen nach Falshöft zu.

Als sie bei der Stelle ankamen, wo vor einer halben Stunde das Salzwasser nur in einer flachen fußbreiten Rinne ins Noor geflossen war, machten sie große Augen und fingen an zu fluchen. Dort floß nämlich jetzt schon ein breiter Strom, der Sand und Tang, Kies und Steine vor sich ins Noor hineinwälzte und gierig nach beiden Seiten griff.

„Immer durch!" schrie einer dem anderen zu. „Noch ist's Zeit. Fix drauf los, wenn's auch nasse Füße gibt!" Sie gingen hinein bis an die Knöchel und sanken weiter bis an die Knie. „Oha, oha!" - „Zurück!" hieß es da. Ja, zurück, das war leichter gesagt als getan. Der aufgeweichte Sand saugte, er hielt fest, was er hatte. Auf allen Vieren mußten sie zurück; die Holzschuhe, die sie vor acht Tagen erst beim Höker in Gundelsbye gestohlen hatten, blieben im Grunde stecken. Das war schlimm, aber das Leben hatten sie doch geborgen. Eiligst mußten sie den Rückzug antreten.

Jens Norgaardt war's nicht spaßig zu Mute, als sie wieder beim Birkhaus ankamen, aber er lachte doch. „Nu habt ihr ja nasse Füße gekriegt und ich nicht." - „Das kommt noch!" war die brummige Antwort. Dann gingen alle daran, die Türen fest zuzumachen und von außen mit Grassoden zu verstopfen. Das Wasser trieb sie bald von ihrer Arbeit, durchs Fenster kletterten sie ins Haus.

Zwei Stunden später saßen sie auf dem Boden, unten war das Wasser. Die beiden alten Böhm jammerten über ihren armseligen Schrank und die elenden Bettstellen, die im Wasser schwammen. Ihre Ziege hatten sie mit herauf gerettet, die schnupperte im Heu herum und schien sich ganz behaglich zu fühlen. Die beiden Söhne saßen in der westlichen Dachecke, wo der Wind nicht ankam, und schauten stumpfsinnig hinüber nach dem Niebyer Kliff, das steil aus der Flut emporragte und von dem die Brandung machtlos abprallte.

Das ganze Noor war ein weites Meer. „Wenn das abläuft, bleiben 'ne Masse Aale im Noor zurück", meinte Niklas Böhm.

„Die kriegst du diesmal nicht, aber vielleicht kriegen sie diesmal uns", höhnte Fritz, der ältere Bruder.

Niklas sah auf: „Wie meinst du das?"

„Einen Tod kann der Mensch nur sterben",war die Antwort.

„Der Deuwel hol!" fuhr Niklas auf. „Du meinst doch nicht, daß es uns ans Leben geht? So schlimm wird's wohl nicht werden."

„Wenn's noch ein paar Stunden so weiter geht, dann steh ich für nichts. Auf der Leeseite sind die Mauern schon heraus, nur das Fachwerk steht noch."

„Das ist aber eichen und fest!"

„Jawohl, so lange noch die Dachlast darauf liegt. Ich bin nicht umsonst dem Zimmermann aus der Lehre gelaufen, soviel habe ich doch gelernt."

„Schnack du und der Deuwel! - So hoch kommt das Wasser nicht."

„Der Deuwel hilft uns nicht - den laß nur jetzt in Ruhe. Der mag mit'm Wasser nichts zu tun haben. Der hat mit dem Schnaps mehr im Sinn."

„Verdammich, du willst wohl nun noch en Betbruder werden! - Kannst dein Vaterunser noch? Hast oft genug Prügel gekriegt, wenn du's in der Schule nicht konntest."

„Halt's Maul! Uns nützt kein Beten, aber auch kein Fluchen. - Ich bin für mein Leben und vorm Sterben nicht bange. Hab' schon mal den Strick um den Hals gehabt, damals als ich zum ersten Male in Kappeln im Loch saß. Da dachte ich dann aber, daß ich mich noch bessern könnte und ließ das Hängen sein. - Als ich wieder herauskam, hatte ich nichts zu beißen und keine Stelle zum Schlafen, und als ich mir ein paar Bankschillinge zusammengebettelt hatte, da kaufte ich mir Schnaps. Am anderen Tage traf ich dich beim Jebenholzer Krug. Weißt du das noch? - Da saßen wir denn und redeten vom „roten Hahn", daß die Leute Angst bekamen und uns Branntwein gaben und Geld, damit wir weiter gingen. Nachher kam der Gendarm uns auf'n Hals. Und am Abend saß ich schon wieder in Kappeln im Loch und du nebenan, und dann am andern Tag . . . ."

„Donnerwetter, laß das Geplärr!" fuhr Niklas auf. „Was gibst du mir die Schuld, die hast du ebenso gut auf dem Gewissen."

„Pst! Stille!" mahnte Fritz und vergrub die bloßen Beine tiefer ins Stroh. „Red' dich nicht um deinen Hals."

„Kümmer' du dich um deinen Hals, Bangbüx!" schrie der

andere so laut, daß er das Brausen des Sturmes und das Brüllen der Wellen übertönte.

„Streitet euch nicht!" rief Jens Norgaardt herüber. Er saß, den Kopf in die Hände gedrückt, auf einem alten Fischkasten. Seine Frau saß neben ihm. Sie hatte, was sich an Zeug und Lumpen auftreiben ließ, um Leib und Brust gewickelt; keuchend ging ihr der Atem aus der kranken Lunge. - Ein altes Gesangbuch lag auf ihrem Schoß, aufgeschlagen war die Nummer 850; mit leiser Stimme las sie das für „In Wassersnöten" bestimmte Lied:

Wir sind in Not:
Laß uns, o Gott,
Die Flut nicht überschwemmen!
Nimm uns in Acht;
Wehr ihrer Macht;
Du kannst die Wogen hemmen!
Verbirg jetzt nicht
Dein Angesicht;
Gedenk an uns in Gnaden!
Gott, wenn uns itzt
Dein Arm beschützt:
Was kann das Meer uns schaden?
Ach, hilf uns, Herr
Allmächtiger,
Um Jesu Christi Willen!
Ach, du allein,
Kannst uns befrein:
Kannst Sturm und Wellen stillen!
Erbarme dich!
Hilf väterlich!
Beschütz uns Gut und Leben!
Dann wollen wir
Dir, Gott, dafür
Dank, Preis und Ehre geben.

Finster blickte der Mann vor sich hin. Er sagte kein Wort, aber wenn die Balken ächzten, dann zuckte er zusammen.

Durch sein Gehirn schossen Gedanken und Pläne, wie er sich selbst würde retten können, wenn dieser wackelige Bau zusammenstürzte. An seine Frau dachte er nicht. – Was kam's darauf an, wenn sie in den Fluten ihren Tod fand, dann hatte die kranke Brust nicht mehr zu arbeiten, dann war er eine Last los.

„Wie wird Meta um uns in Angst sein", flüsterte sie, wie im Selbstgespräch, vor sich hin. – „Ach Gott, wie wird sie sich sorgen."

„Die hat's besser wie wir", brummte er ärgerlich. Da knackte das Haus in allen Fugen, voller Schrecken sprang er auf und schob den Kasten, auf dem er gesessen hatte, an die Dachluke. Daran wollte er sich klammern, wenn's ins Wasser ging.

Aber noch hielten die eichenen Pflöcke die Ständer fest. Die Wellen stießen alle Lehmwände heraus und konnten an keine Flächen mehr anprallen. Als dann aber das Dach an der Traufe eintauchte, als das Wasser hinauf auf den Heuboden stieg, da wurde die Gefahr wieder größer. Die Menschen kletterten höher hinauf und machten sich Löcher oben in dem alten Strohdach, um hinauszuschauen und im äußersten Notfall sich aufs Dach retten zu können; die Ziege folgte nach. Jens Norgaardt vergaß nicht, seinen Kasten mit nach oben zu schleppen. Sein gebrechliches Weib hoben die beiden Böhmen auf ihre Schultern und brachten es in Sicherheit. Dabei brummte Niklas: „Dein Kerl ist ein noch viel größerer Lump als wir beiden zusammen. Wenn ich mich nicht schämte, mich an so'n jämmerlichen Lappen zu vergreifen, dann kriegte er Prügel!" – Sie hörte es kaum, sie dachte an ihre Tochter.

„Hallo, was ist das?" schrie auf einmal Fritz Böhm. „Da kommt ein Schoner von draußen. Steckt mal ein Notzeichen durch das Dachloch. Vielleicht setzt er ein Boot aus."

„Der wird sich hüten, hat genug mit sich selbst zu tun", meinte Niklas.

In Jens Norgaardt aber kam Leben. „Schnell, schnell!" schrie er und versuchte eiligst mit allen Kräften eine Latte aus dem Dach zu brechen. „Gib ein Stück Lappen her, Line!" Und er riß ihr das Tuch fort, das ihre Brust umhüllte.

„Laß ihr das Tuch!" schrie Niklas. „Nimm deinen eigenen Rock!" Er packte ihn mit kräftiger Faust am Genick, riß ihm den alten Rock in Fetzen vom Leibe und warf ihm die Lumpen vor die Füße. „Da hast du deine Fahne, du feiger Kerl!"

Der so plötzlich Überfallene stieß nur einen Fluch aus und warf dem als gewalttätig weit und breit bekannten Menschen giftige Blicke zu. Dann knotete er das zerrissene Lumpenwerk an das Ende der Latte und steckte seine Notflagge zum Dachloch hinaus. Die Böhmen lachten verächtlich.

Vom Kliff aus hatte man den Schoner schon länger beobachtet und die Manöver, die er machte, besprochen. Es standen da gewaltig kluge Leute – leider konnten sie den Leuten an Bord weder raten noch helfen. Das Schiff war, mit Sturmsegeln vor dem Winde treibend, von Aerö herübergekommen, und nun sahen die Seeleute hier statt der Einfahrt in die Flensburger Förde ein unbekanntes, weites, wildes Meer vor sich. Alles war überschwemmt; die Gegend fast unkenntlich gemacht. Was tun? – Man ging daher über Stag und lag nun mit kleinen Segeln hart am Winde. So trieb der Schoner schwerfällig in der brausenden See.

Bald nach Mittag war es. Ein Matrose stand am Ruder und paßte auf, daß die Segel eben voll standen. Der Kapitän hatte die Wache gehabt, er war nach unten gegangen, um etwas zu essen. Der Steuermann hatte das Glas vorm Auge und beobachtete scharf die Küste. Er sah mitten im Wasser einen grauen Punkt und dann eine Flagge. – Plötzlich wurde es ihm klar, wo er war. Im nächsten Augenblick stand er vor dem Kapitän.

„Wir treiben auf die Birk zu. Ich kenne jetzt die Gegend genau. Alles ist unter Wasser, wo sonst Land war." Hans Thordsen war es, der das rief, und das Schiff war die „Einigheden", die mit Roggen von Riga kam.

„Und was nun?" fragte der Kapitän unschlüssig.

„Wir müssen sofort Segel setzen und mit raumem Wind um die Birk und den Kalkgrund herum!"

„Bei dem Sturm lauf' ich ohne Lotsen nicht in die Förde ein; ich habe schon einmal auf dem Kalkgrund gesessen. Ich will mein Patent nicht riskieren."

„Lotsen gibt's heute nicht!" sagte Hans Thordsen bestimmt. „Bei dem Sturm können keine hinaus."

„Die Kerle sitzen natürlich bei ihrem Glas Grog und reiben sich den Buckel am Ofen. Setz' die Lotsenflagge, sie sollen her. – Das wollen wir doch gleich mal sehen."

„Unmöglich!"

„Den Deuwel auch! Wofür werden sie denn bezahlt? Lot' mal, wieviel Wasser wir haben." Sie gingen nach oben.

„Noch haben wir acht Faden", sagte Hans Thordsen ruhig, „aber das wird bald anders. Sehen Sie dort die Brandung, das ist der Sandrewel, da gibt's vielleicht schon Grund. Das Schiff ist steuerlastig, geht hinten zehn Fuß."

Ratlos starrte der Kapitän nach dem Lande hinüber.

„Wenn wir nicht bald die Lappen hoch kriegen, dann nützt es überhaupt nichts mehr", drängte nun der Steuermann. „Wir müssen sofort das Marssegel setzen und mit Vorsicht in die Förde und in die Geltinger Bucht hineinfahren. Das geht noch, in zehn Minuten aber . . . ."

„Ohne Lotsen tue ich's nicht!" schrie der Kapitän mit heiserer Stimme.

„Was wollen Sie denn machen?" fragte Hans Thordsen.

„Halsen!"

„Halsen? – Ehe wir herum sind, sitzen wir schon fest."

„Halsen! Dann wieder hart an den Wind!" entschied der Kapitän.

„Sett de Mars!" rief mit mächtiger Stimme Hans Thordsen. Dann knatterte und knallte das Marssegel im Sturme. Der Steuermann hielt das Schiff hart in den Wind. Die Brassen wurden angeholt. Sturm und Wellen packten gleich darauf das Schiff und schleuderten es wie eine Nußschale hin und her. Dann kamen die Brecher von hinten und wuschen über das Heck und über den Mann am Steuer hinweg; der aber stand ruhig und sicher. Die Matrosen braßten die Marsraa. Nun wurde das Schiff nach der anderen Seite hinübergeworfen, daß die Reeling im Wasser stand; dann ging es wieder hart an den Wind. In diesem Augenblick gab's hinten einen Stoß, daß die Leute hinstürzten. Das Schiff krachte und zitterte und taumelte wie ein betrunkener; brausend und brüllend stürmten die wütenden, grauen Mordgesellen über die Reeling hinweg, alles mit sich fortreißend, was nicht niet- und nagelfest war, und was nicht mit eisernen Fäusten sich festhielt. Zwei- oder dreimal stieß der Kiel noch auf den Sand; dann war das Schiff über den Sandrewel hinweg und bekam wieder etwas tieferes Wasser.

„Anker los!" brüllte der Kapitän. – Hans Thordsen machte den Stopper los; klirrend und funkensprühend schoß die Kette durch die Klüse. Dann drehte der alte Schoner wieder langsam die Nase in den Wind.

Der Anker hielt, wider Erwarten; man ließ nun so viel Kette auslaufen als irgend möglich, damit er besser halte und das Schiff stetiger liege. – Wie lange? – Hans Thordsen stand vorn auf der Back; er blickte in die kochende See hinaus und hinüber nach seiner Heimat. Wie mochte es dort aussehen?

Der alte Schoner ächzte, wenn ihn ein Wellenberg hoch warf und dabei die Ankerkette anzog, daß sie straff stand wie ein Zwirnsfaden; der alte Schoner stöhnte, wenn er dann gleich ins tiefe Tal hinabschoß. Im nächsten Augenblick tauchte sein Ausleger mit der Spitze in den schäumenden Kamm der aufbäumenden Welle, die Sturzsee schwang sich über die Reeling und peitschte klatschend das Deck entlang. –

Der Wind hatte ein paar Minuten etwas nachgelassen; gleich danach aber pfiff und heulte er wieder durch das Tauwerk, als ob der Teufel los sei. – Die Ankerkette klang und klirrte und knirschte in der Klüse, als sollte sie gesprengt werden, wenn das Schiff hoch aufbäumte. Mit einem Male gab's an der Ankerwinde einen Schlag und ein knatterndes Klirren, als wenn der Blitz niedergeht – ein Kettenende fuhr funkensprühend aus der Ankerklüse heraus. – Die nächste Welle warf das haltlose Schiff vorn hoch empor und riß es dann mit sich fort. Schwerfällig schaukelnd trieb es über Steuer in den schaumbedeckten Wellen dem Strande zu.

Hans Thordsens Stimme übertönte Brüllen und Brausen.

„Hoch die Vorsegel! Herum mit dem Ruder!"

Jetzt gings ums Leben, so oder so. Das Schiff schwankte und stampfte; die Männer konnten sich kaum an Deck und vorn am Ausleger halten, aber sie kriegten doch den Klüver los und ein Stück hochgezogen. Das Segel flatterte und knallte.

„Höher hinauf damit! – Haalt an!"

Steif stand es im Winde. Schwerfällig drehte der Schoner sich etwas herum, aber Sturm und Wogenprall waren zu mächtig! – Ja, wenn der Strand nicht schon zu nahe, wenn sie etwas mehr Zeit gehabt hätten, mehr Segel zu setzen, dann wäre dies Manöver vielleicht – vielleicht ihre Rettung gewesen. Nun war's zu spät. Gerade vor dem Birkhaus war es, da faßte die Landbrandung das taumelnde, fahrtlose Schiff; gleich darauf stieß es mit dem Ruder und mit dem Hintersteven hart auf Grund. Das Schiff trieb wieder herum, mit dem Bug nach Land zu; ein paarmal wurde es noch von den Wellen gehoben und immer fester auf den Sand gerammt, dann gingen die Brecher über das Schiff hinweg, schlugen das Boot gegen die Schanzkleidung, daß die Splitter umherflogen und wuschen von Deck fort, was nicht bordfest war.

„Wo is de Stürmann?" brüllte der Kapitän den Matrosen zu, die hinter der Reeling Schutz suchten. Die zeigten nach vorn. Dort hatte er das Boot klar machen wollen. Sie wußten nicht, daß er dabei vom Bootsdavit am Kopf getroffen und hingestürzt war. –

Krampfhaft hielt Hans Thordsen sich im ersten Augenblick an einer Decksluke fest, die von den Sturzseen losgeschlagen war. Aber die verlor den Halt und wurde mit dem Mann über Bord gespült.

Keiner schrie: „Mann über Bord!", nur der Sturm brüllte sein Lied! – Ein paar gewaltige Wellen gingen über ihn hinweg, mit starren Fingern hielt er sich an dem eisernen Griff des Lukendeckels fest und wurde hin und her geworfen. Als er wieder auftauchte, war er vom Schoner schon drei Schiffslängen ab; noch rief er im Todeskampf: „Hälpt – häl . . . .", den Rest erstickten die Fluten. Die schweren Seestiefel zogen ihn nach unten und der steife Ölrock hemmte seine Bewegungen. – Die Luke kippte um. – Aber die Todesangst gibt Riesenkräfte. Noch einmal spannte sie die Muskel und Sehnen des Halbbetäubten. Mit beiden Fäusten krallte er sich an dem vorstehenden Deckelrand fest und warf sich herum, daß die Wogen von hinten über ihn hinwegschlugen. Da kriegte er wieder einen Moment, wo er Luft holen konnte, drei, vier kurze, röchelnde Atemzüge nur, aber sie gaben ihm so viel Besinnung, daß er die Arme anziehen und den großen hölzernen Deckel unter die Brust schieben konnte. - Es war die höchste Zeit, viel an Lebenskraft und Muskelspannung hatte der Mann nicht mehr zu vergeben, und was noch im haltlosen Körper drin war, das war nötig, um den Kopf über Wasser zu halten. Welle auf Welle ging über ihn hinweg, sie rasten um ihn herum, sie schleuderten ihn hinunter in die Tiefe und hoben ihn wieder mit Hohngebrüll auf ihren schaumbedeckten Rücken, daß er mit halbem Leibe auftauchte. Weit ab sah er den Schoner den gleichen Kampf kämpfen. Dann verschwand das Bild. Es wurde dunkel vor seinen Augen, ganz dunkel, wie mitten in der Nacht. Eine angenehme Müdigkeit aber zog nun durch seine Glieder; er fühlte den Krampf in den Armen und den Schmerz in den Fingernägeln nicht mehr, warm rieselte es durch seinen Körper. - Einmal noch hoben ihn die Wellen hoch, aber nicht so gewaltsam wie vorher. Es war ihm, als würde er von lieben Armen getragen. Die hoben ihn ans Licht, um ihm noch einmal die Heimat zu zeigen. Er sah ein kleines Haus mit Strohdach aus dem Wasser herausragen und eine Fahne sah er auf dem Dach. - Man winkte. - Einen Augenblick nur war der Schleier von diesem Bilde gezogen, - dann verschwand es. Ein Singen und Klingen tönte herüber von weiter Ferne, dann brauste und läutete es dicht vor seinen Ohren. - Das waren die Geltinger Kirchenglocken, so hatten sie geklungen, als er zum ersten Male als Junge zur Kirche ging. Und dazwischen hörte er das laute, vielstimmige Rufen der Rabenschwärme, die in den hohen Eichen am Hausgraben von Geltinghof zu hunderten ihre Nester hatten - „de Baron sien Kreien". - Aber lauter noch schrien sie heute als damals, und sie schlugen nach ihm mit ihren schwarzen Flügeln. - - Dann sah er seine Mutter. Sie hielt ihn an der Hand, die Glocken klangen feierlich und die Orgel spielte „Nun danket alle Gott". Er aber stand wieder mit den beiden Kronsgaarder Jungens vor dem Altar. - Seine Mutter strich ihm mit leiser Hand liebreich über das Haar. - Da wurde er ruhig, - - ganz ruhig. -

„Er treibt hier gerade auf uns los", sagte Niklas Böhm. - „Näh, doch nicht. Nun wirft ihn die Brandung wieder weiter hinüber."

„Hallo!" rief Fritz und legte beide Hände an den Mund. „Hallo!" „Hol di!" „Hier is Land!" „Hol di!"

„Der ist tot."

„Dann hielt er sich nicht mehr auf dem Brett fest."

„Da hat er sich an festgekrallt in der Todesangst."

„Kann sein, es kann aber auch noch Leben in ihm sein",

„Kann gar nicht angehn."

„Donnerwetter! - Nun treibt er wieder hier herüber gegen die hohen Dornbüsche. - Hallo! Hol di!"

Dicht an die Hausecke heran trieb schwerfällig in den Wellen der Mann auf der Luke. Hätten sie einen langen Bootshaken gehabt, so hätten die Böhmen ihn heranholen können. Nun trieb er weiter gegen einen der dichten Dornbüsche an, die eben aus dem Wasser emportauchten und dick voll von angeschwemmtem Tang saßen. Da schoß Fritz Böhm plötzlich ein Gedanke durch den Kopf.

„Jens Norgaardt! Die lange Fangleine, die du im Sommer bei Falshöft gefunden hast, wo ist die?"

„Weiß nicht", war die knurrige Antwort.

„Du hast sie damals hier auf'm Boden verstaut. Her damit!"

„Ich hab' sie nicht, ich weiß von nichts!"

„Her damit." brüllte ihn nun der Strolch an. „Her damit, oder ich schlag dir, hol' mich der Teufel, alle Knochen entzwei." - Er packte ihn an der Brust und schüttelte ihn. Der Däne riß sich los; ehe der andere wieder zufassen konnte, hatte er den Fischkasten umgedreht, darunter lag die Fangleine: sein Rettungsseil.

Einen Augenblick hatte die Geschichte nur gedauert. Im nächsten Augenblick hatte Fritz Böhm Rock und Weste ausgezogen und sich das eine Ende des Seiles um die Brust geknotet.

„Halt das Ende, Niklas", sagte er und gab es seinem Bruder in die Hand.

„Willst du's wirklich?" fragte der verwundert.

„Man kann doch nicht die Hände in die Taschen stecken und zugucken, wenn so'n Mensch, der um sein bißchen Leben so gekämpft hat, hier vor unseren Augen ersäuft."

Jens Norgaardt lachte höhnisch und rief: „Der Bengel ist verrückt geworden."

Niklas Böhm sagte nichts weiter. Er stemmte sich gegen die Dachbalken und hielt das Tauende mit beiden Händen fest.

Fritz glitt vom Heuhaufen hinunter ins Wasser hinein: „Huh - huh! - Brr!" machte er. „Huh! Huh! Bannig kalt!"

Dann arbeitete er sich durch das offene Fach des Dachgiebels und warf sich mit weitvorgestreckten Armen in die Flut. - Es war die Luvseite, die Wellen brachen sich vorn am Dache. Hier wogte das Wasser in langer Dünung hin und her, nur etwas weiter ab, wo die Dornenbüsche anfingen, stiegen wieder die weißen Kämme hoch. Dort wurde der Schiffbrüchige noch immer von den zähen und zackigen Zweigen festgehalten.

Wie eine Ratte schoß der Kerl durch die Flut. Er hatte nicht umsonst als Junge tagelang im und am Wasser herumgelegen, - schwimmen konnte er! - Als er aber aus dem Schutz des Hauses herauskam, ging der Tanz erst richtig los. Zwar trieben ihn die Wellen auf den Verunglückten zu, aber der Strom stand quer zum Noor hin. Fritz Böhm merkte das gleich, er arbeitete mit aller Macht nach der Seeseite zu, als wollte er nach Kekenis hinüber. - Niklas verstand das Manöver und ließ langsam immer so viel Leine los, als eben nötig war. - „Stopp!" rief dann der Schwimmer; Sturm und Wellen überbrüllten ihn zwar, aber Niklas wußte Bescheid. Er hielt die Leine stramm, daß der Strom den Bruder mitnahm und landwärts gegen das Dornengestrüpp trieb. - Noch ein paar kräftige Schläge mußte Fritz mit den Armen machen, dann zog Niklas mit kurzem Ruck das Tau an. Fritz packte mit der rechten Hand in die zähen Zweige des Schwarzdorns und hatte im nächsten Augenblick den Gestrandeten mit der Linken zu sich herangezogen. - „Hol di, Hans Thordsen!" rief er laut. Der aber griff mit lahmen Händen in die Luft, die irren Augen öffneten sich weit und aus seinem Munde kam ein gurgelnder Laut. - Fritz hatte mit den Füßen Halt gefunden und stand aufrecht auf einem Ast. „Hol di, Hans Thordsen!" - Da kam noch einmal etwas Leben in den todesmatten Menschen, er ließ die Luke fahren und klammerte sich an den Retter.

Fritz Böhm hatte mehr als einmal mit seinem elenden Leben gespielt, ihm hatte das Wasser und das Messer schon öfters an der Kehle gesessen. - Wie der Fuchs im Eisen hatte er dann um sich gebissen und gleichzeitig nach einem Ausweg geschaut. Auch jetzt verlor er die Geistesgegenwart nicht.

Um seinen Leib hatte sich der Verunglückte geklammert, mit den Beinen hielt er selbst sich im Baum fest, die eine Hand hatte er frei. Nun lockerte er vorsichtig und gewandt die Schlinge, die ihm auf der Brust lag; im nächsten Augenblick schlang er sie um Hans Thordsen. Das war nicht so leicht.

„Los! Laat los, Hans Thordsen!" Der wußte noch immer nicht, was mit ihm geschah. Mit Gewalt mußte Fritz Böhm sich freimachen. Er hielt den Ermatteten an den Handgelenken. „Haal an!" rief er nach drüben: „Donnerwetter, haal an!" Nun verstand ihn Niklas. - Ein Ruck! - Hans Thordsen stieß einen Schrei aus und griff mit beiden Händen in die Luft. Dann fühlte er die Brust zusammengeschnürt und sich durchs Wasser gezogen. - Zwei kräftige Fäuste packten ihn. Im nächsten Augenblick lag er lang hingestreckt auf dem Heu. - Gerettet!

In der gleichen Minute ließ Fritz Böhm den Dornbusch fahren und schwamm zurück. Das war ein Verzweiflungskampf, schlimmer als er geglaubt hatte. Es ging auf Tod und Leben! - Mit kräftigen Zügen kam er zuerst vorwärts, fast bis zur hintersten Hausecke. „Die Leine her!" - - so wollte er rufen, aber eine Welle ging über ihn hinweg. Niklas war auch nicht an der Luke, der hatte noch mit Hans zu tun. - Aus dem Loch im Strohdach aber schauten Jens Norgaardts tückische Augen heraus. - Fritz trieb von der Hausecke ab ins Noor hinein. - Als er bei den beiden Pappeln vorbei kam, die am Gartenwall stehen, da spannte er noch einmal alle Kräfte an. - Aber hier kam er auch schon aus dem Schutz des Hauses hinaus. - Mit jeder Faser kämpfte er ums Leben, da packte ihn eine Welle und warf ihn an die Pappel. Dumpf schlug sein Hinterkopf gegen den Stamm, dann ging der Schaum über ihn hinweg. Einmal sah Jens Norgaardt noch ein paar geballte Fäuste aus dem Wogenkamm ragen. - Als Niklas wieder mit dem Seil an die Bodenluke trat, war sein Bruder verschwunden. Der eine der beiden „Landschrecken" hatte sein „Lumpenleben" abgeschlossen.

Thomas Ottsen war schon seit frühmorgens auf dem Kliff. Er stand am steilen Abhang zwischen dem Buschwerk, so daß der Sturm über ihn hinwegging. Nur dann und wann fuhr ein Windstoß von oben herunter und schüttelte die braunen Blätter der Hainbuchen, daß sie raschelten und rauschten. Er hatte gesehen, wie hinter der Birk das Wasser des Haffs sich seinen Weg ins Noor bahnte. Da war zuerst so eine Art Schadenfreude über ihn gekommen: es war ja nicht sein Land, dessen Graswuchs dort mit Sand und Steinen zugedeckt wurde, es gehörte ja dem Baron von Gelting. Und der hatte ihn das letzte Mal nicht mit zur Jagd eingeladen, weil er im Sommer - in der Trunkenheit einmal - sich nicht nett gegen ihn benommen hatte. Nun kamen des Barons Hasen ihm von selbst zugelaufen, hierher auf sein Land, und morgen wollte er sie schon aus den Knicks herausholen und wegputzen. Bald aber verging Thomas Ottsen das Lachen, denn zusehends füllte sich das Becken des Noors, und das Wasser strömte von hinten herum auf Ottsens Moor und die daran stoßende Schafweide. Nun lief er, was er laufen konnte, übers Moor, um die Herde aufs Kliff zu treiben. Zwei Knechte kamen ihm zu Hilfe, aber das Wasser trat dazwischen. Es war noch nicht tief, aber die Schafe wollten nicht hindurch; wie wild stürmten sie immer wieder zurück und sprangen auf den niedrigen Wall am Noor, der noch trocken lag.

Das geschah in einer Viertelstunde. Es war die höchste Zeit, daß Thomas Ottsen und die Knechte den Rückweg antraten, das Wasser reichte ihnen bald bis an die Knie, und der aufgeweichte Moorboden hielt ihre Beine so fest, daß sie nur mit Mühe das sichere Land wieder erreichten. Da stand nun der Alte und schimpfte voller Wut über die dummen Tiere und die faulen Knechte. Dann rannte er nach Hause, um sich trocken anzuziehen und mehr Leute hinauszuschicken. Was die sollten, das wußte er freilich selbst nicht.

Als er nach zwei Stunden wieder kam, sah man es seinem roten Gesicht an, daß er im Wirtshause gewesen war. Die Aufregung mußte er dämpfen, und daß er der Erkältung durch „ein Glas Grog" vorbeugen mußte, war ein guter Vorwand gewesen. Das andere kam dann ganz von selber. Als er auf dem Kliff ankam, sah er von dem Moor, dem Wall und den Schafen nichts mehr, sie waren von der Flut umzingelt worden und ertrunken. - „Wir konnten nichts machen", sagte mit trauriger Miene der Vogt.

„Macht, daß ihr nach Hause und an die Arbeit kommt", fuhr er die Leute an. - „Die Lumpen haben nichts zu verlieren", knurrte er vor sich hin, „aber unsereins muß immer herhalten, wenn's dem da oben einfällt, die Menschen zu schikanieren. - Wer was hat, dem wird genommen." -

Wie ein langes, flaches Vorgebirge ragte der zwischen Nieby und Falshöft entlang laufende Höhenzug in die Fluten hinaus. Da stand Alt und Jung aus der Umgegend und schaute hinüber nach dem Birkhaus und dem Schiff, das gestrandet war.

Das Schiff und die Schiffer kannten sie nicht, glaubten sie wenigstens nicht zu kennen, die Birkleute aber kannten sie und versuchten daher, sich auszumalen, was diese sagten und taten, ob sie beteten oder fluchten, ob sie mutig in der Todesnot dastanden, oder ob sie jammerten und weinten.

Man erzählte sich, daß der Birkfuchs schon am frühen Morgen hier gewesen sei. Dort an der knorrigen, vom scharfen Ostwind zwerghaft verkrüppelten Eiche sollte sie gelehnt und unverwandt nach dem Birkhaus hinübergeschaut haben. Ihr rotes Haar war vom Sturm zerzaust gewesen, wirr hatte es um das leichenblasse Gesicht geflattert. Schmied Bustedt war an sie herangegangen, halb aus Neugierde, halb aus Mitleid, sie hatte ihn nicht beachtet.

„Du hast Angst um deine Mutter und deinen Vater", hatte er dann gesagt.

„Kann ich wohl hinüberkommen zu meiner Mutter?" hatte sie gefragt. Der Schmied hatte den Kopf geschüttelt: „Unmöglich!"

„Meine liebe, liebe Mutter!" aus gequältem Herzen war der Aufschrei ihr auf die Lippen gekommen. Plötzlich war sie aufgesprungen, hatte Bustedt bei der Hand gefaßt und ihn flehentlich gebeten: „Bustedt, Sie sind früher immer gut zu mir gewesen. Sie haben auch ein freundliches Wort für meine Mutter gehabt. – Sie sind stark und haben Mut, helfen Sie mir hinüber. Können wir nicht ein Boot bekommen?"

Da hatte er traurig mit dem Kopf geschüttelt: „Wenn es ginge, wahrhaftigen Gott, ich tät's! – Es geht nicht, Meta, es geht bei Gott nicht!"

Dann war Thomas Ottsen gekommen, und der Birkfuchs war ihn gewahr geworden. Wie ein richtiger Fuchs war sie am Kliff hinunter ins Gebüsch gehuscht und dann fortgelaufen. So erzählten die Niebyer Jungen.

Am Abhange des Kliffs hinter den dichten Hainbuchen und Schlehdornen stand dann auch Thomas Ottsen; er sah seinen Sohn unter den Leuten und trat an die Gruppe heran. –

„Das ist Gottes Strafgericht über die sündige Menschheit", sagte Tischler Schinkel aus Pommerby zum alten Weber Truelsen, „er will uns –"

„Ach was, schnack doch nicht so'n Kram", fiel ihm Thomas Ottsen in die Rede. „Wenn du in Falshöft oder da drüben im Birkhaus wohntest, dann ging's dir auch nicht besser."

„Gott aber sprach zu Noah, baue dir eine Arche", sprach Schinkel mit Selbstgefühl, denn er rechnete sich zu den Bekehrten.

„Zu dir wäre er wohl nicht gekommen", lachte der Schmiedegeselle Frieg Scheel, „du wärst auch viel zu faul gewesen, so'n Ding zurecht zu klütern."

„Der wäre mit dem Maßnehmen gar nicht mal fertig geworden", rief eine Stimme von hinten. „Er mißt ja zwei Tage erst herum, wenn er 'ne Tür flicken soll."

„Spottet nicht!" erwiderte, ohne eine Miene zu verziehen, der Tischler. „Ihr meint, das Wasser kann euch hier nicht erreichen. Wahrlich, ich sage euch, morgen kann es bis an die Spitze des Geltinger Kirchturms reichen; und in den höchsten Spitzen der Pommerbyer Pappeln kann der Seetang hängen. Oder aber ein Blitzstrahl kann in dieser Stunde von oben kommen und uns alle zerschmettern."

Der eine oder der andere der Jungen sah etwas scheu nach

oben, Frieg Scheel aber meinte: „Nach Gewitter sieht's gerade nicht aus!" Da lachten die Bengel.

Der alte Weber Truelsen aber riet ihm: „Spare deine Predigt auf für eine bessere Gelegenheit, wem heute Sturm und Wasser nichts von Gott sagen, der läßt sich von dir erst recht nichts erzählen."

„Es wird der Tag kommen, wo sie meiner Worte gedenken, dann werden sie haben Heulen und Zähneklappern", drohte der Tischler.

„Dann haben sie an ganz was anderes zu denken, als an deinen Dröhnkram!" rief wieder Frieg Scheel. Er wollte noch etwas hinzufügen, da faßte ihn aber der alte Weber am Arm, und indem er auf die Jungen zeigte, sagte er: „Schäm dich!" - Der Schmiedegeselle schwieg.

„Was ist da zu schämen!?" mischte sich nun Peter Ottsen ins Gespräch. „Wir brauchen hier keinen solchen Paster!"

„Jungs, macht mal, daß ihr wegkommt! - Vorwärts, marsch, marsch! - Ihr könnt euch da ans Heck stellen", rief der alte Weber den Knaben zu, die ihre Ohren spitzten und ihre Bemerkungen dazwischen warfen.

Die Jungens drückten sich, sie liefen den Berg hinunter und suchten Schutz hinter dem Knick. Als sie fort waren, sagte Peter Ottsen laut: „Ich glaube nicht an Gott!"

Der Tischler Schinkel rückte drei Schritte ab und schaute nach oben, als wenn nun der Blitz kommen müsse, dann faltete er mit verzweifeltem Blick die Hände. - Alles war still. - Thomas Ottsen warf einen mißbilligenden Blick auf seinen Sohn, den alten Herrn da oben so einfach abzusetzen, das schien ihm doch nicht in Ordnung. Vorwürfe konnte man ihm schon machen, wenn er schlecht regierte, aber dies ging ihm doch zu weit.

„Peter Ottsen braucht keinen lieben Gott mehr, er kann auch so in der Welt zurecht kommen", sagte nach einer kleinen Weile der alte Weber Truelsen mit harter Stimme. „Ich habe das auch mal geglaubt. Aber dann kam's anders. Als mein August damals überfahren war und drei Tage zwischen Leben und Tod lag, da habe ich mich anders besonnen."

„Aber du bist doch nicht bekehrt", wandte Schinkel ein.

„Du bist ein Kind der Welt geblieben und hast den rechten Glauben nicht!"

„Mag sein", war die ruhige Antwort. „Ich meine aber, für mich ist es der rechte, und ich will dir deinen Glauben gern lassen. Aber du, Peter, nimm dich in acht! Der Alte da oben braucht nicht gleich mit dem Blitz zu kommen, wie der Schulmeister mit dem Stock. Er weiß seine Zeit."

Er zeigte mit der Hand nach dem Birkhaus hinüber und nach dem Schiff, das dahinter lag. „Sieh' mal da drüben, wie die Wellen und der weiße Schaum über die da hinweggehen. Stundenlang haben sie den Tod vor Augen, da wird doch wohl der eine oder der andere jetzt einen lieben Gott brauchen können."

„Die Böhmen auch?" fragte Peter Ottsen spöttisch, es klang aber doch etwas unsicher.

„Ich will dir mal was sagen", fuhr der Weber ruhig fort. „Wenn die Böhmen auf deinem Hof geboren und in einem so warmen Nest geblieben wären, dann wären die wohl auch andere Leute geworden. Und wenn du aber in der Birkkate zur Welt gekommen wärst, wenn dein Vater die ganze Woche auf den Höfen hätte tagelöhnern müssen, wenn deine Mutter früh gestorben wäre und du mit dem Bettelsack dich dann im Lande hättest herumtreiben müssen, von den Bauern angebrüllt und von den Hunden gebissen, dann wäre auch aus dir vielleicht - was anderes geworden. Nun sind sie Lumpen, Tagediebe und Spitzbuben geworden, du ein großer Herr. Aber wenn jetzt die alte Kate umfällt und die beiden Böhmen ertrinken, glaube mir, der gerechte Gott wird sie mit anderem Maße messen als später einmal dich, wenn du auch im silberbeschlagenen eichenen Kasten mit vier Pferden nach dem Geltinger Kirchhof gefahren wirst, und wenn dann die Leute auch sagen - -"

„Davon reden wir nicht", fiel Peter Ottsen ein. „Ich sagte, daß ich nicht an Gott glaube, und du wolltest mir das ja wohl verbieten, du meintest, so was dürfte ich hier nicht sagen. - Ich kann sagen, was ich glaube, und was ich will."

„Das darfst du nicht, Peter", sagte der alte Weber fest und ruhig. „Wenn die Kinder das hören oder auch der eine oder andere von denen, die gerade hier stehen, dann kannst du damit viel Unheil anrichten, das du nicht wieder gut machen kannst. Du kannst damit den Leuten etwas nehmen, was du ihnen nicht wiedergeben kannst."

„Wie meinst du das?" fragte Peter Ottsen etwas unruhig.

Man drängte sich dichter zusammen hinter die schützende Wand und das dichte Buschwerk. Alle hörten zu. Nur von Zeit zu Zeit warf man einen Blick hinüber nach der See. Woge schob sich dort an Woge. Das Wasser spülte und wühlte am Bergabhang.

„Ich will dir mal 'ne kleine Geschichte erzählen, Peter", sagte der alte Weber. Er fing an:

„Peter Behnfeld, der von Dorf zu Dorf mit seinem Saatkasten ging, hatte - das wißt ihr ja - sein eines Bein bei Idstedt verloren. Mancher Invalide hat ein schönes künstliches Bein bekommen. Dazu langte es aber bei Peter Behnfeld nicht, er verdiente mit dem Samenhandel nur sein kümmerliches Brot und mußte sich an seiner Krücke durchs Leben schleppen.

Es war mal vor Jahren im Frühjahr, da ging er abends im Schummern den Fußsteig von Pommerby nach Nieby. Als er an den Stegel kam mit den drei großen Steinen, nicht weit von Elstuhl, da saß dort am Wall ein Mann, der sagte ganz freundlich: „Guten Abend!" - „N'Abend!" brummte Peter und wollte über den Stegel steigen, denn die Sache kam ihm schnurrig vor, er wußte nicht, was der Mann da zu sitzen hatte. Als Peter über den Stegel weggeklettert war und weiterging, da hörte er, daß der Mann hinter ihm her ging. Er drehte sich denn nun um und da sah er, daß der Fremde ein bißchen hinkte, sonst aber fix ausschritt.

„Ich will nach Nieby, da können wir wohl ein bißchen zusammen gehen", sagte der Fremde.

„Meinetwegen", brummte Peter.

„Der Kasten ist wohl schwer", meinte der Fremde freundlich und legte die Hand oben auf die grüne Samenlade, die Peter auf dem Buckel hatte; er war ein ganz langer, hagerer Mann, und Peter war man klein. Da merkte Peter erst, daß der Kasten ihn drückte, und er fing an zu klagen über den schlechten Verdienst und wenig zu essen, über weite Wege und besonders über sein Bein, das ihm fehlte.

„Wo habt Ihr denn das Bein gelassen?" fragte der Fremde.

„Bei Idstedt", antwortete Peter, „die verfluchten Dänen haben es mir mit einer Kanonenkugel abgeschossen."

„Ihr müßt ein anderes Bein haben, Mann, ein künstliches!" rief da der Fremde. „Darauf kann man gehen und stehen, wie wenn man damit geboren wäre. Seht hier, ich habe so eins. Bin auch im Kriege gewesen." Und damit hob er das linke Bein hoch, mit dem er etwas hinkte.

Peter meinte, das wäre ganz schön und gut, aber er sei ein armer Kerl und könne das nicht bezahlen. „Ich verdiene kaum soviel, daß ich mich sattessen kann und keiner gibt mir was. – Hat man seine Kinder groß, so heiraten sie und haben dann mit sich selbst genug zu tun. Davon kriegt man ja auch nichts." – Er blieb stehen und erzählte vom schlechten Leben, denn das war sein Lieblingsthema, und das Stück konnte er auswendig.

Der Fremde hatte ruhig zugehört und nur mal genickt. Als Peter fertig war, sagte er: „Es ist ein Skandal, daß die Gemeinde nicht eintritt und dafür sorgt, daß so ein alter Invalide ein ordentliches Bein bekommt! Das ist ja eine Schande! Da läßt man ihn mit solchen schlechten Krücken herumkriechen, wo es doch etwas viel Besseres gibt. Das sind ja ganz miserable alte Dinger, an denen Ihr da humpelt. Zeigt mal die Krücken her!"

Peter stützte sich an den Heckpfahl des Stegels und gab dem Mann die Krücken. „Miserable, wurmstichige, alte Dinger!" schalt er noch einmal, damit brach er sie entzwei und warf die Stücke weithin über den Knick. „So morsche, altmodische Krücken sind gar nicht mal wert, daß man sie in die Hand nimmt!" Damit ging er fort.

Peter hatte sich schon im stillen gefreut, daß der wohlwollende Fremde ihm zu einem Bein verhelfen wolle, mit dem er besser laufen und sein Brot verdienen könne. Er hatte ja auch das elende Humpeln herzlich satt. Jetzt saß er ganz verdutzt da. Der fremde Herr aber ging ruhig seines Weges.

Da schrie Peter aus Leibeskräften: „Meine Krücken! Gib mir meine Krücken wieder, ich kann ja nicht ohne sie von der Stelle kommen."

Der Herr blieb stehen.

„Sie waren zu schlecht!" sprach er. - „Ihr wolltet mir doch bessere geben", rief Peter. - „Ich?" fragte verwundert der Fremde. „Ich?" - I bewahre, ich wollte Euch nur belehren und Euch sagen, daß die Dinger schlecht sind. Das wußtet Ihr ja gar nicht. Nun seht zu, daß Ihr bekommt, was Ihr braucht. Das ist Eure Sache!"

Nun ging er wirklich fort. Da schrie und bettelte Peter, er solle ihm doch wenigstens seine Krücken wiedergeben.

Die könnt Ihr doch nicht mehr gebrauchen", rief der Fremde vom nächsten Stegel aus zurück, dann war er verschwunden.

Allein und verlassen saß nun Peter da mit seinem Stumpfbein, ohne Stöcke und heulte. Dann kroch er auf den Händen und seinem einen Bein über den Wall, durch die Dornen, durch den Wassergraben und über den gepflügten Acker hin, um die Stücke von seinen Krücken wieder zusammenzusuchen. Er konnte aber damit nichts anfangen und wollte wieder zurückkriechen auf den Weg. Im Dunkeln fand er aber nicht die Stelle im Knick, wo er durchgekommen war, und lag nun elend in den Dornen. Vielleicht wäre er in der Nacht umgekommen, wenn nicht ein kleiner Junge zufällig vorbeigegangen wäre. Der half ihm wieder auf den rechten Weg, und auf dessen schwache Schultern stützte er sich, so kam er nach Hause.

„Wißt ihr, wer der Fremde war?" fragte der alte Weber und schaute dabei Peter Ottsen gerade ins Gesicht.

„Ein schlechter Kerl war's", sagte Peter.

„Ein Lumpenhund, ein gemeiner Spitzbube, der ins Loch hätte müssen", sagten die anderen.

„Wir alle gehen lahm und kümmerlich durchs Leben", rief da der Alte schnell. „Jeder braucht seine Stützen, der eine so, der andere anders. Der eine stützt sich auf den lieben Gott, der andere auf den Herrn Jesus oder auf die Mutter Maria und den heiligen Joseph. Ohne sie kommt er nicht zurecht. Sie halten ihn aufrecht, daß er nicht in den Graben und in die Dornen kommt. - Versteht ihr mich?"

„Nu wird es Tag", rief Peter Ottsen. - Er lachte kurz

auf und stieß seinen Vater an. Der aber war sehr ernst geworden und sagte kein Wort.

„Ja, Peter", fuhr der Weber ruhig fort, „und ein schlechter Kerl ist jeder, der einem armen Menschen seinen Glauben abschnackt und in Stücke bricht, wenn er ihm nichts besseres dafür geben kann." – Alles schwieg.

„Das Ding hast du wohl bei deinem Webstuhl ausklabüstert", sagte Peter Ottsen etwas kleinlaut. Als er schadenfrohe Blicke auf sich gerichtet sah, fuhr er nach einiger Überlegung fort: „Ich will dir aber sagen, wo es nicht stimmt."

„Das wird er wohl in seinen alten Büchern gefunden haben", rief Frieg Scheel dazwischen. „Das steht im siebenten Buch Moses, ganz hinten in der Ecke."

„Wenn auch nicht alles stimmt, so stimmt doch so viel davon, daß ihr verstanden habt, was ich sagen will, und dann stimmt es genug. Und ihr seht es heute: „Mit een eenzig Handümkehren – kann Gott di – wat anners lehren!" Das merkt euch! Und nun muß ich nach Hause, meine Alte weiß sonst nicht, wo ich bleibe." Er ging. Der Tischler Schinkel ging mit. „Den rechten Glauben hast du doch nicht, Heinrich", meinte er, „du bist noch nicht bekehrt."

Der Weber tat, als wenn er das nicht hörte, man merkte es ihm an, daß es noch in ihm arbeitete und wühlte. – Nach einer Weile sagte er: „Den Peter Ottsen haben sie bei den Soldaten verdorben. Es taugt nichts, wenn aus einem Bauernjungen auf einmal ein großer Herr wird. Er findet sich da nicht hinein. So'n Mensch meint dann, das Großprotzige sei das Richtige, und er will den Großen alles nachmachen. Da wird dann alles halb und schlecht. Zwischen den großen Herren geht er daher, als wenn er Holzschuhe und 'nen Stallkittel an hat, und für die Bauern ist er schon zu fein lackiert. Das sitzt alles nur obenauf, und wenn man da nur ein bißchen daran kratzt, dann kommt das grobe, knastige Holz zum Vorschein."

„So ist das auch mit dem Glauben", bohrte Schinkel nach. „Der muß auch echt sein und nicht bloß so obenauf sitzen."

„Meinst du denn, daß der das allein tut?" Der Alte blieb stehen.

„Wer da glaubt, wird selig werden!"

„Wer das bloß aus Spekulation tut, damit er mal später im Himmel obenan auf der ersten Bank zu sitzen kommt, der kann sich auch noch verspekulieren."

„Wie meinst du das, Vater Truelsen?"

„Für dich ist der Schuh nicht gemacht. - Aber es gibt viele, die da glauben, und viele, die da glauben, daß sie glauben, und die das bloß tun, weil sie davon für sich was herausschlagen wollen. Nicht hier auf der Erde, aber nachher. Sie tun das, damit es bei unserem Herrgott Zinsen trägt, die sie nachher ausbezahlt kriegen wollen. - Verstehst du mich? - Das ist auch nichts Echtes und nichts Rechtes! - Für uns alle ist das Wort geschrieben: Richtet nicht! - Adjüs, ich muß nach Hause."

Damit ließ er ihn stehen.

Es war gegen Abend. Seit einigen Stunden flaute der Wind ab und das Wasser flutete zurück. Auch die Leute, die vom Kliff Ausschau gehalten hatten, verliefen sich. Thomas Ottsen war mürrisch wieder auf seinen Hof angekommen, die Aufregung und der Ärger über den Verlust der Schafe hatten ihn aus dem Gleichgewicht gebracht, dann hatten die paar Gläser Grog am Vormittag die Bremse ausgelöst, und nun fehlte der Begierde die Hemmung. Zwar suchte ihn seine Frau zu Hause zu halten, er aber brummte allerlei Unverständliches in den Bart und ging zu Lewetz. Dort saß er und trank wieder ein Glas nach dem anderen.

Peter konnte auch nicht helfen, der Alte wurde geradezu wild, wenn sein Sohn ihm in solchen Augenblicken mit Reden und Ratschlägen kommen wollte. „Ich brauche keinen Vormund!" schrie er. „Ich will euch zeigen, daß mein Wort noch gilt auf dem Hofe und daß ich allein der Herr bin!"

Peter ließ ihn also sitzen, holte sein Gewehr und ging mit dem Hunde um das Kliff herum nach dem Schmiedeberg zu. Als er an das Wäldchen kam, das an der Noorgrenze unten am Abhange liegt, stieg er über den Wall und ging quer hindurch. – Vielleicht hatten sich hier die vom Schwimmen ermüdeten Hasen ihr Lager gesucht.

Nichts war zu sehen und zu hören, nur der Wind rauschte im Buschwerk, und an der anderen Seite plätscherten die Wellen am Wall. An den Bäumen konnte man noch sehen, wie hoch das Wasser gestanden hatte. Er zog sein Messer aus der Tasche und schnitt eine Kerbe in die Rinde einer stämmigen Erle: so hoch war es gewesen.

Er war noch dabei, mit der Messerspitze die Zahl 1872 über dem Strich in die Rinde zu ritzen, als er hinterm Knick es rauschen und knacken hörte. Mit raschem Griff hatte er das Gewehr an der Backe, setzte es aber gleich wieder ab und schlich geräuschlos näher. Vorsichtig bog er die Büsche auseinander und schaute hinüber.

Etwa zwanzig Schritte von ihm entfernt stand mit hochgeschürzten Kleidern, mit nackten Beinen im Wasser watend – der Birkfuchs. Sie stemmte sich mit aller Macht gegen ein kleines Flachboot, das hier angetrieben war und mit dem Vorderteil auf dem Wall festsaß. Augenscheinlich wollte sie das Boot flott machen; doch das gelang ihr nicht.

„Hallo, was machst du denn hier?" rief er, und barsch setzte er hinzu: „Wo treibst du dich überhaupt den ganzen Tag herum, Deern? – Mutter hat schon ein paarmal nach dir gefragt und ist bannig ärgerlich!"

Das wirkte. – Sie fuhr ordentlich zusammen vor Angst. Der junge Herr bemerkte das mit einer gewissen Genugtuung. Rasch trat sie an den Wall zurück und ließ die Kleider fallen: erschreckt und beschämt stand sie da.

Er kam näher. „Was soll denn das?" fragte er neugierig. „Ah!" sagte er im selben Atem, denn eine Ahnung stieg in ihm auf. Drüben hinterm Noor sah er ja das Birkhaus liegen. Und wie er daran dachte, regte sich auch in ihm ein Fünkchen Mitleid. Es war etwas eigenartig Zwingendes, das den Mann packte, als er die hilflose Angst des Weibes in den sonst so trotzigen Zügen ausgeprägt sah. Der unbezähmbare Birkfuchs, der jeder Mannsperson, die ihm den leuchtenden, roten Pelz streicheln wollte, die scharfen, weißen Zähne zeigte, war jetzt zahm und demütig. Die kleine, wilde Bestie, die geschmeidig auszuweichen wußte, wenn grobe Tatzen zupacken wollten, stand jetzt vor ihm, mit den Füßen in der Falle, sie mußte stille halten und bitten. - Was er sonst an ihr anziehend und begehrenswert empfunden hatte, das wirkte freilich in diesem Augenblicke nicht. Die roten Haare flatterten ihr wild um das totenblasse Gesicht, die Lippen zitterten vor Aufregung und Angst, in den dunklen Augen glomm ein unheimlich irres Feuer.

„Was machst du da? Was soll das?" fragte er wieder, als sie immer noch schwieg. Seine Stimme klang nicht so herrisch wie sonst.

„Da hinüber will ich! - Zu meiner Mutter!" Sie sah ihn scheu an.

„Das geht nicht!"

„Ich muß aber!" - Sie stemmte sich mit den Schultern gegen den Bootsrand. - Das Vorderende glitt ein kleines Stück herum und stand dann wieder fest, sie stemmte die nackten Füße gegen den Wall, nicht achtend des Zuschauers.

Da kam über ihn die Beutegier des Jägers und verscheuchte die Anwandlung von Edelmut. - Er war nach Hasen auf die Jagd gegangen, nun hatte er ein besseres Wild gestellt, es galt den Fuchs zu überlisten. So wie heute bekam er ihn nicht wieder in die Finger.

Im nächsten Augenblick hatte er die Büchse beiseite gestellt und stand in seinen langen Jagdstiefeln bis zum Knie im Wasser. „Ich will dir helfen!" - Er sagte das mit freundlichem Lächeln. Sie merkte nicht, was in dem Ton lag.

Mit kräftigen Fäusten packte er unter den Bootsrand, ein kurzer Ruck, ein Druck mit den breiten Schultern: das Boot lag im Wasser. Dann riß er ein paar lange Zaunpfähle aus dem Wall und warf diese ins Boot. - „Steig ein!" - Sie nahm Schuhe und Strümpfe und schwang sich ins Boot; er sprang nach und schob es mit dem Pfahl im flachen Wasser weiter.

Es war kein Falshöfter Boot - die haben alle tiefgehende Kiele - es war wahrscheinlich von einem Schiffe draußen auf der Ostsee losgeschlagen. Weil es ein Flachboot war, so war es soweit landeinwärts getrieben. Man hat es nachher „Judas" genannt, weil es seinem Herrn in der Not untreu wurde.

Bald wurde das Wasser tiefer, der Pfahl wollte nicht recht mehr gründen. Peter Ottsen schaute nach vorwärts; er sah die weite Wasserfläche vor sich und dahinter, ganz klein und grau, das Dach des Birkhauses. Nun erreichte er mit dem Pfahl den Grund nicht mehr. – Da fiel ihm mit einem Male ein, daß er der einzige Sohn seines Vaters sei, der hier sein Leben für Bettelvolk wage. Aber der Gedanke kam zu spät, das Boot trieb weiter. Das Wasser der Ostsee fiel nämlich rasch. Durch die breiten Breschen, die es beim Ansturm gerissen hatte, flutete es jetzt in gewaltigem Strom zurück. So kam es, daß das Boot mitgerissen wurde und nach dem Birkhause hinübertrieb.

Einen Augenblick schaute Peter sich hilflos um, als der Pfahl ins Grundlose schoß; dann fühlte er sich aber von den scharfen Augen des Birkfuchses beobachtet, und das gab ihm andere Gedanken. Bange war er von Natur aus nicht; jetzt gab ihm die Gefahr Kaltblütigkeit und Überlegung.

„Zieh' Strümpfe und Schuhe an, du wirst sonst krank!" sagte er ruhig. Sie zog nur das nasse Kleid über die nackten Füße und sah starr vor sich hin.

„Ich danke Ihnen, daß Sie mir helfen!" sagte sie nach einer Weile langsam und stockend.

Er hörte kaum darauf; er zeigte nach drüben. „Sieh mal dort, rechts vom Birkhaus, wie der Strom durch das Loch schießt. Siehst du?" – Sie nickte. Er stieß wieder mit dem Pfahl in die Tiefe und sagte dann: „Wenn wir nicht bald wieder den Boden langen, dann wird's schlimm! Wir müssen sehen, daß wir nördlich vom Loch ans Land kommen. Nimmt uns aber der Strom mit durch das Loch hindurch, dann geht's auf die offene See hinaus. Das heißt, wenn's gut geht. Wahrscheinlich kentert das Boot im Strom und dann kann man uns da draußen irgendwo im Haff suchen."

Meta Norgaardt spähte unruhig umher. Kein fester Punkt zeigte sich in der ganzen Flut, nur ein einsamer, alter Weidenbaum peitschte einige Bootslängen vor ihnen mit seinen schwanken Ruten das Wasser. Als sie den sah, sprang sie auf, riß das schmale Sitzbrett heraus und ruderte damit hastig vorn am Bug. Langsam drehte sich das Boot und trieb quer.

„Wir müssen uns an der Weide festhalten!" rief sie, als Peter Ottsen sie verständnislos anstarrte. Nun fing auch er an, seinen Pfahl als Ruder zu gebrauchen. Sie arbeiteten sich schräge durch die Strömung nahe an den Busch heran. Dann packte Meta mit raschem Griff die dünnen Enden der Weidenruten und hielt sie fest mit beiden Händen. Im nächsten Moment stand Peter neben ihr, beide an derselben Seite. „Laat nich los!" schrie er. Er wickelte sich die zähen Weidenschüsse um die Faust und zog an. Das war alles eines Augenblicks Werk und geschah mit blinder Hast. Alle Muskeln wurden angespannt, um dem Tode zu entgehen, der aus dem trüben Wasser sie angrinste.

Die Weide bog sich, da schwankte der „Judas" und legte sich auf die Seite. Peter war ein schlechter Seemann; er glitt aus, und im nächsten Augenblick lag er im Wasser. Es war tief, aber an den Zweigen der Weide hielt er sich fest. – Da warf sich Meta blitzschnell nieder auf den platten Boden des Bootes und hielt ihm die freie Hand hin. Er ließ die Zweige fahren und ergriff die rettende Hand. –

Das geschah in der Todesgefahr so ungestüm, daß die dünnen Weidenruten ihr durch die Finger glitten. – Das Boot verlor seinen Halt und trieb weiter. Er hing nun an ihren beiden Händen. – Eine Mattigkeit und eine gewisse Stumpfheit kam über beide; aber ihre Hände krampften sich zusammen und hielten fest am Lebenden. – Vor ihren Ohren aber rauschte der Strom, der reißend durch den Damm in die Ostsee zurückfloß.

An zwei Stellen hatte sich das Wasser einen Weg nach draußen gebahnt. Dicht vor den Mündungen drehte sich das Boot im Strudel und wurde nach der einen Seite dichter an das Land gespült. Hier war es flacher. Peter hatte Grund unter den Füßen. – Sie sah das, warf sich mit raschem Ruck herum und ließ sich neben ihm ins Wasser gleiten.

Bis zur Brust im Wasser stehend, sahen sie im nächsten Augenblick den „Judas" davonschießen, eine Minute später war er mitten in der Strömung, wurde hier einmal hart gegen das Ufer, dann auf die Seite geworfen, drehte sich schwerfällig wieder herum und entschwand hinter der Höhe der Drecht ihren Blicken. Die beiden Gestrandeten aber hielten sich noch immer an den Händen, bis sie in immer flacheres Wasser kamen. Bald standen sie auf der Drecht, die eben trocken wurde. So gut es in dem Saugsande, dem Steingerölle und den Tangbergen ging, eilten sie dem Birkhause zu.

Vom Schmiedeberg aus hatte Vater Petersen von Landfeld das Boot auf dem Noor treiben sehen, er hatte sein Fernrohr darauf gerichtet und hatte Peter Ottsen an seinem kleinen, grünen Jagdhut erkannt. Am andern Morgen erst, als Peter nicht zu finden war, hatte der Alte davon gehört. Wie ein Blitzstrahl hatte diese Kunde den Nebel durchzuckt, der seit gestern seine Gedanken, sein Wollen und Können umhüllte. Das hatte ihn herausgerissen aus dem lähmenden Bann.

Mit einigen Knechten war er hinübergelaufen nach dem Kliff und ans Noor, ebenso wie gestern. Damals die Schafe, heute der Sohn. Und wieder konnte er nicht helfen, er konnte nicht hin nach der Birk, wo jetzt wieder inmitten der grauen Wasserfläche der Strand aufgetaucht war. Sein Sohn hatte mit den Wellen gekämpft, nun lag er vielleicht als Leiche auf dem schlammigen Grund oder im braunen Seegras. – Vom Boote war nichts zu sehen, nichts von den Menschen, die darin gewesen waren. Drüben auf dem Dach des Birkhauses aber ragte noch immer die Stange empor mit dem Lappen als Notflagge.

Hier war nichts zu machen. Er schickte die Knechte wieder nach Hause, sie sollten anspannen, Bretter und Leitern, Schaufeln und Spaten auf die Wagen werfen und nach Falshöft fahren. Wenn der Weg noch unter Wasser sei: immer hindurch! Und dann am Strande auf der Drecht entlang alles absuchen.

Er selbst ging den Weg, den einige Stunden früher sein Sohn gegangen war. Am Wall beim Gehölz sah er im frischen Lehm die Spuren von Mann und Hund, er sprang hinüber und ging hinterher. Als er sich dem am Noor liegenden Knick näherte, rauschte es im Gestrüpp und Hektor, der alte braune Jagdhund lief ihm winselnd entgegen. Da fuhr ihm plötzlich die Geschichte durch den Kopf von dem treuen Hund, der an der Leiche seines Herrn die Totenwache hielt. Seine Knie zitterten. – Hart am Wall hatte der Hund gestanden, dort konnte also die Leiche angespült sein. Er mußte sich einen Augenblick an eine Erle lehnen und sich an den Zweigen festhalten, Hektor aber schmiegte sich zitternd an seine Beine und schaute wie hilfesuchend zu ihm auf.

Thomas Ottsen ging näher an den Knick heran. Hier fand er das Gewehr und die Stelle, wo das Boot die Büsche niedergedrückt hatte, auch Fußspuren fand er und ein leinenes Strumpfband. – Was war hier geschehen?

Eine furchtbare Angst packte ihn. „Mein Gott! – Mein einziger Sohn!" stöhnte er. Und wie er das vor sich hinsprach in das Rauschen der Zweige und das Brausen der Wellen hinein, da schlug ihm hart das Gewissen. An die Worte des Tischlers Schinkel mußte er denken und an das, was der Weber gesagt hatte. Stand sein Sohn jetzt vielleicht schon vor dem Richterstuhl dessen, den er gestern verleugnet hatte? Das lähmende Gefühl der Ungewißheit und eine quälende Furcht vor dem alten, von ihm oft gescholtenen Mann da oben, der die Rache in seiner Hand hält, zerschlug ihm den Bauernstolz und warf ihn ins feuchte Gras auf die Knie. In der Angst seines Herzens kam ihm das Vaterunser auf die bebenden Lippen; er sprach es mechanisch, wie man eine Zauberformel murmelt. Seine Gedanken irrten umher und seine Augen flackerten unstet über die graue Noorfläche. Als er aber an die Bitte kam: „Vergib uns unsere Schuld", da sann er nach über seine eigene Schuld und grübelte. Dann stieß er aus: „Führe uns nicht in Versuchung, sondern erlöse uns von dem Übel", denn sie stand riesengroß vor ihm, seine Versuchung und das Übel seines Lebens. – Und in dem zermarterten Hirn tauchte ein Plan auf, ein Plan, der Thomas Ottsen ähnlich sah: Er wollte mit dem Herrgott dort oben einen Pakt machen. Die drei Finger zum Schwur erhebend, rief er: „Gib mir, allmächtiger Gott, meinen Sohn lebend wieder und verflucht soll das Glas Grog sein, das meine Lippen berührt. Kein Tropfen mehr! Meine Hand soll mir am Leibe welken, und ich will verdammt sein, wenn ich mein Wort breche!" – Mit scheuem Blick sah er sich um. Die Anstrengungen von gestern und heute, der Trunk und die Angst hatten ihn in solche Aufregung gebracht, daß er in diesem Augenblick sich nicht gewundert hätte, den leibhaftigen Teufel hinter sich stehen zu sehen, bereit, nun auch seinerseits mit ihm einen Pakt zu machen. – Da schlug der Hund kurz an, von der Falshöfter Straße hörte man Peitschenknall und Rufe, das waren seine Leute. Er sprang auf, hängte die Flinte um und ging quer übers Feld dem Wege zu.

Spät am Nachmittage war es, als zwei Wagen langsam durch den Sand und Tang vom Birkhause nach Falshöft zu mahlten. Die Männer, die nebenher gingen, mußten oftmals in die Speichen der Hinterräder fassen, wenn die Pferde nicht mehr vorwärts konnten. Es ging langsam. Weder Pferde- noch Menschenknochen wurden geschont, der Schweiß troff den Männern von der Stirne und der Schaum floß den Pferden vom Rücken. Thomas Ottsen arbeitete selbst wie ein Knecht, aber nicht so verdrossen und herrisch wie sonst. Als sie bei Falshöft in die Straße einbogen, rief er seinen Leuten zu: „Jeder von euch kriegt einen Taler von mir, und gut zu essen soll es heute abend auch geben." Den Pferden aber klatschte er mit der flachen Hand auf den nassen Rücken: „Ihr kriegt zwei Maß Hafer!"

Auf den knarrenden Kastenwagen lagen zwei Kranke. Auf dem ersten Metas Mutter. Sie lag in Bettzeug und Pferdedecken gehüllt im Stroh des Wagens und hatte unter dem Kopf einen mit Seegras gestopften Futtersack. Neben ihr saß ihre Tochter, hielt ihr den Kopf, wenn der Wagen schwankte, und deckte sie sorgsam wieder zu, wenn die Decke wegfiel. Sie war noch in nassen Kleidern, wirr fiel ihr das dichte, rote Haar um Nacken und Schultern. Keinen Blick wandte sie vom Gesicht der Mutter. Wie leblos lag die kranke Frau da. – Hinten auf dem Schott des Kastenwagens aber saß noch einer, den sah niemand. – Das war der Tod!

Auf dem anderen Wagen lag eine kräftige Männergestalt. Um seine Stirn war ein Leinentuch geschlungen, das war an der rechten Schläfe rot von Blut. Die Augen standen weit offen, sie glühten starr und irre aus dem totenbleichen Antlitz. „Fritz Böhm!" schrie er in seinen Fieberphantasien, „Fritz Böhm, du Räuber, ick heff keen Geld. – He leggt mi de Sneer üm de Hals! Hülp! Hülp!"

Wild fuhr er empor aus dem Stroh, so daß Peter Ottsen und Asmus Hansen, der Vogt, alle ihre Kraft aufwenden mußten, um ihn zu halten. - Da legte die alte Frau, die weinend hinter seinem Lager saß und seinen Kopf in ihren Schoß gebettet hatte, ihre Hand auf die fiebernde Stirn ihres Sohnes und flüsterte ihm ins Ohr: „He kann di nix dohn, mien Hans, ick bin ja bi di! Sühst du mi nich, ick bün jo hier, dien Mudder." - „Mudder, mien Mudder", kam es von den blassen Lippen, ein Schein von Friede floß über die angstverzerrten Züge Hans Thordsen, sein Haupt sank zurück, und stille lag er auf dem Schoß der Mutter.

Der aber, dessen Mörderhand er in seinen Fieberphantasien an seinem Halse fühlte, lag starr und kalt im Westerfelder Reet. Er konnte keinem Menschen mehr etwas tun, weder Gutes noch Böses!

Acht Tage waren vergangen. Die Überschwemmten hatte man in den umliegenden Dörfern untergebracht, da schliefen und aßen sie; am Tage aber räumten sie den Schutt ihrer Häuser auf und suchten die Stücke ihres weggetriebenen Eigentums von den Feldern zusammen. Das war eine traurige Zeit! Viele Häuser standen nur noch auf den Ständern des Fachwerks, das Mauerwerk dazwischen war herausgeschlagen. Einzelne Häuser, die man ohne Fachwerk in solidem Mauerwerk aufgeführt hatte, waren von den Wellen unterspült und umgerissen. Die Gärten waren mit Sand und Steinen überspült, in den Zweigen der Bäume hingen Korngarben und Heubündel, die von Dachböden fortgespült waren. Die Möbel waren fortgetrieben oder vom Wasser verdorben; leere Schubkasten, zerbrochene Tische und Stühle, durchnäßte Kissen und Decken lagen im Schmutz umher.

Mit Tränen in den Augen stand die alte Trina Reimer vor ihrer eichenen Bettzeugkiste. Jahrhunderte lang hatte dies Erbstück der Familie schönstes Leinen treu geborgen. 1683 stand auf dem buntverschlungenen Eisenbeschlag. Nun war sie zertrümmert. Das schöne Linnen der alten Frau lag im Zimmer umher. Ihr Großvater hatte den Flachs gesät und gezogen; sie hatte an der Braakkuhle gestanden und lustig zum Klappern der Brechlade gesungen, als er seiner grauen Hülle entkleidet wurde; sie hatte ihn gehechelt und geschwungen, daß er fein wurde wie Seide, und in langen Winterabenden hatte sie ihn gesponnen. Der alte Weber Truelsen hatte dann ihr Brautleinen daraus gemacht, damals, als er noch jung und flink war. Die Arbeit war ihm so schwer geworden! Wenn der Baum klapperte und das Weberschiffchen durchs Garn glitt, dann hatte es ihm in den Ohren geklungen:

„Ick dörf ja nich! Ick dörf ja nich! Ick mutt den annern nehmen.

So ween doch nich! So ween doch nich! Wat helpt denn all dat Grämen! –"

Und dann hatte er sein Lebensleid mit hineingewoben zwischen die Fäden. Das Leinen aber war in die Brautkiste und in das Haus des anderen gekommen. – Nun lagen die Leinenschätze auf dem schmutzigen Fußboden. Und Trina Reimer suchte ihr Totenhemd daraus hervor.

So war in jedem Hause Kummer und Leid, großes und kleines. Am meisten sorgten sich die Hausväter, wie sie wieder für sich und ihre Familie ein Haus und für ihr Vieh einen Stall bekommen sollten. Was hatte es ihnen nun genützt, das Schild über der Tür mit der Inschrift: „Gothasche Feuerversicherung", das jedes Jahr so viel Geld gekostet hatte?! Nun war das Wasser gekommen, wie der Dieb in der Nacht, und hatte alles genommen.

Am traurigsten sah es bei Peter Jansen aus. Am Wall, wo der Weg nach Langfeld abbiegt, hatte man ihn im dichten Schwarzdorngebüsch gefunden. Die Dornen hatten sein Boot und ihn festgehalten, sonst hätte ihn das Wasser hinausgetrieben in die See und hinausgeworfen an einen fremden Strand. Er lag in seinem Torfstall, dessen aus Buschwerk geflochtene Wände stehen geblieben waren, auf einer Tür, die man über zwei Netztröge gelegt hatte. Unter den Kopf hatte er ein altes Wagenkissen und über dem Körper ein braunes Segel. Eine stille, blasse Frau und vier kümmerliche Kinder weinten um ihn, sie hatten alles, alles verloren!

Am nächsten Sonnabend wurden auf dem Geltinger Kirchhof drei Särge nebeneinander in die Erde gesenkt, es war in der Ecke nach der Wiese zu, wo die kleinen, schwarzen Holzkreuze so dicht auf den schmucklosen Erdhügeln stehen, weil da die armen Leute liegen. Pastor Hansen gab jedem der Verstorbenen ein besonderes Geleitwort mit auf den Weg: „Kommt her zu mir, die ihr mühselig und beladen seid", rief er der Frau Norgaardt nach, die nun nicht mehr durch Scheltworte und Flüche aus dem Schlummer geweckt wurde, deren kranke Brust nun Ruhe hatte. – „Selig sind die Traurigen, denn sie sollen getröstet werden", sprach er, als er an Peter Jansens Grab herantrat. Seine Stimme bebte, als er dabei das bekümmerte Weib anblickte, an deren Schürze sich die beiden ältesten Kinder festhielten. Dies Wort rief noch einmal das ganze bittere Weh in ihrem Herzen wach, und aus den roten, entzündeten Augen floß Träne auf Träne an den blassen, hageren Wangen herab. Auch die Kinder jammerten um ihren toten Vater. Pastor Hansen aber hatte das Wort mit Bedacht gewählt, er wollte den Anwesenden ihre Pflichten gegen die hilflose Witwe und die kleinen Waisen ans Herz legen, darum fuhr er fort: „Und eure Pflicht ist es, meine Lieben, die ihr erschüttert an diesen Gräbern steht, euer redlich Teil zu tun, daß dies Wort sich erfüllet. Nur Gott kann Ruhe und Trost in diese verwundeten Herzen senden. Ihr aber könnt die Not lindern helfen, die sich heute wie eine graue, undurchdringliche Wand vor den Augen dieser Frau und Mutter aufreckt. Wenn dieser Wunsch und Wille heute in euch lebendig wird, wenn ihr dem Verunglückten dieses Versprechen als letztes Wort ins Grab nachruft, dann wird ein solches Geleitwort ihm die Erde leichter machen."

Als das letzte Gebet über diese beiden offenen Gräber gesprochen war und die harten Erdklumpen auf die Särge niederfielen, da kriegte Jens Norgaardt es fertig, an den Pastor heranzutreten, um ihm mit bekümmerter Miene und mit Worten des Dankes die Hand hinzustrecken. Aber Thomas Ottsen trat breitspurig dazwischen und sagte laut, mit einem verächtlichen Seitenblick auf den Heuchler: „Das Mädchen bleibt bei mir, Herr Pastor, sie soll es gut haben!"

„Schön, mein lieber Ottsen, aber –"

„Und die Jansens, Herr Pastor, die können hinten in Wattsfeld mit in meiner Kate wohnen. Die Frau kann bei uns mit zu Melken gehen, und die Kinder können auch mal bei uns essen. – Das wollen wir schon kriegen."

Da drückte Pastor Hansen dem alten Ottsen die Hand und bat ihm im Herzen manches Unrecht ab, das er ihm in Gedanken getan hatte. – So viel Herzensgüte hatte er dem „alten Trunkenbold" nicht zugetraut.

Die Sache mit seinem Sohne war Thomas Ottsen nahegegangen. Es war, als wenn der Blitz vor ihm in den Fußboden gefahren sei. – Der hätte ihn vernichten können. Zur rechten Zeit hatte er mit dem lieben Gott einen Pakt geschlossen: tust du das, dann tu ich das! – Da hatte der liebe Gott ein bißchen mit der Hand gewinkt, der Blitz, der schon herunterfuhr, war ein paar Fuß von seiner Richtung abgelenkt. Wie leicht hätte er seinen Sohn treffen und als vierten in den Sarg legen können. – Nun der liebe Gott seine Sache gut gemacht hatte, nun wollte Thomas Ottsen auch nicht knausern. – Das entzündete den Funken, der in der Asche schlummerte, und sobald er glühte, gab er Wärme.

Eigentlich hatte Thomas Ottsen nun gehen wollen. Der dritte Sarg sollte zehn Schritte weiter, in der äußersten Ecke begraben werden. Das hatte zwar keine Obrigkeit und keine Geistlichkeit so angeordnet, der Totengräber hatte es für richtig befunden, und man fand das denn auch ganz in der Ordnung. Wer mochte auch neben Fritz Böhm liegen? – Als einige der Anwesenden sich zum Gehen wandten und andere unschlüssig dastanden, sagte Pastor Hansen ruhig und freundlich: „Wir alle wollen jetzt einem Dritten noch den letzten Liebesdienst erweisen." Und er ging an die offene Grube heran.

An diesem Grabe standen nur zwei Personen: ein alter, grauhaariger Mann mit stumpfen Zügen in schlechtem Anzuge und ein breitschultriger, etwa 16jähriger Bursche mit frechem, herausforderndem Blick; er war in seinem Arbeitsanzug, so wie er vom Hof kam. Das waren der Vater und der jüngste Bruder des Toten. Nur der Pastor und der Totengräber mit seinem Gehilfen traten ganz nahe heran an die Grube, die übrigen blieben etwas zurück.

Mit starker Stimme, daß auch die Entferntesten es hören konnten, sprach Pastor Hansen vom guten Hirten, der ein verlorenes Schaf sucht, bis er es findet, und schloß mit dem Hinweise auf den, der für die Sünder gestorben ist, und der am Kreuz zu dem sterbenden Schächer sprach: „Diese Nacht wirst du mit mir im Paradiese sein! - Amen."

Bald lag der Friedhof wieder still und leer da. Nur der Totengräber schaufelte noch bis zum Abend. Die Leidtragenden, die Nachbarn und die Neugierigen gingen mit verschiedenen Gedanken nach Hause. Die letzte Rede fand die verschiedenartigste Auslegung. Tischler Schinkel gab die Möglichkeit zu, daß der Pastor recht habe, er bezweifelte aber doch, daß Fritz Böhm im Paradiese sei, denn er war ja nicht bekehrt.

Der alte Weber Truelsen schüttelte den grauen Kopf, in ihm steckte zu viel von der Werkgerechtigkeit, wie Schinkel mißbilligend bemerkte; von der „Gnade" hielt er zu wenig. „Mit einem Male geht so was gar nicht!" behauptete er steif und fest. „Aber ich glaube, daß der da oben den Fritz besser kannte als wir. Wer so sterben kann, den sollen wir nicht richten. Unser Herrgott hat eine andere Elle als wir."

Thomas Ottsen hatte auch eine andere Meinung als der Pastor, er war aber in diesen Tagen zu friedlich gestimmt, um damit herauszuplatzen. Sein Vogt Asmus Hansen aber machte aus seinem Herzen keine Mördergrube, er sagte: „Wenn so'ne Rümmerdriwers dor in sind, denn is dat dor ok nich so, as ick mi dat dacht heff."

So modelte sich jeder seinen Gott und seinen Himmel nach seiner eigenen Weise.

Die ganze Woche lang hatte der Tod vor der Tür des Wohnhauses auf Schnarstruphof gestanden. Als er in stiller Nacht sein Zeichen und Siegel auf die erkaltenden Lippen des schwachen Weibes gedrückt hatte, war er an die Fensterladen des Nebenzimmers getreten und hatte durch den sternförmigen Einschnitt seinen starr machenden Blick auf den jungen, kräftigen Mann gerichtet, dessen bleiches Gesicht und gelbes Haar sich von den dunkelblau gewürfelten Kissen scharf abhob. Ein Zucken war durch den Körper gefahren, dann schien es der alten Frau, die Tag und Nacht an diesem Bette saß, als ob die große, schwielige Hand, die sie so fest hielt, keinen Pulsschlag mehr habe: „Nimm mich hin, Herr, und laß ihn leben!" flehte sie. „Er ist noch so jung!" Und sie kämpfte mit dem Gewaltigen, der ihrem Sohne schon auf der Brust saß, und rang mit dem, der ihn gesandt hatte. Sie beugte sich schützend über den Fiebernden und rief ihn mit den zärtlichsten Namen, wie er sie nicht gehört hatte, seit er ein Kleidchen trug. Sie hob mit ihren schwachen Armen seinen Oberkörper höher, daß die Brust freier lag, sie horchte auf seinen Atem und kühlte seine heiße Stirn.

So kam die Stunde der Entscheidung heran. Da spannten sich in dem ermatteten Körper noch einmal alle Lebenskräfte. Ein todmüder Ringer kämpfte um den Preis seines Lebens. Mit krampfartigem Zucken und hämmernden Pulsen löste er sich endlich aus der lähmenden Umspannung der Knochenarme; er vermochte die Riesenlast von seiner Brust abzuwälzen. Seine Mutter aber trocknete den Schweiß von der glühenden Stirn und den brennenden Wangen, sie betete für ihn und kämpfte mit ihm die ganze lange Nacht.

Als endlich der Morgen graute und das letzte Dochtende des Nachtlichtes im Glas verglimmte, da hatten sie gesiegt. Todesmatt lag er in den Kissen, aber seine Augen blickten nicht mehr so dumpf hinein in den jungen Tag; er kannte jetzt seine Mutter. Dämmernd durch die schwere Nebelwand stieg in ihm die Erinnerung auf an den Sturm und an die Strandung, an den Kampf mit den Wogen und an Fritz Böhm, der mit der Leine gekommen war.

„Fritz Böhm hat mich gerettet!" kam es dann langsam von seinen Lippen. „Wo ist Fritz Böhm?"

„Stille, ganz stille!" bat sie. „Der Doktor hat gesagt, du sollst ganz ruhig liegen, dann wird alles wieder gut."

„Wo ist Fritz Böhm?" fragte er nochmal leise. „Ich sah ihn dann nicht mehr."

„In Gelting", sagte sie da. Die Worte wurden ihr schwer.

„Gottlob!" – Gleich darauf fiel er in einen ruhigen, langen Schlaf.

Die nächsten Wochen brachten auf Schnarstruphof keine weiteren aufregenden Begebenheiten. In der Scheune klangen gleichmäßig die Dreschflegel der Tagelöhner im Viertakt. Damals fing die Dreschmaschine erst an, mit dem Flegel in Wettbewerb zu treten. Thomas Ottsen war ein Bauer von altem Schrot und Korn, der Menschenknochen für billiger hielt als eiserne Maschinen. Die Tagelöhner aber bekamen für ihre Arbeit Korn und Kost. Sie standen sich gut dabei und hielten erst recht am alten fest. Sie verachteten die Maschinen, die nur Krummstroh von sich gaben. Damit konnte man doch keine Häuser decken. Und wer da glaubte, daß die Strohdächer jemals entbehrt werden könnten, der war tumpig. Sie redeten sehr klug.

Sie waren alle schlechte Propheten! Sie wußten nicht, daß die neue Zeit über Tagelöhner und Herren hinwegschritt. August Thomsen, der so laut redete, hat nachher noch manchen Tag auf dem Baum des Vierspänner-Göpels gesessen und die Pferde beim Dreschen angetrieben. Sein Bruder hatte schon die letzte Aalhaut am Flegelstiel; die hat mit ihm ausgehalten, denn bald hatte er nur noch zu Hause sein eigenes bißchen Buchweizen damit zu dreschen. Die Maschine wurde doch Herr! –

Drei Wochen später durfte Hans Thordsen wieder aufstehen. Nach dem schweren Nervenfieber, das er überstanden hatte, fühlte er sich allerdings noch recht schwach. Unter den Backenknochen lagen tiefe Furchen und sein Haar war lang und dünn geworden. Er ging tagsüber auf dem Hof und in den Scheunen umher und hatte recht oft Langeweile. Seine Mutter war wieder in Falshöft, ihr Haus war notdürftig so weit ausgebessert, daß sie dort hausen konnte. Zum Frühling sollte es ordentlich ausgemauert und innen instand gesetzt werden. Es ging nämlich durch ganz Deutschland der Ruf nach Hilfe; in Stadt und Land sammelte man Liebesgaben für die Überschwemmten und die Mittel flossen reichlich. Da wurde vom Herzen manchen Hausvaters eine schwere Last genommen, und manches Haus wuchs neu und stark hervor aus Schutt und Trümmern. Mancher, der es verstand, die Hand weit vorzustrecken vor den anderen, lachte sich heimlich ins Fäustchen, aber auch die Bescheidenen hatten nachher keine Ursache zu klagen. Sie schalten aber noch lange über die Unverschämten, die zu fette Bissen verschluckt hatten. Mutter Thordsen hatte nicht zu viel verlangt und nicht zu viel bekommen, aber sie bekam genug und war dankbar dafür.

Während der Zeit, da sie am Krankenbett ihres Sohnes gesessen hatte, war Meta Norgaardt ihr behilflich gewesen. Mehr als eine Nacht hatte Meta mit gewacht. – Früher, als der

Birkfuchs noch mit bloßen Füßen an ihrem Hause vorüber zur Schule ging, hatte die alte Frau ihr manchmal ein Stück Sirupsbrot in die Hand gesteckt und ein freundliches Wort mit ihr gesprochen. So etwas bleibt im Kinderherzen haften. Nun suchte Meta das wieder gut zu machen. Und als die Mutter fort mußte, schied sie aus dem gastlichen Hause mit der Bitte an Meta: „Sieh doch ein bißchen nach Hans, er ist noch so schwach!" Ein leichtes Rot stieg dem Mädchen bis in die Stirn, als sie das hörte; sie nickte und wandte sich ab.

Als dann aber bald darauf Peter Ottsen über den Hof ging, blitzte es auf in ihren dunklen Augen, und leise vor sich hin sang sie:

„Es ging ein Jäger wohl jagen,
Dreiviertel Stunden vor Tagen,
Ein Füchslein oder ein Reh – –"

Da hörte sie von der Küche her den schweren Schritt der Hausfrau und verstummte. Sie fragte die Eintretende mit ruhiger, geschäftsmäßiger Stimme: „Soll Hans Thordsen noch in der hinteren blauen Stube wohnen bleiben, oder soll er in die Knechtenkammer?"

„Er bleibt, wo er ist!" entschied die Frau kurz.

Am Nachmittag traf sie Hans Thordsen hinter dem Milchkeller in der Roßmühle. Er war dabei, auf der Schnitzelbank neue Kämme für das große Rad der Mühle zu schneiden.

„Na, was machst du denn da?" fragte Meta und lachte ihn an.

„Man muß sich ein bißchen nützlich machen", erwiderte er seufzend.

„Ach was, ruh' dich aus, es kommt bald genug die Zeit, wo du wieder arbeiten mußt."

„Lieber heute als morgen."

„Gefällt es dir denn hier nicht mehr?"

„Gewiß. Ihr seid ja alle so gut zu mir, aber man hat gar nichts um die Hand. Da wird einem die Zeit so schrecklich lang."

„Du darfst aber noch nicht arbeiten!"

„Das ist doch keine Arbeit!" – Er sah sie an. Da trat sie näher und legte ihm die Hand auf die Schulter: „Du, Hans, deine Mutter hat gesagt, ich soll ein bißchen auf dich passen!"

„Du auf mich?"

„Ja, du bist noch zu schwach!" Sie reckte ihre zierliche Gestalt empor und sah ihn an mit blitzenden, verführerischen Augen. Er aber stand da, verlegen wie ein Kind.

„Weißt du", fuhr sie dann in neckischem Tone fort, „ich hab' dir schon früher mal beigestanden, beim Gammeldammer Heck im Schnee. Damals hast du mich weggejagt." - „Verdammter Birkfuchs!" hieß es. Sie zischte das verhaßte Wort zwischen den Zähnen hervor.

„Laß sein, denk' nicht mehr daran", wehrte er ab und setzte entschuldigend hinzu: „Du warst früher auch ein wilder Racker und spieltest uns manchen Schabernack. Es war nicht bös von mir gemeint."

Wie eine Gewitterwolke war es über ihr Gesicht geflogen, und ihre Stimme war ihm vorgekommen, als wenn eine Hagelböe durchs Tauwerk des Schiffes schrillte; aber gleich darauf glitt wieder ein Sonnenstrahl durch das Gewölk, der Birkfuchs war so wetterlaunisch wie der April.

„Du hast recht, das waren Kindereien, jetzt ist es vorbei mit dem Görenkram." Dabei blickte sie ihn lächelnd an. Er fing an etwas zu sagen von Dank und Wiedervergeltung, kam aber nicht gleich damit zurecht. - „Ist gut", rief sie, dann war sie auch schon verschwunden.

Hans Thordsen setzte sich wieder auf die Schnitzelbank, er schnitzte und schnitzte, aber es wurde nichts daraus. Vor seinen Augen stand ihr Gesicht, scharfe, weiße Fuchszähne schimmerten hervor zwischen den roten Lippen, und krause Fuchslöckchen umspielten Schläfen und Stirn. Da kamen ihm eigenartige Gedanken: Wie wär's denn, wenn er nach dieser bösen Fahrt sich anders einrichtete? - Lotse konnte er zwar nicht werden, dazu war er noch zu jung, aber Fischer. Wenn das Haus erst wieder gut instand gesetzt war, wenn er sich sein Geld von der Geltinger Sparkasse geholt und Boot und Netze angeschafft hatte, und wenn er dann Meta Norgaardt fragen würde: „Willst du, Meta?" so würde sie gewiß nicht nein sagen. Aber die Leute würden darüber reden und spötteln! Sie würden fragen, ob er bange geworden sei vor dem großen Wasser, und ob er sich wohler und sicherer fühle im Fuchsbau, als auf einem Dreimaster. Es wäre dann vorbei mit den schönen Träumen vom eigenen

Schiff und der weiten Welt. Er wäre dann auch so ein aufs Trockene gesetzter Jan-Maat, und die schöne Rothaarige wäre sein Kapitän. Er stand auf, warf den verschnitzelten Eschenpflock in die Ecke und ging hinaus. „Es wird Zeit, daß man über Stag geht", murmelte er, „sonst kommt man zu dicht an Land. Wer hier aufläuft, der kommt in seinem Leben nicht wieder los."

Eine Stunde später stand Meta hinter dem Backhaus am Ziehbrunnen und ließ langsam den Eimer in die Tiefe hinunter. Hier wurde das Wasser für die Küche geholt. Wie in Gedanken versunken stand sie und schaute auf die Ringe, die unten auf dem dunklen Spiegel zitterten; sie war aber mit ihren Sinnen ganz woanders. Gespannt horchte sie auf die Schritte, die vom Gartenwall näher kamen. Sie hatte nämlich Peter Ottsen vom Dorf her kommen sehen, sie wußte, daß er dann gewöhnlich hinter dem Teich herum den Richtweg einschlug. Dann mußte er hier vorbei und dann? –

Ein eigenartiges Verhältnis hatte sich seit jener Bootsfahrt zwischen den beiden entsponnen. Aber ein eigentliches „Verhältnis" war es doch nicht. Wer konnte so etwas wohl denken?!" – Peter Ottsen und der Birkfuchs! – Schnarstruphof und die Birkkate! – Gab es größere Gegensätze?!" – Trotzdem hatte die Stunde, wo das Leben des einen in der Hand des anderen lag, über die Kluft, die sie trennte, eine Brücke geschlagen, auf der heimlich ihre Gedanken hinüber und herüber wanderten.

Als Frau Ottsen einmal darüber zukam, wie er freundlich mit dem Mädchen sprach, da hatte sie Meta barsch angefahren und dem Sohne zu verstehen gegeben, daß es seine Aufgabe sei, die Dienstboten zur Arbeit anzuhalten und nicht sie mit Schnack davon abzuhalten. Sie hatte dann auch ihrem Manne eine Andeutung gemacht. Der aber hatte das weit von sich geworfen und gelacht: „Mit dem Birkfuchs? Mit der Roten? – Das hat er bei den Husaren gelernt, Mutter. Ist aber nicht gefährlich für ihn. Und sie? – Na, ich will weiter nichts sagen, aber sie stammt ja aus 'ner Familie, die so was nicht so genau nimmt! Wenn was passiert, dann hat sie selbst Schuld!" Nach einer Weile setzte er mit schlauem Lächeln hinzu: „Aber vielleicht ist es doch gut, wenn wir bald daran denken, ihn anderswo festzulegen."

Dann hatte er bei seinem Sohne auf den Busch geklopft, recht deutlich und derbe. Der aber hatte vor einiger Zeit schon merken lassen, daß die früher angeknüpfte Verbindung ihm mehr Geschäfts- als Herzenssache sei. Er suchte auch heute auszuweichen. Als der Alte nicht locker ließ, wurde er ungemütlich: „Ihr scheint zu glauben, daß ich noch wie ein Kind hier behandelt werden muß, da wäre die Meta ja ganz gut zum Kindermädchen." Er sagte das mit höhnischer Miene.

„Dummer Junge!" brauste der Alte auf. „Noch bin ich hier Herr, und – –"

„Und ich habe die Jungenwirtschaft satt!" schrie Peter. „Wenn's nicht anders wird, dann gehe ich von hier fort und nehme eine Inspektorstelle an." Da lenkte der Alte ein. Es sei nicht so böse gemeint usw. Peter aber gab das Versprechen, um Ostern herum die Sache mit der Erbin von Kallumhof ins Reine zu bringen.

Darauf hatte er sich etwas mehr vorgesehen als früher und war, wenn die Leute es sahen, gleichgültig und hochmütig an Meta Norgaardt vorbeigegangen. Wenn's aber keiner beobachtete, hatte er ihr andere Blicke zugeworfen. Dann zuckten kaum merklich ihre Wimpern. Er sah es und verstand die Antwort. Einmal hatte er, als er ihr in der Dämmerung auf dem Hausflur begegnete, die Rechte um ihre Hüfte gelegt und hatte sie an sich gepreßt. Sie war zusammengezuckt; aber keinen Laut hatte sie ausgestoßen. Er fühlte ihr Haar seine Wangen streichen, er fühlte sogar ihren Atem an seiner Wange. Im nächsten Augenblick hatte sie sich auch schon mit einer raschen Wendung ihrer geschmeidigen Glieder freigemacht und war mit einem kichernden „Ach was! Lassen Sie mich los!" verschwunden. Als er dann einige Minuten später sie in der Küche sah, und das helle Herdfeuer ihre glühenden Wangen und den rotgoldenen Kopf bestrahlte, tat es ihm leid, sie nicht fester gehalten zu haben. Sie verriet mit keiner Miene ihre Aufregung. In jenem Augenblick spielte der gewandte Fuchs mit dem Jäger, der an der Tür stand und sich langsam die schweren Stiefel auszog. In seinen Augen funkelte wieder die Beutegier wie damals, als er sie mit nackten Beinen im Noor stehen sah. – –

Seitdem war ihm aber der Fuchs ausgewichen. Er hatte sie in den letzten Tagen sogar ein paarmal im Gespräch mit dem Seemann stehen sehen. Ob der sich jetzt an die Meta heranmachen wollte? Nicht schlecht! Aber erst wollte er, Peter Ottsen, seinen wohlverdienten Lohn haben. Heiraten konnte sie nachher der andere, da hatte er nichts dagegen. Das paßte ganz gut zusammen: Hans Thordsen war ruhig und gutmütig, sie aber hatte von dem Schauspielerblut noch etwas abbekommen, sie hatte Glut in den Adern.

So stand die Sache heute, als Meta Norgaardt in der Abenddämmerung „ganz von ungefähr" am Brunnen stand, sich auf die Eimertracht stützte und spielend den herabgelassenen Eimer mit der Stange hin und her bewegte. Ringsum war alles still, die Mädchen waren zum Melken, die Herrschaft saß drinnen in der Wohnstube. Die Frau strickte, und er hatte die Pfeife im Munde, beide blickten in das Torffeuer des Ofens und besprachen sich darüber, wie nachher alles nett eingerichtet werden sollte in der Abnahme, wenn Peter den Hof übernahm. Thomas Ottsen war nie so nett und vernünftig gewesen wie in den letzten Wochen. Wie hätte man sonst mit ihm über die Abnahme reden können? – Meta horchte, aber sie hörte keine Schritte. Da pfiff leise die Gartenpforte in ihren Angeln, ganz kurz nur und ganz leise; sie wußte nun genug. Mit beiden Händen faßte sie die Brunnenstange und hob den vollen Eimer nach oben.

Plötzlich legte sich ihr von hinten eine Hand auf den Busen und eine auf den Mund, wohl um einen unvorsichtigen Aufschrei zu verhindern. Sie schrie aber nicht auf, sie stand ganz stille – wie erstarrt vor Schreck. „Meta!" klang's ihr leise schmeichelnd ins Ohr. Fest legten sich jetzt die Hände über ihre Augen, langsam wurde ihr Kopf nach hinten übergebeugt, sie fühlte seinen warmen Atem über ihre Stirn streichen, als er mit gedämpfter, verstellter Stimme fragte: „Wer ist das!"

Sie hielt die Brunnenstange fest in der Hand, sonst wäre ja der volle Eimer mit lautem Klatschen unten aufgeschlagen, sie wand nur den Kopf hin und her unter seinen Händen. „Laß mich los!" sagte sie. „Ich schrei sonst!" Da preßte er seinen Mund auf die leicht geöffneten roten Lippen. Jetzt war er gefangen, der Birkfuchs!

Da lachte der Jäger und flüsterte ihr leise ins Ohr: „Nun hole ich mir meinen Lohn, den du mir noch schuldig bist!" Sie ließ den Kopf an seiner Brust ruhen, die Brunnenstange glitt langsam durch ihre Hände, und geräuschlos senkte sich der Eimer wieder hinab in den Brunnen. Nun aber hatte sie die Arme frei und faßte nach seinen Fingern. Es war ein kurzer Kampf, dann lag sie fest in seinen Armen und wehrte sich nicht mehr. In ihr armes und freudloses Leben war bisher nur so selten ein warmer Hauch von Menschenliebe geflossen, sie hatte sich immer wehren müssen gegen Übermut und Bosheit, gegen Haß und Verachtung. Nun erfüllte sich, was zuerst wie ein Traum in die Dunkelheit ihres Daseins hineingefallen und dann immer deutlicher wurde. Nun hielt sie ihn umschlungen und schmiegte sich fest an seine Brust.

„Als ich dich damals am Noor stehen sah, Meta, als du da so trotzig standest, hätte ich dich gerne ebenso in die Arme genommen wie heute!" Er flüsterte es ihr leise ins Ohr.

„Ich schämte mich so vor dir!" sagte sie ebenso leise.

„Warum denn?"

„Sprich nicht davon, es waren schreckliche Stunden! Aber was du für Mutter getan hast, das will ich dir nie vergessen."

„Ich will mir ja meinen Lohn holen."

„Den kann ich gar nicht bezahlen."

„Ja, du kannst!" Er schlang seine Arme um ihren Leib, hob sie hoch, trat mit seiner Last ein paar Schritte zurück und setzte sich auf den niedrigen Steinwall. Sie lag auf seinem Schoß und hatte beide Arme um seinen Hals geschlungen. Sie schloß die Augen. –

Drüben auf dem Hofplatz wurde mit den Stalltüren geschlagen. Die Mädchen kamen mit schweren Tritten an der anderen Seite des Backhauses entlang, man hörte ihre Holzschuhe auf dem Steinpflaster klappern, da fuhr Meta auf. Aber die starken Arme des Mannes preßten sich fester um ihren jungen Leib. „Ruhig! Ganz ruhig!" flüsterte er ihr ins Ohr.

Bald darauf rief von der Küchentüre her Frau Ottsen mit scharfer Stimme: „Meta! – Me-ta!" Und als keine Antwort erfolgte, hörte man die ärgerliche Frage: „Wo blifft denn de Deern?" Da entschlüpfte sie seinen Armen und stürzte davon. Vor der Küchentüre blieb sie stehen und strich mit den Händen über die Schürze und durch das Haar.

„Wo bleibst du?" fuhr Frau Ottsen sie an, als sie eintrat; mit eigentümlicher Betonung fragte sie gleich weiter: „Was ist denn los gewesen, wie siehst du aus?" Aber es war nicht so leicht, sie in die Enge zu treiben; in der gefährlichen Lage verleugnete das Füchslein seine Natur nicht. Mit vor Erregung zitternder Stimme rief sie: „Einer von den Knechten ist es gewesen. Die können mich nicht in Ruhe lassen. Er hat mir hinter dem Brunnen aufgelauert."

„Wer war's denn?" fragte die Frau ärgerlich.

„Von hinten hat er mich gepackt und mir die Augen zugehalten."

„Warum schriest du denn nicht um Hilfe?"

„Ich war so in Angst, das Herz stand mir still, und als er mich dann gleich wieder los ließ, war er schnell an der Backhausecke verschwunden. In der Dämmerung konnte ich ihn nicht erkennen, aber einer vom Hofe war es, denn er lief nach der Scheune zu."

„Das will ich doch gleich mal dem Herrn sagen!" Damit ging Frau Ottsen fort. Meta aber schlich wieder hinaus, um den Eimer zu holen. Da sah sie an der Backhausecke wirklich eine dunkle Gestalt stehen, aber sie hatte nicht die Spur von Angst. „Schnell weg! Der Herr kommt!" flüsterte sie ihm zu, und in langen Sätzen lief er nach der Dorfstraße zu.

Nach einer Stunde kam der junge Herr lustig pfeifend auf's Haus zugeschritten. Er hatte seine Schlinge gut gestellt und sie zur rechten Zeit zugezogen; das Füchslein, so scheu und schlau es auch war, nun saß es darin. Das war ein feines Stück Wild!

An einem der nächsten Tage bekam Hans Thordsen Besuch. Sein Kapitän, der noch immer auf dem gestrandeten Schoner gehaust hatte, suchte ihn auf. Er wollte dem Reeder schreiben und ihm den Vorschlag machen, daß er Hans Thordsen mit der Aufsicht über das gestrandete Schiff betrauen solle, bis die Versicherungssache geregelt sei, selbstverständlich gegen eine anständige Heuer. Nach ein paar Tagen kam er wieder, es war alles mit dem Reeder abgemacht. Hans Thordsen nahm mit herzlichem Dank Abschied von seinen Wohltätern. Er fragte auch nach Meta Norgaardt und suchte sie in der Küche, aber sie war im Augenblick nicht zu finden. Es hieß, sie sei in den Garten gegangen, um Kohl zu schneiden, so ging er denn dorthin.

Draußen lag hoher Schnee. Über Hof und Garten hatte der Winter eine dichte, weiße Decke gebreitet. Er brauchte nur den Spuren nachzugehen, sie zeigten ihm den richtigen Weg. Hoch geschürzt sah er Meta zwischen den grünen Büschen stehen und emsig schneiden. Sie hatte gar nicht gehört, daß jemand kam, der weiche Schnee dämpfte das Geräusch seiner schweren Schritte. Sie stand vornüber gebeugt, den Rücken ihm zugekehrt. Er blieb stehen und beobachtete sie. Er sah, wie aus den groben Holzschuhen zwei zierliche Fußgelenke hervorschauten; wo dann der Schneerand des Kleides den Blick begrenzte, da traten kräftigere Formen hervor. Die schwarzen Strümpfe, die stramm und glatt sie umschlossen, hoben sich deutlich ab von dem weißen Boden. Er stand ganz stille und regte sich nicht. – Nun richtete sie sich langsam auf, stemmte beide Hände auf die Hüften, hob den feinen Kopf und äugte nach der Dorfstraße hinüber. Sie schien jemanden zu erwarten.

Hans Thordsen mochte nicht länger den Lauscher spielen. Er räusperte sich, um sich bemerkbar zu machen. „Peter!"

rief sie in diesem Augenblick und wandte blitzschnell den Kopf.

Eine Glutwelle schoß ihr hinauf bis ins Haar, als sie in Hans Thordsens bestürztes und verlegenes Gesicht sah; der stand da und sagte kein Wort. Einen Augenblick kämpfte sie einen schweren Kampf, ihre Augen blitzten, die Hände ballten sich und das glühende Rot wich zurück. „Schleicher!" rief sie mit zischender Stimme. Das gab ihm seine Fassung und sein Selbstgefühl wieder:

„Ich bin dir noch nie nachgeschlichen", sagte er stolz.

„Was stehst du denn da und erschreckst mich?!"

„Ich wußte nicht, daß du am hellichten Tage vor Menschen so erschrickst!"

„Wenn man so überfallen wird."

„Andere Leute überfallen dich vielleicht –, ich nicht!" Nun wurde auch seine Stimme hart und scharf. „Ich bin ordentlich und wie immer durch den Garten gekommen, was kann ich dafür, wenn deine Gedanken anderswo sind?"

„Was weißt du von meinen Gedanken?!"

„Genug, Meta Norgaardt, ich weiß jetzt genug!"

„Ach was! Kümmere dich um deine eigenen Sachen!"

„Das will ich auch. Ich will fort und kam nur hierher, um dir das zu sagen."

„Na, das freut mich! Glückliche Reise!" sagte sie schnippisch.

„Es freut mich auch!" erwiderte er. „Ich komme an Bord des Schoners." Als sie sich dann kurz umdrehte, setzte er hinzu, und jetzt hörte man deutlich den Ärger daraus hervor: „Nun brauchst du nicht mehr auf mich zu passen, und das ist auch gut, denn du hast wohl genug auf dich selbst zu passen. Nimm dich in acht, Meta!"

„Wie meinst du das?" Sie stand vor ihm und schaute ihm gerade ins Gesicht. Zwischen der Zornesfalte schaute so etwas wie Furcht heraus.

„Vor wem soll ich mich in acht nehmen? Vor dir?" Sie maß den breitschultrigen Riesen von oben bis unten mit flackernden Blicken; es war, als ob sie sich scheute vor dieser reinen, ruhigen Zornesglut.

„Vor mir nicht! Nein, vor mir bist du sicher! Ich tue

dir nichts! Aber vor dir selbst nimm dich in acht und vor ihm, an den du dachtest, vor Peter Ottsen." Nun war es heraus; er blickte sie fest an.

„Du bist ein Narr!" Sie lachte kurz und gezwungen und drehte sich halb von ihm ab.

„Ich bin's nicht, aber gar zu leicht hat er dich zum Narren und macht dich zum Gespött der Leute."

Da sah sie zu ihm auf, halb mit trotzigem, halb mit bittendem Blick: „Bring' mich nicht ins Gerede, Hans!"

„Bring' du selbst dich nicht ins Gerede, Meta."

„Es ist doch alles nicht wahr." Sie griff nach seiner Hand; er zog sie aber zurück und steckte sie in die Tasche. Da faßte sie seine beiden Arme und redete hastig mit übersprudelndem Eifer: „Es ist doch gar nichts zwischen uns los. Was hast du nur? Ich stand hier in Gedanken und auf einmal hörte ich, daß einer hinter mir stand. Da dachte ich, es wäre der junge Herr." Sie betonte stark dies Wort. „Und da fuhr es so aus mir heraus wie früher: Peter! - Was ist denn dabei los?"

„Deine Augen sagten mir eben noch etwas anderes."

„Meine Augen? Ja, mir sieht jeder Mensch das Schlechteste von den Augen ab. Mir traut man jede Schlechtigkeit zu." Sie zog die Schürze an die Augen und schluchzte: „Keinen Menschen auf der weiten Erde habe ich, der es gut mit mir meint, alle hacken auf mich los und treten mich in den Schmutz. Ich will fort! Ich will hin, wo mich niemand kennt!"

Da regte sich wieder bei ihm das Mitleid mit dem armen Geschöpf, das von klein auf für fremde Schuld hatte büßen müssen. Er zog ihr sanft die Hände vom Gesicht fort. - Wie schnell veränderten sich doch diese Züge. Der Trotz war verflogen und demütig bittend blickten ihn die Augen an, die eben vorher noch in auflodderndem Zorn gefunkelt hatten: „Hans, sprich nicht darüber, zu keinem Menschen! Es ist nichts, glaube es mir doch! Aber die Leute drehen mir aus meinen Worten einen Strick und peitschen mich damit vom Hofe."

„Ich sage keinem was, aber ich wollte dich doch warnen."

„Gib mir die Hand darauf, daß du keinem einzigen Menschen etwas sagst, auch deiner Mutter nicht."

„Da brauch' ich nicht die Hand darauf zu geben. Wenn ich's

sage, dann genügt das. Überhaupt ist Klatschen nicht meine Sache." Aber sie hatte schon seine Rechte in ihre beiden Hände genommen: „Du gibst mir die Hand darauf, sonst habe ich keine Ruhe. Sag' ja, Hans!"

„Na meinetwegen denn: Ja!"

Ein heller Schein flog über ihr Gesicht. „Ich danke dir, Hans! Du bist gut! Und denke auch nicht schlecht von mir! Nein, das darfst du nicht!" – Sie fuhr mit der Schürze über die nassen Augen. „Fahrwohl, Hans, auf Wiedersehen!" – Ein Blitz aus ihren dunklen Augen, dann nahm sie den gefüllten Korb und lief nach Hause zu. An der Ecke beim Wall sah sie sich noch einmal nach ihm um. Er wandte sich links, der Dorfstraße zu, und ging ohne aufzuschauen den Weg weiter nach Falshöft zu.

Der Winter verging Hans Thordsen in gleichmäßiger Arbeit. Nachts schlief er auf dem Schoner, behielt ihn auch am Tage im Auge, dann aber arbeitete er fleißig im Hause und Garten seiner Mutter. Haus und Stall wurden neu ausgebaut, und im Garten gab es viel instandzusetzen. Er hoffte zu Ostern in Flensburg gute Heuer auf einem größeren Schiff zu erhalten; bis dahin sollte nämlich der gestrandete Schoner verkauft sein. Eine Bergungsgesellschaft, die ihn wieder frei baggern und ins tiefe Wasser schleppen wollte, hatte ein Angebot gemacht.

Acht Tage vor Ostern wollte Meta Norgaardt eines Abends nach der Birk, weil – wie sie zu Frau Ottsen sagte – sie notwendig etwas mit ihrem Vater zu besprechen hatte, und Peter Ottsen wollte eben mal nach Nieby hinüber zu August Nissen. In Wirklichkeit stand aber nach einer kleinen halben Stunde das Mädchen ganz allein in der Dämmerung am Kliff und spähte hinüber nach der Langfelder Straße. Sie sah nicht mehr so frisch aus wie vor einem halben Jahre. Müde und mit zusammengezogenen Augenbrauen sah sie starr ins Weite. Plötzlich zuckte sie zusammen. Ein Schrei, wie ihn die Rebhühner ausstoßen, wenn sie abends längst den Furchen laufen und sich suchen, erklang von der Noorseite her. Sie wandte den Kopf und sah, wie Peter Ottsen mit raschem Anlauf über den Graben sprang und dann mit eiligen Schritten den Abhang hinaufschritt.

„Ich habe einen Umweg machen müssen", rief er ihr zu. „Hans Thordsen kam mir entgegen."

„Ich warte schon lange", sagte sie, „ich wollte erst –".

„Ja, was soll das überhaupt?" unterbrach er sie und seine Stimme klang hart. „Was jagst du mich hinaus in Nacht und Nebel aufs Kliff? Du hättest ja nur auf den Zettel gleich schreiben können, was du willst!"

„Ich muß dich notwendig sprechen, Peter! Glaube mir, es ist notwendig, sonst würde auch ich hier nicht stehen."

„Na, denn heraus damit!"

Sie trat dicht an ihn heran, legte beide Arme um seinen Hals und blickte ihm gerade in die Augen. Er sah darin den Abglanz der auflodernden Leidenschaft; er zog sie an sich, aber einen kurzen Augenblick nur, dann ließ er sie los und versuchte ihre Arme von seinem Nacken zu ziehen: „Laß los, Füchslein!" neckte er.

„Nein!" rief sie laut und heftig; sie umklammerte ihn fester noch: „Nein, Peter, ich lasse dich nicht frei! Nie, niemals!" Da wurde er ungeduldig: „Sei nicht eigensinnig! Sonst muß ich dir zeigen, wer Herr ist!"

„Du sollst mein Herr sein, Peter. Schlag' mich, tritt mich, aber stoße mich nicht von dir!" Ein Zittern ging durch ihren Körper und schluchzend legte sie den Kopf an seine Schulter.

„Donnerwetter, was hast du denn heute, du kleine, wilde Hexe? Was willst du mir überhaupt sagen?" Seine Stimme klang unsicher.

Da reckte sie ihre zierliche Gestalt in die Höhe, legte den Mund an sein Ohr und flüsterte ihm leise einige Worte zu. – –

„Donnerwetter, Deern, das Malöhr fehlte uns gerade noch!"

Tief errötend stand sie vor ihm: Peter, verstoß mich nicht!" – Wie konnte sie süß und schmeichelnd bitten. Wie leidenschaftlich schmiegte sie sich an ihn!

„Ja, Mädchen, was willst du denn von mir?"

„Du hast es mir doch versprochen, damals!"

„Was denn? Was meinst du, hätte ich versprochen?" Er machte sich frei von ihrer Umarmung, seine Stimme klang einen Ton härter.

„Peter, sag' nicht so was."

„Ja, ich will dich doch auch nicht im Stich lassen. Gott bewahre, ich bin ein anständiger Kerl. Aber das ist sehr schlimm, gerade jetzt."

Da faßte sie seine Hand und drückte sie ans Herz. „Oh, was habe ich in den letzten Tagen ausgehalten! Tag und Nacht keine Ruhe! Diese Angst! – Ach, nun habe ich wieder ein bißchen Mut. Aber was wird dein Vater sagen, Peter?"

„Na, er ist auch mal jung gewesen. Ich muß ihm das vorsichtig beibringen, und, weißt du, du mußt möglichst bald fort."

„Ja, das muß ich wohl. Aber wohin?"

„In die Stadt, irgendwo. Ich sorge für alles, für dich und das Kind, aber hier in der Gegend darf nichts davon laut werden. Du nimmst nachher in der Stadt einen Dienst an."

Sie starrte ihn mit ängstlichen Augen an: „Wie lange?"

„Das kannst du machen wie du willst." Er hatte finster vor sich niedergesehen. Als sie jetzt schwieg, sah er sie wieder mit einem halben Blick an. – Nur nicht weich werden, Peter, hatte er sich zuerst gesagt, als sie jammerte. Nun aber stieg ein anderes Gefühl in ihm auf. Er wollte ja für sie sorgen, was wollte sie mehr?! – Er fing nämlich an zu begreifen, was in ihr vorging – und da wallte der rohe Bauerndünkel in ihm auf. Die verlangt wohl gar, er sollte sie heiraten. Er stieß es, wie es bei ihm hoch kam, unvermittelt hervor: „Du meinst doch wohl nicht gar, ich soll dich heiraten?"

Das wirkte wie ein Faustschlag! – Sie sank nieder und umklammerte seine Knie: „Peter, denk' an dein Wort!" flehte sie. „Mach' mich nicht ganz unglücklich! Erbarme dich meiner!"

„Du bist wohl verrückt geworden!" schrie er nun ganz wütend. „Was denkst du dir denn?! Mein Vater würde mich vom Hofe jagen, noch ist er Herr!"

„Wir können ja warten", bat sie noch einmal.

„Unsinn! Ehe ich nicht heirate, gibt der Alte den Hof überhaupt nicht ab." Und etwas ruhiger setzte er hinzu: „Sei vernünftig, Meta, das geht wirklich nicht, aber ich mach's gut. Das Geld muß der Alte herausrücken und das tut er auch."

Da sprang sie auf, als ob sie eine Schlange unter ihren Knien gefühlt hätte; jetzt wußte sie es gewiß, daß sie getäuscht und betrogen war. Mit einem Male kam über sie die alte Wildheit; es brach hervor all der Haß und der Trotz, der ihr von Jugend an ins Blut geimpft war. Sie stieß ihn zurück und ballte die Faust: „Ist das dein letztes Wort?" fragte sie drohend.

So gefiel sie ihm besser. „Jawohl!" sagte er eisig. „Nun wollen wir nach Hause gehen, du rechts, ich links. Morgen sprechen wir uns wieder."

„Wortbrüchiger Lump! Betrüger!" schrie sie.

„Sei vernünftig!" warnte er noch einmal. „Dann sorge ich gut für dich!" Damit wandte er sich um und ging.

„Ich will dein Geld nicht, du Schurke!" gellte es ihm nach in den Ohren. „Ich will meine Ehre, die sollst du mir wiedergeben oder –"

Er blieb stehen und wandte sich noch einmal um. „Sei vernünftig, Meta, und überlege dir die Sache bis morgen. Sei vernünftig!" – Er besann sich einen Augenblick und sagte dann freundlicher: „Komm denn, bis zur Schmiede können wir zusammen gehen."

„Ehrloser, wortbrüchiger Mensch!" schrie sie und lief den Abhang hinunter. Als er ihr nachging, sah er unten am Noorwall ihre Gestalt im Dunkeln verschwinden. „Meta! – Meta!" rief er unvorsichtig hinaus, aber keine Antwort kam. Nur das Meer rauschte drüben mit gleichmäßigen Schlägen am Strande. Eine Weile blieb er noch stehen und lauschte, dann nahm er den kleinen, grünen Jägerhut ab und fuhr sich mit dem Taschentuch über die Stirne: „Die Deern ist ja zu unvernünftig!" brummte er. „Wie kann der Birkfuchs sich so was einbilden!" Dann ging er nachdenklich nach Hause.

Zwei Tage später stand Meta Norgaardt im Zimmer des Herrn Aagesen in Gelting und bat ihn dringend, ihr doch ihre Ersparnisse, die sie in den letzten Jahren der Spar- und Leihkasse übergeben hatte, ohne vorherige Kündigung auszuzahlen. Der alte Aagesen machte Einwendungen, denn er war ein wohlmeinender und welterfahrener Mann, der recht gut wußte, daß den jungen Leuten die Taler um so leichter aus der Hand rollen, je voller sie ist.

„Ich muß das Geld aber haben, Herr Aagesen, ich muß es notwendig gleich mithaben. Bitte, bitte, geben Sie es mir", bat sie.

„Aber, mein klein Deern, dann verlierst du ja die Zinsen, und das geht doch nicht!"

„Das macht nichts, Herr Aagesen, wenn ich nur das Geld kriege, das ich eingezahlt habe."

„Aber, mein klein Deern, das darf ich doch nicht, das geht nicht nach den Statuten, sieh mal hier, § 4 sagt . . ."

„Ich gebe Ihnen mein Buch, Herr Aagesen, dann geben Sie mir wenigstens erst mal die Hälfte."

„Willst dir doch nur ein neues Kleid kaufen oder einen neumodischen Hut mit roten Bändern. Nein, mein klein Deern, das –"

Da sah er, wie ihr die Tränen über die Backen liefen, wie Angst und Sorge aus ihren Augen sprach, und plötzlich sagte er mit ganz veränderter Stimme: „Es scheint mir doch ein besonderer Fall vorzuliegen. Sei ruhig, heul' nicht, ich will dir die Hälfte geben." Dann zählte er ihr eine Reihe preußischer Taler auf den Tisch. „Der Rest ist zum 1. Juli fällig. Hier, schreib deinen Namen dahin."

Meta schrieb, schob das Geld zusammen, wickelte es sorgfältig in ihr Taschentuch und ging.

Am nächsten Morgen, als alle auf Schnarstruphof noch in tiefem Schlafe lagen, trat aus der Küchentür leise und vorsichtig eine Frauengestalt und sah sich scheu nach allen Seiten um. Der alte Hektor, der aus dem runden Hundehaus hervorlugte, bellte kurz auf, sie rief ihn mit gedämpfter Stimme an, und verständnisvoll knurrend zog er sich zurück. Geräuschlos fiel die Klinke wieder ins Schloß, dann nahm sie ein ziemlich umfangreiches Bündel von der Erde und schwang es am Zipfel auf den Rücken. Vorsichtig ging sie hinten durch den Garten, dann den Fußsteig quer über die Koppel auf den Weg nach Gelting zu.

Als der alte Fuhrmann Lassen mit seinem Planwagen hinter Suterhallig langsam die tiefe Wagenspur entlang schleuste und dabei Berechnungen anstellte darüber, was er beim Verkauf der Eier verdienen könnte, die hinten im Buchweizenkaff lagen, wurde er plötzlich in seinem Exempel gestört. „Können Sie mich mitnehmen?" rief eine Frauenstimme.

„Brrr! Platz genug!" Als er anhielt, wurde ihm zuerst ein großes Bündel gereicht, dann schwang sich ein Mädchen in den Wagen und nahm an seiner Seite auf dem Wagenstuhl Platz.

„Wohin denn?"

„Nach Kappeln."

„Wollen Sie da in Dienst gehen?"

„Nein."

Das war ja merkwürdig. Erst nach einer ganzen Weile fragte der alte Lassen weiter: „Wo wollen Sie denn eigentlich hin, wenn man fragen darf?"

„Nach Amerika. - Nun wissen Sie es!"

Das klang abweisend und unwillig. Da nahm der Fuhrmann seine kurze Pfeife aus der Tasche und setzte sie in Brand. Keiner sprach ein Wort mehr, nur der „Näsenböter" brodelte und die Pferde schnaubten in der frischen Morgenluft. Als sie im Wirtshaus Knefferbek einkehrten, blieb das Mädchen auf dem Stuhl hinter dem Plan sitzen. Erst als sie in Kappeln aus dem Wagen stieg, fragte sie ihn: „Wann fahren Sie wieder zurück?" - „Morgen abend", sagte er. „Dann bin ich schon weit", sagte sie recht laut und gab ihm seine vier Schillinge. „Adjüs!"

Kopfschüttelnd ging er fort. Meta Norgaardt fuhr bald darauf mit dem Dampfer nach Schleswig.

Als man in Schnarstruphof aufstand, fehlte Meta, sie war nirgends zu finden. Auf dem Küchentisch lag ein Brief, der war an allen Ecken fest verklebt und mit einem Fingerhut petschiert; gerichtet war er an Frau Ottsen. Als sie ihn aufmachte, fand sie nur die Worte: „Ich muß fort. Hier kann ich die Schande nicht ertragen. Ich bin unglücklich, Ihr Sohn ist wortbrüchig und ehrlos!"

Nachher gab es in der Wohnstube einen Riesenkrach; zuerst hatte Peter einen großen Mund, dann aber kam es anders. Thomas Ottsen brüllte, daß es im ganzen Hause widerhallte, und Peter wurde immer stiller. Als er aber fortging, schlug er die Tür hinter sich zu, daß die Fenster klirrten, dann ging er schnurstracks ins Wirtshaus zu Lewetz, setzte sich auf den Platz, wo früher sein Vater so oft gesessen hatte und trank ein Glas Grog nach dem anderen, wie es sein Vater so oft getan hatte.

Im Leutezimmer war abends große Aufregung, man erzählte vielerlei. Da hatte der eine Knecht damals dies gesehen, der andere das. Die Meiereimädchen hatten das schon lange gemerkt, sie hatten bloß nichts sagen wollen. Aber natürlich: Ort lett nich von Ort, und Speck lett nich von Swort! hieß es. Die roten Haare stammten doch von der Komödiantendeern her. - Das war ihr ganz recht, sie hatte die Nase in der letzten Zeit so hoch getragen und war doch nichts weiter als die Betteldeern aus der Birkkate. Alle fielen sie über den Birkfuchs her und ließen ihm kein einziges gutes Haar.

Der Frühling hat in Angeln seinen Einzug gehalten. In den Gärten stecken die Kartoffeln ihre ersten grünen Blätter aus der grauen Erde, die Erbsen klettern in langen Reihen am Strauchwerk empor, auf den Beeten blühen Herzblumen, Akelei und Tulpen, auf den Wällen Syringen und Goldregen. Was ist das für eine Pracht und für ein Duft! Die Kastanienbäume haben tausende von rötlich-weißen Kerzen aufgesetzt. An allen Blüten summen und brummen fleißige Bienen. Auf dem Teiche schwimmen die Enten umher, die Alten mit ihren Küchlein. Sie schnabbeln und schnalzen im grünen Entenflott. Der Enterich führt seiner Schar Taucherkunststücke vor; wenn er wieder mit dem Kopf nach oben kommt, macht er einen Heidenlärm. Er freut sich der Kinderschar und des Frühlings, im übrigen handelt er nach dem bekannten, echt menschlichen Spruch: Selber essen macht fett! Sein großer Vetter, Herr „Gander", nimmt es ernster mit seinen Vaterpflichten, er hat auch besser das Zeug dazu. Während seine gelbwolligen Kinder sich am frischen, jungen Gras am Teichrande laben, späht er argwöhnisch umher. Wehe dem barbeinigen Bübchen, das sich naht! Jetzt reckt er den Hals steifweg nach vorn, zischt in gewaltigem Grimm und geht zum Angriff auf den vermeintlichen Feind vor. „Laat mi gahn, ick doh di nicks", fängt dieser an zu verhandeln und bleibt stehen. Herr Gander bleibt auch stehen und macht den Hals etwas krummer. Das nennt man Waffenstillstand. Der Junge meint aber, der Friede sei schon gemacht, und schickt sich an, in weitem Bogen den Wegelagerer zu umgehen. Sofort macht Herr Gander einen Vorstoß, sein wütendes Geschrei ruft nun Frau Goos heran. Sie geht auch mit gesenkten Flügeln auf den Feind los. Das Büblein reißt aus; die beiden Sieger stecken die Köpfe zusammen, schlagen mit den Flügeln und stoßen ein schmetterndes Triumphgeschrei aus. Mit schweren Schritten kommt Mutter Thordsen gegangen.

„Gaht los!" sagt sie ärgerlich, als die rotschnäbligen Raufbolde nach ihrem Rock herauffassen. – „Töw, du Racker!" Damit packt sie mit raschem, festem Griff Herrn Gander am Hals und schmeißt ihn in den Graben. „Jungs möt nicht so bangbüchsig wäsen", sagt sie und geht weiter ihres Weges. Der Junge hört es kaum noch, unter seinen bloßen Füßen wirbeln Staubwolken auf, so eilig hat er es. Die Gänse stecken wieder die Köpfe zusammen und beschnattern den Fall, Herr Gander beschönigt seine Niederlage; seine Frau ist anfangs sehr entrüstet, beruhigt sich aber bald. Die Kinder piepsen dazwischen und hocken sich dann am Teichrande zu einem gelblichen Knäuel zusammen. Still und friedlich ist es wieder auf der Dorfstraße. – Von dem weißgestrichenen Heck aus, an der anderen Seite des Weges, hat man einen herrlichen Überblick über die Gegend. Nicht jedem gab der liebe Gott die richtigen Brillengläser, die Wunder zu sehen, die er ausstreut über Felder und Wiesen. Die leichtlebige Jugend pflegt weitsichtig darüber hinweg zu blicken, sie meint, es seien ganz gewöhnliche Dinge und es sei jedes Jahr das gleiche. Sie sieht Gutes oder Nützliches, wie Gras und Korn, Schlechtes oder Unnützliches, wie Disteln, Klint und Quecke; sie glaubt, es müsse alles so sein, wie es nun einmal ist, und etwas besonders Schönes sei nicht zu finden in einem Lande voller Korn und Graskoppeln, Strohdächer und Knicks. Dem Alter aber, dem der Herrgott so manches nimmt, gibt er dafür etwas anderes: er schärft den Blick, er macht das Herz empfänglicher und dankbarer für alle Pracht und Herrlichkeit, die er über Tal und Höhen, über Moor und Heide ausbreitet.

Wie ein großer Garten liegt im Frühling das Land Angeln vor uns. Kreuz und quer durchschneiden buschbewachsene Knicks das Gelände. Eigenartige Gärtner müssen es gewesen sein, die einst dies anlegten, jedenfalls sind heute die Gründe nicht mehr erkennbar, die unsere Voreltern veranlaßten, hier in schwungvollem Bogen und dort im Zickzack den Wall um die grünen Roggenkoppeln zu führen. Sie wollten uns wohl etwas zu raten aufgeben. – Alle diese Hasel- und Weiden-, die Hainbuchen-, Erlen- und Kreuzdornhecken laufen kreuz und quer durcheinander, und was sie einschließen, sind unregelmäßige Figuren mit spitzen und stumpfen Winkeln, Kurven und Kreisbögen. Jede aber von ihnen zeigt sich in besonderen Farben. Rot und grün gesprenkelt liegt das Kleefeld, umrahmt von blühendem Weißdorn; braun das Brachland, über das der Pflug ging; grün, mit einem Schimmer von Gold, das Sommerkorn. Wenn der Bauer das sieht, wird er mißvergnügt, denn der Ackersenf nimmt seinem Hafer die beste Kraft und trotzt allen Angriffen. Es ist, als wenn „der böse Feind" ihn über Nacht gesät hätte. – Wie lacht er aber übers ganze Gesicht, wenn sein Blick auf dem Rapssaatfeld haften bleibt, das in goldigem Glanze weithin leuchtet! Wenn der Raps gut in die Säcke kommt, und wenn die Preise bis dahin nicht fallen, dann füllt sich die Schublade der alten Schatulle mit preußischen Talern und guten Scheinen! – Und der schmale Streifen Flachs leuchtet so blau wie der Himmel da droben; die Bauernfrau läßt seine zarten Stengel durch die Finger gleiten und ihre Augen leuchten auf, wenn er hübsch dicht steht und recht lang ist. Wie eben und fein wird sie ihn im Winter ausspinnen, wenn sie ihn erst auf dem Rocken hat.

Wenn man dann von all dem Sehen müde wird, legt man sich am Grabenrand ins hohe, weiche Gras und blickt hinauf in das grüne Dach des Knicks und in die weißen Wolken, die zwischen den Blättern hervorleuchten. Wie liegt man da schön! Der Hänfling, der im dichten Schwarzdorn sein Nest hat, singt sein schönstes Liebeslied; ein ganz altes ist es, aber kein Neuzeitlicher kann's besser. Die Goldammer hat in dieser Zeit den schönsten gelben Brustlatz vorgebunden und ruft so ganz anders ihr „leck, leck, schie!" als im Winterschnee, wenn sie scheu den Hühnern die Körner stehlen muß. Jetzt ist der Tisch ihr überall gedeckt.

In den Lüften summt und surrt und klingt es, als wenn in der Ferne oder im hohen Himmel Streichmusik gemacht würde; das sind die Bienen und Hummeln, die über uns hinweg mit leichtem Flug ins Feld ziehen und schwer beladen heimkehren. Sieh, da setzt sich eine auf die Himbeerblüte am Wall, sie ist müde, aber die dicken, gelben Höschen, die sie aus dem Ackersenf holte, sind noch nicht schwer genug! Sie nascht hier vom Löwenzahn und vom gelben Klee, sie setzt sich dort auf den nickenden Kelch des Hahnenfuß – fort ist sie wieder! Hoch über uns in der blauen Luft wirbeln schwarze Pünktchen hin und her, sie tummeln sich im Kreise und tanzen in der Sonne. – Eine Schwalbe schießt in pfeilschnellem Fluge durch die lustige Gesellschaft und hascht spielend ihre Beute: „Kwiwitt! Kwiwitt!" Noch eine und noch eine! Sie macht gute Geschäfte. Der Maisebber am Buchenbusch fürchtet die Schwalben nicht; die Sonne scheint ihm so warm auf's braune Rückendach, daß auch er Lust zum Auffliegen bekommt, obgleich er gestern abend bis Mitternacht in lauer Luft geschwärmt und geliebt hat. Er pumpt und pumpt mit den Flügeldecken eine ganze Weile, er spreizt an seinen Fühlern die Fächer so weit er kann. – Burrr – nun geht er ab und sucht sich eine andere Frau. Ganze Schwärme von Kohlweißlingen und Pfauenaugen tummeln sich auf den Schafsgarben und den roten Distelköpfen am Wege; sie hängen oben an den leuchtenden Kelchen der wilden Rosen, die zwischen den Haselsträuchern hervorlugen, sie gaukeln und schweben leicht und lustig in den Lüften. – Unsere Blicke und Wünsche und Gedanken folgen ihnen ins Weite, ins Blaue, in die Unendlichkeit. – –

Hans Thordsen war auch wieder ins Weite gegangen. Das gestrandete Schiff ebenfalls. Man hatte ihm eine Fahrrinne durch den Sandrewel gebaggert, zwei schwarze Gesellen waren von Süden gekommen, sie hatten schwere Schlepptrossen an den Pollern des Strandlings festgemacht. Und dann qualmten beide los. Es war ein starker Toback! Der alte Kasten knarrte und knackte in den Fugen, genau wie damals, als er hier zum ersten Male Sand unter dem Leibe gespürt hatte. Die Falshöfter Jungens standen und riefen: „He kümmt!" und dann riefen sie wieder: „He sitt!" Endlich aber schrien sie alle: „Hurra! – He geiht! – Hurra!!!" Das Schiff legte sich nach Backbord über in die Fahrrinne und glitt hinaus auf die hohe See.

Peter Ottsen hatte auch etwas auf dem Sand gesessen, er war aber auch wieder flott geworden. Sein Vater hatte es für gut befunden, daß er sich mal ein ganz anderes Fahrwasser aufsuchte. Es wurde nämlich in der Gegend so viel getuschelt und geflüstert, man steckte die Köpfe zusammen, wenn Ottsens sonntags vor der Kirche aus dem Wagen stiegen; wenn sie dann fragten, was da los sei, dann hatte niemand etwas gemeint oder gar gesagt. – Aus der Verlobung, die vor langer Zeit schon fix und fertig beredet und beschnackt war, war schließlich doch nichts geworden. Es war zu keinem Bruch gekommen zwischen Kallumhof und Schnarstruphof, weder zwischen den Alten, noch zwischen den Jungen. Dazu waren sie zu angesehene Leute. „De Saak is todrögt", sagte der alte Weber. Warum? Na, wegen der dummen Geschichte mit dem Birkfuchs. – Was denn? – Ja, sie sollte doch mit Peter – –.

Bestimmtes wußte keiner. Und doch wußte man genug, denn der alte Ottsen hatte noch immer die Gewohnheit, daß er mit sich selbst redete. Wenn die Wände schon Ohren haben – die Knicks haben erst recht Ohren! – Und dann, was hatte Meta Norgaardt nötig, nach Amerika zu gehen? – Kurz und gut, damit das Gerede aufhörte, war Peter Ottsen fortgegangen. Er hatte eine Verwalterstelle auf einem adeligen Gut in Schwansen angenommen, wo es fein hergehen solle.

So ging denn alles wieder ruhig seinen alten Gang. Der Frühling war ins Land gerückt, der Sommer folgte und der Herbst brachte das Korn in die Scheuern. Auf jedem Hof hing wieder am Balken der Hausdiele die neue Erntekrone aus Ähren und Knittergold, und in der Geltinger Kirche war dem lieben Gott sein Recht geschehen; die Erntedankpredigt war gehalten. Nun konnte der Winter kommen.

Über ein Jahr lang hatte Thomas Ottsen keinen Grog und keinen Branntwein getrunken, Bier war für ihn niemals in Frage gekommen. Das Hausstandsbier, das in einem Faß unter der Bodentreppe im Hausflur lag, war zu dünn und labberig. Das spürte man nicht; Lagerbier aber hatte man in seiner Jugend noch gar nicht gekannt, daran hatte er sich nicht gewöhnt. Der Grog war sein schlimmster Feind gewesen.

„Thomas Ottsen hat 'ne Kur gebraucht", sagte der Geltinger Krüger. „Die hat angeschlagen, er trinkt gar nichts mehr."

„Was denn für 'ne Kur?" hieß es.

Man wußte verschiedene Mittel: Branntwein, in dem sich ein Aal totgelaufen hatte, Tee von Schöllkraut, der nüchtern bei abnehmendem Mond getrunken werden müsse, usw. Man sprach auch von Fällen, wo das nicht geholfen hatte, und war schließlich der Meinung, daß „Sympathie" das einzige sei, was vielleicht helfen könne. Bei Kappelholz sollte eine alte Frau wohnen, die sich auf so etwas verstand, vielleicht war Thomas Ottsen bei der gewesen. – –

Anfangs hatte er, wenn bei ihm Gesellschaft war und dann das Punschen losging, seine eigene Mischung bekommen. Der Arzt hätte ihm wegen seines Magens Tropfen gegeben, die er zum Punsch gießen sollte, sagte seine Frau. Die Dienstboten wußten aber, daß es Tee mit Zuckerfarbe war. Jedenfalls blieb der Hausherr dabei nüchtern, und die Gäste unterließen jede Anspielung. War er anderswo in Gesellschaft, so sorgte seine Frau dafür, daß er „sein Getränk" bekam, und er ließ anspannen, sobald man beim Punsch laut zu werden anfing. In Wirtschaften kehrte er selten ein, dann trank er seine Tasse Kaffee und wies jede Einladung zum Grog scharf zurück.

Er hatte durch den Vertrag, den er damals am Noor abschloß, etwas opfern wollen. Es war ihm dies Opfer groß und schwer erschienen in jenem ersten Augenblick, aber er forderte auch viel dafür: das Leben seines Sohnes. Nachher merkte er, daß er eigentlich nur gewonnen habe; der Verzicht hatte ihm den Sieg gegeben über seinen unsichtbaren, furchtbaren Feind. Ein Gefühl der Sicherheit kam nun über ihn, zugleich aber ein gewisses, ruhiges und sicheres Selbstbewußtsein.

An einem Sonnabendmorgen war es, als es an seine Wohnstubentür klopfte. Auf das kräftige „Herein!" erschien Jens Norgaardt und grüßte höflich: „Gunn Morgen!" – „Dag!" war die kurze, etwas verwunderte Antwort, und „Na?" klang es fragend hinterher. Jedem Tagelöhner wurde ein Stuhl angeboten, Jens Norgaardt nicht. Mit kurzen Tritten kam er näher an den Bauer heran: „Ich soll Sie mal sprechen."

„Denn man los!"

„Ich soll Sie aber sagen, das ist eine wichtige Sache, um die ich komme."

Thomas Ottsen wurde es etwas ungemütlich, es war ihm, als wenn eine Natter sich über seine Schwelle geschlängelt hätte, die nun den Kopf erhob und ihn mit der gespaltenen Zunge anzischte. „Was wollen Sie denn eigentlich?" fragte er barsch.

Jens Norgaardt holte sich einen Stuhl heran und im Flüstertone erzählte er dem Hausherrn eine lange Geschichte. Seine Tochter sei ein hübsches Mädchen und nicht schlecht. Sie sei fortgelaufen bei Nacht und Nebel, und nachher sei viel geklatscht worden. Er habe das nicht geglaubt. Kein einziges Lebenszeichen habe er seitdem von ihr erhalten, erst gestern sei eins gekommen, von weither, von Amerika. Nun wisse er alles.

„Zeigen Sie doch mal den Brief", sagte Thomas Ottsen und bezwang sich. Seine Stimme klang so ruhig, als wenn er um ein bißchen Feuer gebeten habe. Aber der andere war schlau.

„Den geb' ich nicht aus der Hand", sagte er kurz.

„Warum nicht? Glauben Sie, daß ich Ihnen den wegnehme? Was geht mich die Sache überhaupt an?"

Der andere lächelte höhnisch. „Na, als Großvater wird Sie die Sache doch was angehen!"

Da fuhr der Bauer von seinem Sitz auf, als hätte die Schlange ihn mit ihrem Giftzahn geschlagen. „Kerl, mach', daß du 'raus kommst!"

„Oho", sagte der patzig, „das hat keine Eile."

Thomas Ottsen stand vor ihm. „Ich schmeiß' dich hinaus, daß du deine Knochen im Sack nach Hause tragen mußt, wenn du nicht gleich gehst. Heraus! sag' ich!"

Da fuhr Jens Norgaardt giftig auf: „Man zu! Dann weiß heute noch das ganze Dorf, was los ist. Sie fragten mich schon in Falshöft, ob Hans Briefträger mir nicht einen Brief von Meta aus Amerika gebracht hätte." Er sah Thomas Ottsen an. Der hatte die Faust sinken lassen und stand nun da, die Zähne fest zusammengepreßt, hochrot; die Adern auf der Stirne waren geschwollen. Also das mit dem Brief mußte wahr sein. Verdammte Geschichte, nun ging die Schnackerei wieder von neuem los. Dieser Schuft würde schon für Stoff sorgen. „Was wollen Sie denn eigentlich von mir?" fragte er dann mit unsicherer Stimme.

„Es geht der armen Deern so schlecht drüben unter den fremden Menschen." Jens Norgaardt machte wieder ein wehleidiges Gesicht.

„Na, denn will ich ihr Geld schicken, geben Sie mir die Anschrift", sagte Thomas Ottsen.

„Herr Ottsen, Sie sind ein guter Mann", schmeichelte der Vater, „Sie sollen auch vielen Dank haben! Aber ich will Ihnen einen anderen Vorschlag machen. Sehen Sie, was soll ich hier im Lande noch machen? Meine Frau ist tot, mein Kind ist fort, ich möchte auch nach Amerika. Geben Sie mir das Geld."

„Wieviel?"

„Fünfhundert Taler." Jens Norgaardt sagte das in sehr bestimmtem Tone.

„Fällt mir gar nicht ein."

„Fünfhundert Taler!" sagte der andere drohend. „Keinen roten Dreiling weniger. Sonst –"

„Sonst?" fragte der Bauer und streckte wieder die Hand nach dem Manne aus, der frech lächelte.

„Na, ich sagte ja schon, was sonst passiert", sagte der, gleichzeitig brachte er aber seinen Stuhl zwischen sich und den Gegner.

„Verfluchter Erpresser!" schrie der Bauer. Mit jeder Selbstbeherrschung war es nun vorbei. Im nächsten Augenblicke hatte er den Dänen an der Brust gepackt, daß der alte Rock in allen Nähten knackte. Da kam auch Hektor unter dem Sofa hervor und fuhr mit wildem Gekläff auf den Mann los. Bald darauf fiel die Tür dröhnend ins Schloß. Mit einem Hohngelächter eilte Jens die Stufen vor der Haustür hinunter. Als Thomas Ottsen aus dem Fenster blickte, sah er auf dem Hofplatz neben der Pumpe ein wutverzerrtes Gesicht und eine drohend erhobene Faust. „Das soll dir teuer zu stehen kommen, verdammter Geizhals!" hörte er ihn brüllen. Da rief er seinem Hund zu: „Hektor, faß!" Gleichzeitig ergriff er den dicken gebogenen Eichenstock, der neben der Uhr im Zimmer stand, und rannte hinaus auf den Hof. Es war aber nicht mehr nötig, hinter dem Teich bog Jens Norgaardt um die Ecke; man hörte nur noch sein höhnisches: „Auf Wiedersehen, vor Gericht, Großvater!" Die Tagelöhner auf der Lohdiele guckten über die untere Scheunentür hinweg. Als sie den Herrn sahen, traten sie eilig zurück und gleich darauf klappte es wieder laut und gleichmäßig auf der Tenne.

Der Himmel war so klar und hell, und doch herrschte an

diesem Vormittag Gewitterluft auf Schnarstruphof. Zwischen die Drescher flog schon bald ein Donnerwetter, weil sie nach Ansicht des Herrn nicht rein ausgedroschen hatten. „Spitzbüberei überall!" knurrte Thomas Ottsen noch im Fortgehen.

„Der kommt heute noch mit 'nem Bussemann nach Hause, er hat seine Tour", meinte der alte Tagelöhner Thomsen, und schwang wieder gleichmütig und gleichmäßig den Dreschflegel.

Die anderen bestritten das: „He is dorvon af!" war ihre Meinung.

Die Mädchen waren hinter der Scheune damit beschäftigt, das Buschholz aus den Knicks in kleine Stücke zu hauen; die Beile klapperten lustig auf den Haublöcken, ebenso fix gingen aber auch die Mäuler. Man hatte den Vater des Birkfuchses kommen und gehen sehen, er hatte geschimpft und mit der Faust gedroht. Das hatte was zu bedeuten. Nun ging der „Birkfuchs" von Mund zu Mund, und ihre Ehre ging dabei ebenso gründlich in Stücke wie das Holz. Line Carstens, eine starkknochige Meiereideern mit breiten Hüften und dreistem Gesicht, war am meisten darüber entrüstet, daß „die Rothaarige" sich so angeschmeichelt hätte bei „der Frau" und dann hochnäsig geworden sei. Sie stemmte beide Arme in die Seite und rief: „So 'ne Betteldeern, dachte wohl gar, sie wollte hier –." Da bog Thomas Ottsen um die Hausecke, und das Gespräch verstummte, desto eifriger aber klapperten die Beile.

„Merkwürdig ist es", knurrte der Alte und sah Line Carstens scharf an, „daß die faulen Deerns immer das fleißigste Mundwerk haben." Damit ging er weiter. Er ging ins Dorf und machte in der Schmiede Skandal, weil die Kuhketten noch nicht heil gemacht waren, er schimpfte beim Rademacher, weil er das Eschenholz noch nicht bezahlt hatte; dann brummte er zu Hause, weil das Essen noch nicht auf dem Tisch stand.

Beim Mittagessen sprach er wenig. Seiner Frau, die im Nebenzimmer genug von der Unterredung gehört hatte, gab er ausweichende Antworten. Er wollte nachmittags nach Kappeln zum Advokaten, das sagte ihr genug.

Gleich nach dem Mittagessen fuhr Thomas Ottsen denn auch los, den Kutscher wollte er nicht mithaben, er kutschierte selber. Als der junge Fuchs, der noch nicht lange in den Sielen ging, vor dem weißen Kreuzpfahl die Ohren spitzte, hin und her tänzelte und dann einen kurzen Seitensprung machte, zog der Herr fluchend die Zügel scharf an; klatschend sauste die Peitsche dem „Schinner" um den Leib, daß er hoch aufstieg und schnaubend vorwärts drängte. – Aber die alte Liese war vernünftig, sie fiel nur einen Augenblick in einen kurzen Galopp und dämpfte den Übermut des jugendlichen Genossen. Der schlug noch einmal mit beiden Hinterbeinen aus, machte dann aber gute Miene zum bösen Spiel. Ja, es war heute ein schlechter Tag, und der Alte auf dem Bocke hatte noch eine feste Hand!

Dicht vor Kappeln kam ihm ein Mann entgegen, der blieb vor dem Sandbecker Wirtshaus stehen und grüßte höhnisch: „Gunn Dag, Großvadder!" Das war Jens Norgaardt. Was mochte der in Kappeln zu tun gehabt haben?!

Es gingen Thomas Ottsen allerlei Gedanken durch den Kopf, als er sich auf den Weg machte nach Rechtsanwalt Boysen. Dort war er bekannt, leider! Er hatte seine Hilfe in Anspruch nehmen müssen, als er damals im Geltinger Krug den dummen Handel gemacht hatte mit dem Hamburger Pferdehändler. Natürlich war er betrunken gewesen, sonst hätte er besser rechnen können. Aber übers Ohr hauen ließ er sich darum doch nicht. Ohne Zweifel hätten ihm die Gerichte darin recht gegeben, doch liebte er es, kurzen Prozeß zu machen, namentlich wenn er ein Dutzend Glas Grog hinter der Weste hatte. Das hatte er damals aber mindestens. Es dauerte dann auch gar nicht lange, da packte der breitschulterige Bauer den langen Pferdehändler an der Brust, schüttelte ihn wie ein Bund Flicken und warf ihn höchst eigenhändig zur Tür hinaus. Thomas Ottsen versicherte lachend, daß ihm so ein bißchen Bewegung gut tue; der Pferdehändler aber faßte die Sache anders auf. Er hatte statt des erhofften Gewinnes Hohn und Spott und außerdem eine Verrenkung der Schulter davongetragen, das ging ihm über'n Spaß! So ging denn das Klagen los. – Auf diese Weise war Thomas Ottsen mit dem Rechtsanwalt Boysen bekannt geworden. Er war damals mit einem blauen Auge davongekommen, aber allerlei Geld hatte es ihm doch gekostet. –

Als er jetzt wieder vor dem blanken Messingschild stand,

auf dem zu lesen war: „Rechtsanwalt und Notar", hatte er ein besseres Gewissen als damals. Das war eine dumme Sache gewesen, die in der Groglaune passiert war, und wegen der er sich nachher redlich schämte, heute aber vertrat er eine gerechte Sache. So sagte er sich wenigstens selbst.

Als er wieder aus dem Sprechzimmer fortging, sah er freilich nicht so recht zuversichtlich aus. Jens Norgaardt war nämlich auch schon dagewesen und hatte ein Attest von Dr. Spliedt vorgezeigt. Und dann die Sache mit dem Mädchen drüben in Amerika, das war recht unangenehm! - Abwarten!" sagte ihm der Advokat, „und dann einen möglichst annehmbaren Vergleich eingehen!" - Wenn man den Kerl gleichzeitig aus der Gegend los würde, dann sei das das beste. Aber er sei ein Blutegel und das ein ganz abgefeimter.

„Abwarten!" Das ist ein schlimmes Wort, das schlimmste für einen Mann, der am liebsten gleich alles übers Knie bricht. Durch Tage und Wochen hindurch drängen sich dann unangenehme Erinnerungen an den Menschen heran; man grübelt und plant, rechnet und redet, beugt hier vor und wehrt dort ab - und schließlich kommt doch alles ganz anders, als man es sich zurechtgelegt hatte. Thomas Ottsen war kein Mann fürs Abwarten! Lieber gleich ein Unglück oder ein Verlust an Geld, als sich darüber den Kopf zerbrechen, wie groß der Schaden werden kann. Wäre in diesem Augenblick Jens Norgaardt mit seiner Forderung ganz bescheiden an ihn herangetreten, dann hätte er die 500 Taler wahrscheinlich bekommen. Nur nicht diese verdammte Ungewißheit, die ihre Schatten weithin warf, die nachts die Augen offen hielt, daß er stundenlang die Regentropfen vom Strohdach fallen und die Mäuse auf dem Boden laufen hörte. Das machte ihn von jeher mürrisch und auffahrend und abends ruhelos.

Ein Mittel gab's freilich, die dumpfe Schwere im Gemüt zu heben, das unbehagliche Gefühl zurückzudrängen und Licht in die dunkle Gegenwart zu tragen. Aber das durfte er nicht mehr anwenden; und trügerisch war es doch auch immer gewesen. Nein, im Glase durfte er den Trost nicht suchen! - Mit finsterer Stirn ging er die Straße entlang dem Hafen zu. Am Markt wandte er sich links und kam auf den Kirchplatz, dort setzte er sich auf eine Bank. Aus den kleinen Häusern unter ihm am Bergabhang stieg blaugrauer Rauch empor; der Wind, der von der Schlei herüberwehte, trug ihm den Duft von geräucherten Heringen zu. Glatt und blank lag die Schlei, nur an den langen Heringszäunen kräuselten sich leise die Wellen. Ein paar Fischerboote kamen von Maasholm und legten unten am Bollwerk an, eine breite holländische Kuff mit grünem Rumpf und braunen Segeln glitt vorüber nach Schleimünde. Drüben jenseits der Schlei glitzerten die Bäume und Büsche im Silberglanz des Reifes, heller noch als die weißen Giebel und Schornsteine der Häuser von Ellenberg. Unter schimmernder, blendend weißer Schneedecke ruhten die Felder von Schwansen. Hinter der Anhöhe drüben, links von dem hohen Buchenholz, mußte Olpenitz liegen; da war jetzt sein Sohn. –

Ein Schatten glitt über sein Gesicht und verdüsterte ihm das lichte und freundliche Winterbild. Er sah nicht mehr das schöne Land, nicht mehr die helle Sonne, die selbst den Rauhfrost flimmern und schimmern läßt. – Er sah Schweres und Schwarzes vor sich. Daran war sein Sohn schuld. Er biß die Zähne zusammen und murmelte: „Du Bengel hast mir das alles eingebrockt, du sollst noch lange warten, ehe du den Hof kriegst!" Dann ging er den Weg zurück, den er gekommen war, und bog links ab, den Fährberg hinunter.

Als er bei Scharsteins Hotel vorbeikam, hemmte er einen Augenblick seinen Schritt. Wo wollte er überhaupt hin? – Früher war er oft bei Scharstein eingekehrt und hatte manches Glas Grog dort getrunken, aber seit Jahr und Tag nicht mehr. Nun, eine Tasse Kaffee konnte er wenigstens trinken, er hatte zu lange da oben neben der Kirche gesessen, er merkte es jetzt, es war kalt geworden.

Das Zimmer war nahezu leer. Ein Handlungsreisender trank still sein Glas Grog und schien auf einen Kunden zu warten. Sonst war nur noch der Kellner da.

„Eine Tasse Kaffee!" sagte Thomas Ottsen.

„Ich will gleich welchen bestellen!" Der Kellner sagte das langsam und in einem Tonfall, als wollte er andeuten, daß die Kaffeezeit vorbei sei. Thomas Ottsen verstand ihn. „Dauert das lange?" – „Mamsell muß welchen machen!" Ohne große

Eile ging der Kellner ab. Thomas Ottsen wollte aber nicht lange hier sitzen und – –. „Lassen Sie nur! - Bringen Sie mir - geben Sie mir mal ein Glas Portwein", rief er dem Kellner nach. Im nächsten Augenblick stand das Verlangte auf dem Tisch; die scheidende Sonne, die ihre letzten Strahlen über die schimmernde Schlei hinweg in die Fenster und durch das Weinglas warf, malte rote, zitternde Ringe auf das helle Tischtuch.

In diesem Augenblick fluteten allerlei Gedanken durch den Kopf des Mannes, der ins Glas und auf das Tischtuch starrte, ohne zu trinken. Er stand wieder am Noor, wo er die Hand emporgestreckt und geschworen hatte. – Er schob den Wein zurück. – Er grübelte und schaute finster ins Glas. – Es flüsterte ihm eine schmeichelnde Stimme zu: „Trink doch! Es ist Wein! Er erfreut des Menschen Herz und tröstet die Traurigen!" Und eine andere Stimme sprach: „Du hast geschworen!" – „Es war kein Schwur, es war nur ein Vertrag!" rief die Verführerin. Er aber fing an zu deuteln. War damals in jenem Augenblick nicht der erste Faden gesponnen zu der Schlinge, die seinem Sohne über den Kopf geworfen wurde, und in der er, der Vater, nun steckte?! – Da hatte also doch der Teufel seine Hand mit im Spiel gehabt. Thomas Ottsen aber hatte sein Wort bis jetzt treu und ehrlich gehalten, seine Lippen hatten kein Grogglas berührt.

„Nun sind wir quitt!" - Der Kellner trat fragend einen Schritt vor, der Fremde blickte über das Zeitungsblatt hinweg, hatte der Mann halblaut mit sich selbst gesprochen? – Die Stimme kam aus dem Glas! –

„Das ist doch Portwein?" fragte Thomas Ottsen den Kellner.

„Alter Portwein!" bestätigte dieser.

„Gut! Grog trinke ich nicht", sagte er, als ob er sich selbst beruhigen wollte. Er nahm das Glas, nippte und stürzte es dann in einem Zuge hinunter. „Noch eins!"

Es war, als wenn er die aufbrodelnden Vorwürfe ersticken müsse, so hastig trank er. Nun gab es kein Zurück mehr! – Aber das tat gut! Wie wenn der frische Frühwind über die Wiese fährt und die dicken Nebelschwaden verscheucht, daß man hinwegblicken kann über das freie Feld und in die lachende Sonne, so fegte ihm der Wein das Hirn. Das träge Blut kam in

Wallung, das Herz, das von grauer Sorge bedrückt war, wurde ihm leicht; er sah jetzt hinweg über kleinlichen Ärger und hämisches Gerede. Er lächelte verächtlich, als er an die Drohungen des verlumpten Birkkerls dachte. Was wollten sie denn von ihm, und was konnten sie ihm wohl machen, dem Besitzer von Schnarstruphof?!

„Noch ein Glas Portwein!" - Der Kellner griff nach der Flasche.

„Ach, bringen Sie mir nur gleich eine Flasche, dann hört die Lauferei auf." - -

„Eine halbe Stunde später saß der Geschäftsreisende mit an Thomas Ottsens Tisch, bald kam auch dessen Kunde, und dann kamen noch ein paar der bekannten feinnasigen Leute, die immer wittern, wo was los ist. Die Gläser klangen aneinander, sie wurden leer und wieder voll und wieder leer. Die Gesichter wurden rot, die Stimmen laut, Gelächter hallte durchs Zimmer, schwer fiel die Faust auf den Wirtstisch, daß die Flaschen und Gläser klirrten: „Hoch lebe der Wohltäter!" so riefen sie und tranken.

Der Mond stand schon am Himmel, als Thomas Ottsen in schlankem Trabe auf dem holperigen Kappler Pflaster heimwärts fuhr. Er hielt sich krampfhaft gerade, die Pferde kannten den Heimweg und beeilten sich, an ihre Krippe zu kommen. Im Wirtshaus zu Knefferbek schloß der alte Hausknecht gerade das Tor der Durchfahrt, und der Wirt löschte die Lampe in der Wirtsstube aus, als im vollen Galopp ein leichter Federwagen um die Ecke sauste. Vor der Durchfahrt hielt der Kutscher die Pferde an, daß sie hochaufstiegen.

„Dör opp!" rief eine laute Stimme. Der Wagen fuhr ein. Gleich darauf raunte der Krüger Lorenzen seiner Frau zu, die schon im Bett lag: „Thomas Ottsen ist da, er ist in vollem Suus!" Dann wurde die Lampe wieder angesteckt, und bald stand der Grog auf dem Tisch. -

Eine Stunde später halfen Wirt und Hausknecht dem späten Gast wieder auf seinen Wagen. Das war keine leichte Arbeit, denn er hatte einen schweren Körper und die Gewalt über sich verloren. „Dör opp!" lallte er und hieb mit heiserem Lachen auf die Pferde ein. Im rasenden Galopp ging's um die nächste Ecke.

„Wenn dat man gut geiht", sagte der alte Jürgen Spratt, als er das Tor wieder schloß.

Um Mitternacht sprengten zwei Pferde, die das zertrümmerte Vordergestell eines Wagens hinter sich schleppten, auf den Hofplatz von Schnarstruphof. Der Kutscher und Frau Ottsen waren gleich aus den Betten. Zitternd, schweißbedeckt, mit aufgeblähten Nüstern standen die Pferde da; sie brachten aufregende Kunde.

„Alle Mann heraus! Laternen holen! Vorwärts! Den Weg nach Kappeln zu!" schrie die Frau mit gellender Stimme. Sie selbst eilte voran.

Bei der kurzen Bucht am Geltinghofer Hausgraben fanden sie ihn am Abhang liegen. Er war tot.

Zwei und ein halbes Jahr sind seit jener Zeit ins Land gegangen. Mutter Thordsen hat man in der gleichen Reihe zur ewigen Ruhe gebettet, wo Meta Norgaardts Mutter liegt. Buchsbaum und Immergrün sind auf dem Grabhügel gepflanzt, dazwischen liegt ein Mooskranz, der aber schon ganz grau geworden ist. Vor einigen Wochen hat ihr Sohn ihn daraufgelegt. Der Totengräber mußte ihm das Grab zeigen, denn er kam von Westindien und fand seine Mutter nicht mehr. Das Haus in Falshöft hat er dann dem Lotsen Johannsen verkauft, sein Geld auf die Geltinger Sparkasse getragen und ist wieder abgereist.

Auf Thomas Ottsens Grab steht ein hohes Denkmal aus braunrotem Granit mit weißer Marmortafel, eine Traueresche breitet ihre Zweige aus über das mit dicken Vierkant-Eisenstangen eingefriedigte Erbbegräbnis der Schnarstruphofer. – Die Witwe hat sich ein Abnahmehaus bauen lassen mit hohen Fenstern, eichenen Türen und mit Schieferdach.

Jens Norgaardt ist seit reichlich einem Jahre aus der Gegend verschwunden, das soll Peter Ottsen viel Geld gekostet haben. Wie ein Blutegel hatte er sich an den jungen Hofbesitzer herangeschlängelt und sich an ihm festgesogen; nach verzweifelten Anstrengungen war der ihn doch los geworden – so hieß es wenigstens.

Auf Schnarstruphof ist vieles anders geworden: Peter Ottsen hat die ganze Wirtschaft umgekrempelt. Er hatte die Ackerbauschule in Kappeln besucht und dann auf adeligen Gütern Schwansens mancherlei Neues gesehen, nun glaubte er der rechte Mann zu sein, um in der Heimat Neuerungen einführen und den alten Schlendrian austreiben zu können. Zunächst wurde auf dem Hofplatz ein sechspferdiger Göpel aufgestellt, und in der Scheune wurde mit einer Breitdreschmaschine das Korn ausgedroschen. Das war ganz zeitgemäß und praktisch, weniger gut aber war es, daß er sich darüber mit einem Teil seiner alten Tagelöhner erzürnte. Da kam es denn mal vor, daß eine Forke mit durch die Dreschmaschine ging - natürlich „aus Versehen". Nichtsdestoweniger konnte die Maschine solche Brocken nicht verdauen: die Trommelwelle verbog sich und aus dem großen Triebrad flogen Zahnkämme. Peter Ottsen schimpfte und fluchte gotteslästerlich; das machte den Schaden aber auch nicht wieder heil, er mußte vielmehr die Maschine auf den Wagen laden und bei Nagel in Kappeln wieder reparieren lassen. Das kostete Geld und es ging Zeit verloren.

Als er ein paar Tage später dem Pächter von Düttebüll die Sache erzählte, schimpfte der auf die Schlägermaschinen und empfahl die viel besseren Zinkenmaschinen von Gebrüder Klemm in Eckernförde. Da könne so etwas nicht so leicht vorkommen, höchstens könnten in solchem Fall ein paar Zinken aus der Trommel fliegen. Das leuchtete Peter ein. Am nächsten Tage reiste er nach Eckernförde und kaufte eine große Zinkendreschmaschine. Nun hatte er zwei und konnte damit um die Wette dreschen.

Ähnlich ging's mit anderen Sachen. Peter Ottsen von Schnarstruphof mußte immer das Neueste haben, mochte es kosten, was es wolle. Er hielt sich auch mehr zu den Gutsbesitzern, als zu den Bauern seiner Nachbarschaft. Natürlich mußte er entsprechend auftreten. Die alte, schwerfällige Kutsche mit dem hohen Leder und den Glasfenstern gerade vor dem Sitz, mußte einer prachtvollen „Schäse" weichen. Gewöhnlich fuhr Peter in einem eleganten „Feitong" aus; ein paar flotte Traber davor, das Geschirr aus Lackleder mit Silber.

Eins aber fehlte ihm, das war eine Frau. - Die Sache

mit dem Birkfuchs hatte ihn eine Braut gekostet. Wenn das nicht gewesen wäre, was dann? - Peter sagte sich jetzt, dann hätte er eine arbeitsame, aber langweilige „Bauersfrau" bekommen, die Taler auf Taler und Leinenzeug auf Leinenzeug legte, die mit den Nachbarsfrauen bei Kaffee und Kuchen über Milch und Butter, Schweineschlachten und Brotbacken redete, und die maulte, wenn er zu lange im Wirtshaus saß oder von einer Stadtreise etwas wankend heimkehrte. Und das kam vor! - Da war es doch besser, daß damals jenes Verhältnis gelöst war. Das hatte er ganz besonders empfunden, als er, ein Jahr nachdem sein Vater tot war, die Schwester des Verwalters von Ringhof kennenlernte. Das war eine Kielerin, eine sehr fein erzogene Dame, die Klavier spielte, flott tanzte und auch sehr gut zu Pferde saß! - In die war er bald verliebt, und je mehr seine Mutter dagegen redete, desto fester wurde in ihm der Vorsatz: Toni wird die Herrin von Schnarstruphof!

Peter Ottsen hatte unterdessen allerlei sich angeeignet. Der Verkehr mit Gutsherren und Inspektoren, Verwaltern und hoffnungsvollen Kostgängern hatte so manche äußere Unebenheiten abgeschliffen und ihn glatt gemacht. Dann aber hatte er den schönen Hof, und seine Angebetete hatte nichts. - Kein Wunder, daß sie ihn wollte. Nach kurzer Verlobungszeit wurde eine glänzende Hochzeit gefeiert, die Peter aber nachher bezahlen mußte.

An einem Frühlingstage war es, die Syringen blühten in den Hecken, und der Goldregen stand in voller Pracht, als der Herr von Schnarstruphof mit seiner jungen Frau von der Hochzeitsreise zurückkehrte. So etwas hatte man in der Gegend noch nicht gesehen. Auf dem Bock saß der Kutscher in Livree und mit weißen Handschuhen, das war nicht der alte Niklas, der Peter Ottsens Eltern früher gefahren hatte, sondern ein junger, frischer Kerl, der es verstand, „mit Vieren lang" zu fahren. An allen Gartenzäunen und Pforten standen Kinder und Dienstboten mit verwunderten Augen, die Alten standen drinnen und schauten hinter den Gardinen hervor; man war nicht wenig erstaunt. Mit Vieren fuhr er, das allein war schon ein Ereignis. Nun aber erst das junge Paar! - Die Frau trug Sammet und Seide, und Peter Ottsen war so fein gekleidet, wie der junge Baron. Sie lehnten vornehm zurück in den hellen Polstern und fanden es ganz in Ordnung, daß alle Welt sie bewunderte. Lehrer Lorenzen stand gerade am Kreuzweg, als der Wagen bei der Mühle um die Ecke bog. Er blieb stehen und zog höflich die Mütze. Peter legte nur einen Finger nachlässig an den Hutrand, ohne den Kopf zu wenden. Die junge Frau grüßte freundlich und fragte: „Wer ist der Herr?" – „Der alte Bakelmeister!" sagte Peter, und zwar so laut, daß Lorenzen es hörte. Peter sagte noch etwas mehr, was Lorenzen nicht verstand, der sah nur, wie die schöne junge Frau den Kopf halb nach ihm zurückbog und lachte. – Ruhig setzte er seine Mütze auf und ging dem Wagen nach, seinem Hause zu. Als er in die Allee einbog, traf er den alten Niklas, der mit der Schaufel vom Felde kam. „Nun bün ick affsett", sagte der und deutete zum Hof hinüber. Lorenzen sagte etwas Gleichgültiges von alten und neuen Zeiten und ging weiter. Er hörte aber noch, wie Niklas vor sich hinredete: „Sein Großvater ist diesen Weg auch oft gefahren, aber nicht mit Vieren! Der hat mit dem Düngerwagen das Geld zusammengebracht. Der Junge fährt es wieder hinaus mit dem Staatswagen. – De Bur schall en Bur blieven! Wenn he en grote Herr warn will, ward he licht en Narr, un viellicht en Pracher!"

Nun ging das lustige Leben auf Schnarstruphof los. Ein freundschaftlicher Verkehr mit der „besseren Gesellschaft", den Hofbesitzern und Gutspächtern, wurde angebahnt; die junge Frau gewann überall die Herzen, und Peter zeigte sich den Höherstehenden gegenüber von der besten Seite. Da gab es denn große Gesellschaften, wo nachher die Champagnerpfropfen knallten, und es gab Herrenabende, wo Rotwein und Grog die laute Lustigkeit hineinbrachten. Den Rum lieferte nicht mehr Lewetz; der kam aus Hamburg, da gab's bessere Sorten! – Oft war auch Besuch aus Kiel da, dann wurden Ausflüge gemacht und um die Wirtschaft kümmerte sich der Hofherr wenig.

Viel Aufsehen erregte es, wenn die junge Frau auf dem schönen Blauschimmel ausritt, den ihr Mann ihr bald nach der Hochzeit geschenkt hatte. So etwas hatte man in der Gegend auch nicht gesehen. Damals allerdings, als in Gelting

„der Hof von Angeln" war, vor mehr als hundert Jahren, hatten solche Moden geherrscht. Die Urahne des Birkfuchses – daran erinnerte man sich jetzt wieder – sollte auf feurigem Rappen durch die Dörfer über Saat- und Erntefelder geritten sein, und wie Feuerbrand war ihr das rote Haar um die Schultern geflogen. – Das hatte aber ein schlechtes Ende genommen!

Und die alten Leute steckten die Köpfe zusammen und erzählten allerlei und meinten, Hochmut käme vor dem Fall. Es gab aber auch solche, die da meinten, auf Schnarstruphof könne das Geld nicht alle werden.

Es dauerte aber nicht so ganz lange, als Peter Ottsen merkte, daß der goldene Born von Schnarstruphof nicht unerschöpflich sei. Ihm war schon zu wiederholten Malen das Geld knapp geworden, Verlegenheiten oder Geldklemmen, die sich sofort in das Gegenteil verwandelten, wenn am Fälligkeitstage die von ihm gekündigten Gelder ausgezahlt wurden. Er hatte nämlich noch immer etwas zu kündigen gehabt. Nun war das vorbei. Das letzte Geld wurde ihm zum Novembertermin von der Geltinger Sparkasse ausgezahlt. Der alte Aagesen drohte mit dem Finger, sagte aber nichts. Peter sagte auch nichts, er steckte das Geld schleunigst ein und spülte gleich darauf im Krug den Verdruß mit einer Flasche Wein hinunter.

Bald darauf kam ein Verwandter seiner Frau auf Schnarstruphof zum Besuch, ein Ingenieur aus Kiel, namens Merkel. Der Mann war weit umhergekommen in der Welt und hatte vieles gesehen. Als sie einmal am Kliff herum und übers Moor gingen, sprach Herr Merkel von den schier unerschöpflichen Reichtümern, die hier ungehoben lägen.

„Ich kann gerade nicht darüber klagen", sagte Peter Ottsen lächelnd, „daß mir das Moor Reichtümer einbringt. Der Torf, der hier gestochen wird, kommt teuer genug, und wenn wir einen regnerischen Sommer haben, dann kommt gar nichts dabei heraus. – Das beste an dem Moor ist, daß man ab und an eine Bekassine hier schießen kann." Herr Merkel aber faßte nach:

„Hier muß man eine Preßtorffabrik anlegen", erklärte er. Peter lachte und erzählte dann eine Jagdgeschichte.

Als Herr Merkel aber doch wieder mit der Preßtorfgeschichte anfing, sah ihn Peter etwas von der Seite an und brummte: „Räubergeschichten!"

„Räubergeschichten?" meinte etwas überlegen der Ingenieur. „Wir sprechen nachher noch davon."

Am Abend erzählte er, daß man in England seit einiger Zeit die Torfmoore ausnutze. Mittels Wasserdruckpressen verstehe man es, den Moorboden aufs äußerste zusammenzudrücken und gleichzeitig zu entfeuchten. So verwandele man ihn, mit geringen Kosten, in ein vorzügliches Heizmittel. Das sei aber nur die eine Seite des neuen Verfahrens. Sehr wichtig für die Landwirtschaft sei die gleichzeitige Gewinnung eines vorzüglichen Düngemittels. Nun horchte der Landmann auf.

„Düngemittel? Im Torf ein Düngemittel? - Das ist ja nicht möglich!"

„Lieber Freund, hören Sie mal zu", fuhr nun mit wichtiger Miene der Ingenieur fort. „In Ihrem gesegneten Angeln hält man bis jetzt von künstlichen Düngemitteln nicht viel, ich weiß das. Hier glaubt man, das liebe Vieh habe allein für die Düngung zu sorgen. So hat's der Großvater gemacht, so macht's der Enkel. Sie, Herr Ottsen, haben aber doch die Ackerbauschule besucht, Sie werden also gehört haben, daß man dem Boden die ihm durch Kornbau entzogenen Stoffe auf besserem Wege zuführen kann, als durch den Kuhmagen. Bekanntlich" - Herr Merkel sagte „bekanntlich", weil er wußte, daß man damit Halbwissern am leichtesten imponiert - „bekanntlich geschieht das am billigsten und besten durch gewisse, den Bodenverhältnissen genau angepaßte künstliche Düngerstoffe."

„Die kommen wegen der weiten Frachten hier bei uns zu teuer", warf Peter Ottsen ein.

„Ganz recht!" stimmte Merkel bei. „Wenn man sie aber aus gewissermaßen wertlosen Stoffen als Abfallprodukte herstellen kann, während man gleichzeitig ein wertvolles Heizmittel gewinnt, so liegt die Sache doch anders."

Er schwieg einen Augenblick und sah seinen Gastfreund triumphierend an. „Dann liegt die Sache natürlich anders", gab dieser zu. Dann belehrte Merkel weiter:

„Sehen Sie, beim Auspressen der Moorerde fließt eine braune Flüssigkeit ab; diese ausgepreßte, wässerige Humussäure enthält jene wertvollen humussauren Salze, die als Düngemittel gerade Ihren Boden zu dem ertragreichsten der Welt machen würden." - Eine Stunde lang erzählte der Ingenieur von der „Wissenschaft im Dienste der Technik und der Landwirtschaft". - Und er verstand es, gut zu reden! Als er aufhörte, sah Peter Ottsen im Geiste vor sich Torfberge und weite, wogende Weizenfelder. Auf dem magersten Lande am Noor sah er goldene Rapssaat reifen und daraus wurden Haufen von Talern. Was der Ingenieur sonst noch erzählte vom Abdunsten mit Kali und Kalk, von Humussäuresalz, das in Fässern eingestampft und versandt werden könnte, das verstand er nicht recht, aber der Gedanke hielt ihn fest, dort im Moor lagen Reichtümer. - Am nächsten Tag fuhr er nach Wittkiel, um mit dem bekannten Erfinder der Wiesen-Rieselmethode Petersen über die Sache zu sprechen. Etwas enttäuscht kam er zurück und wollte nun von der Torfgeschichte nichts wissen.

„Dieser Merkel ist ein netter Kerl", sagte er seiner Frau, „aber ein Luftkutscher und Wolkentreiber, vor dem muß man sich in acht nehmen." Sie lachte und auch der Ingenieur lachte, als sie es ihm wiedererzählte, aber seine Pläne gab er darum doch nicht auf. Er war davon überzeugt, daß sie vortrefflich seien.

Ein paar Tage war von der Angelegenheit keine Rede. Eines Morgens aber, als Peter Ottsen nach dem Noor zu ging, schloß sich ihm Herr Merkel an.

Sie standen auf dem Wall zwischen Haselbüschen und Schlehdorn, vor ihnen lag das Moor. Ein breiter Graben zog sich hindurch, angefüllt mit klarem Wasser von leicht bräunlicher Färbung; am Rande wuchsen Hahnenfuß und Blumenbinsen, in der Mitte schwammen die breiten Blätter der Wasserrose, zwischen diesen hindurch leuchteten die gelben Kelche in der Sonne. Eine Schar Karauschen stand dicht an der Oberfläche und zog langsam durch den Blätterwald hindurch, an das gegenüberliegende Ufer heran, als der Schatten der beiden Männer auf das Wasser fiel. Hinter dem Graben lag eine grüne

Fläche; sie war dicht bewachsen mit Sumpfgras und Schachtelhalm, und dazwischen wogte weißes Wollgras im Winde. Der grüne, mit silbernen Flocken bestreute Teppich hob sich scharf ab von der schwarzen, steilen Moorwand, die ihn nach dem Noor zu begrenzte. Dort hatte man im vorigen Jahr Torf gegraben.

„Hier liegt wirklich ein Kapital vor uns!" rief Merkel aus. „Man braucht nur die Hand auszustrecken, dann hat man's." Er malte nun wieder mit flinkem Pinsel ein goldenes Bild. Es ist merkwürdig, wie so etwas reizt.

„Günstiger kann das Gelände gar nicht liegen! Es muß nur alles richtig betrieben werden. Eine Lokomobile gehört dazu, eine Presse und einiges mehr. Sehen Sie, hier am Wege wird ein Schuppen aufgestellt, ein ganz leichter Bau. Darin findet die ganze Anlage Platz." –

„Aber die Kosten!" warf Peter Ottsen ein.

„Die Kosten?" – Schon aus der Handbewegung, die der Ingenieur machte, sah man, daß sie keine Rolle spielten. „Die Kosten sind geringe. Das Geld zur Anschaffung der Anlage muß natürlich da sein, das andere sind Betriebskosten, die deckt sofort die Ware. Der Dampfkessel wird nämlich gleich mit dem Preßtorf geheizt, das kostet also gar nichts. – Man redet oft vom perpetuum mobile, jener Maschine, die Kraft liefert und mit einem Teile der Kraft selbst getrieben wird. Hier haben Sie das Ding vor sich. Es geht!"

Peter Ottsen brummte: „Donnerwetter, das wäre eine feine Sache!"

„Und dann der bequeme Transport", fuhr der Ingenieur fort und zeigte mit der Hand über das Noor hinweg nach dem weißen Ufersaum und der sich dahinter abhebenden blauen Ostsee. „Wenn man so nahe am Wasser liegt, kann man seine Ware leicht los werden. Von hier bis an den Strand wird eine Seilbahn angelegt, die wird von der Maschine getrieben. Hoch über Noor und Gräben hinweg gehen dann Wagen auf Wagen, sie bringen die fertige Ware in die Schiffe. Nach Flensburg, Kappeln und Schleswig, ja nach Lübeck geht Ihr Preßtorf. Sie werden ein reicher Mann. – Das sind Sie freilich schon, aber hier in diesem Moorboden liegt mehr Gold, als Ihr

Vater und Ihr Großvater aus ihren Feldern und Wiesen, aus Korn und Butter gemacht haben."

Es kam Peter Ottsen in diesem Augenblick so vor, als wenn ein Zauberer mit seinem Wunderstabe an die schwarze Moorwand geschlagen habe, die vor ihm lag: Der Berg tat sich auf, und er schaute hinein in die gähnende Spalte, weit hinein in geheimnisvolle Tiefen. Drinnen schimmerte und flimmerte es von Gold und Silber. – Er stand allein am Wall, sein Begleiter grub eifrig mit seinem Stock im Moor.

„Ganz vorzügliche Qualität!" rief er hinüber. „Die beste weit und breit in der Gegend."

Als sie nach Hause gingen, sagte Peter Ottsen aus seinen Gedanken heraus:
„Es ist nichts los mit der Landwirtschaft! Wenn die Ernte gut ist, wird das Korn billig, und sind die Kornpreise hoch, dann sind unsere Scheunen leer. Die Händler verdienen das Geld, und wir müssen für sie schuften."

Bald darauf reiste Herr Merkel ab. „Sie hören von mir", rief er, als die Pferde anzogen, und er unterließ es nicht, das Eisen zu schmieden, so lange es warm war. Nach zehn Tagen kam eine schöne Zeichnung und ein Brief von ihm an: fix und fertig lag der Plan vor Peter Ottsen. Die ganze Anlage sah sehr einfach aus, und die herausgerechnete Betriebskraft war gering. Angeführt waren die Gutachten einiger „Autoritäten". Aus einer Schrift: „Zur Polytechnologie unserer Zeit" von Kastner ging hervor, daß das Verfahren ganz außerordentlich rentabel sei. Ein Schwede, Orgesson, der ausgedehnte Ländereien bei Helsingfors besaß, arbeitete mit ähnlichen Maschinen; er sollte ein riesiges Vermögen damit erworben haben und ein Wohltäter seines Landes geworden sein. Kurz, die Sache war in dieser Aufmachung ganz großartig.

Leider stand in dem Kostenanschlag eine böse Endsumme, das war der Grund, warum Peter Ottsen das Schreiben in seine Brieftasche legte und es trotz wiederholten Drängens nicht beantwortete. Von Zeit zu Zeit zog er die Papiere aber hervor, und es wuchs in ihm das Verlangen, den Plan zu verwirklichen. Leider hatte er kein Geld flüssig. – So stand die Sache.

Und eines Tages saß Peter Ottsen dann wieder in Gelting-

Krug. Er wollte eigentlich zu Aagesen, aber der damals erhobene Finger schreckte ihn ab, jedenfalls sollte eine Flasche Wein ihm erstmal Stimmung und Mut zu diesem Schritt geben. – Er trank und sann: Gab es denn keinen anderen Weg, Geld zu bekommen und die Moorschätze zu heben? – Wege genug, man mußte nur Mut haben, sie zu gehen! –

Er trank hastig sein Glas leer und goß den Rest aus der Flasche ein. „Herr Jörgensen, noch eine Bottel Rotwein, aber diesmal vom besten!"

„Sie erwarten wohl jemand?" fragte der Wirt, als er die Flasche brachte. „Kann sein!" lautete die ausweichende Antwort. Der Wirt wollte nicht weiter stören und ging.

Der Wein ging glatt ein, verscheuchte die grauen Wolken, die der alte Aagesen heraufbeschworen hatte, und malte die Welt rosig. – „Du kannst Geld genug bekommen", flüsterten ihm die freundlichen Geister des Weins zu. „Du nimmst einfach eine größere Hypothek auf dein Gut." Und eine andere freundliche Stimme sagte: „Verkauf' deinen Kronsgaarder Wald, der alte Franzen von Lohbeck wollte doch neulich mit dir darum handeln. – Was brauchst du Wald und Buchenholz, wenn du so viel Preßtorf hast, daß du die ganze Gemeinde damit versorgen kannst!" – Peter Ottsen nickte; was sie sagten, gefiel ihm. Dann aber meldete sich im Innern ein unbequemer Mahner, der sagte: „Schäme dich, Peter! Das stolze Gut deiner Väter willst du mit Hypotheken belasten? Den Buchenwald willst du fortgeben? Du kannst nicht mit gutem Gewissen am Grabe deines Vaters und deines Großvaters stehen, wenn du das verschleuderst, was sie erwarben." –

Zwei Wege sah er dann klar vor sich; entweder den großen Herrn an den Nagel hängen und den kleinen Bauern herauskehren, der von früh bis spät arbeitet, oder etwas wagen, um neue Geldquellen zu erschließen. –

Wenn er im Sommer früh aufgestanden und über das taufrische Feld geschritten war, wenn über ihm die Lerchen sangen und vor ihm das hohe Korn im Winde wogte, hatte ihm in letzter Zeit schon häufig die innere Stimme gesagt: „Du mußt anders wirtschaften." Dann furchte sich seine Stirn; er dachte daran, daß seine Frau gar nichts von der Wirtschaft verstand und doch nicht wollte, daß seine alte Mutter dahineinredete. – Wenn er sie aber abends in fröhlicher Gesellschaft sah, heiter, schön und elegant, dann schwanden die lästigen Gedanken, dann strich sie mit schelmischem Finger die Wölkchen von seiner Stirn. Aber so ging es doch nicht mehr. – Er trank, und sein Mut stieg! – Der alte Weißkopf hatte ihm mit dem Finger gedroht, Peter Ottsen wollte ihm zeigen, daß er klüger war als alle Grauköpfe; sie sollten bald sehen, was er konnte.

Hastig trank er aus und ließ anspannen. Sein Gesicht war rot, seine Bewegungen waren hastig, doch war er nicht betrunken. – Nein, das konnte man von Peter Ottsen nicht sagen, das bißchen Rotwein tat ihm nichts. Er hatte ihn nur zu einem Entschluß gebracht, den er – das sagte er sich jetzt – zu lange schon aufgeschoben hatte. Eine halbe Stunde später war er in Lohbeck. Der alte Franzen tat etwas verwundert, als um diese Zeit dieser Besuch vor ihm stand, doch ließ er sich durchaus nichts merken, daß er eine Ahnung habe, worum es sich handle. Er sprach vom Wetter und den Schweinepreisen, von Wegeausbessern und Pferdezucht, aber nicht vom Kronsgaarder Holz. Und wenn Peter das Gespräch darauf lenkte, so tat er, als ob er gar nichts merke, denn er war ein kluger und vorsichtiger, echter Angliter Bauer. Endlich kam Peter Ottsen geradeheraus mit dem, was er wollte. Er erfuhr, daß der alte Franzen sich das eigentlich inzwischen anders überlegt habe, aber er meinte, man könnte doch mal darüber reden.

Die Sache zog sich ziemlich in die Länge. An Peter Ottsen lag das freilich nicht, sein Entschluß war gefaßt. Der Alte aber hatte ganz geschickt seine Angel ausgeworfen und als er merkte, daß Peter sich festgebissen hatte, ließ er ihn zappeln. – Es waren verschiedene Gläser Grog getrunken, als sie endlich handelseinig wurden.

Am nächsten Morgen erwachte der Besitzer von Schnarstruphof mit etwas schwerem Kopf. Er hatte einen bösen Traum gehabt. Im Kronsgaarder Holz war er zum Nüssepflücken gewesen, er und andere Jungen mit ihm. Sie kletterten umher in den hohen Haselbüschen und pflückten die dicksten Sechs- und Achtkluster massenweise. Auf einmal war aber der alte Aufseher Westerström gekommen mit seinem dicken Schwarzdornstock, der hatte ihn am Kragen gepackt und ihm die Nüsse abgenommen. Peter hatte gescholten und gedroht; es wären seines Vaters Nußbüsche und er wollte Westerström verklagen. Der aber hatte höhnisch gelacht und gesagt, das Holz gehöre Jens Norgaardt. - Dann war sein Vater gekommen und hatte geweint und geklagt, ihm gehöre von Schnarstruphof gar nichts mehr, als der vierkantige Raum des Erbbegräbnisses, auf dem er liege. - „Es ist nicht gut, wenn man Grog auf Wein trinkt", so erklärte sich Peter Ottsen diesen seinen Traum. Seine Frau gab ihm recht, dann beredeten beide, daß sie gleich nach Mittag zusammen nach Kappeln fahren wollten. Er hatte dort Geschäfte zu erledigen mit der Kappeler Bank, sie mußte zu Moses, um neue Moden anzusehen.

An diesem Tage wurde beschlossen, Schnarstruphof mit einer größeren Hypothek zu belasten, und die Kappeler Bank übernahm es, das Geld zu beschaffen. Der Grund dafür war, Peter Ottsen wollte ganz wesentliche Verbesserungen einführen, die sich ohne Frage bald glänzend lohnen würden.

Im nächsten Jahre, als der letzte Schnee verschwand, wurden am Moor zwei große Schuppen aufgebaut. Auf der Richtfeier ging es lustig her, denn es gab Schnaps und Braunbier so viel die Leute wollten. Drei Wochen später waren die Schuppen fertig; leider waren die Maschinen noch nicht da. Endlich kamen auch diese. Sechs Pferde hatte man vor die schwere Lokomobile gespannt, aber sie hatten ihre Arbeit, das Ungetüm den Feldweg entlang zu ziehen. Die Peitschen knallten, die Knechte fluchten, die Pferde stiegen hoch und warfen sich mit Gewalt in die Sielen, daß die Stränge rissen. Langsam, Schritt für Schritt ging es vorwärts. - „Dor schall erst manniggeen Törf maakt warn, ehr dat all betaalt is", meinte der alte Tagelöhner Peter Thomsen. „Ick glöw, mit de Hännen und de Föt geiht dat Törfmaken bäter!" - Er kratzte sich bedenklich hinter den Ohren. „Du büst en Döskopp", sagte der Kutscher Chrischan Karstens und hieb auf seine Pferde ein.

Es war ein großer Tag, als zum ersten Male auf dem Moor der Schornstein der Lokomobile rauchte und die Dampfmaschine sich drehte. Es fehlte dann nicht an neugierigen

Nachbarn, und Peter Ottsen zeigte gern die Anlage. Er ließ sie und sich bewundern. Die Jüngeren lobten seinen Unternehmungsgeist und zweifelten nicht daran, daß er viel Geld verdienen würde. Die Älteren drückten sich vorsichtiger aus. Man tadelte und krittelte nicht geradezu, denn man konnte ja doch nicht wissen, wie die Sache sich machen würde. Der Angeliter ist vorsichtig in seinem Urteil. Einer schüttelte sehr bedenklich den Kopf, das war der alte Petersen von Wittkiel.

„Ich habe Sie gewarnt und Ihnen erklärt, das würde viel Geld kosten, Ottsen", sagte er zuerst ganz ruhig.

„Das Geld ist da, Petersen", war die kurze Antwort.

„Ja, es steckt darin, es soll aber wieder heraus."

„Es soll noch viel, viel mehr heraus!"

Ein Wort gab das andere, und als der alte Petersen ging, da brummte er in den Bart: „Ich hätte mein Geld lieber in die Torfkuhle geschmissen, dann wüßte ich doch, wo es läge."

Peter Ottsen lächelte überlegen und meinte: „Jeder kann ja mit seinem Gelde machen, was er will. – Und ich sage Ihnen, das geht noch über Ihre Rieselmethode."

Herr Merkel arbeitete mit Eifer Tag und Nacht. Die Pressen wollten nicht so recht arbeiten, es mußte allerlei daran geändert werden. Darüber verging ein Tag nach dem anderen. Als das Pressen ging, war ein Kesselrohr leck, und dann lief sich der Kurbelzapfen der Dampfmaschine warm; das alles war sehr ärgerlich, denn man wollte in diesem Sommer noch viele Zentner Torf machen. Aber das seien doch nur alles Kinderkrankheiten, so tröstete man sich. – Hinter dem Noor sah man ein paar Ewer am Strande liegen, sie warteten auf Ladung. Sie warteten schon acht Tage, die Fabrik konnte anfangs nur so viel Torf fertigstellen, als der Lokomobilkessel selbst verschlang.

„Das ist gerade so, als wenn mein August Kirschen pflückt", sagte der alte Peter Thomsen, der mit dem schmalen Spaten die fettglänzenden Soden vom Moorberge abstach und sie auf den Wagen der Feldbahn warf. „Die meisten gehen in seinen Magen und die wenigsten kommen in Mutters Korb!"

„Das wird alles besser, wenn der Kram man erst ordentlich in Gang ist", meinte der Maschinist.

Die Lokomobile pustete und dampfte, die Funken flogen aus dem Schornstein, und ganze Aschenberge wurden unter dem Rost herausgeholt. Die Pressen arbeiteten jetzt auch gut, sie drückten in dickwandigen Zylindern mit eisernen Stempeln die lose Masse zusammen, daß sie steinhart wurde. Das war früher anders. Damals traten Pferde und Menschen den Moorboden mit Füßen und arbeiteten ihn mühsam zu einem gleichmäßigen Brei. Dann wurde dieser in Formen gestrichen, und die nassen Torfsoden wurden in langen Reihen auf dem Grasboden zum Trocknen ausgebreitet. Dann mußten sie gekantet und gekehrt und endlich zu luftig durchbrochenen Türmen aufgeschichtet werden. Man hatte viel Mühe damit, sie trockenzukriegen, sie mußten oftmals durch die Hand gehen, ehe sie im Torfstall lagen. Damals gab es noch keine Steinkohlen auf dem Lande, und Holz war zu teuer; darum war der Torf fast so nötig wie die Kartoffeln. Peter Thomsens Kinder aber hatten ihre „Torfkasse", da kamen Hamburger Schillinge und blanke Markstücke hinein, denn die kleinen hellhaarigen und barbeinigen Buben hatten flinke Hände und einen geschmeidigen Rücken zum fleißigen Bücken. Das alles war nun vorbei, man brauchte weder die Tagelöhnerfrauen, noch die Kinder, noch des Herrgotts Sonne zum Torftrocknen. Denn alles besorgte die Maschine, sie preßte die Feuchtigkeit aus der Masse heraus. Das ging viel schneller als nach alter Methode, aber es war auch viel teurer.

Die Hängebahn wurde endlich fertig, es war ein Wunderwerk! Von weitem sah man nur einige lange Stangen und eine dünne Linie, die in schlanken Bögen von der Torffabrik bis ans Haff führte. An diesem Drahtseil entlang glitten die Wagen über das Noor hinweg, immer einer nach dem anderen, ohne Rast und Ruh'. Mit Befriedigung schaute Peter Ottsen am ersten Tage vom Kliff aus den wie von Geisterhänden gezogenen Wagen zu. Und voller Stolz war er. Nun mußte die Sache in Schwung kommen! Das mußte Geld bringen! – Bald aber ging die Bahn langsamer, ganz schneckenartig zuletzt. Dann stand sie still.

Er lief den Abhang hinunter und sprang über den nächsten Graben. Nach einigen Minuten war er bei der Fabrik. „Was ist denn los? Warum steht die Bahn still?" rief er.

„Wird gleich wieder gehen", tröstete ihn Herr Merkel, „wir hatten nicht Dampf genug, die Maschine wollte nicht durchziehen."

„He kunn dat nich trecken", erläuterte in populärer Mundart der Heizer den Vorfall.

„Dummes Zeug!" schalt nun der Ingenieur. „Passen Sie nur ordentlich auf Ihren Kram auf, dann wird die Maschine ihre Pflicht schon tun. Ganz bequem zieht sie das! Aber Sie müssen Dampf halten, Frieg Scheel! Dampf müssen wir haben!"

Da öffnete der zum Heizer und Maschinisten aufgerückte Schmiedegeselle Frieg Scheel die Feuertür und zeigte mit breitem Grinsen hinein in die gewaltige Flamme, die vom Rost aus an den Wandungen der Feuerbüchse emporschlug und durch die Siederohre fuhr. „Mehr geiht dor nich in", bemerkte er ruhig.

„Dann wird die richtige Spannung auch schon kommen!" war die überlegene Antwort. „Sie hatten sie nur zu weit heruntergehenlassen. Zehn Atmosphären müssen wir haben. Immer höher hinauf!"

„Acht Atmosphären steht auf dem Kesselschild!" bemerkte Peter Ottsen.

„Das macht nichts! – Wenn da acht steht, dann ist der Kessel auf dreizehn Atmosphären geprüft und hält noch viel mehr aus. Mit zehn können wir ruhig fahren. Ich garantiere dafür!" entschied der Ingenieur und drehte mit dem englischen Schraubenschlüssel an der oberen Schraubenmutter des Sicherheitsventils.

„Wenn dat man gud geiht?" brummte Frieg Scheel und fuhr ängstlich zusammen, als vom Ventil her ein kurzer zischender Ton drang. Merkel tat, als wenn er nichts gehört hätte; das Zischen hörte auf, er hatte das Ventil auf zehn Atmosphären eingestellt.

Der Zeiger des Manometers stieg. Als er auf zehn zeigte, ließ Merkel die Dampfmaschine angehen, und drückte die Riemen ein: alles lief glatt. „Nun halten Sie aber Dampf!" rief er dem Heizer zu.

Frieg Scheel heizte, was er konnte. Der Schweiß lief ihm in schwärzlichen Tropfen von der Stirn und in den krausen Bart; die Arbeit und die Angst trieben das Wasser heraus. Die Maschine keuchte; puffend fuhr der in der eisernen Lunge verbrauchte Dampf durch den Schornstein ins Freie. „Steam up!" schrie Merkel dazwischen, „Steam up, Frieg Scheel!" – Der schmiß nach Kräften Torf auf den Rost und sah ängstlich nach dem kleinen schwarzen Zeiger des Manometers. Einen Augenblick schien es, als wenn er höher hinauf wolle, und Frieg überlegte schon, ob es nicht klüger sei, dem Ingenieur die Torfschaufel vor die Füße zu werfen und mit dem Ruf: „Ick heff to Hus Fru un Kinner!" den gefährlichen Dienst aufzugeben. Er wollte denn doch lieber mit dem schweren Vorhammer vor einem ehrlichen Amboß stehen, als vor diesem gefährlichen Gesellen! – Aber gleich darauf sah er, daß das Manometer auf neun stand und unaufhaltsam auf acht und auf sieben heruntergiug. Nun atmete Frieg Scheel auf!

„Steam up!" schrie wütend Herr Merkel, denn die Maschine drehte sich schwerfällig. „Donnerwetter, mach' Dampf oder ich schmeiß dich hinaus!"

„Allens full Törf!" berichtete Frieg.

Da nahm der Ingenieur selbst die Torfschaufel, warf die ganze Feuerbuchse voll und riß den Bläserhahn auf, um mehr Zug zu machen. Dichter, schwarzer Rauch quoll aus dem Schornstein und zog wie eine Gewitterwolke über das Noor hin, ein Funkenregen von halbverbrannten Torfteilchen wurde über den aufwallenden Qualm hinweg nach oben geschleudert, aber aus dem verstopften Magen war nichts mehr herauszuholen. Die Maschine kroch nur noch herum. – Frieg Scheel saß draußen auf einem Torfhaufen, schaute gedankenvoll auf das Loch in seinem Hemdsärmel, das ein herabfallender, glimmender Torfbrocken hineingebrannt hatte, und brummte vor sich hin: „Dor kümmt nix nah." – „Dat ward all mien Daag nix."

Peter Ottsen, der abseits am Graben gestanden und, ohne sich hineinzumischen, den ganzen Vorgang beobachtet hatte, kam nun heran; halb neugierig, halb höhnisch fragte er:

„Na, nun geht die Karre wohl nicht mehr, da muß ich wohl das Butterpferd vorspannen lassen!"

Ärgerlich antwortete der Ingenieur: „Ja, lassen Sie den Schinder mal herholen, dann kann ich ja wohl nach Hause gehen."

„Richtiger wäre es wohl, wenn Sie erst Ihre großen Versprechungen wahr machten!" Peter Ottsen überkam das unheimliche Gefühl, als ob das nie geschehen würde, und aus dieser Stimmung heraus kam das harte Wort: „Sie haben mich schön hineingelegt!"

„Davon verstehen Sie nichts!"

„Sie anscheinend auch nicht, das ist eben das Schlimme."

Das war die Einleitung zu einem Riesenkrach. Am Abend, als Herr Merkel abreisen wollte, bemühte sich die junge Frau, den Riß zu flicken. Der Ingenieur ließ sich besänftigen, und Peter machte gute Miene zum bösen Spiele, denn er brauchte den Mann zu nötig.

Herr Merkel bastelte nun weiter an der Anlage herum und Peter Ottsen mußte Geld schaffen, so ging der Sommer hin, ohne das etwas erreicht wurde.

St. Pauli! Jeder Seemann, der mit seinem Schiff an den Hamburger Quais gelegen hat, kennt den Namen, aber oft sagt er: „St. Liederlich!" Vor dem Zollanschluß lagen die Segelschiffe in langen Reihen an den Vorsetzen entlang; sie erhielten dann elbaufwärts ihre Liegeplätze. Dadurch ist das Hafenbild ein ganz anderes geworden, auch St. Pauli selbst hat ein anderes Aussehen bekommen nach dem Zollanschluß.

Hans Thordsen war Matrose auf dem Hamburger Vollschiff „Pompejus", das kam mit einer Ladung Salpeter von Jquique. Als sie in die Elbe einfuhren, kam ihnen schon der Schlepper der Reederei entgegen, die schwere Schlepptrosse wurde an Bord gezogen und am Poller festgemacht, dann ging's mit Dampf die Elbe aufwärts.

Flach breitet sich an beiden Ufern das Land aus. Hinter den Deichen liegen die Häuser mit ihren grauen Strohdächern, die Gärten mit ihren vielen Obstbäumen, grüne Wiesen und braune Ackerfelder. Dann verengt sich der Strom. Von links her treten Höhenzüge bis hart an den Strom heran. Der Süllberg sendet den Heimkehrenden seinen Gruß und von Blankenese herüber winkt man zum Willkommen. In der Ferne taucht dann der St. Michaelisturm auf, sein grüner Hut hat einen leuchtenden weißen Rand von frischem Schnee, der blitzt und flimmert im scheidenden Abendsonnenstrahl. – –

„Hallo, der große Michel!" rief der Mann am Ruder des „Pompejus". „Heute abend geht's nach St. Liederlich."

Dann verschwand das alles im Grau der Dämmerung vor den Blicken der Heimkehrenden. Man sah nur den Lichtschein über dem Häusermeer. Der wurde größer und heller; freundlich grüßten die vielen Laternen, als das Schiff an Altona und St. Pauli vorüberfuhr. Es war dunkel auf dem Strom, als der „Pompejus" die Trosse des Schleppers schlippen ließ und am Duc d'Alben festmachte, dicht hinterm Hafentor. Wer nicht zur Wache gehörte, ging noch an Land.

Hans Tordsen und sein Maat Theodor Fein waren die letzten, die fortgingen.

„Zuerst muß ich mir Draht holen bei Vater Tostedt, komm man mit", sagte Thetje Fein, als sie bei der St.-Pauli-Landungsbrücke aus der Jolle stiegen.

„Dann kriegst du auch gleich deinen Taler wieder, den du mir geliehen hast", setzte er aufmunternd hinzu. Das war ein Grund, der sich hören ließ. Beide steuerten also nach der Erichstraße, nach einem Hause, an dem geschrieben stand: „Heinrich Tostedt, Schlaf- und Heuerbaas." An den Fenstern war noch zu lesen: „English spoken here." „Her tales dansk" usw.

Mit kräftigem „Gut'n Abend, allzusammen", trat Thetje hinein in die Gaststube.

Einen Augenblick schaute die Frau, die mit einigen Bierseideln im Zimmer stand, den Eintretenden an:

„Süh mol door, Thetje Fein!" rief sie dann so vergnügt, als ob es für sie keinen lieberen Menschen auf der Welt gäbe. Sie schüttelte ihm die Hand und versicherte ein über das andere Mal:

„Junge, Junge, wat ward Vadder sick freuen, dat du wedder hier büst."

So wurde nämlich jeder wiederkehrende Gast empfangen und aufgenommen, der früher gut verzehrt und gut bezahlt hatte. „Wat wist du drinken, mein Jong?" hieß es dann.

„Geld muß ich haben, Geld!" platzte Thetje gleich heraus.

„Kannst du auch kriegen, mein Jong, kannst du ja allens haben. Wieviel soll es denn sein?"

„Zwanzig Meter", sagte Thetje ruhig.

„Natürlich, mein Jong, sollst du zwanzig Mark haben. Abers iß und trink hier man erst en büschen. Was wist du denn essen?"

„Böffstöck und 'ne Salzgurke, aber schnell!" Und als „Mudder" forteilte, rief er ihr noch nach:

„Zweimal! Mein Maat hat auch Hunger."

„Für mich nicht", wehrte Hans Thordsen ab, aber es war schon zu spät. – Gleich darauf stand auch schon Bier vor den beiden. Als am Nebentisch einige Leute, die hier schon länger vor Anker lagen und nach passender Heuer ausschauten, etwas von großem Durst und wenig Geld verlauten ließen, da wurde nicht lange gefackelt. „Mudder" mußte eine Runde bringen und tat es auch gern. Für Thetje Fein wurde im Hauptbuch ein Konto eröffnet, sein Bett stand bereit, denn sobald abgemustert war, wollte er natürlich herziehen. Mit Hans Thordsen war vorläufig kein Geschäft zu machen; der wollte erst mal nach Hause reisen, wurde aber freundlich eingeladen, nachher hier zu wohnen. „Bald muß der „Poseidon" von Singapore kommen, Käppen Homann is en alten Freund von uns, da könnt ihr beide zusammen wieder anmustern", meinte sie.

Die Schluckspechte am Nebentisch horchten auf. Sie waren von Tag zu Tag, von Woche zu Woche, erst auf die „Ragusa" und nun auf den „Poseidon" vertröstet, und rechneten stark darauf, bald fortzukommen, denn ohne Geld in Hamburg herumzubummeln, machte keinen Spaß.

„Verdammi!" brummte ein langer, verwitterter alter Matrose und schlug mit der Faust auf den Tisch. „Den »Poseidon« höre ich nun schon so lange tuten, aber er kommt nicht in Sicht."

„Man ruhig, du Eisbär, man ganz ruhig!" ermahnte Mutter Tostedt. „Wenn du alter Vollgießer nicht in den ersten drei Tagen fast deine ganze Heuer mit dem Mädchen verzwutscht hättest, dann brauchtest du nun nicht hier trocken zu sitzen."

„Das Lied kenne ich schon!" rief der Alte.

„Wenn ihr Geld habt, dann seid ihr verrückt", fuhr Mutter Tostedt eifrig fort. „Hättest du mir das Geld zum Aufbewahren gegeben, dann hättest du noch was und könntest hier gut leben."

„Das ist ganz einerlei", knurrte ärgerlich der Matrose. „Das Geld muß doch erst weg, und Schulden muß man auch haben, eher kriegt man hier keine Heuer."

„Süh mal, süh!" begehrte nun Mutter Tostedt auf, stemmte die Arme auf die breiten Hüften und trat vor den Krakehler hin. „Süh mal, süh! - So einer büst du! - Erst versäuft er sein Geld bei anderen Leuten und dann will er uns noch schlecht machen! Das paßt mir grade. Na, laß man Vatern kommen, dann sollst du mal den Wind von vorne kriegen. Der soll dir mal den Kompaß regulieren! - So'n Schleef will ich nicht länger durchfüttern, wo ich mir so an ärgern muß!"

„Na, man nicht so bös", begütigte nun der Aufsässige. „So schlimm war das nicht gemeint." - Sie wollte gerade zu einer neuen Rede ansetzen, da bat der Alte: „Sei man wieder gut, Mutter! - Wenn ich angemustert habe, gibt's ja Vorschuß auf die Heuernote, und dann wird alles glatt gemacht." Sie sah ihn scharf an. Er schloß: „Dann geb' ich auch 'ne Bowle Punsch aus", und erreichte dadurch, daß Mutter Tostedt sagte: „Man tut doch was man kann und will bloß euer bestes."

„Das Geld", dachte Hans Thordsen.

Sie aber erklärte: „Ein Seemann auf Land und ohne Geld, das ist gar nichts! Ich muß heute abend noch mit Vatern sprechen, daß er Rat schafft und du fortkömmst. Sonst kömmst du zu doll in Schulden, Das geht nicht mehr!"

Thetje Fein und Hans Thordsen hatten sich ihr Abendessen gut schmecken lassen. Hans wollte seine Portion bezahlen, das litt aber sein Maat nicht. „Hier bin ich zu Hause", behauptete er. Mit zwanzig Mark in Kleingeld und der freundlichen Mahnung versehen: „Kommt man nich ünner de Torfewers!" zogen beide los.

Zuerst ging es nach „Cap Horn".

Das Südkap von Amerika hat schon vielen braven Seeleuten Kummer gemacht. Schwere Stürme und die sich gegeneinander aufbäumenden Wogen zweier Weltmeere schafften ihnen böse Tage und schlechte Nächte. Auch um St. Paulis „Cap Horn" herum gibt es Stürme, Klippen und mancherlei Gefahren. Mit vollen Segeln kommt Jan Maat angefahren, mit starker Schlagseite zieht er nicht selten weiter und kann froh sein, wenn er ohne Lotsen seinen Kurs finden und in seiner Koje vor Anker gehen kann. Mancher treibt steuerlos umher und muß ins Schlepptau genommen werden, mancher wird im Nothafen der nächsten Polizeiwache vertäut. Am nächsten Morgen, wenn der Sturm ausgerast hat und der Nebel verflogen ist, bezahlt er sein Liegegeld und läuft wieder aus in die See, die so viele falsche Lichter und Lotsen hat.

Es ist Sonnabend. In „Capstadt" ist volles Leben. Arbeiter kommen und gehen; einige sind noch schwarz von der Arbeit und tragen ihren Kaffeetank und ihren Futtertopf am Riemen über den Rücken gehängt; andere sind schon in der Sonntagskluft und haben den Bibi unternehmend aufs Ohr gedrückt. Vor dem Schanktisch stehen die Leute in dichter Reihe und „stärken sich". - Drei Gehilfen, kräftige Gesellen mit aufgekrempelten, weißen Hemdsärmeln, mit kurzem Stiernacken und breiter Brust, die richtigen Athletenfiguren, arbeiten mit Fässern und Flaschen, mit Seideln und Gläsern. Sie schwingen ihr Handwerkszeug fix und flink. Sie können aber auch mit gleicher Fixigkeit einen unliebsamen Gast hinausbefördern.

Der Wirt wird Fietje Fettback genannt, wenn er's nicht hört, - sonst heißt er Herr Guhlmann. Seine Freunde und besseren Kunden reden ihn kurzweg Fietje an. Man sieht ihn durch das Lokal schreiten, hier mit Lächeln die gut zechenden und zahlenden Bekannten grüßend, dort einen säumigen Kunden mahnend, hier mit einem Scherzwort die Unterhaltung belebend, dort mit kühlem Blick die etwas zu wild aufwallende Spiritushitze dämpfend. Sein Getränk ist nämlich „gut und kräftig", es treibt das arbeitsträge Blut rascher durch die Adern und ins Gesicht. Zuweilen trinkt Fietje Fettback auch ein Glas Grog mit, aber das kommt selten vor und gilt als eine besondere Ehrung, darauf kann der Gast wirklich stolz sein. Er gießt dann etwas Rotwein in sein Glas und nicht zu wenig Wasser. - Sein Arzt hat's ihm nämlich verboten, viel zu trinken, sagt er.

Die beiden Matrosen, die eben eingetreten sind, grüßt er freundlich. Thetje Fein flüstert Hans Thordsen zu: „Siehst du, Fietje Fettback kennt mich gleich wieder. Hab' hier auch manchen Grog verknackt. - Der hält was auf seine Kunden."

Hans Thordsen sagt nichts, es steckt in ihm immer noch ein Stück vom Angeliter, der zu freundliche Leute ein bißchen von der Seite anschaut.

Beide setzen sich im Hintergrunde an einen Tisch und trinken ihren Grog. Thetje Fein erzählt von Hamburger Kökschen und anderen Vertretern der holden oder leichtlebigen Weiblichkeit, die er auf den „Salons" kennen- und liebengelernt hatte.

Im Lokal bilden sich hier und da Gruppen; es wird politisiert und gelacht, mit den Händen gefuchtelt und mit den Füßen gestampft. An den Tischen spielt man Skat und sechsundsechzig oder würfelt. Verliert einer, so gibt's eine neue Runde - immer noch „zum Abgewöhnen". Der Qualm von Zigarren und Kalkpfeifen steigt empor, mischt sich mit dem Dunst der Grogs und mancherlei anderen Gerüchen. Schwere Wolken lagern an der Decke und wirbeln um die Flammen der Gasarme.

Die Uhr schlägt zehn, man hört es nicht im Stimmengebraus, denn immer dichter füllt sich der Raum. Die Köpfe werden rot, die Augen gläsern und stier. Die Stimmen klingen rauh und heiser - man muß der Lust doch kräftig Luft machen! - Wo sind sie nun geblieben, die Sorgen, die manchen der Gäste bedrückten, die mit ihm aufstanden und abends mit ihm zu Bett gingen? - Er hat sie fortgeschwemmt, der Allerweltströster, der dort in den großen Fässern aufbewahrt wird und immer da ist, wenn man nur Geld in der Tasche hat. Das ist so einfach und so verlockend! - Ein Glas, und lichter wird's im Gehirnkasten: nicht mehr so schwarz zeigt sich die Zukunft. - Noch eins! - Nun dämmert schon ein Ausweg aus der Bedrängnis; wie konnte man sich nur so viel Sorgen machen, um so alltägliche Sachen! - Noch eins! - Wo ist er denn nun, der lästige Geselle, der täglich sich einstellte, um einem das Leben zu vergällen?! Seine mißtönende Stimme ist verklungen in fröhlichem Lärm, sein Gesicht hat sich ganz verändert. Hinter den großen Fässern schaut er listig lächelnd hervor, als wollte er sagen: Du Narr, sorge dich nicht um morgen! - Noch eins also! - So, nun kann man schon mit einstimmen in den Chor: „Brüder, laßt uns lustig sein!" - Nun weitet sich die Brust. Nun fallen die Gewichte und

Ketten, nun wird der Mensch frei und froh, mutig und selbstbewußt. – –

„Das hat dein Meister gesagt?"

„Wenn mein Meister das sagt, dann hau' ich gleich in'n Sack!"

„Ja, dem will ich Montag denn auch mal die Wurst anschneiden!"

„ . . . Meine Frau, meinst du? Die hat nichts zu sagen."

„Wer mir zu nahe kommt, der kriegt seinen Flicken."

„Wer redet da von nach Hause gehen? Noch lange nicht! Man muß sich die ganze Woche von früh bis spät schinden, heute wollen wir lustig sein. Hurra! – Was sind wir doch für fixe Kerls!"

So geht's heute, so lange noch Geld da ist.

Ein langer Schiffsmaler mit schwarzem Schlapphut lehnt neben der Tür. Er war nachmittags schon da; er würfelte und trank und war einer der lautesten und übermütigsten. „Karl, gib noch 'ne Runde aus!" drängte sein Nebenmann. Er lacht blöde und greift tastend in die schmierige Tasche. – Es ist noch Geld drin. „Sechs, acht Glas Grog!" ruft er laut und gröhlend . . .

Er muß trinken. Im Hintergrunde lauert eine dunkle Gestalt, die will sich auf ihn stürzen, ihm ins Ohr schreien, daß er ein Narr und ein Lump ist, So lange er trinkt, wagt es sich nicht her, dies graue Elend. Aber morgen früh, wenn er aufwacht, sitzt der Plagegeist schon auf der Bettkante. Er mag die Augen nicht öffnen, er will nichts sehen. Er weiß es ja: Dann grinst der Plagegeist, den er ersäufen wollte, ihn höhnisch an. Er dreht sich auf die andere Seite und will schlafen. Aber der andere setzt sich ihm schwer auf die Brust und schnürt ihm den Hals zu. Er hält ihm den Spiegel vor, den alten, zerbrochenen, fleckigen Spiegel, und zeigt ihm ein Gesicht; ein anderes, als er es im blanken Spiegel des Capstadt-Wirtes sah. Nicht so rot und lachend ist es, sondern fahl, verdrossen, übernächtigt. Er muß die Augen öffnen und sieht vor sich den armseligen Hausrat, die dürftige Kleidung der verschüchterten, hungrigen Kinder und das sorgenvolle Gesicht des verkümmerten Weibes.

– – Ja, so wird der Sonntagmorgen sein! – Fort mit den Gedanken heute abend! – Fort damit, so lange Freunde da sind, die mittrinken und mitlachen! – –

Ein Schuster, der für den Wirt die Stiefel flickte und stets seinen Verdienst gewissenhaft abtrank, war heute auch hergekommen; er hatte sich zu den beiden Seeleuten an den Tisch gesetzt. Einige andere Matrosen, die gerade abgemustert und nun die Taschen voll Geld hatten, rückten mit heran. Bald ging es hoch her.

Zuerst trank der Schuster „für naß" mit und belachte pflichtschuldig jeden Witz seiner Wohltäter, auch wenn er selbst herhalten mußte. Nachher, als der Grog ihm zu Kopf stieg, wurde er aber großartig und wollte weder ein kleiner Flickschuster, noch ein armer Freischlucker sein. Er warf einiges Kleingeld auf den Tisch, das er eben vorher eingenommen und das seine Frau schon vorweg verausgabt hatte. Der Schuster ließ nun ebenfalls Getränk anfahren.

Zwei Süßwasser-Schifferknechte gesellten sich hinzu, von denen der eine Erstaunliches von seinen Seefahrten erzählte, obgleich er Salzwasser nur dann gerochen hatte, wenn in der Kombüse seiner Schute Stockfische aufgeweicht wurden. Er hatte schon im Indischen Ozean Haifische geangelt, acht Wochen nur von „Swiet Potätos" und salzen Speck gelebt und elfmal die Linie passiert. Einmal war ihm sein Schiff von einem englischen „Mänowor" in der Mitte glatt durchgeschnitten. Zweimal war sein Schiff an der chinesischen Küste von den Räubern angegriffen, und es wäre geentert worden, wenn nicht er – Hein Möller – es schlau und tapfer verteidigt hätte.

Hans Thordsen hörte lächelnd zu und warf nur eine Bemerkung dazwischen: „Dat stimmt", bestätigte er. „In Shanghai hebbt se mi en poor mol dit Stück von Hein Möller vertellt. Dat freut mi bannig, Hein, dat wi uns hier drapen!"

Die anderen verstanden den Witz und lachten. Hein Möller hielt das in seinem Eifer für Bewunderung und Beifall, er wurde daher immer kühner. Da das Aufschneiden aber durstig macht – wie die tägliche und nächtliche Erfahrung an vielen Stammtischen bestätigt – so vergaß Hein Möller auch das Trinken nicht. Das alles machte ihn immer selbstbewußter. Er kannte alles besser als „die jungen Kerls von heute", die von Passaten und Wendekreisen nichts verstehen, die kein Eselshaupt von einem Bootsdavit unterscheiden, die nicht segeln und nicht steuern können. Er – Hein Möller – hatte wohl hundertmal bei Sturm und dichtem Nebel sein Schiff nur nach dem Kompaß längs der englischen Küste entlang und durch den Kanal gesteuert, während sein Käppen besoffen in der Kajüte gelegen hatte.

Da lachte der Schuster so recht höhnisch und dachte bei sich, nun sei es Zeit, daß er seinen Trumpf drauf setze.

„Das ist wohl 'n anderer Kanal gewesen als der englische", fing er vorsichtig an.

Der Schiffer lächelte verächtlich: „Du Schoster!"

„Du büst mir 'n feinen Seefohrer!" fuhr nun der beleidigte Risterer auf: „Erst gestern hab' ich dich mit deiner Dreckschute beim Staatsbagger 4 liegen sehen, drüben bei Kuhwärder, im Guano-Fleet! – En langen Staken hatt'st du in der Hand und schobst fullspied an der Kante entlang. Auf solchem Kanal kann ich auch hinaus und hinein finden ohne Kompaß, wenn ich auch man en Schuster bin un kein Schiffer!"

Ein mächtiges Gelächter der Seeleute lohnte diese treffliche Rede. Am lautesten lachte der Schuster selbst. – Aber nicht lange.

Das Gewirr von Stimmen wird plötzlich von einem lauten Aufschrei übertönt, dem dumpfes Gepolter und ein Klirren und Klingen von zerbrochenen Gläsern folgt. Man hört wüstes Fluchen und Schimpfen, man sieht geballte Fäuste, und im wirren Knäuel schlagen und würgen sich die Kämpfenden. – Ehe sich nämlich der witzige Schuster dessen versah, hatte ihn der Schifferknecht mit der geballten Faust ins Gesicht geschlagen, daß er rückwärts überkollerte und den Tisch mit sich umriß. Im nächsten Augenblick war eine Prügelei im Gange, bei der der Angreifer am schlechtesten wegkam. Ein dichter Ring umschloß die Kämpfenden. Sogleich aber drängten sich die Gehilfen von Fietje Fettback durch die Umstehenden, im Handumdrehen hatten diese drei „Bärenbengels" die Schifferknechte und den Schuster aus dem Lokal befördert. – Bald verließen dann auch Hans Thordsen und sein Maat die gastliche Stätte.

Man war zweifelhaft, ob man nach Koppelmanns Salon oder zu Emma Bergdörfer gehen sollte. Thetje hatte Neigung,

„einen abzupedden", so'n recht langsamen Walzer, mit Gefühl und krummen Knien, das war sein Fall. - Aber Hans Thordsen wollte nicht mit, er war kein Freund vom Tanzen. Vor allem der Walzer machte ihm Schwierigkeiten, da konnte er nie so recht den Anfang finden, und wenn ihn jemand aneckte, war er sofort aus dem Takt. Lieber nicht! - Also ins „Konzerthaus".

Hier war alles nobel! - An kleinen Tischen saßen die Gäste, meist junge Kaufleute, auch einige Janmaaten und Soldaten. Hier und da saß auch ein alter Graukopf und tat, als ob ihn die Sache wenig anginge, oder als ob seine Zeit noch nicht gekommen sei. Das grelle Licht der Kronleuchter blendete die beiden Ankömmlinge, sie mußten sich erst an die Vornehmheit gewöhnen und setzten sich auf ein Sofa nicht weit von der Tür. Ein Kellner im Frack mit Glanz und stark ausgegriffenen Knopflöchern erkundigte sich nach den Wünschen der Herren: Bier mußte es nun sein.

„Das ist ein anderer Kram hier als in Antwerpen, wo sie immer die Tür aufreißen und die Gäste reingröhlen, hier ist es nobel!" lobte Thetje Fein. „Und Geld haben wir auch. Hier bleiben wir 'n bißchen!"

Hans Thordsen sagte nicht viel. - Ein Komiker trat auf; er wußte seine Lieder der Stimmung der Gäste anzupassen. Thetje Fein war ganz aus der Tüt vor Vergnügen. Hans Thordsen verzog keine Miene und doch wandte er keinen Augenblick die Augen von der Bühne. Er war sogar zuletzt aufgestanden, um besser über die Zuschauer hinwegsehen zu können.

Eine der Sängerinnen, die zusammen mit sechs anderen „Singvögelchen" auf der Bühne saß, fesselte die Aufmerksamkeit von Hans Thordsen. Sie spielte mit ihrem Fächer. - Ein junger Mann mit grellbuntem Schlips warf ihr eine prächtige, hellgelbe Rose zu, die er von einer unechten Vierländerin gekauft hatte; sie fiel dicht vor ihr auf die Bühne. Mit gut gemachter Gleichgültigkeit nahm sie die Blume auf und neigte kaum merklich das Köpfchen zum Zeichen des Dankes. Dann hob sie den weißen Arm und steckte sich die Rose in ihr krauses, rotes Haar. Plötzlich wandte sie den Kopf. Ein Blitz aus den dunklen Augen flog hoch über den erwartungsvoll aufschauenden Blumenspender hinweg bis in die äußerste Ecke des Saales. Er traf Hans Thordsen! – Der hatte die ganze Zeit keinen Blick von der blendenden Erscheinung abgewandt. Als nun dieser Blick ihn traf, als sie Auge in Auge sich schauten – einen Augenblick nur! – da wußte Hans Thordsen, daß er sich nicht getäuscht hatte. Es war Meta Norgaardt, die dort im grellen Licht und Tingeltangelflitter ihre Reize zur Schau stellte.

Zwar hatte er dies krause Gold noch nie so kunstvoll aufgebaut gesehen, aber der eigenartige Glanz hatte ihm gleich in die Augen gestochen. Und nun der Blick! Ja, es war wahrhaftig Meta Norgaardt.

Früher, als der Birkfuchs sich im Noor und am Strande herumtrieb oder auf dem Felde und im Garten arbeiten mußte, war ihre Gesichtsfarbe allerdings nicht so hell gewesen. Damals hatte sie derbe Sommersprossen gehabt; davon war jetzt nichts mehr zu sehen. Was dem Gesicht an blendender Frische noch fehlte, das hatte wohl die Puderfarbe hergeben müssen. – Sie hatte früher im einfachen, eigengemachten Kleide allerdings auch sehr hübsch ausgesehen, anders aber stand ihr doch der dunkelbraune Sammet, der nur bis zu den Knien reichte und tadellose Formen frei ließ.

Ein eigenartiges Lächeln flog über Hans Thordsens wetterharte Züge, als er das sah. – Da hätte sie früher auch nicht nötig gehabt, so spröde zu tun, damals, als er sie hochgeschürzt beim Kohlschneiden belauscht hatte.

„Du, Hans, die Sängerin da, die rote, die ist nicht ohne", meinte Thetje Fein. „Trink aus, wir suchen vorne einen besseren Platz." – Hans Thordsen war's recht. Sie gingen ganz nach vorn. Da aber ging gerade der Vorhang nieder. Eine kurze Pause trat ein, während der ein durstiger Klavierspieler ein Potpourri herunterhämmerte. Die Gäste sangen natürlich mit, was sie gerade konnten. Dann rauschte der Vorhang wieder empor, und alle Sängerinnen saßen auf der Bühne. Abwechselnd traten sie vor und sangen einzeln oder zu zweien, als eine der letzten der Birkfuchs. Sie hatte es vermieden, den Blick dorthin zu richten, wo die beiden Seeleute saßen, sie schenkte ihre Aufmerksamkeit jetzt anscheinend dem jungen Manne, der ihr vorhin die Rose zugeworfen hatte.

Das ärgerte Hans Thordsen nun doch. „Du, weißt du was!" rief er ziemlich laut seinem Kameraden zu. „Die Rote kenn' ich!"

„Mensch, da müssen wir uns 'ranmachen!"

„Fällt mir gar nicht ein!"

„Warum nicht, das ist ja 'ne famose Deern."

„Aber 'n Racker, nimm dich in acht!"

Das letzte war wieder leiser gesprochen, denn die Sängerin hatte ihr Lied begonnen. Es war ein dänisches, zu jenen Zeiten recht bekanntes Tingeltangellied. - Es sollte schelmisch vorgetragen werden; sie aber verzog keine Miene zum verheißungsvollen Lächeln. Unter den dicht zusammengewachsenen Augenbrauen blitzten zuweilen die Augen in eigenartigem, tückischem Glanz nach Hans Thordsen hinüber. Aber aus der Kehle kamen reine und volle Töne.

„Die hat nicht nur Gold auf dem Kopf, die hat's auch in der Kehle", hörte Hans Thordsen am Nachbartisch den jungen Mann mit dem bunten Schlips sagen: „Frische Ware", erwiderte sein Nachbar, ein in dieser Gegend wohlangesehener Ausländer von südländischem Aussehen. „Ist noch nicht lange beim Geschäft."

„Die nehmen wir zum Abendessen mit", entschied der Freund. Der andere nickte.

Das Lied war zu Ende, die Gäste klatschten Beifall, der mit dem bunten Schlips am lautesten. Dann fiel wieder der Vorhang.

„Mehr Feuer und Leben!" ermahnte die dicke Direktorin nachher die „Dänin". „Sie müssen die Gäste freundlich und schelmisch ansehen, bald diesen bald jenen. Jeder muß glauben, Sie hätten's auf ihn abgesehen. Das müssen Sie noch lernen."

Thetje Fein wollte jetzt fort und anderswo Abenteuer bestehen, hier schien ihm die Gelegenheit nicht günstig genug oder zu teuer. Sein Kamerad aber erklärte: „Ich bleibe hier!"

„Mensch, es nützt dir ja nichts", setzte ihm wohlwollend Thetje auseinander. „Die beiden Schmachtlappen da am anderen Tisch haben mehr Dracht als wir. Die haben schon signalisiert und gehen nachher mit ihr über Stag. Komm, wir suchen anderen Ankergrund."

„Geh du meinetwegen, ich bleib' hier!" Hans Thordsen

bestellte, um alle Einwände abzuschneiden, noch ein Glas Bier. Da wurde der andere ärgerlich und zog Leine.

„Hast du die beiden Teerpinsel da drüben gesehen?" sagte der Ausländer zu seinem Freunde. „Der eine geht fort, der andere scheint aber Absichten auf die Rote zu haben. Er glotzte sie vorhin so an, als ob er sie fressen wollte, und sie - - -"

„Na, und sie?"

Sie warf ihm auch eigentümliche Blicke zu!"

„Mensch, du bist wohl eifersüchtig auf diesen viereckigen Knoten! Für Janmaaten ist hier kein Feld."

„Oho, die Mädels wissen ganz genau, daß so einer, wenn er von der Abmusterung kommt, Geld hat wie Heu und damit aast wie ein Ochse."

Der andere lachte. „Neulich war einer hier", fuhr sein Freund fort, „der hatte - wie er allen Leuten erzählte - am Vormittag 750 Mark ausbezahlt erhalten. Den hättest du mal sehen sollen! Er war schließlich so duhn, daß er sein Geld nicht mehr zählen konnte. Das besorgten dann die Mädchen und Kellner. - Am anderen Abend las ich im „Fremdenblatt", daß dieser Wohltäter von einem Konstabler halbnackt unter einer Bank in den „Elbabruzzen" gefunden worden sei. Hemd, Hose und Strümpfe war alles, was ihm geblieben war."

„Na, es gibt auch andere", meinte der Ausländer. „Der blonde, lange Kerl da scheint mir klüger zu sein."

„Ja, nimm dich nur vor dem in acht. Wenn der eifersüchtig wird und dich packt, dann bleiben höchstens noch die Stiefelschäfte von dir heil." - Sie lachten beide und machten noch allerlei Witze über den verliebten Seemann, doch er merkte gar nichts davon, ahnte nicht, daß ihre Heiterkeit ihm galt. Er dachte an ganz etwas anderes.

Es wurde dann ein eigentümliches Versteckspiel zwischen den zwei alten Bekannten. Hans Thordsen blickte meist starr auf die Bühne, er vermied es aber, ihr in die Augen zu sehen. Meta Norgaardt ließ die Blicke hierhin und dorthin schweifen, aber über den Seemann irrten sie hinweg. Als sie doch einmal sich gleichzeitig ansahen, flog ein glühendes Rot über ihre Wangen. Da zuckte es eigentümlich um Hans Thordsens blondbärtige Lippen. „Sie schämt sich vor dir", sagte er sich.

Bald darauf sah er, daß einer der beiden jungen Lebemänner den Kellner heranwinkte und ihn mit einem Rosenstrauß und einer Visitenkarte nach der Bühne sandte. Er reichte es der „Roten". Diese zauderte einen Augenblick; erst als ihre Nachbarin sie anstieß, nahm sie die Rosen, die Karte ließ sie auf den Fußboden fallen. Das war höchst sonderbar. - Der Ausländer aber schwur, daß er nun erst recht die Festung nehmen würde.

Um 12 Uhr fiel der Vorhang zum letzten Male an diesem Abend. Die Gäste gingen nach und nach fort; der Matrose und die beiden reichen Jünglinge blieben noch.

„Der will uns aushungern", meinte der eine.

„Oder durchprügeln", sagte der andere.

Da sie sich hier sicher fühlten, sprachen sie ziemlich laut. Hans Thordsen stand ruhig auf und ging hinaus.

Auf dem Spielbudenplatz war noch reges Leben. Allerlei Volk wanderte hin und her; Liebespärchen im leisen, kosenden Getändel; Matrosen, die zu zweien sich bemühten, den rechten Kurs einzuhalten; Händler mit warmen Würstchen, die ihre gute Stammkundschaft hatten; friedliche Bürger, die mit Ungeduld von der liebenden Gattin erwartet wurden; Blumenhändlerinnen; junge Kaufleute und verdächtig aussehende Halbstarke; hier und da an einer Ecke auch eine weibliche Gestalt mit lauerndem Blick und raschen Bewegungen.

Hans Thordsen ging auf und nieder; er ließ die Tür des Konzerthauses nicht aus den Augen. - Was wollte er eigentlich von ihr? - Ja, das fragte er sich selbst und doch blieb er und lauerte.

Es war schon halb eins, als sich die Tür öffnete, und sechs weibliche Gestalten, in dunkle Mäntel gehüllt, herauskamen. Der Seemann trat zurück an die Säule der Polizeiwache und ließ sie vorübergehen. Er sah, daß zwei Männer ihnen folgten. - Und er dachte bei sich: Der Birkfuchs hat dich nur täuschen wollen, als sie die Karte fallen ließ und über die Schmachtlappen hinwegblickte, als seien sie Straßenfeger; sie spielte ja auch damals im Garten die Entrüstete und Ehrbare. - Nun willst du doch mal sehen, wie das abläuft.

Bei der Talstraße trennte sich die Gruppe, vier der Mädchen

schwenkten rechts ab. Hans Thordsen folgte in angemessener Entfernung den beiden jungen Herren, die mußten ja auf der rechten Fährte sein. Hinterm „Nobistor" bogen sie links ab, als er aber an die Ecke der Neuen Burg kam, waren sie verschwunden. Eiligst kehrte er um. Sie mußten die Lincolnstraße gegangen sein. Schnell zurück! - Als er dann die enge, düstere Straße entlang schaute, lag alles tot und still. Nun war sie ihm also doch entschlüpft.

„Du Narr!" sagte er und schlug sich an die Stirn. „Was geht dich der Birkfuchs an? – Schade um die Deern!" setzte er dann hinzu und wandte sich zum Gehen.

In diesem Augenblick hörte er eine helle Stimme. Um die nächste Ecke kam eine weibliche Person, dicht hinterher folgten zwei Männer. Sie kamen auf ihn zu, er drückte sich in die dunkle Durchfahrt eines Hauses.

„Lassen Sie mich meinen Weg allein gehen!" hörte er. – Ja, das war Metas Stimme.

„Tun Sie doch nicht so spröde, mein Goldköpfchen", sagte im vertraulichen Ton der eine der Herren.

„Sie brauchen sich vor uns wirklich nicht zu genieren!" sagte der andere. „Kommen Sie, wir nehmen eine Droschke, fahren zu Rubner, essen gut, trinken 'ne Flasche Champagner und liefern Sie ganz unbeschädigt wieder in Ihrer Wohnung ab." – Er legte den Arm um ihre Taille.

Sie stieß den Zudringlichen zurück: „Lassen Sie mich gehen, ich rufe sonst um Hilfe."

„Nützt nichts, mein Täubchen." Der weinerhitzte Jüngling breitete beide Arme aus und vertrat ihr den Weg.

„Lassen Sie das Mädchen gehen", tönte da aus dem Dunkel des Torwegs eine Stimme, Hans Thordsens kräftige Gestalt schob sich zwischen die Jäger und ihr Wild.

Ärgerlich über die Störung hob der eine seinen Stock. „Was geht Sie das an?" schrie er.

Da packte ihn der Seemann an der Brust und stieß ihn zurück, daß er taumelte. – „Komm, Arthur", rief sein Freund. „Die hat sich schon verabredet!" Nach einigen Worten hin und her traten die beiden den Rückzug an und verschwanden hinter der nächsten Ecke.

Wohl eine Minute herrschte Schweigen.

„Warum lauerst du mir auf, Hans Thordsen?" fragte sie dann mit scharfer Stimme.

„Ich? Lauern?" – Er machte eine Verlegenheitspause und sann einen Augenblick nach. Er war an das Lügen nicht recht gewöhnt, so sagte er denn vorwurfsvoll: „Ist das der Dank, daß ich dir die beiden Bengel vom Halse hielt?"

„Du hast spionieren wollen!" parierte sie prompt. Er sah sich erkannt.

„Ja, ich bin nachgegangen", sagte er zögernd. „Du kannst dir doch wohl denken, daß ich ganz erstaunt war, dich hier in Hamburg zu sehen."

„Und noch dazu im Tingeltangel", ergänzte sie. „Und da dachtest du, ich sei liederlich geworden, und da wolltest du mir – –"

„Das ist nicht wahr!" brauste er auf. Das Blut stieg ihm ins Gesicht, als er dann heftig hervorstieß: „Wie kannst du mir solche Gemeinheiten zutrauen? – Bin ich dir jemals zu nahe getreten mit einem Wort? – Weil wir doch zusammen Kinder waren, und weil du mich auf Schnarstruphof gepflegt hast, darum – darum bin ich dir nachgegangen."

Der Ton seiner Stimme sagte ihr mehr, als die Entschuldigungsgründe, die er stockend vorbrachte.

Sie antwortete nicht gleich. Stumm ging er neben ihr her. Dann sagte sie plötzlich:

„Wann warst du zuletzt in Falshöft?"

„Vor einem Jahr, als ich meiner Mutter Haus verkaufte."

„Wo ist sie denn?"

„Tot."

„Ach! – Sie war so gut! Sie wenigstens hatte Mitleid mit mir."

„Ja, sie war gut!" Das kam Hans Thordsen aus dem Herzen, und dabei fiel ihm etwas ein: „Sie hat auch niemals gelitten, daß man Schlechtes von dir redete, als du weg . . .", er stockte.

„Sprich's nur gerade heraus: als ich bei Nacht und Nebel weggelaufen war. – Man wußte auch wohl warum. Ich war natürlich eine ganz schlechte Person, wie die ganze Sippe von der Birk es von jeher gewesen war. Nicht wahr, so hieß es?"

„Man redete allerlei", war die halbe Zustimmung. „Man sagte, du seiest nach Amerika ausgewandert."

„So? - Glaubten sie, ich sei in Amerika? - Das wollte ich auch; niemand sollte wissen, wo ich sei. Ich wollte tot sein für die Gegend da."

„Dann hieß es, daß es dir schlecht gehe und du hättest um Geld geschrieben."

„Wer hat das gesagt?"

„Dein Vater. Mit dem Brief ist er bei Thomas Ottsen gewesen, und das hat einen fürchterlichen Skandal gegeben."

Da fuhr sie auf: „Er ist ein Schwindler und Betrüger. Wo ist er?"

„Ich weiß nicht. Von der Birk ist er fort, man meinte nach Amerika zu dir, er wollte - -"

„Er wollte Geld haben", ergänzte sie. „Da wird er den Schnarstruphofern vorgelogen haben, er käme in meinem Auftrag. - Ich will von den Ottsens nichts, keinen Pfennig will ich!" Sie blieb stehen, ihre Augen funkelten ihn an. „Nun glauben die Leute wohl, daß ich -, daß ich - -", sie suchte nach dem rechten Ausdruck - „daß ich mich mit Peter Ottsen eingelassen habe, um Geld von ihm erpressen zu können. - Nicht wahr, Hans Thordsen, das traut man dem Birkfuchs zu? Die ganze Familie taugt ja nichts. - Ist es nicht so?" - Er zögerte mit der Antwort. „So was ähnliches glaubtest du doch auch, als du mich heute in Samt und Seide sahst?"

„Ich? Nein, ich habe dich nicht für so schlecht gehalten, aber", und nun klang seine Stimme auch hart, „für leichtsinnig."

„Du bist wenigstens ehrlich!"

„Das bin ich!"

„Glaubst du denn, daß ich aus Leichtsinn auf der Bühne sitze und zum Vergnügen vor lüsternen Laffen und rohen Gesellen singe?"

„Ja, warum arbeitest du denn nicht?"

„Warum ich nicht arbeite? - Als Dienstmädchen meinst du, denn sonst habe ich ja nichts gelernt. Das habe ich satt bekommen. Ich will dir auch sagen, warum; aber was geht das dich an?"

„Ich habe dich nicht aus Neugierde gefragt, Meta!"

„Hast du nicht? - Na, dann will ich's dir sagen. Auf meiner ersten Stelle erfuhren sie zufällig, daß ich ein Kind habe, da waren sie ganz entrüstet, daß ich das nicht gleich gesagt hatte. Darum kündigten sie mir. Eine „solche Person" wollten sie nicht im Hause haben. Auf der zweiten Stelle mußte ich gehen, weil der Sohn mich nicht in Ruhe ließ, ich gab ihm ein paar Ohrfeigen: da mußte ich denn fort, weil ich nicht leichtsinnig genug war. Ähnlich ging es mir auf der dritten Stelle, nur daß ich hier die Ohrfeigen kriegte. Die Madame merkte nämlich, daß der Herr bei mir herumscharwenzelte. Als er eines Abends vom Dämmerschoppen kam, hatte er Mut. Aber seine Frau stand auf der Lauer und gerade, als ich ihm den richtigen Dämpfer auf die Backe setzen wollte, schlug sie auf mich los. Ich mußte trotz aller Unschuldsbeteuerungen aus dem Hause. Der würdige Ehemann aber spielt weiter den Ehrenmann."

Mit bitterer Ironie sprudelte sie das alles hervor. Der ehrliche Zorn hatte ihr besser gestanden. Es schien Hans Thordsen, daß die „Kunst" abgefärbt habe, der sie jetzt diente.

„Es gibt noch andere Stellen, wo so etwas nicht vorkommt. Es gibt doch brave Familien genug", entgegnete er.

„So? - Na, du mußt es ja wissen!" sagte sie schnippisch. „Ich habe mich nachher genug danach umgesehen. Da haben sie mich denn, wo ich mich vorstellte, gefragt, warum ich auf meinen ersten Stellen so kurze Zeit gewesen sei. - Was sollte ich sagen?" - „Es hat mir nicht gefallen", sagte ich. - „Dann wird's Ihnen bei uns auch wohl nicht gefallen", hieß es darauf gewöhnlich. Eine Frau sagte mir ganz treuherzig: „Sie sind mir zu hübsch!" - Ich kam dann endlich zu einem Herrn „Direktor", dessen Frau war ich nicht zu hübsch. Ob ich auch singen könne, fragte sie mich nach ein paar Tagen, sie habe bemerkt, ich hätte eine klare und helle Stimme. Zum Singen war mir gerade nicht zu Mute, aber so kam es denn doch, daß ich sang. Erst hat man mir viel vorgeredet. Ich sollte ausgebildet werden für die Bühne oder als Konzertsängerin. Da würde ich viel Geld verdienen. Na, mein Geld war ausgegeben, mein Kind sollte auch leben. Seit acht Tagen bin ich Tingeltangelsängerin."

„Das ist ja 'ne böse Geschichte", war alles, was Hans Thordsen darauf erwidern konnte, sie widersprach nicht. Stumm gingen sie eine Weile nebeneinanderher. Vor einem düsteren Hofeingang blieb Meta Norgaardt stehen und reichte ihm die Hand: „Adjüs, Hans!"

„Wohnst du hier?"

„Ja, aber was ich dir noch sagen wollte: wenn du nach Hause kommst oder schreibst, sage es keinem Menschen, daß du mich getroffen hast. Bitte, bitte, Hans, sage es keinem einzigen Menschen!"

„Ich will schweigen, aber es können doch auch andere Bekannte dich treffen; August Ohlsen von Wattsfeld, der als Steuermann auf der „Melitta Dahn" fährt, muß nächstens kommen."

„Ach, was denkst du denn?! Glaubst du, daß ich lange da bleibe? Nein, mein Junge, das fällt mir gar nicht ein."

„Ja, was willst du denn?"

„An's Theater will ich! Sängerin werden will ich. So 'ne richtige Sängerin, wie sie im Carl-Schultze-Theater singen und viel Geld verdienen."

Er schüttelte bedenklich den Kopf.

„Ja, das will ich aber. Höher hinauf will ich! Ich habe eine sehr gute Stimme; ich habe Gold in der Kehle, sagen die Leute."

Hans Thordsen sah sie mit einem merkwürdigen Blick an, als ob er nicht wisse, ob sie ernsthaft rede oder ihn zum Narren halte, wie sie es früher getan hatte. - „Das wollen wohl viele", sagte er dann, „aber wenige kommen dahin, die meisten kommen unterwegs um."

„Wenn ich nur Geld hätte, mich ausbilden zu lassen, dann wollte ich's bald erreichen", sagte sie. „Nun muß ich allerdings durch den Schmutz nach oben steigen. Einen anderen Weg gibt es nicht für mich."

„Ein böser Weg!"

„Was geht's dich an! Ich will meinen Weg schon finden. Ich bin so was ja gewohnt."

„Ein gefährlicher Weg!"

„Mühsam und langsam. Vielleicht habe ich aber auch mal Glück. Es ist schon oft vorgekommen, daß reiche Kunstfreundinnen arme begabte Mädchen ausbilden ließen. Unser Direktor hat davon erzählt."

„Oder auch Künstlerinnen-Freunde. Ich meine solche, wie die beiden, die dir vorhin nachliefen!" Hans Thordsen hatte genug von der Welt gesehen, um in diesem Punkt mißtrauisch zu sein.

Zornig fuhr sie auf: „Ich denke, du hast gesehen und gehört, wie ich mir die vom Leibe halte. Und, sag' mal, wie kommst du dazu, mir so was zu sagen. Dazu hast du kein Recht! Adjüs, Hans Thordsen, halte Wort, hörst du! - Gib mir die Hand darauf!"

Er reichte ihr die harte, schwielige Rechte und fühlte den Druck ihrer warmen, kleinen Hand.

„Adjüs, Meta!" dann war sie im Torweg verschwunden.

Die beiden nächsten Tage gabs viel zu tun an Bord, am dritten Tage sollten sie um 10 Uhr vormittags im Seemannshause abmustern. Da bekamen die Mannschaften vom „Pompejus" eine hübsche Handvoll Geld, denn sie hatten eine lange Reise hinter sich.

Hans Thordsen hatte seine Sachen nach dem Seemannshause schaffen lassen, Thetje Fein wohnte natürlich bei Mutter Tostedt. „Mensch, nun sind wir frei!" rief er aus, als er den Berg hinabstieg und seine Schritte nach der Erichstraße lenkte.

„Wie lange?" fragte etwas spöttisch sein Begleiter.

„Bis das Geld alle ist!" war die prompte Antwort. Bald trennten sie sich. Hans Thordsen hatte „was vor", wie er sagte. Sein Freund kniff das eine Auge zu, grinste ihn vertraulich an, schlug ihn auf die Schulter und rief:

„Du bist so'n Heimlicher, Hans Thordsen, ich glaube, du hast dich an die feine Rothaarige herangemacht?!"

Der wehrte lachend ab und ging seiner Wege.

Wo wollte er eigentlich hin? Er wußte es selber nicht. Die Freiheit wollte er erst mal genießen, ein paar Tage in Hamburg bleiben und dann die alte Heimat wieder besuchen. Er schlenderte die Langereihe auf und nieder, dann ging er nach Altona zu. Einmal kam ihm in den Sinn, Meta Norgaardt aufzusuchen.

Er konnte sich ja ein Gewerbe machen, konnte sie fragen, ob sie nicht an irgend jemand in der Heimat etwas zu bestellen habe; kein anderer sollte ein Sterbenswörtchen davon erfahren. – Er hat wohl Lust, sie einmal bei Tageslicht zu sehen. – Gleich darauf sagte er sich aber: „Was geht dich der Birkfuchs an?!" – Er blieb am Nobistor stehen, schlug sich diese Gedanken aus dem Kopf und stieg bedächtigen Schrittes die Stufen hinab in Peter Moyes berühmten Grogkeller.

Es waren wenige Gäste da. Ein Mann mit langem Haar und hageren Zügen saß in einer Ecke, er musterte mit unstetem Blick den Eintretenden. Zwei Handwerker würfelten um Grog. Ein alter Mann stierte starr vor sich hin; als er ein Glas Kognak bestellte, zog er scheu seinen Geldbeutel und zählte heimlich den spärlichen Inhalt. Hans Thordsen rührte bedächtig mit der Glasstange im Grogglase, bis der Zucker aufgelöst war, dann schlürfte er langsam das heiße und starke Getränk.

Als er so dasaß, kam über ihn das Gefühl der selbstzufriedenen Behaglichkeit. Er war ein freier Mann und hatte Geld in der Tasche. – Der Dampf, der aus dem zweiten Glase aufkräuselte, malte ihm lustige Bilder vor. Auf dem Platz vor der Geltinger Kirche stand er, die Männer schüttelten ihm die Hand, die Frauen und Mädchen nickten ihm freundlich zu. Da kam Peter Ottsen angefahren. Als er an den dachte, stieg noch ein Bild aus dem Glase auf, das war Meta, so wie er sie auf Schnarstruphof gesehen hatte. – Wie freundlich besorgt war sie um ihn gewesen, als er schwach und hilflos auf seinem Leidenslager um sein Leben rang. Damals war ihr Bild durch seine lichten Träume geflossen.

Aber das Bild war dann in den Schmutz getreten. Das hatte Peter getan; mit ihm wollte er noch abrechnen. – Er selbst hatte Meta doch gewarnt! Nun litt sie ihre Strafe dafür, denn daß sie schwer an ihrer Schande trug, das hatte er ihr trotz aller stolzen Worte und hochfliegenden Pläne nur zu gut angemerkt. Die beiden finsteren Falten zwischen den Augenbrauen hatten ihm mehr davon verraten, als die widerstrebenden Lippen. Man merkte es, daß sie sich ihrer jetzigen Stellung schämte! Würde sie ihn sonst gebeten haben, darüber zu schweigen? Er wußte, wie schwer dem trotzigen Birkfuchs das Bitten wurde! – Als er daran dachte, kam wieder die Lust, das Gespräch von gestern fortzusetzen. Aus dem Glase stieg sie ihm ins Blut, keine nüchterne Erwägung konnte sie zurückdrängen. Auge in Auge wollte er vor ihr stehen. Er wußte wohl, was er dann sagen wollte. Wenn sie die weißen Zähne auch zornig zusammenbiß, die roten Lippen sollten doch freundliche Worte reden. – –

In der Trommelstraße führt ein schmaler Zugang zwischen zwei hohen Häusern entlang in einen Hof. „Meyers Wohnungen" steht über dem Bogen des Eingangs. Geht man hindurch, so findet man rechts und links graue Wände emporragen. Vor den kleinscheibigen Fenstern flattert Wäsche, man sieht Kinderhöschen, Schürzen und Bettücher von zweifelhafter Farbe und allerlei Buntzeug. Schmutzige Kinder lärmen umher, in den Türen stehen schwatzende Weiber, es riecht nach gebratenem Speck und Armut.

An einer der engen Türen ist ein Messingschild angeschraubt, es ist voller Grünspan, aber man kann doch noch den Namen lesen: „August Schwarze, Schlosser" steht darauf. Eine ausgetretene Treppe führt nach oben, sie verliert sich ins Dunkel. Man muß schon das blankgeschlissene Tau in die Hand nehmen, das die Stelle eines Geländers vertritt, wenn man den Weg nach oben finden will. Suchend tastet der Fuß von Stufe zu Stufe. Wer hier nicht Bescheid weiß oder keine Streichhölzer anzuzünden hat, der kann lange suchen, ehe er einen Türdrücker findet.

Dem Manne, der langsam und vorsichtig die Treppe hinaufstolperte, fehlte das, er suchte und klopfte hier und da; eine Tür wurde aufgerissen, und eine Weiberstimme schrie: „Wer ist denn das? Was wollen Sie?"

„Entschuldigen Sie, wohnt Meta Norgaardt hier?"

„Wer?"

„Eine Sängerin sollte das sein." Hans Thordsen wählte diese Form der Anfrage, weil sie einen gewissen Abstand andeutet. Das Weib, dem die grauen Haare ungekämmt um den Kopf flatterten, stemmte beide Arme in die Seiten und schaute den Fragesteller mit höhnischem Lachen an.

„Soll es sein? Sie werden schon wissen, wo Sie hinwollen, junger Mann. Man nicht so schüchtern!"

„Es ist eine Jugendbekannte von mir", sagte er etwas kurz. „Wohnt sie denn nicht hier?"

„Meinen Sie die Rote?"

„Ja, rotes Haar hat sie."

„So?! – Na, da müssen Sie sich schon etwas weiter bemühen, Herr Kapitän, die wohnt hier gegenüber. Wünsche Ihnen viel Glück, junger Mann!"

Sie lachte aus vollem Halse und schlug die Tür zu.

Der Weg hinunter war nicht besser als der Aufstieg. Hans Thordsen hielt aber das Tau fest und kam heil unten an. Unschlüssig stand er einen Augenblick vor der Tür und schaute umher. Da hörte er hoch oben ein Fenster aufgehen; als er hinaufblickte, sah er wieder den grauen Frauenkopf, und zwischen den engen Wänden schallte es herunter: „Dort drüben, junger Mann, die Tür, die halb offen steht, da ist es. Da gehen Sie nur hinein. Vier Treppen hoch! Das gnädige Fräulein wird sich sehr freuen! – Immer herein, junger Mann!"

Die letzten Worte hörte er kaum noch. Eilig entfernte er sich; er wollte nicht belauert werden. An der Hamburger Grenze blieb er jedoch stehen und sah sich um; langsam schritt er dann den Weg zurück. – Sollte er sich bange machen lassen? – Er blieb eine Weile unschlüssig vor dem Eingang stehen. – Die Kinder lärmten drinnen auf dem Hof, sonst war niemand zu sehen. – –

In einer kleinen Küche, dicht unterm Dach eines der Häuser da drinnen, stand Meta Norgaardt und wusch Kinderkleider. Der kleine Kerl, dem sie gehörten, saß auf der Diele und spielte mit Garnröllchen, die mit Bindfaden zu einer Wagenreihe verbunden waren. Er ging etwas ungeschickt mit seinem Fuhrwerk um und auch mit seinem hagern Körperchen. Wer ihm ins Gesicht schaute, bemerkte bald, woran das lag. Ein blödes Lächeln lag auf den schlaffen Zügen, und der zu große Kopf ruhte schwer auf den dürren, schmächtigen Gliedern. Die Augen blickten verständnislos, nur wenn ihm die Mutter freundlich zurief, flog ein Fünkchen Leben und Freude über das ältliche, faltige Gesicht. Und sie sah oft zu ihm hin, die Mutter; nickte ihm zu und gab ihm allerlei Schmeichelnamen. Als er einmal umgefallen war und jämmerlich weinte, ließ sie die Arbeit liegen, hob ihn auf, herzte und küßte ihn und sang ihm dann zur Beruhigung ein schönes Lied vor. Der Kleine aber packte mit beiden Händen in ihr goldiges, krauses Haar, lallte „Mama, Mama!" und drückte den Kopf an ihre Brust.

„Der Junge hat es nicht ganz richtig", sagten die Nachbarn. Aber sie sagten das nur, wenn die Mutter es nicht hörte. War sie dabei, dann hieß es: „Heute sieht Klein-Peter besser aus, er kömmt sich wohl noch!" Dann freute sich das junge Weib. Das liebende Mutterauge ließ sich gerne täuschen, ihr Herz schöpfte neue Hoffnung.

Sie setzte das Kind wieder auf die Decke am Fußboden, gab ihm den Rollenwagen in die ungeschickte Hand und wusch weiter. – Da klopfte es an die Tür. Gleich darauf trat ein Mann ins Zimmer; ein großer, breitschultriger Mensch im blauen Seemannszeug; er mußte sich bücken, als er durch die niedrige Türöffnung schritt. Die Wäscherin starrte ihn sprachlos an, dann rief sie laut und unwillig: „Was willst du hier, Hans Thordsen?"

Er blieb auf der Schwelle stehen und behielt die Türklinke in der Hand; auf einen solchen Anblick war er nicht gefaßt. Die schöne Sängerin stand in schlechtem Hauskleide, mit aufgekrempelten Ärmeln und losem Haar an der Waschbütte, und das war wahrscheinlich ihr Kind. – Als er beim Grog saß, wußte er, was er sagen wollte. Aber diese scharfe Anrede wirkte wie ein Wasserguß, seine Gedanken stockten. Nur mühsam kam er damit heraus: „Ich wollte dich noch um etwas fragen, Meta." – „Du mich? Was denn? Mach' mal erst die Tür zu!" Dann trat sie erregt an ihn heran und fragte noch einmal: „Was willst du von mir, Hans Thordsen?"

Er schaute in ihre blitzenden Augen. Sie war glühend rot geworden. Er sah, wie die krause, rote Glut um den weißen Hals sich ringelte und wie der Busen unter der leichten, zurückgeschlagenen Bluse sich hob und senkte. – Die schöne Einleitung aber, die er anbringen wollte, paßte nicht hierher; er kam ziemlich ungeschickt damit heraus: „Ich wollte dich mal fragen, Meta, ob ich nicht mit Peter Ottsen sprechen soll, daß er – daß er – Geld schickt zu deiner Ausbildung."

Sie zuckte zusammen, wie früher, wenn ihre boshaften

Peiniger ihr einen Schimpf angetan hatten, sie zog die Lippen zwischen die Zähne und starrte sekundenlang den Seemann an. Er wich mit unsicherem Auge dem Blick aus, denn in diesem Augenblick fühlte er nichts mehr von der Überlegenheit und der prickelnden Lust, die im Keller so schön gediehen waren und ihn hierher gebracht hatten.

Sie faßte sich bald. Kurz und höhnisch lachte sie auf, dann beugte sie sich vor und sagte im Flüsterton, scharf zwischen den Zähnen hindurch: „Du Narr! Glaubst du, er kann das mit Geld gutmachen, was er an mir verbrochen hat?!"

„Das nicht. Das will ich nicht damit sagen", suchte er einzulenken.

„Ruhig! Die Leute horchen an der Tür und sie sollen es nicht wissen." Sie flüsterte ihm das halblaut ins Ohr und hob sich dabei auf die Zehen. Ihr warmer Atem streifte sein Gesicht, er haschte nach ihrer Hand:

„Meta, ich wollte dir ja nicht wehe damit tun. Ich wollte dir doch bloß helfen."

„Helfen? Mir kann keiner von euch helfen! Ich selbst muß mir helfen, ich will und ich muß hindurch. – Und wenn ich mit meinem Kind" – sie deutete auf den Kleinen, der sich an einem Stuhlbein aufgerichtet hatte und blöde herblickte – „und wenn ich mit seinem Kind verhungern sollte, von ihm nehme ich nichts! Keinen roten Dreiling!" Sie horchte auf, nichts war im Nebenzimmer laut. Dann nahm sie ihr Kind auf den Arm und trat nahe an ihn heran. „Da du nun doch mal hier bist, so will ich dir noch etwas sagen." Es war, als ob der oft zurückgedrängte Haß gewaltsam durchbrach: „Manche Nacht liege ich und grüble mir allerlei zurecht. Weißt du, was ich möchte und wofür ich alles, was ich habe, hingeben wollte? Auch mein Leben und meine Seligkeit – alles!" Die Falten zwischen den Augenbrauen zogen sich dicht zusammen, ihre Augen funkelten und ihre Hände ballten sich. „Ich möchte reich, angesehen und schön sein, und dann möchte ich ihn zu meinen Füßen sehen: arm und krank, verachtet und elend. Und dann – dann will ich ihm ins Gesicht schlagen und ihm sagen: Du hast mich belogen und betrogen. Du hast mich ehrlos gemacht, und dann hast du mich wie einen räudigen Hund von dir gestoßen! Nun liegst du selbst im Schmutz, in den du mich hineintreten wolltest. Ich könnte dir jetzt die Hand reichen, Peter Ottsen, und dich herausziehen. Aber ich will nicht! Nein, ich will dich noch tiefer hineintreten, daß Schande und Schmach über dich zusammenschlagen. Ich will – –" Immer erregter hatte sie gesprochen.

„Ruhig!" mahnte Hans Thordsen. „Sie horchen ja an der Tür!" Da brach sie mitten in ihren Verwünschungen und Racheplänen ab und schien sich zu besinnen. Ein Zittern ging durch ihren Körper; mit krampfhaftem Aufschluchzen sank sie auf einen Stuhl. Dabei preßte sie das Kind an ihre Brust, daß es aufschrie. Das gebrechliche Geschöpflein war ja das einzige menschliche Wesen auf der weiten, weiten Welt, das mit Liebe an ihr hing, und dem sie Liebe geben durfte. Sein Vater aber hatte ihr Ehre und alles geraubt.

„Was stehst du noch hier?" sagte sie nach einer Weile zu dem Besucher. – Ja was wollte er noch? – Er fühlte Mitleid, herzliches Mitleid mit dem armen, verachteten Geschöpf, das wie Unkraut auf dem Acker aufgewachsen war, jedem zur Willkür in die Hand gegeben.

„Kann ich dir helfen, Meta?" fragte er, dieser plötzlichen Eingebung folgend. „Viel habe ich nicht, aber vielleicht langt es doch für einige Zeit, und dann – –"

Sie sah ihn an und las in seinen ehrlichen Augen, daß es ihm Ernst war mit seinem Anerbieten. Sie wußte auch, daß er ihr den Aufstieg nach oben, den sie im Sinne hatte, erleichtern konnte, und doch schüttelte sie den Kopf. „Ich muß meinen Weg alleine gehen, Hans!" sagte sie. „Aber du sollst mir nochmals versprechen, daß du von allem diesen, was du gehört hast, nichts zu Hause sagen willst. Nichts! hörst du?"

Er gab ihr die Hand, sie hielt sie fest. Keiner sprach ein Wort.

Nach einer kleinen Weile, als sie ruhiger geworden war, fuhr sie in leisem Tone fort: „Du glaubst gewiß, mit mir ist es nicht ganz richtig, daß ich so redete. Ich bin immer noch so wie früher. Ich kann mich selbst nicht bändigen." Sie sah eine Weile still vor sich hin: „Du denkst, ich sei nicht recht klug", sagte sie dann traurig. „Ich rede hier von Glanz und Reichtum und dabei muß ich jeden Tag auf jeden Schritt sehen, daß ich nicht im Morast umkomme."

„Sieh dich vor, Meta! Fang' lieber etwas anderes an als dies, ich will dir ja doch helfen." Er sagte das so eindringlich, daß sie einen Augenblick mit der Antwort zögerte. „Du hast, als ich krank war, ja auch für mich getan, was du konntest, nun laß mich etwas zurückbezahlen, ich kann es ja, drängte er."

„Nein!" sagte sie, „ich will nicht, ich brauche es auch nicht, es geht auch so. Lege dein Geld lieber auf die Geltinger Sparkasse, da ist es sicherer." – Er stand ärgerlich auf. Da faßte sie seine Hand und hielt sie fest. „Sei nicht böse, ich habe es mir nun mal in den Kopf gesetzt und setze es auch durch. – Weißt du, schon als Kind habe ich davon geträumt, daß ich einmal eine berühmte Sängerin werden wollte. Meine Mutter hat mir früher davon erzählt, daß ihre Großmutter einmal in Kopenhagen vor dem dänischen König gesungen habe, und der habe ihr einen prachtvollen goldenen Ring geschenkt. Der ganze Hof habe ihr zugejubelt. Sie soll das Geld mit vollen Händen weggegeben haben. Nachher hatte sie nichts, war krank und verbittert. Meine Mutter hat als kleines Kind ihr Bild gesehen, sie sagte, ich sähe ihr sehr ähnlich. Sie hat auch rotes Haar und dunkle Augen gehabt, und die Augenbrauen seien auch so dicht zusammen gewesen wie meine." Meta Norgaardt stand auf, über ihre Züge flog ein freundlicher Schein, als sie fortfuhr:

„Als Kind lag ich so gern im weichen Strandgras zwischen dem grünen Eichengestrüpp auf der Birk. Die Büsche waren so dicht, daß mich niemand finden konnte. Da lag ich stundenlang ganz allein mit meinen Gedanken. Ich blickte hinauf in den blauen Himmel und sah in den weißen Wolken, die herüberzogen, Wunderdinge. Da war alles, von dem Mutter mir erzählt hatte: Feen und Geister, Ritter und Edelfrauen. Ich horchte auf die leisen Töne des Windes, der mit den Blättern und Zweigen spielte, und auf die tiefen Stimmen, die vom Strande herübertönten, wenn die Wellen entlang rollten. Das alles deutete ich mir auf meine eigene Weise zurecht. Ich träumte davon, daß ich einmal groß und schön sein werde und dann reisen könnte, weit fort von dem armen Flecken Erde dort, hinaus in die große, herrliche Welt. Dann sang ich mit dem Winde um die Wette und erfand Melodien, die mir herrlich klangen. Die wollte ich singen, wenn ich später einmal als armes, schlecht gekleidetes Mädchen in die große, fremde Stadt gekommen sei. Dann würde man horchen und staunen, und ich wollte immer schöner singen! – Von Samt und Seide träumte ich, von goldenen Wagen und prächtigen Zimmern."

Meta Norgaarts Augen leuchteten, als sie mit leisen, sich überstürzenden Worten von dem Sonnenblick erzählte, den Träume und Hoffen in das graue Kinderdasein gesenkt hatten. – Dann aber flog gleich wieder ein Schatten darüber hin; ihre Stimme klang traurig und hart, als sie sagte: „Und nun stehe ich hier in einer engen, schmutzigen Küche und wasche ärmliche Kinderkleider. Nur am Abend komme ich hinaus und blinzle in das Licht. Ich trage aber nur Flittergold und geborgte Pracht. Um mich herum ist der gleiche Schmutz und Schlamm, den ich von Kind an kenne; nur bunte Lappen sind darüber gelegt, daß er von außen nicht so widerlich aussieht."

„Meta", sagte Hans Thordsen und sah ihr in die Augen, „wer da hindurch geht, der macht sich die Füße schmutzig. Mancher sinkt hinein und kommt nicht wieder heraus. Ich habe mich in der Welt genug umgesehen, weiter als du. Geh' nicht da hindurch!"

„Ich sinke nicht, ich will nicht sinken! Ich will höher hinauf. Warum soll ich denn versinken? Von klein auf bin ich gewohnt, mich zu wehren. Nur einmal ließ ich mich täuschen, weil ich töricht war, und ihm vertraute. – Das ist nun anders! Hier sehe ich jeden Abend, was unter der schönen Decke steckt. Wenn sie angetrunken sind, so fällt die Hülle ab, dann kommt die Gemeinheit zum Vorschein. Kein Hund ist so aufdringlich und so schamlos, wie mancher dieser Gesellen, die sich an unsereinen herandrängen. Sie meinen, sie können alles für Geld haben, es komme nur darauf an, was sie zahlen wollen. Der Wein ist dabei ihr bester Helfer, den haben sie gleich zur Hand. Sie wissen auch warum. – Mich widert's an, wenn ich ihre lüsternen Augen sehe und ihre frechen Reden höre. Nein, Hans Thordsen, für Champagner und Geld bin ich nicht zu haben. Halte mich nicht für schwächer oder schlechter als ich bin. Ich habe auch meinen Stolz.

„Ich halte dich nicht für schlecht!"

„Aber für leichtsinnig, hast du gesagt."

„Meta, ich will –"

„Nichts, Hans Thordsen! Du mußt jetzt gehen!"

„Kann ich denn gar nichts für dich tun?"

„Ja! Schweige und schreibe mir ein paar Worte, wie es – wie es bei Peter Ottsen aussieht." – Er sah sie fragend an. „Ich hörte, er wirtschaftet schlecht. Bei ihm geht's rückwärts! Vielleicht – – –"

„Da ist noch viel Geld", warf er ein.

„Das weiß ich. Aber das kann doch vertan werden. Schreibe mir! Ich muß wissen, wie es steht. Gib den Brief aber erst in Kappeln auf die Post. Hab' Dank für deine gute Absicht. Leb' wohl!"

Sie reichte ihm die Hand und drückte sie.

Dann stolperte er wieder die steile, ausgetretene Treppe hinunter.

In Falshöft hielt sich Hans Thordsen diesmal nicht lange auf, die Menschen in der Heimat fingen an, ihm fremd zu werden. Aus den Jungen, die ihre Äpfel miteinander geteilt und sich geschneeballt hatten, waren Männer geworden, die durch Schranken voneinander getrennt wurden. Die einen waren Gutsbesitzer und Bauern, die anderen Knechte, Tagelöhner oder kleine Handwerker. Hans Thordsen hatte mehr gesehen und erlebt, als sie alle, daher war ihm der Gesichtskreis der „kleinen Leute" zu eng begrenzt; die Bauern aber sahen über ihn hinweg, denn er war kein seßhafter Mann, der etwas Eigenes besaß, und seine paar ersparten Taler zählten nicht mit. Nur bei Lorenzen, seinem Lehrer, fühlte er noch die alten Beziehungen. Da saß Hans Thordsen manche Stunde, trank

Cichorienkaffee mit Kandiszucker, aß eigengebackenes Schwarzbrot dazu und erzählte von den Freuden und Leiden des Seemanns, von fremden Ländern und Sitten. Dort erfuhr er denn auch mancherlei, was sich inzwischen in der Heimat ereignet hatte. Von Peter Ottsens Torffabrik erzählte ihm Lorenzen ausführlich. „Der Torf wurde viel zu teuer", schloß er diesen Bericht. „Wenn man Arbeitslohn und Fracht der Maschinen und alles rechnete, dann kostete er doppelt so viel, als wenn früher die Tagelöhner ihn machten. Nun steht der ganze Kram nutzlos da. Das ist 'ne schlimme Sache für Peter!"
„Na, er kann's bezahlen", meinte Hans Thordsen leichthin.
„Sooo?" fragte langgedehnt der Lehrer.
„Meinen Sie nicht, Herr Lorenzen?"

„Das zu beurteilen ist nicht meine Sache!" brach der kurz ab. Nach einer Weile sagte er aus seinen Gedanken heraus: „Ich fürchte, es steht schlimm." Weiter war nichts aus ihm herauszuholen.

Hans Thordsen erkundigte sich auch noch bei anderen Leuten nach dieser Angelegenheit. Er bekam verschiedene Antworten: „Das kommt alles noch in Gang und dann verdient er viel Geld", meinten einige wenige. „Das kann ihm das Genick brechen!" sagten andere. „Dor kümmt nimmer wat nah", war das Urteil aller Einsichtigen. Er bekam auch sonst noch manches zu hören.

Als nämlich im Sommer auf der großen Koppel dicht hinter Schnarstruphof Rapssaat gedroschen wurde, ging es noch hoch her. Der alte Weber stand am Wall und blickte hinüber auf das Treiben. Im Galopp jagten die Knechte mit den „Slöpen" über die Stoppeln, sie holten die trockenen Bunde heran, die das weite Feld bedeckten, und warfen sie auf das in der Mitte ausgespannte große Segel, auf dem die alten Dreschflegel wieder zu Ehren kamen. Zehn Mann schwangen sie im Fünftakt und immer höher wurde der Berg des ausgedroschenen Strohes. Immer lauter wurde auch das Rufen und Singen, das Fluchen und Gröhlen der Leute, denn vom Hof wurde reichlich Braunbier und Schnaps geliefert. Daran ließ man es nicht fehlen beim Rapssaatdreschen!

Der lahme Matthies Schuster kam mit seinem Handwagen

von der Mühle, er ließ das Fuhrwerk auf dem Fußsteig stehen und trat mit heran an das Heck.

„Da drüben auf der Koppel ist ja wohl der Deuwel los", sagte er.

„Warum denn der Deuwel?"

„Peter Ottsen sein Vater hat oft genug gesagt, der Deuwel solle die ganze Wirtschaft holen, wenn ihm das Wetter oder sonst was nicht in den Kram paßte. Nu kommt er."

„Laß den Alten in Ruh, er hat vielen Leuten Gutes getan."

„Das hat er, Hans! Er war ein guter Kerl, nur wenn er ein Dutzend Glas Grog im Leibe hatte, war schlecht mit ihm auskommen. Dann bölkten ihm die Taler aus dem Halse, und unsereiner war ihm nicht mehr wert als der Dreck an seinen Holzschuhen."

„Laß das ruhen, Matthies, dafür konnte er nicht. Das war bei ihm eine Krankheit, die kein Doktor heilen konnte. Er selbst hat am meisten darunter gelitten. Laß ihn ruhen."

„Soll er auch! Laß ich auch! Aber wenn er auch tot ist, so ist doch nicht alles tot von Thomas Ottsen. Das erbt weiter."

„Was erbt weiter?"

Matthias Schuster sprach leiser: „Du kennst doch die Geschichte mit dem Moor und dem Meineid – –"

„Ach, Unsinn!"

„Na, mit Peter geht's doch auch schon so. Er kriegt auch schon seine Touren, wie der Alte sie hatte. Das geht bis ins vierte Glied." – – Der Weber schüttelte den Kopf. Matthies aber fuhr fort:

„Mit seiner Wirtschaft geht's rückwärts. Die Frau versteht gar nichts davon, aber sie gebraucht viel Geld, und ihm laufen die Taler auch fix durch die Finger. Und dann die Torffabrik! – Das ist schlimm."

„Na, na, das kann noch alles werden", meinte Hans Weber. „Und dann sieh dir mal drüben den Haufen Rapssaatstroh an; was da herausgekommen ist, trägt die Katze nicht auf dem Schwanz weg. Das Geld, das Peter in den nächsten Tagen für Rapssaat einnimmt, möchte ich wohl haben."

„Ich nicht!"

„Du nicht?" – Der Weber lachte laut.

„Nein, ich nicht, denn er kriegt nichts mehr dafür, weil er das Geld schon längst weg hat; verbraucht wird es auch schon sein. Vielleicht, noch ehe er es hatte."

„Du weißt ja genau Bescheid!"

„Das sagt hier jeder. Und wenn er so leicht Geld kriegen könnte, dann hätte er zu Mai wohl seine Knechte und Mädchen pünktlich bezahlt. Was sagst du denn dazu?"

Der Weber schwieg und sah nachdenklich nach Schnarstruphof hinüber. Hinter den hohen, schlanken Lindenstämmen der Allee leuchteten die weißgekalkten Wände der großen Scheunen hervor, und darüber lagen die breiten, grün bemoosten Strohdächer, die noch nicht einmal ausreichten, den reichen Erntesegen, den der Herbst brachte, aufzunehmen. Aber der Übermut war ins Herrenhaus hineingezogen. Peter Ottsen hatte mit den alten Bauernsitten aufgeräumt. Sie hatten weichen müssen; mit ihnen war aber auch der behäbige Bauernwohlstand ausgezogen, der so lange dort geherrscht hatte. Etwas protzig waren freilich auch die Alten gewesen: „Wenn des Rademachers Frau ein paar Pfund Speck brauchen kann, dann kann sie sich's holen lassen, wir haben genug." So hatte die alte Frau Ottsen zehn Pfund Speck verschenkt. Oder der Alte hatte zum Tagelöhner Thomsen gesagt: „Du kannst dir gerne ein paar Tausend Torf auf meinem Moor streichen, wie voriges Jahr, aber ich verlange, daß du jedes Jahr vorher zu mir kommst und darum bittest. Verstanden?" - Das war die alte Bauernart gewesen.

Das war alles anders geworden. Peter Ottsen war nach unten hin knickerig, aber nach oben ging das Geld mit vollen Händen fort. In der Küche und der Meierei ging's „wie es best' konnte", seit die Mutter auf der Abnahme saß und nicht mehr hineinreden durfte. Die junge Frau verstand nichts und konnte auch keine tüchtigen Wirtschafterinnen halten. Ein Kind war geboren, ein schwächliches und kümmerliches Ding, wie sie früher nie auf Schnarstruphof zur Welt gekommen waren. Eine Amme wurde beschafft, das war in der Gegend etwas Ungewöhnliches. Jede Mutter nährte selbst ihr Kind, und unter dem Dach dieses alten Bauern-Herrenhofes hatte noch jeder Säugling den Bauernstolz mit der Muttermilch eingesogen. Das neue Geschlecht hatte keine Kraft dazu in sich. Fremden Dienstleuten mußte man den Stammhalter von Schnarstruphof an die Brust legen. Die alte Frau Ottsen hatte auch selbst ihren Erstgeborenen in Schlaf gesummt und mit dem Fuß die Wiege bewegt, während die fleißigen Finger seine Strümpfchen strickten; nun mußte ein Kinderfräulein aus der Stadt dies besorgen. Die Mutter war nicht gleichgültig gegen ihr eigen Fleisch und Blut. Sie liebte ihr Kindchen zärtlich, aber all diese Plichten und Arbeiten konnte sie doch nicht selbst übernehmen, dazu hatte man ja die Leute. –

Das alles und noch manches mehr erfuhr nun auch Hans Thordsen von Matthies Schuster, als er ihm ein paar Stiefel zum Besohlen brachte. Der Unglücksrabe schloß seine Erzählungen: „Der jetzt Herr hier ist, geht noch mal von Schnarstruphof auf hölzernen Töffeln, und was die gnädige Frau ist, die kann dann froh sein, wenn sie 'ne Stelle als Kinnerdeern kriegt. Das sag' ich. Aber sag' ja nichts nach, Hans Thordsen, denn sonst verliere ich die Arbeit am Hof." – –

Am nächsten Tage erfuhr Hans Thordsen vom Lotsen Matthiesen, daß von Flensburg die Bark „Dronning Marie" in kürzester Zeit nach Glasgow aussegeln sollte, daß aber noch ein zweiter Steuermann fehle. Sofort telegraphierte er nach Hamburg, daß man seine Seekiste nach Flensburg senden sollte. Diesmal machte er seinen Weg dahin ganz allein, nur die Fischer, die am Wege standen und ihre Netze an die Stangen hingen, riefen ihm ein: „Glückliche Reis'!" nach, und Schmied Bustedt trat vor die Tür, um ihm zum Abschied die Hand zu schütteln, sonst quälte sich keiner darum, ob er kam oder ging. Er fühlte sich denn auch erst richtig wohl, als er wieder Decksplanken unter den Füßen hatte.

Wegen der schleunigen Zurüstung und Abreise hatte er aber gar nicht Zeit gefunden, Meta Norgaardt Nachricht zu geben. Als er eines Abends wirklich schreiben wollte, kam er über die Anrede: „Liebe Meta!" nicht hinaus. Das machte ihn schon unsicher. Er riß daher den Briefbogen in Fetzen und verschob die Angelegenheit, die immerhin mit etwas Vorsicht besorgt sein wollte, auf gelegenere Zeit.

Einige Wochen später hatte Hans Thordsen allerdings Zeit genug zum Schreiben, er schrieb also an Meta Norgaardt, daß es auf Schnarstruphof nicht zum Besten stände, es würde toll dort gewirtschaftet, aber immerhin glaube er, daß ein solcher Hof nicht so schnell verlottert und durch die Kehle gejagt werden könne, als sie vielleicht glaube. Es werde auch viel geschnackt, was nicht wahr sei, usw.

Nach einiger Zeit erhielt er den Brief zurück. Hinten darauf war vermerkt: „Adressatin verzogen. Wohin, unbekannt."

Eines Tages war nämlich zur Zeit der Abenddämmerung ein unheimlicher Gast eingekehrt in den engen Hof, wo Meta Norgaardt wohnte. Er war unmerklich die steilen Treppen hinaufgeschlichen und hatte Eingang gefunden in die ärmlichen Wohnungen. Niemand wußte, woher er kam, niemand hatte ihn gesehen und gehört. Aber er war im Hause gewesen. Bald klagten hier und da die Kinderlein, daß ihnen der Hals weh täte. In der nächsten Nacht aber kniete Meta an dem Lager ihres Kleinen und strich mit Sorge über sein heißes, verschwollenes Gesichtchen. Drei Tage darauf stolperte ein Mann in abgetragenem schwarzen Anzug mit einem altmodischen, breitkrempigen Zylinder auf dem Haupte die Treppen hinunter und ging langsamen Schrittes über den Hof auf die Straße. Er trug an einem Riemen, quer vor der Brust, ein schwarzes Kistlein. Darauf lag ein grüner Tannenkranz, und darin lag im weißen Linnenhemdlein Meta Norgaardts Kind.

„Es ist ein Glück für sie und das Kleine", sagte eine der Frauen, die auf dem Hofe standen.

„Ja, nun ist sie die Last los", meinte die andere.

„Die Alimente auch!" brummte die bissige Alte aus dem Nebenhause.

„Schämen Sie sich!" riefen drei oder vier Stimmen.

„Das habe ich nicht nötig, ich sag' nur, was recht ist."

Da war der Streit im Gange. Die aber, deren Ehre angegriffen und verteidigt wurde, ging gesenkten Hauptes ganz allein hinter dem Leichenträger her, und ihre Augen waren voller Tränen. – Je elender und je liebebedürftiger ein Kind ist, desto größer und stärker wird die Liebe der Mutter, desto herber ist der Schmerz, wenn alle Sorge und Pflege, alles Nachtwachen und Beten das Fünklein Gottesleben in dem schwächlichen Erdenleibe nicht zurückzuhalten vermochte!

In der Abenddämmerung kam sie wieder zurück vom Altonaer Kirchhofe und schlich sich hinauf in ihr kleines dunkles Hinterstübchen. Unten im Hofe lärmten noch die Kinder, ihr Rufen und Lachen drang zu ihr hinauf; drinnen aber war es stille, ganz stille. Das Bettchen, das in der Ecke stand, war leer. Nun hatte sie nichts mehr auf der Welt, an dem ihr Sehnen und ihre Seele einen Halt finden konnten. – Sie hatte das brennende Verlangen gehabt, sich emporzuschwingen, hinaus aus dem grauen Nebel der Sorge und Schande, hoch auf zur Sonne. Wie tief war sie niedergeschmettert worden ins ödeste Dunkel des Lebens! Aber ein schmaler Sonnenstreifen war ihr doch nach ihrem schwersten Fall immer noch geblieben, der hatte ihren Lebenspfad noch so weit erhellt, daß sie nicht strauchelte und versank! Nun war auch der erloschen, nun war es dunkel rings umher!

Sie hörte vom nahen St. Pauli-Kirchturm die Uhr sieben schlagen. Man hatte schon vorgestern nach ihr geschickt, sie müsse zum Singen kommen, und gestern war wieder jemand bei ihrer Wirtin gewesen. Man wußte dort nicht, was für Pflichten und Sorgen sie hatte. Das hatte sie aus guten Gründen verschwiegen. Sie hörte Schritte auf der Treppe und horchte. Gleich würde wohl wieder ein Bote kommen oder die Frau Direktorin selber. Was sollte sie sagen? – Bittere Gedanken kamen, und wechselnde Bilder stiegen auf von der Seele des vor Aufregung und Nachtwachen fiebernden Weibes. Nun war die Sorge um das kränkliche Kind von ihr genommen, aber auch alle Freude. – Nun stand sie alleine. Keinem Menschen auf der weiten Welt war sie Rechenschaft und Verantwortung schuldig, für die Heimat war sie tot, und niemand ging es etwas an, was aus ihr wurde. Und Gott? – Hatte er ihr nicht die frischen Farben und eine blühende Gestalt gegeben! – Warum schmückte er sie mit dem Glanz der rotgoldenen Haare? Warum legte er Feuer in ihren Blick und heißes Verlangen in ihren Busen? –

Sie zündete Licht an, zog einen Schlüssel aus der Tasche und ging an den Schrank. Da hing das Samtmieder und das seidene Röckchen, und am Boden standen die hohen, vielknöpfigen Stiefel mit den zierlichen Absätzen. Sie nahm mit unsicherer Hand und irrem Lächeln die Sachen heraus und legte sie auf den Tisch. „Sie glauben doch alle, daß ich so bin, warum soll ich nicht so sein? – Frisch hinein in den Schmutz, desto eher kommt man hindurch! – Sie machen's alle so, die hindurch wollen. – Ich bin ein Narr. – Ich bin zaghaft, darum ging das Glück an mir vorbei." – In kurzen abgerissenen Sätzen stieß sie das hervor. Dann nahm sie das Licht und trat an den Spiegel. „Bin ich nicht schön? – Man hat mir das doch oft genug gesagt." Sie machte ihr Haar los. In langen, welligen Strähnen fiel es ihr über die Schultern und den wogenden Busen. Mit nervöser Hast ordnete sie es, ihre Finger zitterten, ihre Gedanken irrten umher. Es war ihr selbst nicht klar, was sie wollte. – Nur nicht denken und grübeln, nur nicht länger leiden und stillhalten müssen!

Etwas Entscheidendes, etwas, das ihren Gedanken eine andere Richtung gab, mußte sie tun.

Als sie die dicken Flechten festgesteckt hatte, zog sie die Kommodenschublade auf, da lagen oben ein Paar lange, hellseidene Strümpfe, dicht daneben ein Paar verwaschene Kindersocken und ein verflicktes Kinderhemdchen. – Die ausgestreckte Hand sank ihr schlaff zurück. Dann nahm sie die Kinderstrümpfe heraus. Ihre Knie zitterten, vor den überwachten Augen flimmerte und flackerte das Licht, schwer stützten sich ihre Hände auf die knarrende Schublade, dann sank sie nieder auf den Fußboden und weinte. – Sie weinte, wie nur eine Mutter weinen kann um ihr einziges Kind.

Ihre bitteren Tränen netzten den Nachlaß des kleinen Toten. Ihre Gedanken aber flogen hinweg über die Dächer Altonas und weiterhin über die Wiesen am Diebsteich; sie eilten vorüber an herrlichen Marmordenksteinen und hohen Taxusbäumen bis an die äußerste Ecke des Kirchhofes. Dort, wo die vielen einfachen, schwarzen Kreuzlein stehen, flogen sie umher und fanden ein kaum zugeworfenes kleines Grab.

„Ganz allein liegt Klein-Peter da, so ganz allein auf dem großen, dunklen Kirchhof." Sie sprach es schluchzend vor sich hin und richtete sich auf. Die Uhr am St. Pauli-Kirchturm schlug vier helle Schläge und dann acht volle, laute dahinter. Sie zählte ohne zu denken. Da fiel ihr ein, daß die Direktorin gleich kommen könne, um sie zu holen, und sie schauderte zusammen. Hastig sprang sie auf, schob die Kommodenschublade zu, warf ihren Mantel um, setzte den Hut auf und eilte die Treppe hinunter. Sie hörte noch, daß eine Frauenstimme ihr etwas nachrief:

„Was soll ich?" fragte sie hinauf.

Ihre Nachbarin, eine arme Frau, die mit ihrem Mann einst bessere Tage gesehen hatte, rief ihr über das Treppengeländer zu: „Fräulein Norgaardt, trinken Sie doch 'ne Tasse Kaffee mit uns. Ick heff grad 'n bäten warm makt. Se hebbt den ganzen Dag nix Warmes hatt, dat geiht jo doch nich." – „Välen Dank! Ick kann nich, välen Dank ok!" fort war sie. In ihrem zermarterten Hirn fand in dieser Stunde nur noch der eine Gedanke Raum: Ihr Klein-Peter lag drüben in der kalten Erde allein, so ganz allein!

Sie fand das Kirchhofstor geschlossen. Das hinderte sie nicht. Hinten auf der Exerzierweide ging sie durch den Drahtzaun und über die Dornhecke, sie stolperte im Halbdunkel über die Gräber hinweg, aber der Mond leuchtete genug, daß sie in der Stadt der Toten das viereckige Fleckchen finden konnte, wo ihr Klein-Peter so ganz allein lag.

Der Wind strich durch die dichten Kronen der Taxus und durch die Wand der Rhododendron, die sich scharf von der grauen Fläche abhoben, er spielte mit den welken Blättern, den knisternden Papierblumen und den flatternden Bändern der Kränze, die auf den Gräbern lagen. Sie lauschte den Stimmen, aber sie fürchtete sich nicht. Andere Lieder als einst im Dorngestrüpp der Birk raunte ihr hier der Wind ins Ohr. Er kühlte ihre brennende Stirn und sang eine eintönige Weise vom Leid der Armen, von getäuschter Hoffnung, von unverstandenem Weh der Geächteten und Verkannten.

Er ließ auch Saiten in ihrer Seele wieder erklingen, die Haß und Rachsucht und im Dunkeln geil aufgeschossene Ehrfurcht überspannt und verstimmt hatten. Regungen und Gedanken sind an diesem Spätabend durch ihr Herz gegangen, die sonst nur schüchtern an die Tür geklopft hatten. Sie fanden nicht eine wohlbereitete Stätte, aber sie rangen mit den trotzigen Gewalten, die das Menschenherz in den Tagen der Leidenschaften blenden. Das Glück macht den Menschen kurzsichtig und taub, im Leid wird er weitsehend und hellhörig. – –

Am nächsten Morgen in der Frühe packte Meta Norgaardt ihre Sachen in einen großen, weidengeflochtenen Reisekorb. Die seidenen Strümpfe und langen Knopfstiefel, ein grellbuntes Mieder und ein kurzer Rock kamen zuerst hinein, ganz unten; darüber breitete sie dicht und fest den alten Mantel, den sie getragen hatte in der Nacht, als sie vom Schnarstruphof flüchtete. Dann kamen ihre anderen Sachen, und in einem besonderen Kasten die Hemden und Kleidchen, die der kleine Peter noch nicht ganz verschlissen hatte. Auch der Wagen aus Garnröllchen, den sie ihm gemacht, und an dem er seine ersten Zähnchen probiert hatte, kam mit. Alles was ihr gehörte, packte sie ein, drückte den Deckel fest zu und legte zwei Vorhängeschlösser vor den Riegel. Am Nachmittag holte ein Mann den Korb ab. Bald nachher kam Meta und verabschiedete sich von ihren nächsten Nachbarn. Sie wolle sich etwas anderes suchen. Was und wo, das erfuhr niemand. In den nächsten Tagen sprach man noch oft von ihr auf den Treppen und Vorplätzen, die eine meinte, ein schwerreicher alter Herr habe sich in sie verliebt und wolle sie heiraten. Da lachten andere höhnisch. Bald hieß es, sie sei mit einer Sängergesellschaft nach Amsterdam gegangen, am Venloer Bahnhof habe man sie in einen Wagen vierter Güte steigen sehen. Gewisses wußte keiner, desto mehr wurde geredet. Als bald darauf ein Briefträger einen Brief von Hans Thordsen, der aus England kam, für Meta Norgaardt abgeben wollte, da mußte er ihn als unbestellbar wieder mitnehmen.

Als die „Dronning Marie" im Belt lag, hingen ihre Segel schlaff an den Stengen, und spiegelblank lag die See. Im Kattegat drehte sich der Wind und brachte das Schiff schnell nach Skagen. Als man dann ins Skagerrak kam und nach der Nordspitze Schottlands zuhielt, mußte man schon die Marssegel reffen; ein starker Sturm kam vom Atlantik herüber.

Es war in der nächstfolgenden Nacht, kurz bevor Hans Thordsens Wache zu Ende war, als eine gewaltige Sturzsee über die Schanzkleidung und das Deck hinwegschlug. Ein schweres Wasserfaß, das nicht ordentlich festlag, wurde losgerissen und traf Hans Thordsen so unglücklich, daß er hinstürzte und sich nicht wieder aufrichten konnte. Man trug ihn in die Koje, und hier stellte der Kapitän fest, daß das linke Bein oben am Hüftgelenk verrenkt oder gebrochen sei. Da lag er nun hilflos und elend. Alle Mann hatten an Deck zu tun, nur ein Junge blieb bei ihm und machte kalte Umschläge. Über ihm die schweren Schritte der Matrosen, die kurzen Kommandorufe und Pfiffe des Kapitäns und der Steuerleute, das Knattern und Klatschen der Segel; um ihn herum das Brüllen des Sturmes und der Wellen, das Knarren und Ächzen des Schiffes, in ihm der Schmerz und das trostlose Gefühl der Untätigkeit. Vier Tage und Nächte kämpften sie. Die Leute oben an Deck kämpften um Schiff und Leben, Hans Thordsen unten auf seinem Lager mit Fieberschauern und Schmerzen.

Als sie sich der Clyde näherten, signalisierte Kapitän Hansen einen Dampfer heran, der nahm den Verletzten an Bord und brachte ihn nach Glasgow. Am anderen Morgen kam er ins Krankenhaus, es war höchste Zeit! Tagelang lag Hans Thordsen hier in Fieberphantasien. Er kämpfte dann einen erbitterten Kampf mit Peter Ottsen. Wenn er aufspringen und den Gegner mit der Eisenfaust an der Gurgel packen wollte, dann wich dieser zurück; er aber konnte nicht folgen, denn er hatte nur noch e i n Bein. Peter Ottsen hatte einen langen weißen, leinenen Rock an; jeden Morgen und jeden Nachmittag kam er und beugte sich über sein Bett. Und dann war noch jemand da. Ein Mädchen war es. Sie wachte an seinem Lager wie Meta Norgaardt damals, auf Schnarstruphof. Aber sie hatte nicht mehr so krause rote Haare. Glatt und glänzendschwarz schmiegten sie sich der weißen, schmalen Stirn an, eine schneeweiße Haube überdeckte den Scheitel. – Und sie war nicht Peter Ottsens Frau, sie war immer noch Meta Norgaardt. Sie ging ab und zu mit leisen Schritten, sie kühlte seine brennende Stirn und flößte ihm Speise und Trank ein. – – Eines Morgens, als er nach dem langen, schweren Kampfe der endlosen

Nacht die müden Blicke an die Decke richtete, beugte sich die weiße Haube wieder über ihn; er sah ein freundliches Gesicht mit zwei stillen, dunklen Augen. Das war nicht Meta Norgaardt! – Ein Lächeln flog über die Züge der Pflegerin. Sie wusch sein Gesicht mit kühlem Wasser, glättete sein Haar und brachte ihm Milch und Brot. Da erst wurde es ihm klar, wo er sich befand, und es dämmerte nach und nach die Erinnerung auf das, was mit ihm geschehen war.

Vier Wochen lag der deutsche Seemann in dem englischen Hospital. Er erfuhr, daß der Arzt anfangs eine Operation für nötig gehalten hatte. Um das Leben des Mannes zu retten, sollte das Bein geopfert werden. Seine kräftige Natur und die Fürbitte der Pflegerin aber hatten den Sieg über das Messer der Ärzte davongetragen. Er behielt sein Bein, aber es war ihm wie abgestorben und blieb steif im Hüftgelenk.

„Es wird besser werden!" tröstete ihn das stille, freundliche Mädchen, als er zum ersten Male wieder zu gehen versuchte. Ohne Krücke ging es nicht, und er konnte sich gar nicht an das ungewohnte Werkzeug gewöhnen.

So saß er nun im Hospitalgarten auf der Bank, weit von der Heimat, wie ein havariertes Schiff auf der Klippe. Und würde er jemals wieder hinaus können auf die See? – Würde er nicht ein Krüppel bleiben? – Er hatte den Arzt gefragt, der hatte mit der Achsel gezuckt und von „Geduld" geredet; dann war er seines Weges gegangen. Sie aber hatte ihm mit wehmütigem Lächeln die Hand gereicht. Da war Hans Thordsen das Blut in das blasse Gesicht gestiegen. War es das erste Anzeichen der wiederkehrenden Jugendkraft oder war es Dankbarkeit, die aus seinem Herzen emporwallte?

Käte Bruce war eine freiwillige Pflegerin, die nur vorübergehend im Seemannskrankenhause zu Glasgow war. Der blonde deutsche Seemann war der erste, dem ihre Pflege und ihre Sorge galt. Sie hatte an seinem Lager gewacht und gebetet, gezagt und gehofft; sie hatte gesehen, wie der Tod seine Hand nach einem frischen, jungen Leben ausstreckte. Eine Eiche war vom Sturm zerspellt, ein Menschenleben voller Kraft und Energie war mit einem Schlage geknickt, ein kräftiger Mann war zum Krüppel geworden! Tiefes Mitleid hatte sie erfaßt, als er in Fieberphantasien kämpfte. Mitleid und Liebe wohnen in einem unberührten Frauenherzen nahe zusammen.

Im Laufe seiner Seemannsjahre hatte Hans Thordsen etwas Schiffsenglisch gelernt, das allerdings wenig Handhabe für den Verkehr mit seiner Pflegerin bot. Es bewegte sich auf einem ganz anderen Gebiet, aber sie verstand ihn doch. Die Sprache der Augen ist übrigens überall die gleiche, sie ist weit ausgebildeter als das Wort des Mundes; eine flüchtige Berührung der Hände sagt oft mehr als eine lange Rede. So spinnen sich aus Blicken und Gedanken die zartesten Fäden.

Ende August war es, als Hans Thordsen durch den deutschen Konsul von der Reederei der „Dronning Marie" seine rückständige Heuer und eine nicht unbedeutende Entschädigung erhielt. Es war manches in schlechtem Zustand an Bord gewesen, so daß der Kapitän vor dem Seeamt eben mit einem blauen Auge davonkam. Aber mit dem Gelde konnte Hans Thordsen sich keine gesunden Glieder kaufen. Er ging jetzt nicht mehr an der Krücke, sondern nur noch am Stock, aber das linke Bein war schwach und steif geblieben. Zum Steuermann taugte er nicht mehr. Das war hart!

Um diese Zeit kam Käte Bruces Vater nach Glasgow, er wollte seine Tochter heimholen, zuvor aber noch einige geschäftliche Angelegenheiten in der Stadt erledigen. Tom Bruce betrieb eine Ackerwirtschaft und Gärtnerei in Aberfoyle, dem Endpunkt der Eisenbahn, von wo man die Trofsachs, eine der schönsten Gegenden des schottischen Hochlandes besucht. Der biedere Schotte war bald bekannt mit dem deutschen Seemann und fand an ihm Gefallen. So gut es ging, begleitete Hans Thordsen ihn auf seinen Ausgängen in Glasgow, und als der Abschiedstag heranrückte, lud der Schotte den Angliter ein, das Land von „Rob Roy" und der „Lady of the Lake" zu besuchen und dann erst heimzukehren. Als er das sagte, schaute ihn Käte mit ihren klaren, ernsten Augen an, und er las in ihrem Blicke den Wunsch, die Trennung hinauszuschieben. – Am nächsten Tage fuhren sie zusammen ab.

Es sind bequeme Wege dort im Seengebiet, und die Berge lassen sich ohne große Mühe und Gefahren besteigen. Für den Sohn des Schleswig-Holsteinischen Flachlandes war das Hochland eine neue, wunderbare Welt. Wohl hatte er, von der See aus, an Südamerikas Küste himmelanragende Gebirgsriesen gesehen, wohl hatte er in Norwegens Fjorden hinaufgeschaut zu den schneebedeckten Firnen, die mit schimmerndem Weiß die höchsten, aus blauer Flut aufreckenden Felsen krönen; noch nie aber hatte sein Fuß solch Gebiet betreten.

Auf vierspännigen und vielsitzigen Mail-coaches machen die Reisenden aller Herren Länder gewöhnlich die vorschriftsmäßige Reise: Aberfoyle-Trossachs-Callander, oder sie fahren von Trossachs auf dem herrlichen See Loch Katrine gen Stronachlachar. Gemächlich auf einem Bauernwäglein fuhr an einem schönen Morgen Tom Bruce mit seinem Gast und seiner Tochter von Aberfoyle der aufgehenden Sonne entgegen, um über Thornhill das Seengebiet zu erreichen.

Das goldene Morgenlicht lag auf den Höhen von Stirling, es blitzte in den Fensterscheiben des mächtigen Schlosses. Finster und trotzig ragte das alte Gemäuer empor auf der steilen, rötlichen Felsenwand; ein Wahrzeichen alter schottischer Kraft und Wehrhaftigkeit. Südlich davon dehnten sich grüne Felder aus. Der Alte hielt auf einer Anhöhe den Wagen an und zeigte hinüber nach dem Schlachtfeld von Bannockburn.

„Vor mehr als fünfhundert Jahren", sprach er, „schlug dort einer meiner Vorfahren in blutiger Schlacht die Engländer aufs Haupt. Er erstritt die Unabhängigkeit Schottlands und trieb die Feinde aus dem Lande."

„Wer war das?" fragte Hans Thordsen.

„Ein schottischer König!" antwortete stolz der Alte. „Robert Bruce hieß er. Auf dem Platz vor Stirling-Castle steht sein Denkmal."

Der Alte mit den verwitterten Zügen und dem arbeitsgebeugten Rücken schien Hans Thordsen wenig Königliches an sich zu haben, aber als sein Blick über das edle Gesicht der Tochter glitt, die sinnend in die Ferne schaute, da schien ihm des Alten Rede wohl glaubhaft. Er wußte nichts von der Eigentümlichkeit so mancher Bewohner dieses Landes, die von dahingeschwundener Größe zehren. Auf diesem Boden wurden viele edle Geschlechter ausgetilgt oder von ihrer Höhe gestürzt; ihre Nachkommen hausen nun zwischen den Trümmern ihrer

Stammsitze und suchen dem harten, steinigen Boden ihr kärgliches Brot abzugewinnen.

„Dann sind Sie eine Königstochter, Käte", sagte Hans Thordsen nach einer Weile des Stillschweigens. Es sollte leicht scherzend klingen, doch floß etwas wie scheue Bewunderung in den Klang seiner Stimme.

Sie lächelte und sprach: „Wenn ich es wirklich wäre, wie mein Vater meint, so nützte es mir doch nichts. Was ist aus den schönen Frauen geworden, die einst von jenen Mauern von ‚The Queens lookout', hinabschauten? Sie und die stolzen Ritter, die in des Königs Garten ihre Tourniere und Waffenspiele abhielten, glaubten, um sie drehe sich die Welt. Staub und Asche von ihnen sind längst vergangen, aber manche üble Tat lebt heute noch fort im Munde des Volkes."

„Manche gute auch, Mädchen!" warf der Alte ein. Sie hörte nicht darauf. – „Herrisch und stolz sind die Herren dieses Landes immer gewesen", fuhr sie fort. „Mit Blut haben sie ihre Namen in die Bücher der Geschichte geschrieben. Das hat nicht verhindern können, daß sie ausgetilgt wurden aus der Liste der Herrscher und daß ihre Nachkommen Pächter und Knechte geworden sind der Engländer."

„Leider Gottes", seufzte Tom Bruce. „Man hat uns entrechtet und unterdrückt."

„Und doch hat Gott es gewollt", fuhr sie fort, daß unser Volk es lernte, den trotzigen Nacken zu beugen. Der Engländer war nüchtern und schlau, unser Volk war kühn und tapfer, doch Trunk und Zügellosigkeit verdarben viel. So ist es immer noch. In Glasgow könnt ihr es sehen." Und sie erzählte von den Arbeitern, die am Sonnabend in den Schenken ein- und ausgehen und spät in der Nacht betrunken nach Hause wanken. Auch von Frauen sprach sie, die sinnlos berauscht dem Pöpel zum Spott und zur Belustigung dienen. Hans Thordsen glitt ein hartes Schimpfwort über die Lippen. Sie sah ihn an, eine tiefe Falte stand ihr zwischen den dunklen Augenbrauen und sie sagte: „Es sind arme, bedauernswerte Geschöpfe! Was für eine Erziehung haben sie meistens gehabt! Wie viel Menschen- und Männerschlechtigkeit, Not und Elend ging oft vorher, ehe sie so weit kamen."

Da mußte Hans Thordsen unwillkürlich an den „Birkfuchs" denken. - Was war aus ihr wohl geworden? Und wie ganz anders war hier dies Mädchen! - Sie war eine werktätige Christin. Ihr ernstes Wesen hatte ihn angezogen, aber er fühlte sich ihr gegenüber so klein und unbeholfen! - Sie sprach so klug und sinnig, und er wußte gar nichts darauf zu sagen. Er hatte lange dankbar zu ihr aufgeschaut, sie war ihm zuerst eine Helferin geworden, dann aber sah er sie über sich emporwachsen. Er selbst wurde immer kleiner. Daß er ihre Sprache nur mangelhaft beherrschte, trug auch dazu bei, seine Unbeholfenheit zu vermehren. Wenn er sich im Ausdruck vergriff, dann pflegte der Alte dröhnend zu lachen, auch um Kätes Lippen zuckte dann zuweilen ein kleiner Spott.

Thornhill lag hinter ihnen, nach Norden ging der Weg.

Hans Thordsen war schweigsam geworden. Seine Augen sahen bunte Bilder vorübergleiten, sie blieben aber nicht haften in seiner Seele. Er dachte an die Heimat und er fing an, sich nach den Angler Knicks und Strohdachhäusern zu sehnen. Auch Käte Bruce schien besonderen Gedanken nachzuhängen. Auf dem halben Wege nach Callander waren sie jetzt, rechts kamen schon die blinkenden Wasser der Teith zwischen grünen Ufern in Sicht, und links schoben sich die Berge in den wunderbarsten Formen dichter zusammen; hier lenkte der Alte in einen schmalen Seitenpfad ein, der sich zwischen zwei Höhenzügen nach oben wand. Vor ihnen erhob sich aus dem grünen Meer der kleineren Hügel und Vorberge ein mit grauen Felstrümmern übersäter Bergwall, gekrönt mit rot glühender Heide. Ganz oben ragte aus der Purpurglut ein grauer, mächtiger Steinblock hervor. Wie eine Burg sah er aus, die das Geschlecht der Riesen einst in diese Wildnis baute. Der Wagen schwankte hin und her auf dem rauhen Pfade. Hans Thordsen hielt das schlanke Mädchen fest. Das gesunde Bein hatte er gegen den Wagenrand gestemmt; fest legte er den Arm um ihren Leib, sie lehnte sich an ihn. -

Der Wagen hält. Links schlängelt sich ein schmaler Fußpfad bis zur Spitze. Der Alte hat noch mit dem Pferde zu tun, er strängt es los und nimmt ihm die Trense ab, damit es von dem langen, feinen Gras fressen kann. Die beiden jungen Leute gehen den steilen und rauhen Pfad aufwärts. Er ist allerdings ein schlechter Weg für Hans Thordsen; da merkt er wieder, daß er ein Krüppel geworden ist, und doch mag er es gerade jetzt nicht merken lassen.

„Eine Liebe ist der anderen wert", sagt Käte Bruce freundlich, jetzt zitterte ihre sonst so ruhige und sichere Stimme. Dann reicht sie ihm die Hand, und nun stützt sie ihn mit ihren Armen, wie sie es getan hat, als er noch im Glasgower Seemannskrankenhause umherging. Keiner von beiden spricht ein Wort.

Eine Viertelstunde steigen sie so bergan, dann macht der Pfad plötzlich eine Schwenkung, und nach einigen Schritten stehen sie in einer Lücke des grauen Steingipfels. Vor ihren Füßen liegt das weite Hochland mit seiner wilden Herrlichkeit und derben Schönheit. Kein Ruhepunkt, keine ebene Fläche bietet sich dem Auge, soweit es auch schweift. Leuchtendes Grün ringsum im Grunde, nur hier und da blitzt wie Silber der Spiegel der Teith aus der Tiefe empor. Wall an Wall, wie die Wellen des Meeres, erst mit breiten Zwischentälern, dann immer enger sich zusammenschiebend, so ziehen die Höhen durchs Land bis an den fernen Horizont. Purpurn schimmern die Gipfel. Nur die Bergriesen, die das Panorama ganz hinten begrenzen, bergen ihre graue Stirn im weißen Wolkenrand. Gewaltige Felsblöcke, rings umhergestreute Steinmassen, mächtige Trümmer reden in ihrer Sprache von einer furchtbaren Katastrophe, die in der Urzeit einer werdenden Welt über dieses Land hereinbrach. Sie reden so gewaltig, daß des Menschen Rede sich nicht hervorwagt. Darüber aber wirft die scheidende Abendsonne ihr goldenes Licht, sie malt hinter den wildgeformten, schroffen Felswänden dunkle Schatten, die fallen langsam über die grüne Fläche und dämpfen das leuchtende Rot der blühenden Heide. Der Abendwind spielt leise mit den langen Farren, die aus dem Spalt der Felswand emporwuchern, und mit den Blättern einer einsamen Birke, die hinter dem grauen Gestein Schutz sucht. Ein Berghuhn streicht mit schwerem Flug am Abhang entlang, dann ist alles wieder still. Keine Menschenstimme, kein Laut von unten durchdringt dies majestätische, das Menschenherz überwältigende Schweigen.

Eine ganze Weile steht Hans Thordsen im Anblick des herrlichen Bildes versunken und vergißt, was um ihn her vorgeht. Durch seine Seele zieht ein Sehnen. – Die grünen Berge, die hochaufgetürmten Felsriesen, die Purpurhöhen und düsteren Talränder des Ben Venue mit seiner grauen, steil abfallenden Wand und dem dunklen mit Wolken gekrönten Haupt gehören einer ihm fremden Welt und einem anderen Volk an. Sie passen zum Charakter der Bewohner dieses Landes, aber in ihm erwecken sie Sehnsucht. Das Bild der Heimat tritt ihm vor die Seele, wie er vom Scheersberg es sah: ein Bild der Arbeit und des Segens. Helle, wogende Kornfelder und dunkle Wiesen, durchzogen von grünen Hecken, breiten sich dort aus bis an den Horizont, dazwischen lugen grau-grüne Strohdächer hervor. Eine Mühle dreht fleißig ihre weißen Flügel im Wind. Eine schlanke Kirchturmspitze deutet wie ein Finger nach oben. Nicht wild zerklüftet und mit rauhem Gestein besät sind die Höhen der Heimat; in sanften Wellenlinien wechseln dort Tal und Hügel, und jeder von ihnen redet vom Fleiß und Schweiß des Landmannes. Nichts Lebendes sieht er hier zwischen den Trümmern einer zerschmetterten Welt, nur drüben am grünen Abhang scheint das graue Gestein sich zu bewegen: eine Schafherde sucht sich ihr Futter zwischen den dunklen Farren und den helleuchtenden Birkenstämmen, man kann sie kaum von den umhergestreuten Felsblöcken unterscheiden. In seinem lieben Angeln sieht man die rotbraunen Kühe im Klee stehen, und kräftige Pferde ziehen den Pflug durchs Ackerland. Über die blaue Flensburger Förde mit ihren kühn geschwungenen Ufern schweift der Blick hinweg, bis zum Meer mit den weißen Wogenkämmen und den von fernher kommenden Schiffen! – – Das Meer, ja, das Meer! – Hans Thordsen ist fern von seiner Ostsee, die den Knaben grüßte und lockte. Das hier ist nicht *sein* Land. Es ist schön, aber es ist ihm fremd und wird ihm fremd bleiben, das fühlt er jetzt. Das Heimweh, das tief im Herzen lag, wurde wach auf Barnock Dun.

Er blickte sich um nach Käte Bruce. Er sieht sie nicht. Er geht um das wild-zerrissene Felsenbollwerk herum, das auf des Berges Spitze vorgebaut ist; einige Schritte nur, dann bleibt er stehen. Dicht an der Felswand auf dem roten Heideteppich kniet das Mädchen mit gefalteten Händen und hat im stillen Gebete sich und die Welt vergessen. Er will zurücktreten, da blickt sie auf. In ihren Augen schimmern Tränen. Das weltliche Rot, das die flüchtig aufsteigende Liebesflamme auf die schmalen Wangen gezaubert hatte, ist gewichen. Ruhig steht sie auf und winkt ihm mit der Hand.

„Ich fühlte die Nähe Gottes", spricht sie, ihre Stimme klingt wieder so klar und fest, wie sonst. „Er rief mich, als ich hier allein stand, und meine Seele hat mit ihm gesprochen." Sie schweigt, als wenn sie von ihm Antwort erwarte.

In ihm ringen zwei Gewalten. Nach einer Weile sagte er leise: „Käte, könnten Sie Ihr Land und Ihr Vaterhaus jemals verlassen und fortziehen übers Meer zu anderen Menschen?"

„Nein." Wie schwer wird ihr das Wort! –

Langsam und schweigend gehen sie dann den rauhen Bergpfad hinab. –

Dem Alten war die Zeit schon lang geworden, das Pferd stand angesträngt vor dem Wagen. Als sie zurückfuhren, war nur der Alte redselig, er erzählte von den Siegen und den Kämpfen, die diese Berge und Täler zum Schauplatz einst hatten.

Zwei Tage darauf reiste Hans Thordsen ab. Auf dem Bahnhof schüttelte Tom Bruce ihm die Hand und versicherte ihm mit vielen herzlichen Worten seine immerwährende Freundschaft. Kätes schmale Hand zitterte in der seinen, und in ihren Augen sah er einen feuchten Schimmer: „Ich werde es nie vergessen, was Sie an mir getan haben, Käte! Der liebe Gott möge es Ihnen lohnen, ich habe es nicht können." – Da flog noch einmal über ihr feines Gesicht ein heller Schein: „Gott sei mit Ihnen!" Er fühlte den Druck ihrer Hand: „Vergessen Sie uns nicht ganz!" – „Nie!" rief er. Dann ruckte die Lokomotive an, und sie entschwand seinen Blicken. – – –

Drei Wochen später wurde es abgemacht, daß Hans Thordsen bei der alten Mutter Braak in Falshöft wohnen und ihres verstorbenen Mannes Boot und Fischernetze übernehmen sollte. Er konnte, so lange sein Bein nicht kräftig war, nicht zur See. Der Arzt hatte zwar gesagt, daß es besser damit werden könnte, und Hans Thordsen hielt an dieser Hoffnung fest, aber bis dahin mußte er etwas anderes anfangen. Als Rentner konnte er von seinem Erbteil und seinen geringen Ersparnissen nicht leben, so mußte er denn erst mal nehmen, was sich bot. Der Winter ging langsam hin. Des Eises wegen waren die Fischer vielfach zur Untätigkeit verbannt, im Frühjahr und Sommer ging der Fang besser und ernährte notdürftig seinen Mann. Das Leben am Strande war so still und gleichmäßig, draußen aber auf der blauen Flut tauchten am Horizont die weißen Segel auf, sie zogen vorüber und verschwanden. – Hans Thordsen sah ihnen sehnsuchtsvoll nach, wenn er in seinem Boote zum Fischen ausfuhr oder am Strandwege seine Netze zum Trocknen aufhing. Er konnte nicht mit. Er war ein Wrack auf trockenem Sande. –

Während dieser Jahre hat Hans Thordsen viel gelesen und manches gelernt, wovon man in Falshöft nichts wußte. Er hielt sich eine Hamburger Zeitung, weil er aus dieser am meisten über Schiffsverkehr und Seeleben ersehen konnte. Er ließ sich auch Bücher kommen, die in der Pommerbyer Schulbibliothek nicht zu haben waren. Er galt etwas unter seinesgleichen, aber doch auch nur unter diesen. Die „Besitzer" bildeten eine Klasse für sich und sahen über den Falshöfter Fischer hinweg. So lebte er ruhig für sich und bildete sich seine eigene Meinung von der Welt und vom Leben.

Niklas Böhm war wieder in der Geltinger Gegend gesehen worden. In Rabenholz hatte er von Haus zu Haus gebettelt, und jeder hatte ihm etwas gegeben; der Arme ein Stück Brot und einen kleinen Schnaps, die Bauern ein Stück Speck oder ein paar Pfennige, – wofür Niklas sich natürlich auch Schnaps kaufte. Man gab's ihm nicht gerne; am liebsten hätte man den Strolch die Tür vor der Nase zugeschlagen oder ihn mit Hunden vom Hofe gehetzt, aber man suchte ihn in gutem loszuwerden, denn das Messer saß ihm lose in der Tasche – so sagte man – und die Strohdächer waren leicht in Brand gesteckt.

Eines Morgens ging Hans Thordsen den Strand entlang nach der Birk, da sah er zwischen dem hohen Strandgras eine dunkle Gestalt liegen. Er ging darauf zu. Zwei listige Augen blitzten ihn an.

„Dag, Niklas!" sagte er.

„Dag!" knurrte es aus dem hochgezogenen Kragen des zerlumpten Rockes hervor.

„Hest du de Nacht hier lägen?"

„Näh!"

Der Faulenzer drehte sich auf die andere Seite. Der Fischer ging weiter. Ein ganzes Stück war er schon fort, da hörte er hinter sich seinen Namen rufen, und als er sich umschaute, sah er Niklas Böhm herankommen. Er blieb stehen.

„Ich wollte noch ein Wort mit dir schnacken", fing Niklas an und lachte spöttisch. „Mir ist heute früh was Putziges passiert, das wollte ich dir mal erzählen."

„Was denn?"

„Ja, aber mein Bett war ein bißchen kalt, hast du nicht erst en kleinen Schnaps für mich?"

„Tut mir leid, habe ich nicht, aber en Stück Brot kannst du kriegen." Er holte sein Vesperbrot aus der Rocktasche.

Der Vagabund biß kräftig hinein.

„Danke brauch' ich bei dir nicht zu sagen", sagte er, mit vollem Munde kauend.

„Nein, das brauchst du nicht, wenn du nicht willst."

„Du bist mir doch noch etwas schuldig."

„Daß ich nicht wüßte."

„Wenn ich damals nicht das Tau gehalten hätte, als Fritz dich aus dem Wasser holte, dann hätten sie dich in dem schwarzen Kasten nach Gelting getragen."

„Kann wohl sein, Niklas, es tut mir leid um Fritz, das kannst du mir glauben."

„So? Na, dann bist du aber der einzige, der so denkt. Der Kappler Gendarm meinte, das wäre noch die beste Stelle, wo ihn die Krähen hätten finden können, dort am Noorgraben. Die Biester hätten sich nur gewundert, daß er kein hänfernes Halsband umgehabt hätte."

Hans Thordsen schüttelte den Kopf.

„Sieh mal da", fuhr Niklas fort und deutete auf ein paar Raben, die am Strande entlang liefen und nach toten Seetieren suchten. „Die beiden Gesellen warten auf mich." Er hob einen Stein auf und warf dicht an den auffliegenden Vögeln vorbei. „Paß mal auf, die kommen mir doch nach. Sieh mal, da machten sie schon den Bogen. Da sitzen sie wieder hinter dem Steinhaufen und lauern. Seit gestern abend sind sie hinter mir her. Die Krähen sind schlau, sie haben gesehen, daß ich Hanf bei mir habe." Er zog eine daumendicke Schnur aus der Hosentasche.

„Was soll das?" fragte sein Begleiter.

„Ach, nichts weiter. Ich habe das Hundeleben satt! - Was sag' ich? - Hundeleben? - Kein Hund hat's so schlecht."

„Warum arbeitest du nicht?"

„Arbeiten? - Den möchte ich mal sehen, der mir Arbeit gibt. Geld zum Schnaps geben sie mir, aber keine Arbeit. Ich habe übrigens auch keine Lust dazu, die Bauern reich machen zu helfen. Aber weißt du, mit der Zeit wird einem das Leben doch schwer, auch wenn man nichts tut. Und da dachte ich gestern nachmittag, ob es nicht besser sei, mich zu verändern. Weißt du, Hans Thordsen, der Pastor macht ja viel Geschichten davon, aber ich glaube, so ganz viel schlechter als hier kann es da drüben für unsereinen auch nicht sein. Da dachte ich gestern abend, ich wollte dahin reisen und mal durch dies Loch kucken." Er hob die Schlinge hoch.

„Aber du hast es doch nicht getan."

„Nein, mir kam was dazwischen."

„Na, dann überleg' dir die Sache noch mal gehörig. Du kannst. -"

„Laß dir erst mal erzählen, wer da kam", unterbrach ihn Niklas Böhm. „Ich war nämlich gestern abend nach der Birk gegangen, denn ich wollte noch die letzte Nacht unter dem alten Dach liegen, unter dem ich auf diese verrückte Welt kam. Die Alten sind tot. Jens Norgaardt ist ja wohl in Amerika. Peter Thiesen wollte mich aber nicht einlassen, und als ich vom roten Hahn sprach, meinte er, ich sollte den Stall man anstecken, wenn ich ins Zuchthaus wolle, ihm gehöre er nicht. Da bin ich denn weiter gegangen, denn seine großen Jungens waren zu Hause, und habe mich hinter einem dichten Dornbusch ins Gras gelegt."

„Das war ein kaltes Lager", warf Hans Thordsen ein.

„Wenn man zwei Zoll Branntwein im Magen stehen hat, dann merkt man das nicht so, aber gegen Morgen wurden mir die Zähne doch schnatterig, da richtete ich mich auf und wollte ein bißchen Öl auf die Lampe gießen. Ich kriegte aber gar nicht mal die Flasche hoch, so verwunderte ich mich! – Und was meinst du, was ich sah?" –

„Das kann ich doch nicht wissen."

„Näh, das kannst du nicht mal raten. – Ich sah da ungefähr hundert Schritt vor mir zwischen den Büschen den Birkfuchs umherschleichen."

„Mensch, das ist ja Unsinn!"

„Wenn ich's dir sage! Einen Augenblick war's nur, daß ich sie sah. Dann verschwand der rote Kopf in den Büschen. Ich war selbst ganz baff."

„Unsinn! Die hat hier nichts mehr zu suchen."

„Der Teufel soll mich holen auf der Stelle, wenn's nicht wahr ist."

„Wo ist sie denn geblieben?"

„Weg! Verschwunden!"

„Das ist erst recht nicht möglich."

„Warum nicht? In den dichten Eichenbüschen kann sie einem schon aus den Augen kommen. Und dann war der Birkfuchs immer höllisch flink. Ich suchte an der Seite nach bis zur Birkkate hin. Sie wird aber nach Birknack zu ausgerissen sein."

„Das kann gar nicht angehen. Mensch, du hast zu viel Schnaps gesoffen und hast dann allerlei Gespenster gesehen."

„Gespenster?" – Der Vagabund stieß ein rauhes Gelächter aus. „Du meinst, ich hätte das Delirium gehabt. Näh, Hans Thordsen, das kenn' ich ganz genau, das war's nicht."

„Ach, geh los mit deinem Lügenkram." Verächtlich wandte sich der Fischer ab und ging an den Strand. Der andere aber blieb ihm dicht auf den Hacken und erzählte weiter: „In Kappeln war es, da hab' ich's mal gehabt. Da wachte ich eines Morgens auf und sah schwedische Gardinen vorm Fenster. Da wußte ich es, ich war im Loch. Wie ich hereingekommen war, das wußte ich aber nicht. Alle Knochen taten mir weh, ich hatte wohl Prügel gekriegt; im Schädel hämmerte und sägte es umher, als wenn's für Akkord ging. Wie ich nun so lag und grübelte, wo ich gewesen war, da sah ich auf einmal, daß da vom Fenster aus 'ne Eisenstange sich reckte und ringelte. Immer länger wurde sie, wie 'ne Schlange, aber sie hatte 'nen Kopf wie 'ne Ratte. Ich sah das ganz genau. Sie guckte mich an mit ihren kleinen, wütenden Augen und zeigte die spitzen, ganz langen Zähne. Auf einmal schlägt ihr die helle Flamme aus den Nüstern. Mit dem Strahl brennt sie ein Loch in die Bretter. Ich sah es brennen und rauchen. Dann piepst es und schreit es, und heraus kommen Ratten und immer mehr Ratten. Sie kommen auf mich los, eine hinter der anderen, und springen mir ins Gesicht. – Ja, ja, Hans Thordsen, so war es. Sie bissen mich in die Lippen und schnappten nach meinen Augen. Da brüllte ich, was ich konnte. Aber kein Mensch kam. Ich wollte um mich schlagen, da packte mich aber jemand von hinten mit langen Krallen in den Hals. Ich jammerte und heulte, bis mir die Stimme wegblieb. Immer fester drückten die langen Klauen meine Kehle zu. Vor den Augen sah ich glühende Funken umhertanzen, und vor mir saßen Ratten, schwarze und rote Ratten, mit langen Schwänzen und grimmigen Schnauzen. Die waren so schwer, daß sie mir die Brust eindrückten. Da kam mir auf einmal in den Sinn, ich müßte beten. Ich wußte aber nichts. Auch das Vaterunser kannte ich nicht mehr. Nichts – gar nichts! – Nur ein ganz kleines Kindergebet fiel mir zuletzt ein, ich kann's nun auch nicht mehr, das babbelte ich immerzu. Was dann kam, weiß ich nicht. Sie haben mich ins Krankenhaus gebracht und sagten nachher, ich hätte Delirium gehabt. – – Aber heute morgen, da habe ich ganz klar gesehen. Das waren keine Ratten, das war der Birkfuchs, und um den Kopf hatte sie ein graues Tuch."

Durch Hans Thordsens Kopf gingen allerlei Gedanken. Sollte sie wirklich hierher gekommen sein, um die Auskunft zu holen, die er ihr damals vor Jahren hatte geben wollen? Was sollte ihr die nützen? Was trieb sie überhaupt hierher, war es die Liebe oder der Haß? Oder gab es noch eine andere Triebfeder? Vielleicht ging es ihr wie diesem Geächteten an seiner

Seite, der müde war, sich hetzen zu lassen. Vielleicht war sie elend und lebensverzagt, krank und verdorben zurückgekommen, um dort ins dichte Dornengestrüpp der Birk zu kriechen und zu verenden, wie das todwunde Tier des Waldes?! – Als dieser Gedanke ihm kam, fühlte er ein stechendes Weh in der Brust. Da empfand er auch mit dem Geächteten an seiner Seite Mitleid. „Du sagtest vorhin, ich sei dir noch etwas schuldig, Niklas", fing er an. Sein Begleiter schaute mit rotunterlaufenen Augen fragend zu ihm auf. „Ich will dir mal was sagen", fuhr Hans Thordsen fort. „Du willst die Bauern nicht reich machen helfen, aber vielleicht willst du es mal versuchen, für dich selbst zu arbeiten."

„So ganz schlimm verlegen bin ich ums Arbeiten ja nie gewesen", grinste Niklas, „aber ich kann's ja mal versuchen. Was denn?"

„Du kannst mit mir zusammen fischen."

„Ist das dein Ernst?"

„Ja. Aber du mußt erst rein sein." Er sah den Struwelkopf mit hochgerunzelter Stirn an. Niklas verstand ihn nicht ganz, er sah an seinem blanken, schwarzen Rock hinunter, den früher wohl ein Pastor oder ein Schulmeister getragen hatte, und meinte, indem er mit den Händen ihn abklopfte: „Ja, da sitzen noch die Federn von meinem Bett am Rock. Aber 'ne Bürste hab ich nicht, sonst hätte ich sie abgebürstet."

„Die Federn meine ich nicht, ich meine die Bienen", sagte der Fischer trocken, und griff sich mit einer bezeichnenden Handbewegung hinter den Rockkragen.

„Keine Angst", lachte Niklas. „Ich komme ja eben aus Nummer Sicher, da lebt so was nicht. Da haben sie meinen Rock beim Auskochen ganz verdorben. Und das war ein feiner Rock, hat dem Pastor in Töstrup gehört." Mit Bedauern hob er die zerknitterten, bräunlich-schwarzen Schöße hoch.

„Sooo?" – Etwas langgedehnt und fragend kam es heraus bei Hans Thordsen.

„Du denkst natürlich gleich, ich hätte ihn gezottelt. Das stimmt nicht. Geschenkt hat er mir ihn", verteidigte sich der Strolch.

„Das Saufen hört aber auf, wenn du mit mir zusammen arbeitest."

„Ab und an gibt's aber doch en kleinen in der Bottel?"

„Nichts! – Aber ordentliche Kost sollst du haben, dafür will ich sorgen. Wenn du was Rechtes im Magen hast, dann brauchst du keinen Schnaps. Du kannst noch ein ordentlicher Kerl werden, Niklas, wenn du willst."

„Ich hab's schon zuweilen gewollt, aber es ging nicht lange. Weißt du, Hans Thordsen, ich bin von klein auf an so hineingewachsen ins Lumpenleben, da kommt man nachher schlecht wieder heraus."

„Versuch's noch mal. Ich will die Schuld abzahlen, die du bei mir zugut hast fürs Tauhalten. Was ich deinem Bruder schuldig bin, kann ich nicht bezahlen, aber es soll dir zugerechnet werden. Willst du? Schlag ein!"

Hans Thordsen hielt ihm die Hand hin. Der andere zögerte noch: „Bist du nicht bange vor mir?"

„Vor dir, Niklas? Näh. Warum sollte ich vor dir bange sein?"

Er richtete sich vor ihm auf und stemmte die großen Arbeitshände in die Hüften: „Ich kann auch im Bösen mit dir fertig werden, aber ich will's im Guten versuchen."

„Was werden die Leute sagen, wenn es heißt: Hans Thordsen fischt zusammen mit dem Spitzbuben Niklas Böhm von der Birk?"

Einen Augenblick flog ein Schatten des Unmuts über Hans Thordsens Gesicht, dann sagte er mit fester Stimme: „Was gehen mich die Leute an? Sie können schnacken, was sie wollen. Ich tue, was ich will! – So, nun frage ich dich aber zum letzten Mal: Willst du? Hier die Hand, schlag ein!"

„Ich will's wahrhaftigen Gott mal versuchen!" Er schlug ein und blickte dabei Hans Thordsen mit eigentümlichem Blick an. Es kam diesem so vor, als ob es in den glasigen Augen des Vagabunden aufleuchtete, als wenn unter dem Staub und Schmutz der Gemeinheit und unter der Asche der zerstörten Willens- und Lebenskraft doch ein Fünkchen jenes guten Geistes schlummere, den die Gottheit noch vor der Geburt jedem Werdenden ins Herz legt.

Die beiden Männer waren während des Gesprächs am Birkhaus vorbeigegangen. Hans Thordsen war noch immer nicht mit sich im klaren über die Geschichte, die Niklas von dem plötzlichen Auftauchen des Birkfuchses erzählt hatte. Hatten die überreizten Sinne dem Trunkenbold das Bild vorgezaubert, oder hatte er es gelogen, um dann bei dieser Gelegenheit um Schnaps zu betteln, oder war etwas Wahres an der Geschichte? Sein scharfes Auge glitt durch die Eichenbüsche, ob nicht zwischen den grünen Blättern ein roter Schein sich zeige. Er schaute den weiten, weißen Strand entlang bis nach Birknack und über die grüne Fläche des Noores bis zu den Beveröer Mühlen, aber er sah keine menschliche Gestalt in dieser Einsamkeit. Niklas hatte die Augen am Boden wie ein Spürhund.

„Dort links am Steig habe ich sie gesehen", sagte er jetzt mit einem Male. Hans Thordsen schüttelte zweifelnd den Kopf. Gleich darauf blieb Niklas vor einem Maulwurfshaufen stehen.

„Solche Stiefel trägt Trina Thießen nicht", sagte er mit verschmitztem Lächeln. „Sie tritt mit ihren Klaben andere Spuren." Hans Thordsen ging hin und bemerkte in der ziemlich frisch aufgeworfenen Erde die Spur eines spitzen Stiefelabsatzes und einer schmalen Sohle.

Niklas sah ihn an und murmelte vor sich hin: „Als ich damals in Kappeln aus dem Krankenhaus herauskam, und wieder ins Kittchen ging, da habe ich nach dem Loch in der Decke gesucht. Ich hatte doch gesehen, daß die Schlange eins eingebrannt hatte. - Keine Spur zu finden! Aber hier diese Spur vom Birkfuchs, die ist noch da. Was sagst du nun?"

„Aber wo ist sie selbst geblieben?" fragte Hans Thordsen.

„Durch die Luft ist sie nicht weggeflogen, das ist gewiß", meinte Niklas. „Auf der Erde muß man suchen." Während er nun den Steig absuchte, erzählte er: „Wenn ich vor ein paar Jahren hinter Flensburg auf die Dörfer ging, sah ich mir auch immer die Fußspuren an. Der Gendarm hatte Soldatenstiefel an; seine Sohlen waren aber nur rundherum in zwei Reihen benagelt, sonst nicht. Die Nägel drückten sich wie sein Petschaft auf den Fußsteigen ab, ich kannte die Spur ganz genau. Ging sie ins Dorf hinein, dann kehrte ich um und ging dahin, wo er hergekommen war. In Bokjär lief ich ihm aber doch mal in den Rachen. Er konnte mir aber nichts anhaben. er knurrte bloß: „Wenn du Lump man ordentlich was anstellen wolltest, daß du ins Zuchthaus kämst, und wir dich hier aus der Gegend los würden!" - Ich hab' ihm aber den Gefallen nicht getan."

Niklas war währenddessen um ein Dornengestrüpp herumgegangen, immer die Augen auf der Erde. An der Noorseite fand er einen schmalen, kaum erkennbaren Steig. Er nickte seinem Begleiter zu und deutete mit dem Finger dahin. Der enge Pfad führte ins Dickicht. Sie drängten sich durch die Brombeerranken und wilden Rosenbüsche hindurch und kamen nach einigen Schritten an eine alte Bank aus halb verwittertem Strandholz, die unter den knorrigen Zweigen eines Schwarzdornes stand. Deutlich erkennbare Fußspuren zeigten, daß kurz vorher jemand hier gewesen war.

„Der Fuchsbau!" sagte Niklas.

„Aber leer", erwiderte Hans Thordsen.

Nach dem Strande hin waren die Fußspuren zu verfolgen, sie waren ganz frisch im feuchten Sande abgedrückt. Die Morgensonne hatte noch nicht einmal die scharfen Ränder verwischen können.

„Die ist in fixem Schritt nach Birknack gegangen, während ich hinter der Birkkate schlief", meinte Niklas. Da wußte Hans Thordsen, was er tun wollte.

„Du kannst meinetwegen die Arbeit gleich anfangen", sagte er. „Ich muß heute noch was besorgen, da kannst du die Netze gleich ausreeden und aufhängen. Willst du?"

„Wo willst du denn hin?"

„Das ist meine Sache."

„Natürlich. Ich habe auch gar keine Lust, hinter dem Birkfuchs herzurennen."

Hans Thordsen sah ihn an. Niklas verzog keine Miene und fuhr fort: „Wenn du vor dem Kliff, an der schmalen Stelle über den Noorgraben springst und dann quer über die Koppel gehst, so schneidest du ihr den Weg ab. Sie ist am Strand längs gegangen über Beveröe. Da braucht sie wenigstens zwei Stunden. Vor anderthalb Stunden habe ich sie aber noch hier gesehen."

Sie redeten noch einiges, was Niklas zu machen habe und daß er den Mund halten solle, dann ging Niklas langsam nach Falshöft zu und reedete zur größten Verwunderung von Fritz

Dose und Heinrich Stoltenberg die Netze von Hans Thordsen. So was hatte man noch nicht gesehen. Niklas arbeitete, als wenn er vormittags noch fertig werden müsse, bot ihm jemand „Gun Dag!" so brummte er etwas vor sich hin, was jeder sich nach Belieben deuten konnte, und sah sich gar nicht um. „He schämt sick vör de Arbeit", sagte die alte Mutter Braak.

Hans Thordsen aber ging mit schnellen Schritten übers Noor, sah sich nach allen Seiten um, konnte aber keinen Birkfuchs entdecken und legte sich am Damm bei der Beveröer Mühle auf die Lauer.

Eine halbe Stunde hatte er gesessen, da sah er in der Ferne eine Frauengestalt herkommen. Nun fiel ihm ein, daß er schon einmal dem Birkfuchs nachgespürt habe, und daß ihm das damals schlecht bekommen sei. Was trat er ihr nun wieder in den Weg? – Wohl kam ihm der Gedanke, er könne sagen, er sei zur Mühle gewesen und – doch verwarf er ihn sofort wieder. – Er stand auf und ging der Ankommenden entschlossen entgegen.

„Guten Tag, Meta!" Ruhig stand er vor der schlanken Gestalt. Sie sah ihn verwundert an.

„Wie kommst du hierher, Hans Thordsen?"

„Ich warte auf dich."

„Wer hat dir gesagt, daß ich hier vorbeikomme? Woher wußtest du das?"

„Das ist eine lange Geschichte. Es genügt wohl, wenn ich dir sage, daß nur ich – und noch einer – es weiß, daß du heute früh auf der Birk warst."

„War das Niklas Böhm?"

„Ja! – Er schweigt aber."

„Ich habe nichts zu verheimlichen. Ich wollte nur nicht, daß die Leute mich angaffen und mir nachlaufen!" – Sie sah ihn an. Er verstand, was sie sagen wollte.

„Ich habe dir einmal von England aus geschrieben, Meta. Der Brief kam als unbestellbar zurück. Ich habe ihn noch zu Hause." – Sie tat, als wüßte sie nicht,was er damit sagen wollte.

„Was machst du jetzt in Falshöft?"

„Ich bin auf See zu Schaden gekommen." Er legte dabei die Hand auf die Hüfte, und sie hatte gesehen, daß er beim Gehen das linke Bein etwas nachzog. „In Glasgow kam ich als

Havarist ins Dock. Sie konnten mich aber nur notdürftig flicken, seetüchtig wurde ich nicht wieder. Nun liege ich abgetakelt am Strande und mache, was die alten Kerle machen, die lahm und steif geworden sind, ich fange Fische." Das klang bitter.

„Das hast du dir damals in Hamburg auch nicht träumen lassen, als wir uns zuletzt sahen."

„Nein!" Ein wehmütiger Blick flog hinüber nach der Förde, wo weiße Segel im Sonnenschein leuchteten. „Nein, damals hatte ich große Pläne im Kopf. Nun muß ich umlernen."

„Du brauchst aber doch nicht hier im abgelegenen Winkel zu sitzen und zu verkommen."

„Na, laß nur!" wehrte er ab. „Aber nun darf ich auch wohl fragen, was trieb dich denn wieder in den abgelegenen Winkel?"

Zwischen die braunrötlichen Augenbrauen legten sich krause Falten, in den dunklen Augen aber blitzte es auf; scharf klang wieder ihre Stimme: „Ich wollte meine Erinnerungen auffrischen."

Einige Schritte gingen sie stumm nebeneinander, dann sah er sie mit den Augen des Seemanns, der in die Wetterwolke blickt: „Dort?" Er deutete mit dem Daumen nach rückwärts, nach der Birk. „Oder dort?" Er zeigte etwas nach links hinüber, wo hinter der Hügelkette die Allee von Schnarstruphof aufragte.

Sie sah vor sich auf den Boden. „Ich kann's doch nicht vergessen", kam es endlich leise von ihren Lippen. - Er wußte genug.

Die Häuser von Goldhöft tauchten hinter dem Knick auf; breite Strohdächer lugten zwischen weitästigen Linden hervor; auf einer der Scheunen drehte sich ein Mühlrad im Winde. Hans Thordsen zeigte mit der Hand nach rechts: „Der da weiß besser sein Geld zusammenzuhalten, und seine Jungens haben arbeiten von ihm gelernt. Die verkaufen kein Land, wie der Schnarstruphöfer, sie kaufen zu. Die bauen große Scheunen, und er hat nicht Geld genug, um seine Dächer anständig flicken zu lassen.

„Steht es so schlecht mit ihm?" fragte sie mit leiser, unsicherer Stimme.

„Sehr schlecht!"

„Der Fuhrmann hat mir gestern abend davon erzählt, und Thiesens auf der Birk, bei denen ich die Nacht war, sagten das auch. Ist er denn ganz blind, daß er nicht sieht, wohin er treibt?"

„Er lügt sich selbst und anderen was vor; er ist bange, die Augen aufzumachen."

„Trinkt er?"

„Nicht so wie der Alte. Er säuft sich nicht von Sinnen. Er lebt aber in Saus und Braus und kommt nicht zu Sinnen. Laß ihn, Meta!"

„Ich will nichts von ihm!" fuhr sie auf.

„Ich weiß. Aber ich denke eben daran, daß die Stunde vielleicht nicht weit ist, von der du einmal sprachst. Jedenfalls ist es in wenigen Jahren aus mit ihm. Ob du inzwischen auf die Höhe gekommen bist, die dich lockte, das weiß ich allerdings nicht."

„Das will ich dir sagen, Hans Thordsen." Mit ernsten, ruhigen Augen sah sie ihn an. „Ich trage meinen alten Haß noch immer mit mir herum, aber viele wirre Gedanken habe ich fahren lassen. Als ich sein Kind, das ich unter dem Herzen getragen habe, in den Sarg legte, da legte ich noch manches dazu, das mit mir aufgewachsen war, an dem ich hing. Damals stand ich am Scheidewege. Ich war frei und hätte denselben Weg gehen können, den Tausende gehen, die hübsch und lebenslustig sind. Ich wollte es auch, aber ich konnte es nicht. Man hat mich ja immer für schlecht gehalten, und ich will mich nicht besser machen als ich bin. – Gott und Menschen zum Trotz wollte ich leben und das Glück erjagen. Ich wollte alles daran setzen, was ich hatte, aber da sah ich vor mir zwei weinende Äuglein und ein blasses Gesichtchen, da konnte ich es nicht. Ich konnte mich nicht erdreisten, ins helle Licht der Lampen und in die lachenden Gesichter der Menschen zu sehen. So schwach war ich. Da bin ich umgekehrt und bin einen dunklen Weg gegangen. Ich habe gearbeitet von früh bis spät, zuerst in einer Wäscherei, dann habe ich selber ein solches Geschäft angefangen in der Hafenstraße. Ich habe mein Brot und noch etwas mehr."

„Und was wolltest du denn nun hier?" Er fragte nochmals.

„Ich sagte es dir ja schon! Aber du glaubst mir wohl nicht, Hans Thordsen. So will ich dir noch mehr sagen: Der Haß war es nicht allein, der mich hertrieb. Der lodert zwar immer wieder in mir auf. Wenn ich an das Kliff da drüben denke und an das, was er mir dort sagte, dann krampft sich mir das Herz zusammen, und es schreit in mir nach Vergeltung, wenn ich mir das Bild jener Stunde vormale, als ich bettelnd vor ihm lag. Das brennt! Und dann möchte ich ihm ins Gesicht schreien, wie sehr ich ihn verachte."

„Und dieser Brand vergiftet dein Dasein", er warf es ruhig und bestimmt dazwischen. „Du sprachst vorhin von besserem. Laß dich nicht immer wieder unterkriegen." – Sie sah ihn mit unwilligem Blick an, er aber fuhr fort: „Du sagtest, der Haß sei es nicht allein gewesen, der dich hertrieb. Was war es denn sonst noch, Meta?"

Sie antwortete nicht gleich. Eine ganze Weile gingen sie stumm nebeneinander. Dann sprach sie: „In der Nacht, mitten in dunkler Nacht kam es an mich heran: Ich sah die Allee von Schnarstruphof und den Garten, und ich hörte des Singen der Wellen und des Windes am Strande der Birk. Da kam mir die Sehnsucht nach dem Fleckchen Erde, wo ich als Kind geträumt habe, das ich liebe, wenn ich auch viel Leid und Schande dort erlebt habe. Ich mußte einmal sehen, wie es hier steht, aber ich wollte nicht gesehen werden. So kam es. Und nun will ich wieder fort, ich habe hier nichts mehr zu suchen." Sie blieb stehen und reichte Hans Thordsen die Hand.

Da sagte er unwillkürlich: „Ich wollte, ich könnte mit nach Hamburg."

„Das kannst du ja doch", erwiderte sie schnell.

„Was soll ich da machen?" Das kam wieder so bedächtig heraus, daß sie ungeduldig rief:

„Du kannst dort arbeiten!"

„Das könnte ich." Er schüttelte den Kopf. „Aber jetzt kann ich nicht fort. Es geht nicht."

„Was hast du denn? Was hält dich hier fest, Hans?"

Sie blickte ihn mit ehrlicher Teilnahme an. Da sagte er: „Niklas Böhm hält mich." Und er erzählte sein Erlebnis und sein Versprechen von heute vormittag. „Als ich vorhin übers Noor ging", so schloß er seine Erzählung, „da dachte ich an dich, Meta, aber auch an ihn dachte ich. Ich bin in seiner und seines Bruders Schuld. Heute lief er mir gerade in die Arme. Er hat mich gemahnt. Als ich den ersten Widerwillen überwunden hatte und mit ihm sprach, fiel mir ein, daß vielleicht unser Herrgott mir ihn geschickt habe, damit ich die Schuld zahlen solle." - Hans Thordsen stockte und wurde verlegen. Er ließ sich nicht gern ins Herz blicken und hatte nun doch von dessen Regungen geplaudert.

„Was werden die Leute hier sagen, wenn du mit dem Landstreicher zusammenarbeitest und mit ihm Boot und Brot teilst?" Prüfend blickte sie ihn an. „Das ist doch Angeliter Art", fügte sie etwas spitz hinzu. „Was sagen die Leute?" davor haben die meisten eine große Angst."

Er sah ihr mit ruhigem Ernst in die Augen: „Was geht das mich an? - Und was geht es dich an, Meta Norgaardt, was ich tun will. Du gehst deinen Weg, ich gehe meinen Weg."

„Sei nicht böse, Hans." In aufwallender Weichheit streckte sie ihm beide Hände hin. Ihm aber klang ihr Spott noch in den Ohren, und ihm fiel ein, daß sie schon einmal so vor ihm gestanden hatte, damals im Garten von Schnarstruphof.

„Lebewohl, Meta!" sagte er ruhig. „Wir wollen in Frieden auseinandergehen. Vielleicht sehen wir uns doch einmal wieder in Hamburg. Jetzt habe ich hier noch zu tun."

Dann wandte er sich um und ging am Noorwall entlang nach Falshöft zu. Am Knüppeldamm drehte er sich noch einmal um, da sah er sie nicht mehr. In ernstem Sinnen mit schweren Schritten ging er heim.

„Nach Hamburg!" so klang es ihm in den Ohren. Er hatte oft daran gedacht, einen anderen Beruf zu ergreifen, wenn er mit magerem Fange heimwärts segelte, oder seine zerrissenen Netze flickte. „Fort von hier! - Hinaus, wo der Strom des Lebens flutet!" Der Gedanke ließ ihn an diesem Abend nicht einschlafen. Und als sich endlich nach vielem Grübeln die Augen schlossen, fand er doch keine Ruhe. Bunte Traumbilder zogen vorüber an seiner Seele. Einen stolzen Dreimaster sah er hinter der Birk hervorkommen, die Segel standen voll im Winde und die Wellen spielten am schlanken Bug. Das Schiff kam näher; gerade auf ihn zu richtete es seinen Kurs. Jetzt sah er vor sich das Gallionsbild. Ein schönes Weib streckte die Hände nach ihm aus, ihre dunklen Augen leuchteten und lockten, ihr langes goldenes Haar wallte im Winde und loderte empor am Bugspriet in roten Flammen; ihr weißes Gewand reichte hinab bis in die blaue Flut; um ihre nackten Füße schäumten die Wellen. – Er aber stand, in einen alten Ölrock gehüllt, mit schweren Wasserstiefeln im Boote, er konnte den Blick nicht abwenden von der verlockenden Erscheinung. – Sie winkte. Er wollte nach den Rudern greifen, aber Niklas Böhm hielt sie fest. Da wendete das Schiff: langsam ging es in den Wind, die Segel flatterten und wurden herumgelegt. Nun sah er das Gallionsbild nicht mehr. Der Mann am Heck hielt lachend ein Tauende über Bord und schnitt Grimassen. Er erkannte ihn. Das war ja sein alter Freund Thedje Fein; der verhöhnte nun den lahmen Seemann, der am Falshöfter Strand aufgelaufen und ein kümmerlicher Fischer geworden war.

Am anderen Morgen erwachte er erst spät und ging mit finsterer Miene an den Strand. Sie wurde noch finsterer, als er Niklas Böhm im Boot stehen sah. Der merkte nichts. Er hatte Netze und Tröge fertiggemacht, nahm ruhig die Riemen und ruderte hinaus auf die See.

Den ganzen Sommer über hielt Niklas Böhm sich gut. Das Fischen war ja keine schwere und keine regelmäßige Arbeit, die hielt er aus. Die feurige Glut, die der Branntwein über sein Gesicht geworfen hatte, war inzwischen von Wind und Sonnenschein in ein kräftiges Braun verwandelt, die Augen blickten ruhiger und klarer, sein Gang war fester und sicherer. Als der alte Weber Truelsen eines Tages Hans Thordsen traf, nahm er dessen kräftige Rechte in seine beiden welken, zitterigen Hände, drückte sie und sprach: „Es ist mehr Freude im Himmel über einen verlorenen Sohn, der heimkehrt, als über 20 Pharisäer! – Da hast du ein gutes Stück Arbeit gemacht." Hans Thordsen wurde verlegen. Er wurde wirklich ganz verlegen, der große Kerl, und sagte nichts weiter. Erst als der Alte fort war, fiel ihm ein, was er hätte sagen können und müssen.

Tischler Schinkel stand einmal eine halben Vormittag neben Niklas Böhm, als dieser am Wege die Netze aufhing, und redete eifrig auf ihn ein. Endlich ging er betrübt fort und erzählte jedem, der es hören wollte: „So ist das noch gar nichts mit Niklas, der hat sich wohl gebessert, aber er ist nicht bekehrt." Die Ansichten waren eben geteilt. Den meisten ordentlichen Leuten war es überhaupt nicht recht, daß Hans Thordsen den Landstreicher hier festhielt. So lange er in der Gegend war, waren sie nicht ruhig. Wenn er in der Dämmerung irgendwo gesehen wurde, so nahmen die Frauen noch immer die Wäsche von der Leine, und die Männer gingen ums Haus herum und sahen nach, ob etwas gestohlen sei oder ob es im Dachstroh glimmte. Frieg Scheel, der seit seiner Tätigkeit auf der Torffabrik bis an sein Ende den Titel „Torfbäcker" führte, faßte die Sache von der praktischen Seite auf. „Wenn Niklas Böhm noch länger so blifft, denn ward de Bramwin billig!" So rechnete er. Niklas arbeitete ruhig weiter.

An einem trüben Novembermorgen, als der erste Schnee in dicken, losen Flocken von Osten herübertrieb, und das Haff so grau und kraus dalag, wie ein umgepflügter Heideacker, gingen Hans Thordsen und sein Gehilfe mit ihren Netzen und Mulden dem Strande zu. Bei Hans Marxens Scheune blieb Niklas Böhm stehen und starrte die Wand an. Unwillkürlich sah dann auch Hans Thordsen dahin. Es war nicht viel zu sehen: ein Pfeil und einige Krickelkrackel mit Kreide waren darauf gemalt. „Komm!" sagte er dann.

Niklas stand noch immer da und rührte sich nicht.

„Was ist daran zu sehen?" fragte Hans Thordsen.

„August Schruflos von Wackerballig ist dagewesen", stieß er endlich hervor.

„Wer ist das?"

„Wenn sein Geschäft sonst nicht gut geht, dann bettelt er Klapp ringsumher bei den Bauern, am liebsten weiter weg, wo man ihn nicht kennt. Da erzählt er denn, das Dach von seinem Haus sei ganz alt und schlecht; wenn er nun noch 12 Klapp Stroh hätte, dann könnte er es wieder decken lassen. Im nächsten Dorf verkäuft er aber wieder, was er einzeln zuzusammengebettelt hat."

„Das ist ja ein nettes Geschäft, Niklas!"

„Aber nicht das schlimmste."

„Komm nun!" Sie gingen weiter. Als sie aber nachher im Boot saßen und ihren Netzen zusegelten, da erzählte Niklas nach und nach mehr.

„Das sind Zeichen, die am Haus angemalt sind. Die versteht nicht jeder", erklärte er. Nun ging Hans Thordsen ein Licht auf.

„Es ist noch einer dabeigewesen, den ich kenne", sagte Niklas, „der ist eben erst wieder losgekommen. Sie haben mich gesucht. Ich soll heute abend an eine Stelle kommen, wo sie mich sprechen wollen." Er sprach es hastig und aufgeregt.

„Du gehst doch nicht hin?"

„Hin muß ich, sonst lassen sie mir erst recht keine Ruhe."

„Aber lassen sie dich denn nachher in Ruhe?"

„Darüber will ich gerade mit ihnen sprechen, sie müssen!"

„Niklas, bedenke was auf dem Spiel steht."

„Ich weiß das alles, Hans Thordsen." Nach einer Weile setzte er dann leiser hinzu: „Aber du weißt nicht alles von mir."

„Sag' es mir, Niklas, ich will dir helfen!"

„Das kannst du nicht. - Und wenn du es wüstest -"

„Sprich weiter."

„Nein, ich selbst muß wissen, wie ich da herauskommme. Du hast mir so viel geholfen -" er stockte und schluckte ein paarmal - „aber du kannst mir hierbei nicht helfen!"

Dabei blieb es. Am Abend, als es zu dämmern anfing, steckte Niklas Böhm sein verdientes Geld ein, sagte der alten Mutter Braak, daß er erst spät wiederkommen könne und trat den Gang an.

Es muß doch wohl ein schwerer Gang gewesen sein, denn Mutter Braak erzählte nachher, daß er am Abend gar nichts gegessen und in seiner Kammer immer halblaut vor sich hin geredet habe. Sie hatte das Ohr an die Tür gelegt und hatte es doch nicht so recht verstehen können. Seinen dicken Eichenknüppel, den er mitgebracht hatte, als er damals zerlumpt einzog, hatte er auch mitgenommen auf diesen Weg. Diese Nacht kam Niklas Böhm nicht wieder, die nächste Nacht auch nicht, er ist überhaupt nie wieder nach Falshöft gekommen. Ein Lebenszeichen hat man erst nach Wochen von ihm erhalten, jedenfalls nahm man an, daß es von Niklas Böhm herrühre; es kann auch jemand anders gewesen sein. -

In einer Nacht nämlich, als Peter Ottsen und seine Frau von einer lustigen Gesellschaft heimkehrten, scheuten die Pferde plötzlich auf dem Wege, sie schnaubten, stiegen hoch und drängten den Wagen rückwärts in den tiefen Graben. Der Kutscher war gleich vom Bock und packte die Pferde am Zaum, sie standen zitternd still und waren nicht von der Stelle zu bringen. Es war nichts Verdächtiges zu sehen und zu hören, nur auf einem nahen Bauernhofe heulten die Hunde. Halb schlaftrunken fuhr Peter Ottsen aus der Chaise heraus: „Was ist denn los, Fritz?"

„Ick seh nix, Herr, awers de Peer."

„Wat denn?"

„De könnt mehr sehn as Minschen, irst recht üm Middernachtstied."

„Du büst wol duhn!"

„Ick nich, Herr, awers mit rechten Dingen geiht dat nicht to, sehn se mal de Peer an!"

Die Pferde zitterten am ganzen Leibe und bliesen mit hoch gehobenen Köpfen den Dampf durch die weitgeöffneten Nüstern. – In diesem Augenblick knackten und rauschten die Zweige auf der gegenüberliegenden Seite des Knicks, und auf der Koppel hörte man die schweren Tritte eines davonlaufenden Mannes. Da wurde auch Peter Ottsen die Sache unheimlich; aus dem Wagen aber tönte der Angstschrei seines Weibes. Ohne ein Wort zu sagen, hatte er dem Kutscher die Peitsche aus der Hand gerissen und hieb auf die Pferde ein. Ganz wild drängten diese noch weiter zurück, der Wagen neigte sich weit über gegen den Wall. Er wäre umgeschlagen, wenn nicht im nächsten Augenblick der Kutscher die Pferde am Zügel nach vorn gerissen hätte. Dann sprangen die Gäule plötzlich an und warfen sich in die Siele. Die Frau war aus dem Wagen gesprungen und schrie laut um Hilfe. Das gab Peter Ottsen einigermaßen die Besinnung wieder, er half die Pferde zur Ruhe und den Wagen auf die Straße bringen, legte die fast Besinnungslose auf den Sitz, stieg selbst auf den Bock und ließ den Kutscher mit der Wagenlaterne bis zum nächsten Kreuzweg vorausleuchten. Dann ging's im Galopp weiter, die Berge auf und nieder, die Allee hinunter und auf den Hof hinauf.

Am nächsten Tage erfuhr man, daß in Wittsbüll bei Johann Thießen eingebrochen sei. Zwei Schinken waren aus der

Speisekammer gestohlen. Man wollte auch Niklas Böhm wieder in der Gegend gesehen haben, gefaßt hat man ihn aber nicht.

Das war aber nicht das Schlimmste. Menschenleben wurden in dieser Nacht vernichtet, das war schlimmer. Die junge Frau sah ihrer schweren Stunde entgegen; am nächsten Tage mußte Fritz-Kutscher mit verhängten Zügeln zur Hebamme und zum Doktor fahren. Als er wieder kam, war es schon zu spät. Zwei Tage nachher lag in der besten Stube unter einem schneeweißen Laken ein schneeweißes Frauengesicht. Ihr Arm hielt den, auf den man jahrelang gewartet hatte: ihn, der Erbe von Schnarstruphof hätte werden sollen. Ein kleines, schwächliches Mädchen aber streichelte die kalte, schlanke, wachsbleiche Hand der toten Mutter und hauchte darauf ihren Atem. Die blieb aber starr und steif. Die Tote wurde im silberbeschlagenen, eichenen Sarg gebettet, der Trauerwagen mit den Pferden war in Flor eingehüllt, und die Gutsherrschaften rings umher folgten im Leichenzuge. Überall Trauermienen; als aber nachher die Leidtragenden im Geltinger Wirtshaus beim Grog saßen, wurde viel von Leichtsinn, Hypothekenkündigungen und Konkurs geredet. Trotzdem hielt sich Peter Ottsen in verzweifeltem Kampf, mit verzweifelten Mitteln noch geraume Zeit über Wasser.

Die Abendämmerung senkte sich herab auf den Hamburger Hafen. Ein grauer, kalter Nebel legt sich dicht und schwer auf den Strom, auf die Kais und Lagerschuppen, auf die langen Schienenwege und die krausen Wellen der Elbe. Die Schiffsglocke der „Ceres" verkündet mit sechs hellen Schlägen die Feierabendstunde. Das Rasseln und Stöhnen der Dampfwinden verstummt, der lange, schwarze Arm des Kaikrans nimmt die letzte Hiewe aus dem Raum und schwingt sie unter das Dach des Schuppens. Der Taljemann macht einen Querstrich über die vier Graden und zählt rasch die Strichreihen zusammen, der

Kranführer öffnet den Zylinderhahn, daß der Dampf mit scharfem Zischen ausströmt, die Arbeiter im Schuppen ziehen ihre Röcke an, und einer nach dem andern geht fort.

Die Schauerleute, die im Raum der „Ceres" die schweren Kisten und Ballen bis an die Luken herangeschafft hatten, daß der Kran sie packen konnte, klimmen rasch an den steilen, eisernen Leitern empor und warten auf den Schlepper, der sie abholen soll.

Hier und da taucht ein rotes und dann wieder ein grünes Licht auf aus dem Nebelschleier, die Dampfer schieben sich geschickt zwischen den Booten und Schiffen hindurch; ein großer Seeschlepper legt an der Backbordseite der „Ceres" an. Er pfeift laut und lange. Es ist gar nicht nötig, denn die Leute stehen schon an der Reeling bereit und warten auf sein Kommen. Wie die Katzen klettern sie die Leiter hinunter an Deck des Schleppers.

Wieder ein Pfiff, scharf und warnend dringt er durch den Nebel. Dann ein Glockensignal nach dem Maschinenraum: „Langsam vorwärts", und der derbe schwarze Geselle setzt sich in Bewegung. Ins Graue hinein geht's. Bald hört man an Steuerbord, bald an Backbord eine Dampfpfeife heulen, scharf und drohend klingt die Warnung. Zuweilen wird's hell hinter dem dichten Nebelvorhang, rötlich oder grünlich schimmert eine Laterne hindurch.

Plötzlich taucht vorn, an der Backbordseite des Schleppers, groß und dräuend, unheimlich rasch wachsend, der Steven und der Schornstein eines entgegenkommenden Schiffes auf. Ein kurzer Pfiff der Dampfpfeife ertönt hüben und drüben. Zwei rasche Glockenzeichen erklingen, gleichzeitig ruft der Steuermann dem Maschinisten durchs Sprachrohr zu: „Stopp!" In gleichem Atemzuge folgt: „Vollkraft rückwärts!" Mit kräftigem Schwung reißt er das Steuerrad herum, daß die Ketten rasseln und schlagen; unten im Raum wird die Steuerung der Maschine klirrend auf rückwärts geworfen. Eine Sekunde nur steht die Maschinenkurbel still, dann sausen die Kolbenstangen wieder auf und nieder, und mit schnellen Stößen arbeitet die Maschine rückwärts, schäumende Wassermassen werden am schrägstehenden Ruder entlang geschleudert. – Auch von drüben her hören

die Leute, die dichtgedrängt an Deck stehen, das gleiche Klingen, Klirren, Stampfen und Rauschen. Aber von den Männern spricht keiner ein Wort. - Langsam dreht der Gegner ab, beide gehen zurück, der schwarze Bug verschwindet im Nebel, die Backbordlaterne malt noch einen mattroten Kreis auf die Nebelwand - dann verschwindet auch dieser. „Langsam vorwärts" ertönt's im Maschinenraum, zwischen Fährdampfern und Barkassen hindurch, bald mit einem Pfiff, bald mit zwei Pfiffen rechts oder links ausweichend, schiebt sich der Schlepper durch das Feierabend-Hafengewühl. Am Landungsponton der Rosenbrücke legt er an, rasch verlassen die Schauerleute das Schiff. „Klock acht bi Sagebiel!" ruft einer dem andern beim Auseinandergehn zu.
Zwei kräftige Männer in grauer Wolljacke, blauem Rock und altem Schlapphut, der weit nach hinten gerückt ist, gehen zusammen an den Vorsetzen entlang.

„Die Stauer geben nach, das sag' ich dir, Hans Thordsen! Ja, du schüttelst den Kopf, ich weiß es, du bist so'n alter Vernünftiger und Bedächtiger, aber du wirst es sehen, sie kriechen zu Kreuz, wenn sie merken, daß wir einig sind." So redete eifrig der Kleinere, ein Mann, dem man an dem scharf gesprochenen r und dem wie a klingenden e die ostpreußische Heimat anhörte. Der andere schwieg eine ganze Weile still, dann sagte er langsam und ruhig:

„Ich verkaufe meine Knochen auch gern so teuer wie möglich. Ein Narr, der das nicht tut, denn unsere Knochen sind unser Kapital, aus dem wir etwas herauswirtschaften müssen. Aber dieser Streik hat doch seine Bedenklichkeiten!"

„Ach was, Bedenklichkeiten!" schrie erregt der Kleine. „Gar keine Bedenklichkeiten sind dabei. Wir müssen den Stauern und Reedern den Daumen nur gleich fest aufs Auge setzen. Jetzt ist es gerade die rechte Zeit dazu, der Hafen liegt voller Schiffe. Nur nicht bange!"

„Bange bin ich nicht", entgegnete ganz ruhig Hans Thordsen. „Das solltest du wissen, Paul. Aber ich glaube, daß wir erst mal die Zulage annehmen sollten, die sie uns bieten. Dann haben wir doch erst mal was. Zum Frühjahr können wir wieder anklopfen, und dann fallen vielleicht wieder ein paar Pfennige aus den großen Geldsäcken in unsere kleinen Taschen. Wenn der Winter vor der Türe steht, dann ist es schlecht streiken!"

„Ach was, Winter! Wir haben Geld in der Kasse. Viel Geld kommt aus dem Inlande", und Paul Kopitzki setzte geheimnisvoll flüsternd hinzu: „Geld kommt auch massenhaft aus England, weißt du, Tom Mann . . . ."

„Da gebe ich nichts auf!" unterbrach ihn Hans Thordsen, „da gebe ich gar nichts auf! Wer sich auf andere verlassen muß, der ist bald verlassen genug! Ich bleibe dabei, man sollte erst noch einmal bei den Stauerbaasen anklopfen, nicht so mit der vollen Faust, wie der Gerichtsvollzieher, wenn er Geld holt, sondern nett und ordentlich. Ich meine, das ist das beste." –

„Nur nicht bitten und betteln! – Wir sind doch keine Labammel! – Wir müssen fordern!" war die heftige Entgegnung. „Wir streiken und fangen nicht eher wieder an, bis alle Forderungen bewilligt sind. Nicht eher sag' ich, und wenn es darüber Sommer wird. Die Kerle sollen schon klein werden!"

Hans Thordsen schwieg eine Weile, als wenn er den Zorn des anderen erst verrauschen lassen wollte, dann meinte er gelassen: „Ich kann's so lange aushalten, aber das Schlimme ist, daß die meisten Arbeitskollegen das nicht können. Wenn jeder bei Zeiten –"

„Na, woher soll man denn was haben?" brauste gleich wieder der Ostpreuße auf. „Du hast gut reden. Du bist ein Fetthammel aus der „chuten Chechend" und hast schon lange feste Arbeit bei deinem Baas. Ich aber und hundert andere solche arme Deuwels, wir müssen herumlaufen von einem Stauervize zum andern. Man muß sich freuen, wenn man mal ein bißchen was abkriegt. Das ist ja 'ne Schweinerei, so was!"

„Reg' dich nicht auf, dazu ist heute abend noch Zeit genug", entgegnete Hans Thordsen. „Ich weiß, daß die Wirtschaft mit den Stauervizen nicht nett ist. Aber so ganz ohne Schuld ist mancher von euch auch nicht. – Na, begehr' man nicht gleich wieder auf." Er lachte ein bißchen und stieß ihn an. „Es gibt doch Leute genug, die ihr sauer verdientes Geld am liebsten zu Hein Schacht oder Korl Kniep oder zu einem anderen

Püselwirt auf die Sparkasse legen. Die Kerls stehen mit ihrem dicken Bauch hinter der Tonbank und raken immer nur so die Arbeitergroschen zusammen. Kommt ein Bekannter hin, so heißt es: „Gun Dag, mien Fietje! Hallo old Fründ Thetje, komm mal herinn!" So geht das denn, und da gehen sie gleich auf den Leim, einer nach dem andern. – Wenn was verdient wird, wird was verzehrt, und wird mal nichts verdient, dann schreibt er an. Er weiß aber aufzupassen, daß er nachher sein Geld kriegt. Erst kommt er, dann erst kommt Mudder."

„Das ist ja wahr", bestätigte der andere etwas kleinlaut, denn er hatte erst kürzlich sich darüber beklagt.

„Sieh mal da drüben: Wirtschaft an Wirtschaft", fuhr Hans Thordsen fort. „Sie stehn sich gut, aber ihre Kunden stehn sich nicht gut, manchem geht es sogar recht schlecht. Wenn's Geld alle ist, wird geborgt und versetzt. Erst kommt die Uhr nach Polack, dann der Sonntagsrock und das Bett. Die meisten können sich keine vier Wochen über Wasser halten, und du redest davon, wir sollen streiken bis zum Sommer?!"

„Schlimm genug, daß es so ist!" erwiderte der andere. „Du mußt aber gleich dabei sagen, daß viele Stauervize selbst so 'ne Köhminsel haben. Da muß man denn hin und um Arbeit anfragen, oder sein Geld holen. So trinkt man denn hier einen und trinkt da einen, zuerst, weil man muß und dann, weil man mag, und dann – – wird das Geld bald alle. Das stimmt. – Aber wer hat die Schuld? Wer hat immer wieder die Schuld, Hans Thordsen? – Ich will es dir sagen: der verfluchte Kapitalismus ist an allem Elend schuld!"

„An vielem, ja! Das stimmt! Aber nicht an allem." Hans Thordsen blieb ganz ruhig. „Man kann auch selbst etwas dabei tun. Und zuerst soll und muß man das tun, was man selbst tun kann. Ich spare und habe doch meine Arbeit."

„Ja, du!" machte abwehrend Kopitzki, „du!" Und das klang, als ob jener zu einer ganz anderen Sorte Menschen gehöre.

„Ich kann ebensogut an einer Wirtschaft vorbei kommen, wenn ich zehn Taler in der Tasche habe, als wenn zehn Pfennige darin sind. Das können allerdings manche andere auch, aber das können die meisten Kollegen nicht. – Schnack nicht dazwischen!" fuhr er jetzt den Kleinen mit starker Stimme an.

„Es ist wahr, was ich sage; wie die Nachteulen nach dem Licht, so gehen so viele nach dem hellen Schein der Destillen. Dumm und blind sind sie! Da gibt es Sparklubs und Skatklubs, Lotterie- und Pfeifenklubs und Gott weiß was für Schröpfköpfe mehr. – Schiebt nicht alles auf den Kapitalismus, schiebt auch was auf die eigene Dummheit und Schwachheit, und da fangt zuerst an zu streiken! Damit könnt ihr gleich heute anfangen. Nachher, wenn wir selbst getan haben, was wir konnten, dann bringen wir das andere, was sonst noch getan werden muß, schon etwas leichter fertig."

„Du redest ja wie ein Pastor", warf spöttisch der Kleine ein. Aber Hans Thordsen fuhr ruhig fort: „Wenn wir jetzt das Geld hätten, was in den letzten Jahren die Püselwirte an den Vorsetzen und der Hafenstraße als Verdienst auf die Banken gebracht haben – von unserem Gelde, von den Arbeitergroschen, weißt du!" – könnten wir ruhig streiken. Aber nun? – Ich habe kein Vertrauen mehr dazu!" Darauf ging Kopitzki nicht ein. „Geld gibt's genug!" war die stete Antwort. „Selbst ist der Mann!" sagte Hans Thordsen. Damit trennten sie sich.

Schon vor acht Uhr abends war der große Sagebielsche Saal voll von Menschen. Unten in den Gängen drängten sich die Platzsuchenden und auf den Galerien saßen und standen sie in engen Reihen hintereinander. Man hörte kräftige, wettergebräunte Männer die Ereignisse der letzten Tage besprechen. Man stritt über die Eingabe an die Stauerbaase und über die Antworten der Reeder. Man wußte dies und das über die Absichten der Hamburger Arbeiterführer und über die Ratschläge des Engländers Tom Mann. Man sah auch Scharen halbwüchsiger Bengel umherlungern, die schmierige Mütze aufs Ohr gedrückt, die qualmende Tonpfeife in der Mundecke. Sie drängten sich durch die Menge, begrüßten sich mit kräftigen Redensarten und schwatzten allerhand, das mit den ernsten Fragen des Abends in keinen Beziehungen stand. Auch die edle Zunft der „Hopfenmarktslöwen" hatte einige Vertreter gesandt. Es waren die Leute, die früher auch wohl mal am Hafen gearbeitet hatten, und die sich nun „Gelegenheitsarbeiter" nannten, weil – wie man sagte – sie jeder Arbeitsgelegenheit aus dem Wege gingen. – Ärgerlich drückten sich die ehrlichen

Arbeiter beiseite, wenn in ihrer Nähe die zottige Mähne oder die Kupfernase eines solchen „Löwen" auftauchte. Die aber hielten wacker stand.

Über dem Ganzen lag eine dumpfe, drückende Luft; ein Gemisch von Tabakqualm, Fuselduft und Arbeitsschweiß. Gewandt drängten sich die Kellner mit vollen Seideln durch die Menge; es war schwer, alle Wünsche zu befriedigen. Da war mancher, der das vorausgesehen hatte. Er langte in die Tasche und holte die Flasche hervor.

Als Hans Thordsen in den Saal trat, streifte er einen Mann, der an einer Säule lehnte. „Good Dau!" begrüßte ihn der mit höhnischem Grinsen. Jens Norgaardt war es, der vor Jahren mit Peter Ottsens Geld seine Tochter in Amerika suchen wollte, und mit leerem Beutel in Hamburg festgeraten war. Er sah sehr verkommen aus.

Hans Thordsen beachtete ihn nicht; er ging langsam nach vorn an die Rednertribüne heran und stand bald inmitten einer Gruppe von Schauerleuten. In diesem Kreise war die Stimmung ernst, das sah man an den Mienen, das hörte man aus den teils warnenden, teils erregten Auslassungen. Ein großer Arbeiterausstand, der größte, den Hamburg je gesehen, stand drohend in allernächster Nähe, wurde vielleicht heute beschlossen. Und was dann?

„Die Minorität muß sich fügen", sagte ein junger, klug aussehender Mann zu Hans Thordsen. „Wie auch die Entscheidung fällt, die Minorität muß sich unter allen Umständen fügen. Die Solidarität aller Arbeiter muß anerkannt und hochgehalten werden."

„Solidarität? So was kenne ich nicht", sagte laut und scharf ein Mann mit dichtem, grauen Haar und langen, eckigen Gliedern. „Ich kann tun, was ich will, das geht keinen Menschen was an!"

„Wie kann man nur so dumm reden!" rief der Jüngere. „So fangt nur an, dann hat die Geschichte gleich ein Ende."

„Solidarität kenn' ick nich!" war die trotzige Antwort.

„Dann wird dir das beigebracht!" hieß es von der anderen Seite. „Ein Lump, wer den Kameraden in den Rücken fällt."

„Keinen Handschlag tun wir, ehe die Stauer nachgeben! Generalstreik!" rief Paul Kopitzki.

„Nun wollen wir mal die Herren spielen." Ein breitschultriger Ewerführer rief es laut und warf sich in die Brust. Dann sang er mit tiefstem Steinkohlenbaß:

„Alle Räder stehen still,
wenn dein starker Arm es will!"

„So weit sind wir allerdings noch nicht", warf Hans Thordsen ein. „Wir wollen uns doch erst mal heute abend darüber aussprechen. Wir wollen beraten, was geschehen kann und soll."

„Das wird dir alles gesagt werden!" meinte ironisch Kopitzki. Hans Thordsen schwieg, aber ein bitteres Lächeln spielte um seine Lippen, als er jetzt eine Schar junger Burschen bemerkte, die sich lärmend hereindrängte bis dicht vor die Tribüne. Sie hatten sich augenscheinlich Begeisterung und Mut an irgend einer Tonbank gekauft und suchten nach Betätigung.

„Von denen da soll mir das wohl gesagt werden?" fragte nun scharf Hans Thordsen und deutete auf die Lärmenden, dann ging er, um an einem Seitentische Platz zu nehmen, von wo man ihm zuwinkte. Dort saß er neben einigen älteren Kollegen, sie ließen sich Bier kommen und sprachen von dem, was die Gemüter aller bewegte.

Der Redner ließ etwas auf sich warten. Die Spannung stieg von Minute zu Minute. Für und wider den Streik sprach man, viel mehr für, als wider. Die Streiklustigen waren mutig und in ihren Reden herausfordernd; die Arbeitswilligen mehr zurückhaltend, sie kamen nur vorsichtig mit ihrer Meinung heraus.

Hans Thordsen und eine Anzahl seiner Arbeitskollegen waren mit der Absicht hergekommen, gegen den Streik zu stimmen und für nochmalige Verhandlungen mit den Arbeitgebern einzutreten. Ihn hatte man beauftragt, wenn nötig, das Wort zu ergreifen. Er war kein Redner, das wußte er, aber er hatte Mut genug, seine Überzeugung zu vertreten und wollte nicht mit seiner Meinung zurückhalten. Er wußte, daß viele ältere Männer seiner Ansicht waren. Mit solchen Gedanken war er in den Saal getreten.

Eine Stunde war inzwischen vergangen. Da hatte sich schon manches geändert. Der alte Peter Maas, der seit 20 Jahren bei

H. B. Gewens arbeitete, hatte vorhin gesagt: „Du, de Saak liggt doch anners, as ick dacht harr." – Und sein Kollege Wilhelm Clausen hatte ihm zugestimmt mit den Worten: „Dat helpt nix, wi mött se wiesen, dat wi keen Knechten sind." – Es war nicht mehr die Stimmung von heute früh. Viele der alten, soliden, handfesten Leute waren gegen den Streik gewesen, nun aber schien die Stimmung doch etwas anders zu werden. Hans Thordsen merkte es, er merkte aber auch, daß ihm selbst der frühere Entschluß nicht mehr so eisern fest vor der Seele stand. Die ganze Umgebung, der Zündstoff, der in der Luft lag, und die Wirkung der genossenen Getränke ließ die schwarze Wolke, die vor ihm gelegen hatte, kleiner und lichter erscheinen. Der Blick auf die tausendköpfige Menge, auf die langen Reihen kräftiger, trotziger Gestalten, gab Mut und Wagelust. Die Sorge um das eigene Ich trat zurück, die Solidarität schob sich vor die Einzelmeinung und drängte sich mehr und mehr an die Wand.

Endlich eröffnete man die Versammlung, und nach einigen einleitenden Worten gab der Vorsitzende dem Referenten das Wort. Dröhnender Beifall begrüßte den Redner. Mit einer kurzen und energischen Handbewegung wehrte er ab. Totenstille trat ein. Einen Augenblick ließ er den Blick über die Menge gleiten, während ein stolzes Lächeln um seine Mundwinkel zuckte. Einen Augenblick nur, dann fing er an:

„Genossen! Einen Tag wie den heutigen hat die alte Hansastadt Hamburg noch nie gesehen, solange die rotweiße Flagge von ihren Türmen weht, solange die Schiffe von ihrem Hafen aus das Weltmeer kreuzen. Die Hamburger Handelsherren waren von jeher stolz auf ihren Reichtum und ihre Macht, sie haben Fürsten und Völkern ihren Willen aufgezwungen, heute aber sollen diese Machthaber sehen, daß es einen Willen gibt, der mächtiger ist als die Befehle der Besitzenden, daß es eine Macht gibt, die stärker ist als ihr Gold. Kaiser und Könige haben die steifen Nacken der Hanseaten nicht beugen können, – ihr Männer der Arbeit könnt es, wenn ihr wollt!

Mit Kriegsschiffen und Kanonen hat man den Handel der Hansestädte nicht lahm legen können, hat man die Hamburger Schiffe nicht vom Weltmeer fegen können, ihr könnt es, wenn ihr wollt! – Kein Schiff geht die Elbe herauf und hinunter, kein Speicher wird voll oder leer, kein Kran hebt eine Last, keine Winde dreht sich, man hört nicht den Ton der Dampfpfeife, nicht den Gesang der Matrosen, die den Anker lichten, die Kontore der fürstlichen Kaufleute werden leer und die Börse verödet, wenn ihr, die Männer mit der schwieligen Faust, heute abend bei der Abstimmung die Hand aufhebt. – – Jetzt ist die große Stunde da, wo ihr zeigen sollt, daß ihr nicht gewillt seid, Druck und Ausbeutung zu ertragen, daß ihr selbst eingreifen wollt in die Speichen!"

Der Redner machte eine Pause. Da donnerte wieder der Beifall durch die weiten Hallen und pflanzte sich fort durch die geöffneten Türen. Abermals winkte der Redner, und die wild brandenden Wogen der Begeisterung legten sich. Nun sprach er weiter, zuerst ganz ruhig, dann wieder scharf die Schlagworte betonend; bald die Schwächen der Gegner geißelnd, bald mit flammendem Blick und zündenden Worten die Genossen zum Widerstand anspornend. Er sprach von dem kläglichen und unsicheren Verdienst der Schauerleute und von den Millionen, die Stauer und Reeder einsteckten; er sprach von bitterster Armut und üppigem Wohlleben, von schwerer Arbeit und bequemem Couponabschneiden, von derben Fäusten und Glacehandschuhen; er sprach von Tom Mann, dem Führer der englischen Hafenarbeiter, von den Genossen in ganz Deutschland, deren Augen hierher gerichtet seien, vom Fluch des Kapitalismus, von der Verelendung der Arbeiter. – „Genossen, ihr könnt alles, ihr könnt Hamburg, ihr könnt die Welt erobern, wenn ihr den Streik beschließt und dann einig und unerschütterlich zusammenhaltet. Ihr werdet alle Gegner niederzwingen. Ihr werdet siegen, wenn ihr nur wollt!" So schloß er.

Minutenlanger Beifall übertönte alles. Man sah hocherhobene Hände, man schwenkte Hüte und Mützen, man schlug mit den Eisenfäusten auf die Tische, man hob die Gläser und trank sich zu. – So ging die ruhige Überlegung auch vieler Bedächtigen unter in der aufgeregten Stimmung. Erst am anderen Morgen klopfte sie wieder an die Tür der Schlafkammer und begehrte Einlaß. –

Lange bemühte sich der Vorsitzende vergebens, durch

Schwingen der Glocke und Winken mit den Händen die Ruhe wieder herzustellen. Endlich gelang ihm dies soweit, daß er das Wort „Diskussion" verständlich in den Saal hinausschreien konnte. Niemand meldete sich. Wer wollte es auch wagen, nach diesem Mann zu reden. Widerstand wäre Wahnsinn, Zustimmung nur Abschwächung gewesen.

Hans Thordsen glaubte allerdings, daß er doch verpflichtet sei, seine Bedenken vorzubringen. Er zögerte aber. –

„Na, nun man los!" rief Kopitzki mit höhnischem Lachen zu ihm herüber. Das half! Hans Thordsen hob die Hand; er wollte seine Ansicht vertreten. In diesem Augenblick sah er, daß ein grauhaariger Mann die Treppe zum Podium hinaufstieg. – Also doch Diskussion, da konnte er nachher noch reden.

Im Saale wurde es jetzt ganz stille. Man war doch neugierig, was der alte Genosse zu sagen habe. Etwas unbeholfen und stockend fing er, auf Hochdeutsch, an. „Lauter!" schrie man von hinten. „Lauter!" tönte es von allen Seiten. Er fing noch mal an, jetzt mit kräftiger Stimme und auf Plattdeutsch. Das ging ihm besser vom Munde und kam von Herzen. Achtzehn Jahre habe er bei seinem Baas gearbeitet und sich immer gut mit ihm vertragen. Bei seinem jüngsten Jungen habe sein Baas Pate gestanden und zu seiner silbernen Hochzeit – – –"

„Dat geiht uns nix an", schrie jemand im Saale.

„Schluß! – Schluß!" riefen andere.

Der Vorsitzende stellte die Ruhe wieder her, er ermahnte den Redner, bei der Sache zu bleiben und sich kurz zu fassen. Da fing der Alte noch mal an. Er mahnte zur Vorsicht, er sprach vom kommenden Winter und von darbenden Familien, von den vielen Arbeitslosen, die in die offenen Stellen rücken würden, und riet, noch einmal in Ruhe und Güte mit den Stauern zu unterhandeln. Nun steigerte sich die Unruhe, sie wuchs derartig an, daß auch der Vorsitzende sie nicht zurückdämmen konnte.

„Angstmeier!" – „Bangbüx!" – „Verräter!" – „Schluß!" – „Raus!" – „Runter mit ihm!" So schallte es von verschiedenen Seiten. Hinter dem Tisch, wo Hans Thordsen saß, hatte sich eben eine Schaar Kesseljungens eingedrängt, die fingen an zu johlen und zu pfeifen. Er drehte sich nach ihnen um und rief ihnen zu:

„Wat hebbt ji hier to dohn? – Wat geiht ju dat an?"

Sie lachten frech, und einer der kleinsten und dreckigsten rief laut:

„Wat makst du denn hier, Jan Bumann ut Poppenbüttel? – Gah gau na Hus, de anner is bi din Fro." Man brüllte vor Lachen.

Verächtlich wandte sich Hans Thordsen ab. Also auch mit dieser Sorte sollte man sich solidarisch erklären, mit solchen Schlingeln sollte er an einem Strange ziehen?! – Ärgerlich trank er sein Bier aus; er wollte nun jedenfalls auch noch reden. Es sprach jetzt ein anderer Redner, der sehr ruhig und bestimmt seinen Standpunkt bezeichnete: „Nachgeben ist Schwäche", so schloß er.

Es wurde Schluß der Debatte beantragt und abgelehnt; eine ganze Anzahl von Männern hatte sich noch zum Wort gemeldet. Man beantragte, die Redezeit auf zehn Minuten einzuschränken, auch das wurde abgelehnt. Dann aber wurde ein Antrag auf Schluß der Rednerliste eingebracht und mit großer Mehrheit angenommen.

„Hast du dich in die Rednerliste eintragen lassen?" fragte mit ironischem Lächeln Kopitzki.

Hans Thordsen schüttelte den Kopf. Es tat ihm leid, daß er seine Ansichten vom Rednerpult aus nicht vertreten konnte, denn er wußte, daß sein Wort bei manchen tüchtigen Kollegen etwas galt. Er mußte nun aber darauf verzichten, die Probe zu wagen.

Nun wechselten die Redner ab, alle sprachen nur kurze Zeit, alle betonten, man dürfte sich nicht mit Hungerbrocken abspeisen lassen. Überall klang es hervor: „Fix oder nix!" – Der Referent hatte das Schlußwort. Er konnte sich kurz fassen, die Sache war entschieden, noch bevor die Abstimmung gewesen war. Man hörte an allen Tischen, wie es werden würde, man las es aus den Mienen, man sah es an der ganzen Haltung der Versammlung. Siegerstimmung lag in der Luft und nahm alle Sinne gefangen. Auch Bedächtige sahen die Vorgänge jetzt mit anderen Augen an als vordem.

Etwas nach zwölf Uhr wurden zwei Resolutionen eingebracht. Über die weitgehendste mußte zuerst abgestimmt werden. Diese Resolution ging dahin, sogleich den Streik zu beschließen. Als sie verlesen war, trat einen Augenblick tiefe Stille ein.

„Wer für diese Resolution ist, der erhebe die Hand", erscholl es laut vom Tische des Vorsitzenden.

Sofort flogen eine Anzahl Hände aus den vorderen Reihen in die Höhe, und das wirkte wie ein Flugfeuer. Immer mehr Hände wurden erhoben, tausende waren es. Langsam hob auch Hans Thordsen die Hand. Nun hatte auch ihn die Stimmung gefangengenommen. Jedenfalls wollte er sich „solidarisch" erklären mit der Mehrzahl seiner Kollegen. Was beschlossen wurde, das war auch ihm Gesetz.

Mit erdrückender Mehrheit war die Resolution angenommen. Ein tausendstimmiges, donnerndes Hoch „auf die völkerbefreiende, internationale Sozialdemokratie" erscholl aus rauhen Männerkehlen. Die Arbeitermarseillaise brauste empor, und der Strom zwängte sich durch die Türen, hinaus auf die Straßen. Die nächsten Wirtschaften füllten sich. Die meisten aber eilten heim, um den gespannt und ängstlich harrenden Weibern das Ergebnis zu verkünden: Streik! Der Anfang des allgemeinen Hafenarbeiterstreiks, eines Ringens, wie es Deutschland noch nicht gekannt hatte.

Als Hans Thordsen am nächsten Morgen bei seinem Arbeitgeber, dem Stauerbaas Rettmann, vorsprach, um den rückständigen Lohn und sein Geschirr abzuholen, sah dieser ihn verwundert an: „Nanu, Thordsen, was ist denn mit Ihnen los? Warum wollen Sie denn aufhören?"

„Der Streik ist gestern abend beschlossen, Herr Rettmann."

„Ja, was geht Sie das an? – Wir beide haben doch nichts miteinander gehabt."

„Wir hören alle auf, alle! – Die anderen Kollegen kommen auch noch."

„Von euch hat aber doch keiner etwas von mir verlangt. Ihr habt im Akkord gearbeitet und habt, meine ich, gut verdient."

„Das stimmt alles, Herr Rettmann, aber wir Schauerleute haben uns alle miteinander solidarisch erklärt. Ehe nicht unsere Forderungen bewilligt sind, darf die Arbeit nirgends wieder aufgenommen werden."

„*Ihr dürft* nicht?" fragte der Stauer etwas spöttisch. „Wer hat denn das verboten?"

„Wir selbst. Es ist so beschlossen." Hans Thordsen sagte dies mit großer Bestimmtheit.

Einen Augenblick schien der Stauer nachzudenken, dann sagte er freundlich: „Kommen Sie mal mit in mein Kontor, Thordsen, ich habe noch ein Wort mit Ihnen zu reden."

Mit gemischten Gefühlen, unter denen auch etwas Neugierde war, folgte Hans Thordsen dem Mann.

„Ich will Ihnen einen Vorschlag machen", fing ohne viel Umschweife der Stauer an. „Hören Sie mal zu! Der Streik ist nur für die Schauerleute bindend, die in Stunden- und Tagelohn stehen, und die in Akkord arbeiten, nicht wahr?"

„Das ist wohl richtig, aber –"

„Nun abern Sie man nicht gleich, Mann! Ich meine die Vorleute oder die Vizen, die im festen Wochen- oder Monatslohn stehen, oder solche, die gewissermaßen Beamte und Angestellte – Sie verstehen mich! – der Stauerbaase sind, die sind in euren Abmachungen jedenfalls nicht mit einbegriffen."

„Das sind sie wohl nicht", bestätigte Hans Thordsen.

„Natürlich nicht! – Da wären sie auch schön dumm! – Na also, ich hatte schon längst die Absicht, Sie zum Vize zu machen. Sie arbeiten schon lange bei mir und sind mein bester Mann; ich will Sie gleich als Vize für die Hansalinie einstellen. Ich denke, Sie haben nichts dagegen."

Einen Augenblick überlegte Hans Thordsen, dann sagt er ruhig, aber bestimmt: „Das wird nicht gehen, Herr Rettmann. Da müßte ich jedenfalls erst mal mit den Leuten vom Ausschuß darüber reden."

„Mit was für'n Ausschuß?" Das Gesicht des Stauers wurde rot und die Stimme laut.

„Mit dem Streikausschuß. Ich kann doch nicht an einem Abend mich solidarisch erklären mit meinen Kollegen und am andern Tag, ohne sie zu fragen, so etwas abmachen. Das geht doch nicht, Herr Rettmann, darin müssen Sie mir recht geben."

„Also Sie wollen erst reden und fragen und bitten, ob Sie bei mir arbeiten dürfen? – Mann, wer hat Ihnen denn was zu sagen?" Mit Mühe zwang sich der Stauer zur Ruhe.

„Wir haben uns solidarisch erklärt, da muß der einzelne sich fügen."

Nun war's vorbei mit der Geduld des Stauers:

„Meinetwegen brauchen Sie gar nicht erst nachzufragen. Donnerwetter noch einmal, glauben Sie, daß ich von Ihnen abhängig bin?! – Ihr sollt noch aus der Hand fressen lernen."

Da sagte Hans Thordsen ganz ruhig: „Das wird sich zeigen, Herr Rettmann. – Und daß wir uns recht verstehen, Herr Rettmann, ich habe nichts gegen Sie und kann nichts gegen Sie haben, denn Sie sind ein reeller Mann und lassen Ihre Leute was verdienen. Es ist nur wegen der Sache. Ich kann nicht anders handeln, als beschlossen ist. Täte ich es, so wäre ich ein Lump. Ich bin aber ein ehrlicher Kerl und will es bleiben."

„Hier haben Sie Ihr Geld, Thordsen!"

„Danke, Herr Rettmann!" Er blickte ihn an mit seinen ehrlichen Augen, als wollte er noch etwas sagen; der Stauer aber schlug ärgerlich den Pultdeckel zu und winkte kurz mit der Hand. Er war entlassen. Als sich die Tür hinter der breitschultrigen Gestalt geschlossen hatte und sein schwerer, noch immer etwas schleppender Schritt auf dem Hausflur verklang, da brummte der Stauer halblaut vor sich hin: „Schade um den Kerl! – Dem haben sie den Kopf verkeilt."

Von diesem Augenblick an war Hans Thordsen fest entschlossen, sein möglichstes zu tun, den Sieg an die Fahnen der Hafenarbeiter zu heften. Am Abend dieses Tages wohnte er einer Versammlung der Ewerführer bei. Als die Stimmung zuerst hin und her schwankte, wie die Wogen der Elbe zwischen Ebbe und Flut, da war es ein Mann der Arbeit, kein geschulter Redner, der ihr die Wege wies. Hans Thordsen fing in etwas schwerfälliger Sprache an, es den Leuten klar zu machen, daß nur Einigkeit zum Ziele führen könne, daß daher nun alle Hafenarbeiter in den Streik eintreten müßten. Seine Worte machten Eindruck, denn man merkte es, daß sie von fester Überzeugung und ehrlichem Willen getragen wurden. Allmählich gewann die Sprache auch Sicherheit im Ausdruck, zum Schluß lohte die innere Glut durch und zündete. „Gestern abend ist der Würfel gefallen", rief er mit starker Stimme über die Menschenmenge hinweg. „Gestern um diese Zeit konnten wir uns noch streiten über das, was getan werden sollte. Ich selbst wollte weiterarbeiten. Die Abstimmung hat aber den Streik beschlossen. Nun gibt es kein Zurück. Nun gibt es für uns nur eins: alle Kräfte müssen wir einsetzen, daß wir siegen. Wir werden aber nur dann siegen, wenn wir einig sind. Nun gibt es keine weißen oder schwarzen Schauerleute, keine Ewerführer, keine Kohlenjumper oder Kornakkordarbeiter mehr, nun gibt es nur Hafenarbeiter. Das Gefühl der Zusammengehörigkeit schweißt uns zusammen, das nennt man Solidarität. Gemeinsam vom ersten bis zum letzten, vom jüngsten bis zum ältesten müssen wir eintreten in den Streik der Kai- und Hafenarbeiter. Einzeln fallen wir, geeint stehen wir. Haltet fest zusammen, dann werden wir siegen! - Brüder - -", lebhafter Beifall unterbrach seine Rede. Er hatte genug gesagt und wollte zurücktreten, da legte sich der Lärm, rasch trat er wieder einen Schritt vor und rief, daß es bis in die entferntesten Saalecken hallte: „Brüder! Nur Einigkeit macht stark. Beschließt heuteabend den Streik!"

Es wurde abgestimmt. Fast alle Hände erhoben sich.

Als Hans Thordsen den Saal verließ und durch die Vorhalle schritt, hörte er dicht neben sich eine rauhe Männerstimme: „Du, Hein, dat is he!"

Und dann rief ein anderer von hinten: „De anner mit de witten Beffchen, weest du, de se von Berlin herschickt hemm, de kunn bannig schnacken, awer düsse Mann hier, dat's een von de Waterkant, de weet, wie uns to Mood is. Dat's en fixen Kerl!"

Das Lob beschämte ihn. Im dichten Menschenstrom schob er sich durch die Türöffnung, da trat hinter den breiten Treppensäulen eine weibliche Gestalt hervor und folgte ihm. Er war schon eine Strecke weit gegangen, als er hinter sich eine Stimme hörte: „Bravo, Hans Thordsen!" Er sah sich um. Unter einem grauen, um den Kopf geschlagenen Tuch blitzten die Augen des Birkfuchs hervor. Es war wieder das grelle Flackern, das sich bei ihr zeigte, wenn der Funke des Hasses, der in früher Jugend ihr ins Herz gelegt war, neuen Zündstoff erhalten hatte. Das war eine andere Glut, als er sie im Herzen trug und im Herzen seiner Kameraden entfachen wollte. Er hatte die besten

Regungen im Menschenherzen wachrufen wollen, das Gefühl der Brüderlichkeit und Treue, und dafür zollte ihm nun der Haß Beifall?! –

„Was geht dich diese Sache an!" sagte er kurz und scharf. „Was hast du überhaupt hier zu tun? – Das sind Sachen, die Männer angehen."

„So?" Haben nur die Männer das Recht, sich gegen das Unrecht aufzulehnen?" – Sie ging jetzt dicht neben ihm, einen halben Schritt zurück. Daß er sich nicht umsah und sie so kurz abfertigte, trieb ihr das Blut in die Wangen. „Nur weil so viele Männer Weiber sind, lassen sie sich knechten. Und wenn in diesem Kampf, in den auch dein Wort sie getrieben, ihre Frauen nicht mutig mitkämpfen, dann bleiben sie Knechte; darum muß in den Herzen der Weiber der Haß angefacht werden."

Sie waren zusammen mit dem Menschenstrom weitergegangen und wandten sich nun der stilleren Gegend am Holstentor und dem Heiligengeistfeld zu. Hans Thordsen antwortete nicht gleich; mißtönend, wie eine zersprungene Glocke, klang ihm ihre Rede.

„Was meinst du wohl, Hans Thordsen", fing sie nach einer Weile wieder an, „wenn die Leute, die heute die Unterdrückten sind, sich ihrer Macht bewußt werden? – Wenn sie dächten wie ich, obwohl ich nur ein Weib bin?"

„Na, und dann?"

„Dann würde nicht so lange und schön geredet. Dann würde nicht gebeten und gebettelt, dann nähmen sich die Leute, was sie brauchten. Zwanzigtausend Mann, das ist eine Macht!"

„Unsinn!" sagte Hans Thordsen. „Wenigstens so, wie du es meinst."

„Ja, ich weiß es, daß es Unsinn ist", erwiderte sie darauf ganz ruhig; aber höhnisch und schneidend klang es. „Weil diese Männer zu feige sind, sich ihr Recht mit der Faust zu nehmen, darum bleiben sie Sklaven. Abends im Wirtshaus, da gibt der Fusel ihnen große Worte. Nachher spielen sie zu Hause den Tyrannen. Weiber und Kinder müssen es entgelten. Dann haben sie Mut, sonst aber – –."

„Hast du deinen Vater dort gesehen?" unterbrach er sie. „Dann begreife ich deine Erregung."

„Der geht mir vorsichtig aus dem Wege, seit ich ihm voriges Jahr meine Meinung gesagt habe. Es steht ja allerdings geschrieben: „Du sollst deinen Vater und deine Mutter ehren", aber der erste Teil gilt nicht für mich. Er weiß Bescheid."

„Sei doch nicht so bitter und verbissen." Er dachte an ihre unglückliche Kinderzeit und all ihr Kämpfen und Ringen.

„Wie kann ich anders sein?" – Ihre Stimme klang nicht mehr so herausfordernd. „Von Kindheit an bin ich den Menschen ein recht- und ehrloses Geschöpf gewesen, das man verachtete und beschimpfte, schlug und quälte. Wie sollte ich da etwas anderes lernen als Trotz. Mein Vater war ein Tagedieb und ist auch heute noch nichts Besseres. Unsere Nachbarn waren Landstreicher und Spitzbuben oder etwas Schlechteres. Wenn meine Mutter nicht gewesen wäre, so wäre auch ich diesen Weg gegangen. Weil sie die einzige auf der Welt war, von der ich Liebe erfuhr, habe ich ihr das wieder vergolten. Ihr zuliebe wollte ich fleißig und ordentlich sein, für sie habe ich gebettelt und Schmach erduldet. Und daß ich wildes Blut in den Adern hatte, das war mein Glück! Ich habe es früh lernen müssen, mich gegen die Gewalt und die Schlechtigkeit der Menschen zu wehren. Da mußte ich wohl ein Birkfuchs werden – wie sie ja sagen – sonst wäre ich etwas Schlimmeres geworden."

„Darin magst du freilich recht haben", sagte Hans Thordsen.

„So? – Kannst du das einsehen?" – In ihre Worte floß neue Bitterkeit. „Du bist freilich in einer anderen Luft aufgewachsen. – Wie habe ich als Kind die ehrlichen und geachteten Leute beneidet, die ruhig ihre Straße gehen konnten, ohne verhöhnt und geschlagen zu werden. – Ich weiß noch ganz genau, wie damals, vor deiner Konfirmation, in der Schule der alte Lorenzen dich fragte: „Hans Thordsen, was willst du werden?" Da sagtest du stolz: „Ich will zur See!" – Und alle sahen voll Bewunderung dich an. – Ich dachte in diesem Augenblick: Wie glücklich ist der Junge. Und dann: Warum mußt denn gerade du so verachtet sein? – Siehst du, Hans Thordsen, mit dem Gefühl schleppte ich mich immer herum.

Ist es da ein Wunder, wenn so ein armer Mensch verbittert wird?!" –

Hans Thordsen sah bei diesen Worten wieder den Birkfuchs als kleines, barbeiniges Mädchen, wie es mit Nägeln und Zähnen der rohen Angreifer sich erwehrte. Aber auch Schnarstruphof sah er vor sich und gedachte der Zeit, wo sie ihn schnöde abgewiesen hatte, weil sie eitle Hoffnungen hegte. – „Man muß auch nicht alle Schuld von sich abwälzen", sagte er, und sie wußte, was er meinte. Sie fuhr aber nicht auf in raschem Zorn, wie er erwartet hatte, sondern ging still neben ihm her. Auch Hans Thordsen sagte kein Wort weiter.

Als sie bei der Hafenstraße waren, wo sich ihre Wege trennten, wollte er ihr mit kurzem Gruß die Hand geben und dann weiter gehen. Sie hielt aber seine Hand fest und mit ganz anderer Stimme als vorhin sagte sie: „Wenn irgend ein Mensch recht hat, mich an eine eigene Schuld zu erinnern, so bist du das, Hans Thordsen. – Du weißt, warum, und ich weiß es auch. Aber das ist jetzt zu spät! – Geschehenes kann man nicht ändern."

„Reden wir also auch nicht darüber", sagte er und wollte gehen, sie aber fuhr fort:

„Ich habe mich nie entschuldigt. Ich war blind, weil ich ihn liebte. Und ich hoffte, daß auch er mich lieb habe, so lieb, wie er es mir versicherte. Das hatte er nicht, denn sonst hätte er seinem Vater die Wahrheit gesagt und ihm Widerstand geleistet."

„Blind bist du jedenfalls gewesen", bestätigte er, „denn sonst hättest du wissen müssen, daß ein Angeliter Bauer niemals eine – – eine Tagelöhnertochter nimmt." Es war ihm schwer, die rechte Bezeichnung zu finden. Sie merkte es und setzte hinzu: „Und die war ich auch nicht einmal. Meine roten Haare waren euch allen ein Zeichen der Schande, die sich forterbte. Ich stammte von hergelaufenen Leuten ab. Meiner Mutter konnte keiner was Schlechtes nachsagen, aber ihrer Mutter Großmutter sollte eine leichtfertige Person gewesen sein. Und daß mein Vater ein schlechter Kerl war, dafür habe ich büßen müssen. Ich weiß das alles ganz genau, Hans Thordsen. Ich weiß, daß ich blind war, als ich das alles übersah. Aber Peter Ottsen wußte das auch. Er war nicht blind, er war schlecht!"

„Weißt du das so gewiß, Meta?"

Sie zögerte einen Augenblick mit der Antwort, dann sagte sie: „Vielleicht gab es auch Stunden, wo auch er blind war, denn so schlecht, wie ich früher immer dachte, kann er nicht sein - - Und doch!" In ihren Augen flammte es auf. „Er hat mich schmählich verraten, er hat - -"

„Ruhig, Meta! - Wer weiß, vielleicht hat auch ihm das manche schwere Stunde gemacht. Du bist in der Birkkate zur Welt gekommen und wurdest - wie du bist. Er wurde in Schnarstruphof geboren und sog mit der Muttermilch den Bauernstolz ein. Weißt du denn auch noch, was er damals in der Schule rief, als Lorenzen sagte: „Peter Ottsen, was willst du werden?" - „Hofbesitzer!" rief er. - Was waren wir dagegen? - Nichts! - Es tut nicht gut, wenn man schon etwas ist, bevor man es geworden ist. Der Stolz, der mit dem Menschen aufwächst, ist der gefährlichste! - Das alles solltest du bedenken, Meta, wenn du seine Schuld gegen deine abwägst." - Er wartete auf Antwort, aber sie erwiderte nichts darauf. Erst als er ging und er ihr zum Abschied nochmals die Hand reichte, sagte sie: „Du aber bist gewachsen heute abend, Hans Thordsen. Du bist ein Mann geworden!"

„Gewachsen bin ich nicht erst heute", erwiderte er bedächtig. „Gewachsen bin ich, als ich glaubte, ich sei aus dem Mutterboden herausgerissen und zum toten Holz geworden. Mich hat das Unglück zum Nachdenken gebracht. Damals am Falshöfter Strand, als die Leute über mich hinwegsahen, bin ich gewachsen. Aber ich war zu schwerfällig. Ich mußte getrieben werden. Heute bin ich herausgetreten. Da sah man mich."

„Du bist ein rechter Sohn deiner Heimat, Hans Thordsen." Ein freundlicher Sonnenstrahl blitzte jetzt aus ihren Augen.

„Wie denn?"

„Eure Vorfahren sind in Wald und Busch und zwischen den Knicks groß geworden. Wer da seinen Weg geht, der sieht nur eine kurze Strecke vor sich. Um die nächste Biegung kann ein Feind kommen, hinter den Büschen kann ein Laurer stehen. Da habt ihr Vorsicht und kluge Bedächtigkeit gelernt! - Aber wer zu vorsichtig ist und sich zu wenig zutraut, der verpaßt die Zeit. So schnappte euch die Keckheit manches weg, was ihr durch zähe Hartnäckigkeit erobern wolltet. Dir ist es auch schon so gegangen, Hans Thordsen. Nachher war es zu spät, da war das Glück vorbeigeritten, oder - - es war in den Schmutz gefallen, und war verdorben. - - Gute Nacht." - Rasch ging sie fort und war im nächsten Augenblick im Halbdunkel des Hofes verschwunden.

Nachdenklich ging Hans Thordsen nach Hause. Er dachte an den Abend auf Schottlands Bergen und an das Mädchen, das an seiner Seite gestanden hatte. War dort das Glück an ihm vorbeigeritten? - Oder war schon früher sein Glück in den Schlamm getreten, weil er nicht rasch und mit fester Hand zugegriffen hatte? - - -

Auf dem Elbstrom und in den Häfen war es tot und still. Nach einander hatten die weißen und schwarzen Schauerleute, die Ewerführer, die Kesselreiniger und Anstreicher und viele Matrosen die Arbeit niedergelegt. Selbst die „fliegenden Krüger", die sonst in ihren mit Bier und Schnaps beladenen Jollen von Schiff zu Schiff, von Schute zu Schute fuhren, stellten ihre Tätigkeit ein. Es war doch nichts zu verdienen, da machten sie denn auch mit und erklärten, es sei mit ihrem Solidaritätsgefühl unvereinbar, den Streikbrechern stärkende Getränke zu liefern. An den Kais und auf den Straßen am Hafen entlang standen von früh bis spät die Feiernden, tauschten ihre Ansichten aus, rauchten aus kurzen Pfeifen, kauten swatten Krusen und spuckten ins Wasser. Von Zeit zu Zeit gingen sie auch zu Thetje Fett oder zu Jan Knieptang, oder zu einer anderen der zunächst belegenen Wirtschaften, um einen auf die Lampe zu gießen. Alle waren voller Hoffnung, jeder redete vom Sieg der Hafenarbeitersache.

In den verschiedenen Büros, die die Streikleitung sofort eingerichtet hatte, wurden die Namen sämtlicher Streikenden in die Listen eingetragen; regelmäßig mußten sie zur Kontrolle erscheinen, regelmäßig wurden die Streikgelder ausgezahlt.

Jens Norgaardt lungerte nicht mehr am Hopfenmarkt umher, er und andere „Löwen" erinnerten sich nun, daß sie auch Arbeiter seien, hatten sie doch früher, als der Schnaps ihnen noch nicht die Kraft aus den Knochen und alle Empfindlichkeit aus dem Gewissen ausgelaugt hatte, am Hafen gearbeitet. - Jedenfalls waren sie Hafenarbeiter, als jetzt gestreikt wurde, Jens Norgaardt ließ sich in die Listen eintragen und erhielt wöchentlich Streikgelder. Das war eine schöne Sache!

„Wir können das noch lange aushalten", sagte er eines Morgens zu Hans Thordsen, der an den Vorsetzen als Streikposten stand, „wir haben Geld genug." - Dann holte er mit unverschämt vertraulichem Grinsen eine flache Flasche aus der Tasche, trank und reichte sie ihm hinüber: „Prost!"

„Pfui Deuwel!" sagte Hans Thordsen und drehte sich um, so daß man nicht wußte, ob er den Schnaps oder den Kerl damit meinte.

„Du bist wohl zu fein, um mit mir aus der Flasche zu trinken. Man nicht so stolz!" sagte höhnisch der andere. - „Meine drei Kreuze gelten ebensoviel, als deine Namensunterschrift. Er zog einen Zettel aus der Tasche: „Jens Norgaardt" steht hier. Das hat das Streikkomitee geschrieben und gestempelt."

„Dann sind wohl alle Hopfenmarktlöwen nun Schauerleute geworden?"

„Hopfenmarktlöwen?" klang es wütend zurück. „Ich kenne Leute, die einen Hopfenmarktlöwen gern Schwiegervater nennen möchten."

Die Umstehenden lachten, obgleich sie den Sinn wohl nur halb verstanden. Der Sprecher aber war im nächsten Augenblick hinter einer Gruppe schwarzjackiger Männer verschwunden.

„Es ist ein Skandal", sagte Hans Thordsen, „daß solche Kerls sich jetzt auf unsere Kosten mit durchfressen und vollsaufen. Das will ich in der nächsten Versammlung zur Sprache bringen, da muß man einen Sticken vorstecken." Hinter seinem Rücken lachte jemand höhnisch.

„Recht hast du", meinte ein alter Graukopf mit verwittertem Seemannsgesicht, „aber was ist dagegen zu machen? Gibt man ihnen nichts, dann fängt die Sorte an zu arbeiten."

„Die nimmt doch keiner. So'n Kerl kann doch keinen Sack heben."

„In dieser Zeit wird alles genommen. Es sind eben „Arbeitswillige." Unserer Sache aber schadet es, denn dann heißt es gleich in den Zeitungen: „Es melden sich fortwährend Leute, die die Arbeit zu den alten Bedingungen aufnehmen." - Das darf nicht sein! Wir müssen die Löwen mit durchfüttern."

Hans Thordsen gab sich damit nicht zufrieden. Faulheit als Ballast und Tagediebe im Schlepptau, das behagte ihm nicht. Er wollte dagegen angehen.

Zwei Tage darauf war wieder eine Versammlung. Tom Mann, der Vertreter der englischen Hafenarbeiter, war herübergekommen, um die Botschaft zu bringen, daß die englischen Kollegen sich mit den deutschen Arbeiterbrüdern solidarisch erklärt hätten und sie unterstützen würden. Hamburger Schiffe sollten in englischen Häfen weder löschen noch laden können. Von Holland und Amerika würden bald ähnliche Zusicherungen eintreffen. Geld vom Auslande würde kommen. - Das Wort: „Proletarier aller Länder verbindet euch!" schien zur welterobernden Wahrheit geworden zu sein. Über die Meere hinweg reichten sich die zielbewußten Arbeiter die Hand. - - Mit solchen erhebenden Gefühlen trennte man sich.

Den gleichen Gedanken spann der leicht erregbare Ostpreuße Kopitzki an der Tonbank von Jan Muhl, und immer wiederholte er: „Wir sind die Harrn! Uns gehört die Walt!" - bis der Schnaps seine Zunge etwas ungelenk machte.

„Das ist ja alles ganz schön und gut", sagte Hans Thordsen, als er mit dem alten Ewerführer Jonni Martens nach Hause ging, „aber Lumpen und Tagediebe sollten nicht dabei sein. Dazu ist die Sache zu ernst. Das kommt mir so vor, wie ein Balken, in dem der Schwamm ist. Das ist keine rechte Solidarität."

Drei Wochen waren vergangen, ohne daß eine Entscheidung gefallen war. Die Reeder, die Ewerführer- und Stauerbaase bemühten sich, Arbeitswillige heranzuschaffen und sie von den Streikenden fernzuhalten, damit sie nicht durch Versprechungen und Drohungen abspenstig gemacht würden. Aus dem Inlande kamen, einzeln und in kleinen Trupps, Leute verschiedener Art, um die günstige Gelegenheit zu lohnender Arbeit wahrzunehmen. Es waren in der ersten Zeit nur Hunderte, während zwanzigtausend Mann sie abzuhalten und an der Arbeit zu hindern suchten. Wo sonst des Handels kraftvoller Strom durch die Welthafenstadt flutete, waren jetzt die Lebensadern gewaltsam unterbunden; nur hin und wieder fühlte man einen leisen Pulsschlag. Dampf und Druckwasser für die Kräne waren da, aber es mangelte an Händen, um die Warenballen ins Bereich der Kranarme zu liefern. Nur scheu und ohne rechten Arbeitsmut schafften einige Arbeitswillige hier und da in den Räumen, und die staatlichen Hüter der Ordnung mühten sich ab, die drohenden Fäuste der Feiernden von diesen „Heidelbergern" fernzuhalten. Mit gebeugtem Nacken und vorsichtigen Seitenblicken schlichen sich die Verfolgten auf Umwegen von ihren Arbeitsstätten heimwärts. Erst wenn die Hafengegend weit hinter ihnen lag, oder wenn sie einen Konstabler nahe wußten, wagten sie es, den Kopf höher zu heben und festeren Schrittes aufzutreten. So drückte die Furcht oder die Scham sie nieder.

Hans Thordsen war unermüdlich tätig, bald im Streikbüro, bald auf Streikposten; er fehlte bei keiner Veranstaltung, die gemacht wurde, um die Sache der Hafenarbeiter zu fördern.

Es war eine kalte Dezembernacht, als er mit einigen Kollegen am Bahnhof Holstenstraße-Altona auf Streikposten stand, um etwaige mit dem Zuge von Norden kommende Arbeitswillige aufzugreifen und von der Arbeit fernzuhalten. Der Posten war aus Vertretern verschiedener Arbeitsklassen zusammengesetzt, darunter zwei Schiffsbodenanstreicher, die das große Wort führten. Sie gingen eine ganze Weile neben einander auf und ab, und traten hart auf, um sich die Füße zu erwärmen. Eine weiße Winterdecke breitete sich aus über Straßen und Plätze, der Schnee knisterte unter ihren schweren Stiefeln. Sonst war alles tot und still rings umher, nur vom Bahnhof klang dann und wann ein helles Glockensignal.

Der letzte Nachtzug kam, nur wenige Reisende stiegen aus, darunter waren zwei, die als Arbeitswillige verdächtig waren, bei einem dritten erschien dies zweifelhaft. Die Anstreicher nahmen die beiden Verdächtigen in ihre Mitte und erboten sich, ihnen den Weg zu zeigen. Es stellte sich nach einigen Kreuz- und Querfragen heraus, daß sie Fischerknechte aus Schleswig waren, die während der Zeit des Winterfrostes keine Arbeit hatten und sich hier am Hafen einen guten Lohn verdienen wollten. Sie wurden nun zunächst über die Sachlage aufgeklärt. Im lebhaften Gespräch ging man die Treppe hinunter und im weiten Bogen um den Polizisten herum, der am Eingang stand.

Hans Thordsen war oben auf dem Bahnsteig geblieben, er stand im Schatten des Wartehäuschens und beobachtete den dritten Ankömmling, der mit einem kleinen Leinwandköfferchen in der Hand beim diensttuenden Beamten ins Zimmer getreten war und mit diesem sprach.

Die Unterredung war beendet, der Beamte nickte, der Fremde trat zurück und zog den Hut. In diesem Moment fiel ihm das Licht der draußenstehenden Bogenlampe voll ins Gesicht. Hans Thordsen stutzte. - War er es wirklich? - War der Mann mit dem roten, aufgedunsenen Gesicht, der dort im blauen Rock und dem abgegriffenen grünen Hut aus der Tür trat, der Vielbeneidete, den er als flotten Husaren und stolzen Besitzer von Schnarstruphof gekannt hatte? -

Der Mann blickte suchend von rechts nach links und ging unsicheren Schrittes den Bahnsteig entlang, dem Ausgang zu. Hans Thordsen trat aus dem Schatten heraus; nun mußte er dicht an ihm vorbeikommen. Als der Fremde an seiner Seite war, schaute er ihm gerade ins Gesicht. Ihn traf ein unsicherer Blick; in der nächsten Sekunde flog ein Schein des Erkennens aus den grauen Augen und ein erzwungenes Lächeln über die schlaffen Züge. „Hans Thordsen! Mensch, bist du das wirklich?" Er reichte dem ehemaligen Schulkameraden die Hand. Ein Hauch von Branntweindunst flog herüber.

„Guten Abend, Peter. Ja, ich bin's."

Sie gingen einige Schritte schweigend zusammen. Dann sagte Hans Thordsen, nur um etwas zu sagen:

„Na, ein bißchen auf Reisen?"

„Ja, man muß wohl."

Sie gingen die Treppen hinunter und zur Tür hinaus. Plötzlich blieb Peter Ottsen stehen.

„Sag' mal, kannst du mir nicht hier in der Nähe ein Wirtshaus zeigen, wo man billig schlafen kann?"

„Billig? - Das war doch sonst nicht so." Unwillkürlich flog das Wort heraus. Es sollte ein halber Scherz sein und wurde in diesem Augenblick ungewollt zum bitteren Hohn.

„Was geht das dich an, Mann? - Warum läufst du überhaupt mit mir, ich hab' dich ja nicht darum gebeten", kam es laut und gereizt zurück. Er nahm den Koffer in die andere Hand und ging mit hastigen Schritten weiter, ohne sich umzusehen. Als er an der nächsten Straßenecke unschlüssig einen Augenblick stehen blieb, war Hans Thordsen schon wieder an seiner Seite. „Es war nicht schlimm gemeint, Peter, und ich habe dich nicht beleidigen wollen." Er sprach es freundlich. Er wußte es jetzt, daß es mit dem Manne, den er so lange nicht gesehen hatte, schlecht stand.

Peter Ottsen zögerte noch. „Komm mit, ich zeige dir ein anständiges Wirtshaus." Damit nahm er ihn unter den Arm und zog ihn mit sich fort. In der Holstenstraße blieb Peter Ottsen vor einer Destillation plötzlich stehen. „Ich habe fürchterlichen Hunger und Durst", sagte er. „Ich muß erst mal meinen Magen etwas bieten, sonst werde ich flau." Wohl oder übel mußte sein Begleiter mit. Peter Ottsen ging an die Tonbank und forderte ein Glas Grog. Sobald es vor ihm stand, war es auch schon verschwunden. „Noch eins! – Aber ein bißchen nördlicher! Und dann ein Butterbrot mit Käse." Er stellte seinen Koffer auf eine Bank und setzte sich daneben. Hans Thordsen bestellte eine Tasse Kaffee.

Eine Weile saßen sie still neben einander. Der eine mochte nicht fragen, der andere nicht berichten. Erst als Peter Ottsen das Glas Grog getrunken hatte, fing er an:

„Mir ist es schlecht gegangen. Hast du nichts davon gehört?"

„Vor einigen Jahren erzählte man so allerlei. Seitdem habe ich nichts mehr von dort erfahren. Wie steht es denn nun auf Schnarstruphof?"

„Futsch! – futschio! – futschikado! – Der Teufel hol' die ganze Landwirtschaft!" Peter Ottsen schlug auf den Tisch. „Hat man kein Schwein im Stall, dann ist der Speck teuer, und wenn wir viel Milch haben, kostet die Butter nichts. Man möchte dann die Wagen damit schmieren. – Aber ich habe auch sonst noch allerlei Pech gehabt. Ich wollte, wie du ja wohl wissen wirst, aus meinem Torfmoor etwas machen. Das ging nicht, das hat mir eigentlich das Genick gebrochen. Jahre lang humpelte ich noch kümmerlich umher: „Buten fix und binnen nix", weißt du. Es wurde immer ein Loch gegraben und mit der Erde das andere Loch zugemacht. Immer halb, natürlich! Das ging, wie es am besten gemacht werden konnte. Die Löcher wurden immer tiefer und die Zinsen immer höher, bis schließlich die Wucherer anfingen, die Schlinge zuzuziehen."

„Schlimme Geschichte! Ich dachte immer, du würdest dich durchschlagen."

„Dachte ich auch immer!" Er winkte nach der Tonbank hin. „Hier, Sie! Noch ein Glas Grog! – Aber den Spaß, mich hängen zu sehen, habe ich ihnen doch einigermaßen verdorben. Als sie glaubten, ich zappelte schon mit den Beinen, und die Zunge hinge mir aus dem Halse, da kniff ich ihnen aus. Ich hatte zu Geld gemacht, was ich konnte, und hatte alles zusammengerafft. Dann ließ ich die beiden jungen Füchse vor die Chaise spannen und fuhr nach Flensburg. Der ganze Kram, mit Pferdedecken und Halfter, mit Hün und Perdün, wurde verkloppt, und ich rutschte ab nach Kopenhagen."

„Donnerwetter, das war aber ein starkes Stück", fuhr Hans Thordsen auf. Sein Nebenmann sah ihn spöttisch an; die rotunterlaufenen Augen hatten jetzt wieder etwas Glanz bekommen. Es war ein flackernder, irrer Schein.

„Ein starkes Stück? – Wie meinst du das? – Sollte ich etwa den Wucherern und Blutegeln auch das noch lassen, zum Dank, daß sie mich ausgesaugt hatten bei lebendigem Leibe?! – Du hast gut reden. Du solltest so etwas mal Jahre lang durchmachen. Dann würdest du ganz anders schnacken."

„Was macht deine Familie denn?"

Peter Ottsen antwortete nicht gleich, er starrte vor sich hin in das leere Glas, die gelben, buschigen Augenbrauen zogen sich zusammen, dann sagte er leise mit tonloser Stimme: „Tot, alles tot." Und nun schlug seine Stimmung um, eine Anwandlung des „grauen Elends" kam über ihn: „Sie liegen alle auf dem Geltinger Kirchhofe in unserem Erbbegräbnis: meine Großeltern und Eltern, meine liebe kleine Toni und meine Kinder. Die haben es gut! – Ich muß in der Welt umherirren, ich habe keine Stätte mehr, wo ich mein Haupt hinlegen kann." Er griff in die Hosentasche und brachte einige Geldstücke zum Vorschein: „Das ist all mein Geld, was ich noch habe." Dann nahm er den schäbigen, kleinen Leinenkoffer von der Bank und hob ihn hoch: „Und hier ist meine ganze Habe. - Das ist alles, was Peter Ottsen vom Schnarstruphof noch gehört."

Er stützte das Gesicht in beide Hände, zwischen den Fingern quollen Tränen hervor. Hans Thordsen suchte ihn zu beruhigen:

„Du bist noch jung genug, du bist gesund und stark, Peter, es kann alles besser werden. Nur den Mut nicht verlieren! - Arbeiten!"

„Meinst du? - Ich habe das auch geglaubt. Als ich nach Kopenhagen ging, wollte ich ein neues Leben anfangen, aber - -. Weißt du, Hans Thordsen, wer schuld an meinem ganzen Unglück ist? - Der Birkfuchs ist schuld daran."

„Mensch, rede doch nicht so'n Unsinn!" fuhr jetzt Hans Thordsen auf. „Du selbst bist schuld daran. Aber sie hast du damals durch deinen Leichtsinn ins Elend gebracht." Er stand auf: „Komm mit! Hier ist nicht der Ort, solche Sachen zu besprechen." - An der Tonbank gab er dem Burschen einen Taler: „Was haben wir zu bezahlen? - Hier, ziehen Sie alles ab." Er strich das erhaltene Kleingeld ein, dann nahm er den kleinen Koffer in die Linke und faßte mit der Rechten seinen Begleiter am Arm. Ohne ein Wort zu reden, folgte dieser.

Sie gingen nach St. Pauli zu. „Wo bleibe ich die Nacht?" fragte Peter Ottsen nach einer Weile ganz kleinlaut. Die kalte Winterluft drängte die Geister des Grogs etwas zurück. Die Sorge um die nächste Zukunft fiel ihm wieder auf die Seele.

„Dafür laß mich sorgen", war die kurze Antwort. Als sie an der Altonaer Grenze vor einem kleinen Gasthaus standen, fragte Hans Thordsen: „Was willst du in Hamburg machen? Hast du hier Bekannte, die dir Stellung oder Arbeit verschaffen können? - Es ist augenblicklich eine schlechte Zeit, die Hafenarbeiter streiken."

„Gerade deshalb bin ich hierher gekommen. Ein Agent gab mir Reisegeld, ich soll morgen anfangen bei einer Kohlenreederei."

„Das geht nicht: wir streiken!"

„Du auch?"

„Ja, ich auch. Und du darfst hier nicht anfangen."

„Na, warum denn nicht? Was gehen mich die Leute an, die nicht arbeiten wollen?"

„Wir wollen wohl arbeiten, wir kämpfen aber für bessere Arbeitsbedingungen. Es ist unser gutes Recht, unsere Arbeitskraft so gut wie möglich auszunutzen. Ehrlos ist der, der den Männern, die mit ihren Familien in diesem Kampf Not und Entbehrung leiden, in den Rücken fällt." Während Hans Thordsen mit wachsender Erregung sprach, schaute der andere vor sich hin. „Was willst du nun tun?" Er ließ nicht locker.

„Ich weiß wirklich nicht, ich muß mir die Sache mal beschlafen", sagte Peter Ottsen mürrisch und wollte ins Haus gehen.

„Halt, noch eins!" Hans Thordsen faßte ihn am Arm. „Wenn du abreisen willst, zahlt dir unsere Kasse die Reise- und Zehrkosten."

„Und was soll ich dann?"

„Na, es gibt doch auch anderswo Arbeit."

„So? Wo denn? Jetzt zur Winterzeit! Ich habe das Umherstreifen und Herumlungern satt. Du sagtest doch vorhin selbst, ich soll arbeiten. Nun ich es will, ist es wieder nicht recht. Da will man mich von hier abschicken, weil man mit dem Tagelohn nicht zufrieden ist. Für mich ist es genug."

„Aber Mensch, nimm doch Vernunft an!" Hans Thordsen wurde ärgerlich. „Am Hafen stehen überall Streikposten und die verstehen keinen Spaß. Sie geben sich auch nicht so viel Mühe, den zugereisten Leuten es klar zu machen, warum sie hier nicht Arbeit annehmen dürfen. Sie ballen die Fäuste auch nicht in der Tasche. Nimm dich in acht, Peter Ottsen!"

Da richtete sich der ehemalige Gutsbesitzer gerade auf, ein Hauch des alten Trotzes flog über seine Züge.

„Wer das durchgemacht hat, was ich in den letzten zehn Wochen durchmachen mußte, der hat vor euren Fäusten und Knüppeln keine so große Angst. - Der Entschluß, den ich nun gefaßt habe, ist mir schwer genug geworden. - Es gehört für einen Mann, der mit Vieren fuhr, und dann durch die Verhältnisse oder durch eigene Schuld zum Lumpen wurde, mehr Courage, dazu, sich aufzuraffen und gegen sein Elend anzugehen, als du glaubst. Ich will's mir überlegen, ob ich die Planke fahren lasse, die den Ertrinkenden vielleicht noch über Wasser halten kann."

„Ich laß dich nicht im Stich, ich komme morgen früh zu dir", rief Hans Thordsen ihm noch nach.

Als Hans Thordsen am anderen Morgen gegen sieben Uhr in dem Gasthaus ankam, erfuhr er, daß der Fremde schon vor einer Stunde mit seinem kleinen Handkoffer fortgegangen war. Er hatte sein Nachtlager bezahlt und keine Bestellung hinterlassen. Der Wirt wußte auch nicht, wohin er gegangen war, und was er gewollt habe. Am Vormittag sprach Hans Thordsen noch zweimal dort vor, am nächsten Morgen wieder. Der Gast kam aber nicht zurück.

In der Hafenstraße, neben der Steintreppe, die nach der hochgelegenen Bernhardstraße führt, hatte Meta Norgaardt ihr Geschäft. Viel Geld war nicht nötig gewesen, es ins Leben zu rufen: ein Waschfaß, eine Mangel, ein Bügeleisen und zwei tüchtige Arme waren die hauptsächlichsten Betriebsmittel. An Seife und Sauberkeit hatte Meta es nicht fehlen lassen, auch nicht an Fleiß und Pünktlichkeit, so hatte sie das Geschäft hochgebracht. Von der Straße konnte man bequem hineinschauen in die Fenster der Plättstube. Und sie schauten hinein, die Männer, die vorübergingen, wenn Meta Norgaardt im hellen, kurzärmeligen Kleide und hellen, arbeitsfreudigen Augen am Plättbrett stand und eifrig das Eisen handhabte. Sie sah aber nicht auf. Nur wenn jemand allzu dreist seine Neugierde befriedigte oder seiner Bewunderung Ausdruck gab, zogen sich finster die Brauen zusammen, und ein unwilliger Blick traf den Gaffer.

Am Tage, nachdem Peter Ottsen in Hamburg eingetroffen war, hatte ein großer, blondhaariger Mann im blauen Seemannsanzuge neben ihr in der Plättstube gestanden. Lange war er nicht dageblieben, als er aber fortging, blieb die Arbeit liegen, auch die, die eilig war. Sie hatte die Hände schwer auf den Tisch gestützt, und mit finsterem Blick hinaus gesehen auf den Hafen. Ihre Gedanken waren fortgeflogen von der Arbeit und waren umhergeflattert vom Brunnen auf Schnarstruphof bis zum Kliff, hinweg über Berg und Tal, über Klippen und Abgründe. Dann war sie hinaufgegangen in ihr Zimmer und hatte umhergekramt in der Kommodenschublade zwischen Trikots und kleinen Kinderhemdchen und hatte die Fäuste geballt und hatte geweint, und dann hatte sie die Hände gefaltet und war ganz stille geworden. –

Am anderen Tag stand sie wieder am Fenster an der Arbeit, bleich und ernst, aber niemand merkte ihr die Last an, die sie trug. – Nach acht Tagen war Hans Thordsen wieder da: „Er wird doch wohl wieder abgereist sein", meinte er. Sie nickte. Er ging. –

Am St. Pauli-Fischmarkt legte ein Fährdampfer an, nur wenige Personen brachte er, denn es war mitten am Vormittag. Ein Mann mit blondem, verwildertem Vollbart und geschwärztem Gesicht kam aus dem Deckhäuschen hervor und verließ das Schiff. Auf dem Ponton stehend, nahm er den grünen Hut ab und wischte sich mit dem großen baumwollenen Taschentuch den Schweiß von der Stirn. Er mußte angestrengt gearbeitet haben oder rasch gelaufen sein, denn es war nicht warm; vielleicht war es auch Schwäche und innere Erregung, die ihm die hellen Tropfen auf die Stirne trieben. Er spähte umher und trat langsam heran an die Brücke, die vom Ponton ans Land führt. Es war ein gewagtes Unternehmen, in jener Gegend ein geschwärztes Gesicht zu zeigen, denn als Streikbrecher, der Kohlen gelöscht hatte, galt er den Kohlentrimmern als der größte Verbrecher. Diese „schwarzen" Schauerleute hatten in der Nähe der Fährstelle ihr Hauptquartier in einer der Destillationen.

Sonst standen sie an der Kaimauer, oft in Scharen, und schauten aus nach den Kohlendampfern, die von Cuxhaven gemeldet waren und hier löschen sollten. Sobald einer in Sicht kam, füllten sich die Boote mit Mannschaften, Körben und Tauwerk. Auf beiden Seiten paddelten vier oder sechs Mann mit ihren kleinen Handrudern, sie trieben mit schnellen Schlägen das Fahrzeug an den Dampfer heran. Wie die Seeräuber enterten sie an der Schiffswand empor und über die Reeling hinweg. Bald regten sich die sehnigen Arme, und durch die harten Fäuste schwirrten die Zugseile: Korb auf Korb tauchte auf aus der dunklen Tiefe, und der Inhalt rollte polternd in die langseit liegenden Schuten.

Nun war alles tot und still. – „In der Nacht haben sie einen englischen Kohlendampfer gelöscht", erzählten sich die Leute, die bei Jan Pohl an der Tonbank standen. „Die verfluchten Kerls!"

„Wir haben die Streikbrecher genug gewahrschaut, wer nicht hört, der muß fix was aus der Armenkasse haben", sagte der lange Kohlendietje Thetje Schülke, ballte die Faust und machte mit dem rechten Arm eine bezeichnende Bewegung.

„Man muß ihnen sämtliche Knochen kaputtschlagen", bestätigte von der Tonbank her Jan Potthast.

„Man muß ihnen 'ne Schneer um den Hals legen und sie an dem Ladebaum hochziehen, die Spitzbuben, die von auswärts kommen und den ehrlichen Leuten die Arbeit stehlen", rief Corl Bärmann. – Die Anzeichen mehrten sich, daß der Streik einen schlechten Ausgang nehmen könnte, daher wuchs die Erbitterung.

Thetje Schülke hatte am Fenster gestanden und mit finsteren Mienen hinausgeschaut. Plötzlich hob er den Kopf, seine Augen bekamen einen raubtierartigen Ausdruck: „Wat is dat för'n Kerl dor?" rief er und zeigte mit der Hand hinüber nach dem Landungsteg der Fährdampfer.

Zwei, drei, sechs Mann traten hinzu und blickten aufmerksam durch die Scheiben. Der Mann, der vorhin mit dem Fährdampfer gekommen war, kam langsam über die Landungsbrücke gegangen. Er war an dem Polizeiwachthäuschen vorbei und betrat nun die nach der Straße hinaufführende Holztreppe.

„Streikbrecher! Heidelberger!" hörte man eine Stimme. Und wie die Worte gefallen waren, war alle Besinnung dahin. „Das ist einer von den Lumpen, die uns in den Rücken fallen, die uns und unsern Kindern das Brot nehmen", rief Schülke laut. – „Dodslaen!" brüllte August Boll. „Haut den Hund dod!" schrien andere.

„Ruhig Blut!" warnte eine Stimme vom Schanktisch her, aber die Männer hörten nicht darauf. Der Zündstoff, der in erbitterten Gesprächen ausgestreut war, den sie überall eingeatmet hatten, glomm auf und wurde zur wilden Flamme. Sie stürzten nach der Tür, da vertrat ihnen Schülke den Weg: „Hierbleiben!" schrie er. „Laßt ihn herankommen. Näher heran muß der Hund, sonst läuft er in die Polizeiwache, ehe wir ihn in den Fingern haben." - Sie standen. Auch beim Raubtier zügelt List die wilde Gier.

„Ihr wollt doch nicht über den einen einzelnen wehrlosen Mann herfallen! Nehmt euch in acht! Die Polizei kommt gleich!" tönte die Stimme der Wirtin vom Schanktisch her.

„Die Hunde sind lange genug gewarnt", schallte es zurück.

„Sie wollen's nicht besser haben." - Die Frau des Wirts trat hervor und ging ans Fenster. Sie sah den Arbeiter langsam daherkommen, scheu spähte er nach rechts und links, er näherte sich der breiten Steintreppe, die zur Erichstraße hinaufführt. „Das ist feige und gemein, so viele über einen. Laßt ihn gehen." Ihre Stimme klang laut und erregt.

„Vorwärts!" schrie Schülke und riß die Tür auf. Wie die Wölfe sprangen sie die Steinstufen hinunter. Der Herankommende stutzte. Einen Augenblick schien es, als ob er fliehen wollte, einen Augenblick nur. - Vielleicht fiel ihm ein, daß ihm die wütende Meute dann gleich im Nacken sitzen und hinterrücks ihn niederreißen würde; vielleicht loderte in ihm das Gefühl auf, daß er sein freies Recht auf Arbeit verteidigen müsse, von dem er zu seinen Gefährten geredet hatte; vielleicht glaubte er auch, daß kaltes Blut die Wut entwaffnen, daß Mannesmut auf ehrlichen Kampf, Mann gegen Mann, rechnen könne. Er reckte seine kräftige Gestalt hoch auf: „Faßt mich nicht an, ehe ihr mich gehört habt", rief er mit gewaltiger Stimme.

Wie ein Raubtier sprang ihm Schülke an den Hals. Der Mann duckte sich und warf mit kräftigem Schwung seinen Gegner zurück, der überschlug sich und stürzte hin wie ein Sack. Zwei andere sprangen hinzu.

„Halt!" schrillte eine helle Frauenstimme hinein in den Lärm. Das war nicht die Wirtsfrau. - Es war, als wenn der Angegriffene bei diesem Laut zusammenzuckte. - Er sah nicht, daß aus dem Haufen vor ihm sich ein breitschultriger Kerl herausgeschlichen hatte und hinter ihm stand. „Hört mich, ihr Leute", schrie er noch einmal. „Ich will -". Zwei eiserne Arme umklammerten ihn von hinten, dann fielen sie von allen Seiten über ihn her. „Schlagt ihn tot, den Hund", tönte ihm eine wutheisere Stimme ins Ohr. Schülke war wieder aufgesprungen vom Boden, drückte ihm die Kehle zu und riß den sich verzweifelt Wehrenden nieder. Als er hart mit dem Hinterkopf auf das Steinpflaster niederschlug, war es mit allem Widerstand vorbei; betäubt blieb er liegen, und in tierischer, sinnloser Wut schlugen und traten ihn die Angreifer. Alles das hatte nur wenige Sekunden gedauert. Ein wirrer Knäuel war um und über dem am Boden liegenden Mann; wilde Flüche und Drohworte tönten durcheinander, dazwischen aber hörte man laut und gellend eine Frauenstimme: „Hilfe, Hilfe! Konstabler, zur Hilfe!"

Schülke, der sich auf den wehrlos Daliegenden geworfen hatte und mit geballter Faust ihm ins Gesicht schlug, wurde plötzlich von hinten an den Haaren gepackt und mit einem Ruck auf die Seite geworfen.

„Verdammtes Frauenzimmer, was willst du?"

„Haltet doch das verfluchte Weib fest!"

„Hilfe! Konstabler!" schrie sie wieder. „Elende Feiglinge! Acht Mann über einen!"

Das Weib, das den Überfallenen schützte, wurde von derben Fäusten zurückgestoßen, daß es taumelte und hinfiel. Im nächsten Augenblick aber stand sie wieder auf den Füßen, wie eine Wildkatze fuhr sie den Männern, die den am Boden Liegenden hielten und schlugen, mit ihren Nägeln ins Gesicht. Dieser plötzliche und eigenartige Überfall brachte die wütenden Gesellen einen Augenblick von ihrem Opfer ab. In diesem Augenblick erscholl vom Landungssteg her ein langgezogener Pfiff - - „Uddel kömmt, Uddel, U-u-ddel" riefen in langgezogenen Tönen ein paar Straßenjungen, die von dort aus der Schlägerei zusahen. - „De Konstablers kaamt!" wiederholte Thetje Schülke. „Maakt, dat ji wegkaamt!" - Er raffte seinen Hut aus dem Straßenschmutz und rannte den Pinnasberg hinauf, die anderen folgten. Im Handumdrehen hatten die Sieger das Schlachtfeld geräumt.

Im Dienstschritt kamen nun drei Konstabler heran, sie fanden nicht mehr viel zu tun, nur einen Streikbrecher sahen sie am Boden liegen. Blut quoll aus einer Stirnwunde, rann über das totenbleiche Gesicht und tropfte herab von dem verwilderten Bart in den Kot. Am Hinterkopf war ein breiter Flecken gleichfalls rot gefärbt, und zwischen den dichten gelben

Haaren sickerte es hinunter in den Rockkragen. Neben dem stillen Mann aber kniete Meta Norgaardt. Sie hob seinen Kopf vom Steinpflaster und legte ihn in ihren Schoß, sie sah ihm starr ins Gesicht und wischte mit ihrer weißen Schürze Schmutz und Blut von seiner Stirn.

„Den haben sie bös' zugerichtet", sagte der eine der Konstabler.

„Er hätte zu Hause bleiben sollen", meinte ein anderer. Der dritte fragte das Mädchen: „Kennen Sie den Mann? - Wo wohnt er?" Sie antwortete nicht. Ihre Sorge und Aufmerksamkeit galt nur dem Geschlagenen. „Peter", rief sie ihm leise ins Ohr. Hatte er das Wort verstanden? - Er schlug die Augen auf, hob den Kopf ein wenig und schaute nach rechts und links. Dann stöhnte er tief auf: „Ach! - Meine Brust!" - Er hustete und es quoll rot empor. Sie wischte ihm den blutigen Schaum vom Munde. „Der hat genug", sagte ein hinzutretender Bürger. „Ich sah es, wie er hinschlug. Mit dem Schädel fiel er gerade auf den Kantstein. Mit Fäusten und Stiefelhacken haben sie ihn bearbeitet."

„Den Heidelberger!" rief hinter ihm einer.

„Wer war's denn?" fragte der Wachtmeister den entrüsteten Zeugen.

„Wer soll's wohl gewesen sein!?" war die brummige Antwort, und nach einer Weile setzte er hinzu: „Bestien! - Aber keine Menschen!"

„Holt den Tragkorb von der Wache!" Zwei Konstabler gingen fort, den Befehl auszuführen. Eine größere Menschenmenge sammelte sich um die Gruppe. Die Männer hatten die Hände in den Taschen und die geschwärzte Kalkpfeife im Munde; mit etwas Mitleid schauten einige auf das Opfer des hinterlistigen Überfalls; bei anderen sah man verbissene Wut im Gesicht. Wenn der Konstabler sie aufforderte, weiter zu gehen, so brummten sie unverständliche Worte, und wenn er sie zurückschieben wollte, so drängten die Hinterstehenden nach. Es war kein offener Widerstand des einzelnen, aber es lag im Gebaren des Haufens etwas, das die Hüter des Gesetzes veranlaßte, leise aufzutreten. Es war überall so viel Zündstoff angehäuft, daß man sich hütete, die Lunte daran zu legen.

„Das ist wohl ihr Mann?" fragte eine Fischfrau, die ihre Körbe auf dem Trottoir stehen ließ und herüberkam, um zwischen den Köpfen der Männer hindurch das Schauspiel zu betrachten.

„Näh!" erwiderte eine rauhe Männerstimme. „Das ist die Rote, die drüben die Plättstube hat."

„Was? Die Rote? Die Norgaardt? - Was geht sie der Mann an?"

„Weiß der Deuwel."

„Haben sie ihn totgeschlagen?"

„Leben tut er noch. - Aber wer weiß, wie lange."

„Dat's en Schann!"

„Was is dat?" Ein wildbärtiger Mann drehte sich um und sah der Frau ins Gesicht. Aber sie sagte laut und schroff: „Dat is ja Mord und Dodschlag."

„Hol din Mul, Ollsche, sünst kann noch mehr passeern." Er knurrte das zwischen den Zähnen hindurch und blickte sie mit tückischem Blick an. Das breitschultrige Weib „von de Waterkant" aber ließ sich nicht einschüchtern: „Wat schall mi woll passeeren?" fragte sie patzig. „Line! - Liiine!" rief sie dann mit einer Stimme, die straßenweit gellte. Von der Treppe her drängten sich zwei ähnlich gebaute Vertreterinnen ihrer Zunft heran; da fügte sie höhnisch hinzu: „Kickt doch mal her; de anner dor, mit de Köhmnäs, de will hier Frunslüd slaen."

„Probeer dat mal, min Jung", ermunterten ihn die Freundinnen höhnisch und machten sich mit den Ellenbogen Platz. Drei Weiber stellten sich vor ihm auf und stemmten erwartungsvoll die derben, aufgekrempelten Arme auf die breiten Hüften.

„Probeer dat blot's eenmal, min Söhn!"

Die Nächststehenden lachten. „De anner" drückte sich nach der gegenüberliegenden Seite, er ging langsam weiter und verschwand in der nächsten Destillation.

„Hier kann er doch nicht liegen bleiben", wandte sich nun eine der Frauen an den Wachtmeister. „Er muß ins Seemannskrankenhaus. Man fix."

„Der Tragkorb wird schon geholt", sagte mürrisch der Beamte.

„Harrn ji dor nich vör oppassen konnt?" hörte man eine

andere Weiberstimme die Konstabler fragen. Sie überhörten das.

„Is dat dien Brüdjam, mien Deern?" wandte sich mitleidig Trina an das Mädchen, das auf dem Straßenpflaster kniete und sich bemühte, das Blut zu stillen. – – Sie nickte.

„Wi wöllt di helpen!" sagte die Frau, und ihre Stimme hatte einen anderen Klang wie vorhin. „Wi wöllt em bi Jan Pohl in de Weertschaft drägen. – Hier, kaamt doch mal twee Mann her, un faat mit an." Vier hilfsbereite Männerhände faßten an und hoben vorsichtig den Verwundeten hoch.

„Halt! Der Tragkorb kommt schon", rief der Wachtmeister. „Legt den Mann hinein."

„Mi ok recht", sagte Line.

Nach einigen Minuten lag der Mann auf der Tragbahre, vier Männer trugen ihn die Hafenstraße herab, dem Seemannskrankenhause zu. Hinter dem Zug ging in beschmutzten und zerrissenen Kleidern bleich und blutig Meta Norgaardt.

Die Erbitterung wuchs. Am Hafen und in engen, dunklen Gängen gab es häufiger Unruhen, die Überfälle mehrten sich. Am hellen Tage und im Dunkel der Nacht ereigneten sie sich, und nur selten gelang es, die Täter zu fassen. Neben der Brücke am Baumwall wurde eines abends eine blutige Schlacht geschlagen, bei der die Streikenden zurückgedrängt wurden. Am Pinnasberg stürmten sie am hellen Mittag einen Wagen der Straßenbahn, drangen in das Innere, schlugen einige Arbeitswillige halbtot und zertrümmerten Türen und Fenster. Unbeaufsichtigt liegende Schuten wurden angebohrt, Persenninge wurden zerschnitten, was nicht niet- und nagelfest war, wurde in die Elbe geworfen. Es gärte überall. Dem stolzen Gefühl der Stärke und Überlegenheit, das zu Anfang geherrscht hatte, war die dumpfe Ahnung einer Niederlage gefolgt. Es schwand die ruhige Würde, und aus dem aufgewühlten Boden brachen die brutalen Regungen hervor. „Se ward nu wild", sagte der alte Ewerführerbaas Magens, „denn is et bald to Enn!" – Aber so weit war es doch noch nicht. Es ebbte und flutete noch immer in der Bewegung hin und her, abends so und morgens anders, ähnlich wie in der Elbe. Aber grauer und trüber wurde das Wasser. Die „Solidarität" erwies sich noch immer wie ein eiserner Ring, der Gleich und Ungleich umspannte, aber es mehrten sich die Stimmen, die unter dem Druck seufzten. Die fleißigen Arbeiter hatten den Honig eingebracht, um in den Zeiten der Not davon zu zehren. Als es aber so weit war, kamen die Drohnen in Scharen; sie summten und brummten das gleiche hohe Lied von der Solidarität aller Arbeiter und schlugen sich dabei so viel Honig in den Bauch, wie sie bekommen konnten. Breitspurig und großmäulig standen sie am Kai neben den wackeren Männern, deren Hand in schwerer Arbeit hart und schwielig geworden war. Den Arbeitgewohnten wurde die Zeit lang, die Arbeitsscheuen freuten sich, daß sie nun mit Fug und Recht von der Arbeit fern bleiben konnten und doch verdienten. Der alte seßhafte Stamm aber der Schauerleute und Ewerführer, die jahrelang bei ihrem Baas in Lohn und Brot gestanden hatten, sahen mit Sorgen das Häuflein der ersparten Mark schwinden und mit Ärger einen Teil der gesammelten Gelder durch die Kehlen der Halbstarken fließen.

Jan Thedsen, der 35 Jahre mit dem Bootshaken gearbeitet hatte, stand mit einer schottischen Karre voll Apfelsinen am Spielbudenplatz. Um die Ware einkaufen zu können, hatte seine Frau ihren Muff und den Pelzkragen versetzen müssen, den ihre älteren Jungens ihr zur silbernen Hochzeit geschenkt hatten. Das jüngste Mädchen ging treppauf, treppab mit Stiefelbändern, Nähgarn und Seife hausieren, konnte aber nur 40 Pfennige den Tag verdienen, denn sie war noch zu anständig gekleidet, um das Mitleid der Leute zu erregen. Es liefen zu jener Zeit auch so viele mit solchen Sachen herum! – Um jene Zeit kam es auch auf, daß am Abend, wenn die Arbeiter mit den Fährdampfern von Steinwärder kamen, auf den Anlegepontons der Ruf erklang: „Mann, en Stück Brot!" – Kleine, blasse Jungen und Mädchen in ärmlichen Kleidern und zerfetzten Schuhen waren es, die die Arbeiter anbettelten. Sie gaben ihnen die Reste, die ihnen nicht geschmeckt hatten, und was übriggeblieben war vom Mittagsbrot. An Ort und Stelle wurde gleich der erste Hunger gestillt, der Rest wanderte in die Leinwandbeutel und wurde zu Hause von den Eltern und kleineren Geschwistern verzehrt.

August Schütt war von Haus aus Schuster. Da die Fabriken den gelernten Schuhmachern aber die beste Arbeit genommen und ihnen nur die Flickereien übriggelassen haben, so hatte August Schütt den Spannriemen in die Ecke geworfen und bei den Anstreichern angefangen. Nun versohlte er die Schiffsböden mit „Ratjens" und „Rote Hand", wenn sie in den Steinwärder Schwimmdocks lagen. Das hatte er schon viele Jahre getan und sich ganz gut dabei gestanden. Als nun der Streik kam und er mit seinen sieben Kindern die paar Spargroschen aufgezehrt hatte, da suchte er wieder den Spannriemen und den Schusterhammer her und fing an, den Leuten die Stiefel zu besohlen. Das ging zuerst ganz gut. Dann aber kamen die Frauen aus der ganzen Nachbarschaft und brachten die Schuhe der Kinder und die Stiefel der Männer zum Flicken und Besohlen, und wenn sie das heile Fußzeug wieder durch die Göhren abholen ließen, hieß es: „Mutter will es bezahlen." - Ja, sie wollten es wohl, aber sie konnten es nicht. - „Wenn der Streik zu Ende ist, soll alles glattgemacht werden", hieß es dann. - Das ging so lange, bis der Lederhändler anfing zu streiken. August Schütt konnte kein Sohlleder mehr bekommen, er konnte nur noch aus altem Leder neue Riester machen; so wurde das Geschäft immer schlechter. Er gab es auf. Seine Kunden fanden nun keinen anderen Schuster, der unter gleichen Bedingungen arbeitete. So mußten denn die Kinder mit kaputten Stiefeln losziehen; sie schleusten damit durch den aufgeweichten Schnee und hielten sie in den Pausen an den Ofen, um die Füße zu wärmen. August Schütt aber hatte schließlich selber ein Paar Stiefel an, durch deren Sohlen das Regenwasser ein- und auslief. Er hatte kein Geld und keinen Kredit mehr, sich ein Paar Sohlen zu kaufen. „Wenn wir nur erst wieder den Pinsel in die Hand nehmen könnten!" seufzte er.

Bei dieser Gelegenheit zeigte sich auch, daß die goldene Kette, mit der Otto Neubauer, der Maschinist vom Schlepper „Herkules", so oft geprotzt hatte, gar nicht von Gold war. Er selbst hatte es geglaubt, denn er hatte sie einmal spät abends in der „Konkordia" von einem anständig aussehenden Fremden gekauft. Der Mann war in Verlegenheit gewesen, er hatte kein Schlafgeld und bot ihm nun die goldene Kette, das Erbteil vom Vater, zum Kauf an. Zufällig kam ein Fremder hinzu, der war Goldarbeiter. Er erklärte, daß die Kette unter Brüdern 150 Mark wert sei. Der Erbe der Kette mußte sehr in Verlegenheit sein, er wollte sie für 30 Mark verkaufen. – Als der Maschinist das hörte, griff er in die Tasche und holte seine Löhnung hervor, es waren 26 Mark. Dafür bekam er die Kette. Er trug sie seit drei Jahren mit gerechtem Stolz, aber nur sonntags. Er hatte sich eine weiße Weste bauen lassen, damit sie einen besseren Hintergrund hatte. – Als er aber jetzt in der schweren Zeit der Not dem alten Abraham in der Elbstraße die Kette zum „Aufbewahren" geben wollte, stellte sich heraus, daß sie höchstens 3 Mark wert war. Das war hart, denn an dieser Kette hatte sein letzter Rettungsanker gehangen. Da hatte er nur den einen Wunsch: „Wenn ick man erst werrer an mien Maschien stünn!"

Schlimmer ging es Fritz Ehlert. Der war früher Tagelöhner und Hofgänger gewesen im Holsteinischen. Er hatte mit Frau und Kindern ein kleines Strohdachhäuschen bewohnt, das zu Waterneverstorf gehörte. Seine Ziege hatte schöne Milch gegeben, denn sie fraß das fette Gras an den Wegrändern, das niemand gehörte. Seine Hühner legten fleißig Eier, denn sie fanden reichlich Futter auf den benachbarten Kornkoppeln. Er hatte sich so durchgeschlagen, schlecht und recht. Das bare Geld war gewöhnlich knapp, aber satt waren sie alle noch immer geworden und eine warme Stube hatten sie im Winter auch. Da kam aber seines Bruders Sohn zum Besuch, der arbeitete in Hamburg auf einem Speicher. Das war ein feiner Kerl! – Im Dorfwirtshaus führte er das große Wort, denn er bezahlte, was seine Verwandten und Freunde tranken.

„Ihr seid Schafsköpfe", sagte er, „daß ihr euch so von den Gutsherren und Bauern aussaugen laßt, bis ihr alt und aufgebraucht seid. Kommt nach Hamburg, da verdient man leichter sein Geld! – Da nimmt man nicht den Hut ab, wenn der Arbeitgeber kommt. Das kann er ja tun, wenn er Lust hat." Und er schlug auf den Tisch, daß es krachte: „Da sind wir die Herren!"

Das und anderes, was er redete, hatte Fritz Ehlert gefallen. Im nächsten Herbst verkaufte er Ziege und Schwein, die Hühner und den alten Grützquern, den er von seinen Eltern geerbt hatte, und zog nach Hamburg.

„Du warrst noch na uns lengen warrn!" rief ihm sein Nachbar nach. Fritz Ehlert lachte. Er fand nicht gleich eine Stelle, aber er hatte auch noch was einzubrocken. Dann kam er bei den Schauerleuten an; zwar hatte er nicht regelmäßig Arbeit, aber wenn er arbeitete, verdiente er gut. Man kriegte doch bares Geld in die Hände! – Aber es lief so flink durch die Finger, denn jedes Spierchen Suppenkraut, jedes Ei und jeden Tropfen Milch mußten sie kaufen. Die Wohnung kostete so viel, und es war doch nur ein elendes, kleines Loch gegen früher. Er selbst brauchte für sich auch mehr, denn wenn Jan Dutt und Korl Pott in die Köhminsel gingen und sich einen in die Jacke schwenkten, so konnte er doch nicht allein an der Tür stehen bleiben und Luft schnappen.

„Du warrst noch na uns lengen warrn!" Dies Wort tönte ihm noch oft in den Ohren. An das Wort mußte er täglich denken, als der Streik ausgebrochen war. Gerne wäre er damals mit Sack und Pack, mit Kind und Kegel wieder in die Heimat gezogen, hätte seine Ziege wieder an der Grabenkante getüdert und den Kohl gegessen, der in seinem Garten wuchs. – Wäre es in der Erntezeit gewesen, dann hätten ihn keine zehn Pferde hier gehalten, aber es war Winter, harter, arbeitsloser Winter, da mußte er wohl bleiben. Die wenigen Spargelder, die Mutter in den Strumpf gewickelt und ganz unten in der Kommodenschublade versteckt hatte, waren längst aufgezehrt. Die Stücken Brot für die Kinder wurden immer kleiner, und Butter darauf gab's nicht mehr. Auf ein Ei hatte man früher nicht viel gerechnet, Kohl hatten sie so reichlich gehabt, daß sie ihn verschenkt hatten. Gerade das fiel Fritz Ehlert eines Abends ein, als er seine Pellkartoffeln mit magerem Mehlstippels verzehrt hatte. Er bekam solchen Appetit auf Kohl, ja, es war schon kein Appetit mehr, es war der richtige Hunger, der ihn plagte. Immer Brot und Kartoffeln, das hält ja keiner aus!

Dann war sein Nachbar Jan Stropp herübergekommen, der arbeitete drüben auf Steinwärder bei Nagel in der Spritfabrik.

Jan hatte eine Flasche „Negertod" in der Tasche, so nannten die Leute den „Genever", der nach Afrika ging. So schlecht war er gar nicht, daß Jan Stropp und Fritz Ehlert ihn nicht auch trinken konnten. „Brannwin gifft Kraft und Mood. Drink man!" sagte Jan. Fritz konnte beides brauchen, er hatte ja nichts in den Knochen und im Magen. Er trank und fühlte den Hunger nicht mehr, er trank und vergaß seine Not und er trank wieder, da bekam er Mut.

Gegen Mitternacht ging er aus dem Hause, stieg vorsichtig die Treppen hinunter und ging nach Eimsbüttel zu. Am Sandweg war alles still und dunkel, da stand er am Drahtzaun vor dem Garten seines Stauervizes. Er kannte Ort und Gelegenheit, denn er hatte im Sommer eine Ladung Bambusstäbe hinausgebracht, die von einem Reisschiff stammten, und hatte daraus eine Laube zimmern helfen. Er wußte sich auch im Dunkeln ziemlich zurechtzufinden. Er fand den Kohl, schnitt eine Anzahl der üppigen Stauden ab und stopfte sie in den mitgebrachten Sack. Als aus dem nahen „Storchnest" verspätete Gäste herauskamen, duckte er sich hinter die Laube. Da schlug ihm das Herz hörbar. Beinahe hätte er den Sack liegenlassen und wäre davongerannt, denn es war ihm, als wenn er die Stimme seines kleinen August hörte, der in einförmiger, stockender Weise das siebente Gebot auswendig lernte: „Du sollst nicht stehlen!" – Scheu sah er sich um. – Die Schritte der späten Wanderer verhallten nach Altona zu, ihm aber kam ein Gefühl des Trotzes. Er hörte jetzt eine andere Stimme, die flüsterte ihm Worte ins Ohr, wie er sie vorhin von Jan Stropp gehört hatte: „Besitz ist Diebstahl!" – Da stand er auf, schwang den gefüllten Sack über die Schulter, stieg über den Drahtzaun auf den Weg und wandte sich heimwärts.

Am Pferdemarkt hielt ihn ein Schutzmann an, der wollte wissen, was in dem Sack sei. Eiskalt fuhr es Fritz Ehlert durch die Glieder, aber von dem Mut, den er aus der Flasche geschöpft hatte, wallte noch ein Rest auf. Er entgegnete frech: „Was geht Sie das an? – Kann ich nicht von meinem Land holen, was ich will?!"

„Kommen Sie mit zur Wache!" befahl der Schutzmann und faßte ihn am Arm. Da riß sich Fritz Ehlert los, warf den Sack fort und rannte, was er konnte. Es half ihm aber nichts, der Schutzmann war flinker und hatte ihn bald am Kragen. In seiner Angst und Aufregung schlug Fritz wild um sich; er wurde aber überwältigt und zur Wache gebracht. - Auf diesem Gange kam die Ernüchterung über ihn, er bat und flehte: „Ach, lassen Sie mich doch los! Ich habe nie in meinem Leben was genommen, was nicht mein war. Frau und Kinder haben nichts zu essen. Lieber Herr, es ist schwer, seine Kinder hungern zu sehen. Lassen Sie mich los! Ich will's auch nie wieder tun!"

„Warum stehlen Sie, warum arbeiten Sie denn nicht?" fragte einer der Schutzleute.

„Ich kann ja nicht, ich darf ja nicht arbeiten."

„Warum nicht?"

„Der Streik, ach, der Streik!"

„Der verdammte Streik!" brummte der Beamte und der Mensch sprach aus ihm, als er leise hinzusetzte: „Wir dürfen Sie nicht laufen lassen. Das könnte uns selbst unser Brot kosten, Sie müssen mit, aber es wird wohl so schlimm nicht werden."

Als dann Fritz Ehlert in der dunklen Zelle auf der harten Holzbank lag, da hörte er wieder das Wort, das sein Nachbar ihm nachgerufen hatte: „Du warrst noch na uns lengen warrn." - Aber nun durfte er sich nimmer wieder in der alten Heimat sehen lassen. Die Leute würden mit Fingern auf ihn zeigen und sagen: „Fritz Ehlert hett säten in Hamburg!" - „Woför denn?" - „He hett stahlen!" Und wie sollte er nun seiner Frau und seinen Kindern vor Augen treten? - Ach, hätte er doch in diesem Augenblick die letzten drei Stunden aus dem Buch seines Lebens austilgen können, von dem Augenblick an, wo er mit Jan Stropp den Schnaps trank, bis jetzt! - Wie gerne hätte er den Rest seines Lebens dafür gegeben. Dann war er noch ehrlich, und seinen Kindern konnte man nicht nachrufen: „Dien Vadder hett stahlen!" - Aber er konnte es nicht. Er hat daran tragen müssen noch viele Jahre, und seine Frau weiß es, daß diese Stunden ihm noch den letzten Augenblick seines Lebens schwer gemacht haben.

„Um die Frauen und Kinder tut es mir am meisten leid", sagte dem alten Ewerführer Magens seine Frau. Ihre Dora war bei ihr gewesen, die flinke Dora mit den drallen Armen und dem roten, lachenden Mund, die vier Jahre bei ihr gedient und dann einen von den Leuten ihres Mannes geheiratet hatte. Früher war sie häufiger mal gekommen, dann seltener, und nun hatte Frau Magens sie schon lange nicht mehr gesehen. Als sie vor der Tür stand, kannte Frau Magens sie nicht wieder, sie war mager und spitz geworden. Sie hielt ein kümmerliches Kind auf dem Arm und bat, ihr einen Taler zu leihen, sie habe keine Milch mehr für ihr Kleines, und der Milchhändler wolle nicht mehr borgen. „Warum fängt dein Mann nicht an zu arbeiten?" fragte mit harter Stimme Frau Magens.

„Ach, Frau Magens, er darf doch nicht."

„Warum darf er nicht? Du kannst ihn man losschicken. Ich meine doch, du hast sonst immer die Büx angehabt."

Ein trauriges Lächeln glitt über das Gesicht der Bittenden: „Wie gern wollte ich das! Ich kann aber nichts machen, und er selbst kann auch nichts machen. Keiner traut sich ein Wort zu sprechen gegen den Streik. Sagt einer was, dann heißt es gleich: Verräter und Feigling. Keiner traut sich anzufangen, seines Lebens ist er dann nicht sicher!"

„Aber es arbeiten doch schon viele Hunderte", warf die Frau des Ewerführerbaases ein.

„Das sind Fremde. Die gehen nachher wieder weg, dahin, wo man sie nicht kennt und nichts von ihrem Tun weiß. Glauben Sie es mir, Frau Magens, wenn hier einer von den Alten anfängt, dann drückt er sich ein Brandmal auf, das zeitlebens bleibt. Man würde ihn verfolgen und verhöhnen, bis er fortläuft. Seine Frau hätte im Hause und auf dem Hof keine ruhige Stunde, und seine Kinder wären gemieden. Wenn das nicht wäre, wahrhaftigen Gott, Frau Magens, mein Mann sollte heute noch die Arbeit anfangen. Er darf aber nicht!" Und ihre Augen bekamen Glanz, als sie sagte: „Er soll auch nicht!"

Da schüttelte die alte Frau den Kopf, denn sie konnte sich nicht hineinfinden in eine Zeit, die nach Freiheit ringt und hierzu die Mittel des finsteren Mittelalters nicht entbehren kann. Sie nahm Dora mit in ihre Küche, nahm ihr das Kind ab, gab ihm zu trinken und der Mutter zu essen. Als Dora gesättigt und gewärmt fortging, hatte sie ein Bündel in der

Hand und einen Taler in der Tasche, und die alte Frau Magens rief ihr nach: „Öwermorgen kömmst du werrer, Dora, hörst du!"

Diese alte freundliche Frau aber sagte nachher zu ihrem Manne: „Dat segg ick di awers, Hein, wenn ji Baasen man een Finger breet nahgäwen doht, denn sünd ji Lappen! - De Kerls wöllt ja Gewalt gegen ju bruken. Dor hört de Weltgeschichte opp, wenn de an't Rudder kaamt!" - Sie war eine Holsteinerin, sie hatte eine offene Hand und ein warmes Herz, aber einen steifen Nacken.

Aber auch die Männer, die jeden Morgen in Haufen an der Kaimauer standen, hielten noch immer den Nacken steif. Es schien wenigstens so. Wer aber genauer hinschaute und aufmerksam hinhorchte, der wußte, daß nicht alles so war, wie es den Anschein haben sollte.

„Das schlimmste ist, daß von auswärts so viel Zuzug kommt und sich hier festsetzt. Wir kriegen am Ende nachher, wenn wir arbeiten wollen, gar keinen Platz mehr!" So hatte jemand gesagt. Wer? - Man sah sich scheu um. Hatte man die eigenen Gedanken verraten?

Aber das Wort flog weiter. Was man vorher nur im Familienkreis oder dem vertrautesten Freunde gesagt hatte, aus Furcht, für einen Abtrünnigen gehalten zu werden, das wurde nun hier und da unter den Arbeitskollegen verhandelt. Trotzdem wurde weiter gestreikt. Auf den Versammlungen brauste noch das Hoch auf die Solidarität durch die Säle, wenn der Redner geendet und die Mehrheit für Ausharren entschieden hatte, aber es kam den meisten nicht mehr so von Herzen wie früher. Dafür schrien einzelne um so lauter.

Um aber auch der Stimmung der Vorsichtigen Rechnung zu tragen, die für Beilegung des Streiks waren, wenn auch geringere Zugeständnisse von den Arbeitgebern erreicht würden, hatte die Leitung bestimmt, daß Vertreter aus den Verbänden der Streikenden gewählt wurden, die mit dem Arbeitgeberverband unterhandeln sollten. Zu diesen Vertrauensmännern gehörte auch Hans Thordsen.

Mit ruhigen Worten, in verständiger und würdiger Weise brachte er Beschwerden vor, die seine Mitarbeiter zu führen hatten.

„Die sollen abgestellt werden, und zwar sofort!" fiel ihm ein anderer Vertreter in die Rede, und seine Hand fiel schwer auf den Tisch.

„Sie haben gewünscht, mit uns zu unterhandeln", sagte der Vorsitzende, ein Stauerbaas; seine Stimme hatte einen scharfen Klang: „Schlagen Sie hier nicht auf unseren Tisch. Lassen Sie diesen Mann hier reden, Herr Thordsen hat das Wort."

„Geben Sie uns die Zusicherung, meine Herren, daß die Forderungen, die ich Ihnen eben darlegte, erfüllt werden, dann können wir auf Grund der Zusage unseren Leuten weitere Vorschläge machen." Hans Thordsen sprach ganz ruhig.

„Aber unseren Lohntarif wollen wir anerkannt haben!" rief der andere in scharfem Ton dazwischen.

„Wir wollen Ihre Beschwerden gewissenhaft prüfen", sagte der Vorsitzende, ohne auf den Lauten zu achten. „Wir waren aber bis jetzt die Herren auf unseren Schiffen und in unseren Betrieben, und wollen es auch bleiben! Mißstände, die nicht in der Sachlage selbst begründet sind, sollen beseitigt werden. Wir wollen und werden auch erwägen, wo eine Lohnerhöhung angebracht ist, aber" - und hier erhob er die Stimme - „erst und vor allen Dingen muß die Arbeit aufgenommen werden, dann wollen wir über die Lohnfragen unterhandeln, und zwar mit unseren eigenen Leuten."

„Das wäre die völlige, bedingungslose Unterwerfung", sagte Hans Thordsen. „Das können wir nicht."

„Andere Bedingungen gibt's nicht", war die kurze Antwort. Ohne eine Einigung zu erzielen, ging man auseinander.

„Das hast du verkohlt", sagte jemand vor der Tür zu Hans Thordsen. „Man muß das Rauhe nach außen drehen und den Kerls den Wind von vorne geben. Das ist das einzige, was hilft."

„Wenn die Sache mit Worten und Drohungen zu machen wäre, dann wäre sie längst gemacht", erwiderte der Getadelte ruhig. „Das hat bisher nichts geholfen. Wenn gewisse Leute nicht so grobe Knochen im Maul hätten, dann wären wir heute vielleicht weiter."

In Uneinigkeit gingen sie auseinander.

Versammlungen wurden wiederum einberufen und Abstimmungen vorgenommen; man stimmte aber jetzt, dem

Drucke und der besseren Einsicht weichend, mit Stimmzetteln ab. Mit aller Macht hielten aber die Führer des Streiks an der Solidarität aller Arbeiterklassen fest. Man wollte nicht wissen, wie die einzelnen Gewerbe: die Schauerleute, die Ewerführer, die Seeleute und die Schiffsreiniger über die Beendigung oder Fortsetzung des Streiks dachten, sondern die Stimmzettel sollten zusammengeworfen werden. Das gesamte Ergebnis sollte entscheiden. Das erregte jetzt wachsende Mißstimmung.

Man wollte wissen, daß die Ewerführer in ihrer Mehrheit für Wiederaufnahme der Arbeit seien. Auch bestimmte Gruppen unter den Schauerleuten, z. B. die Kohlenarbeiter und die Kornakkordleute, wünschten – so sagte man wenigstens – die Arbeit wieder zu den alten Bedingungen aufzunehmen. Das waren seßhafte Leute, das waren zum Teil auch die Leute, die vorwiegend aus dem Gefühl der „Solidarität" die Arbeit niedergelegt hatten. Sie wollten ihre Genossen unterstützen im Kampf und so der Sache größeren Nachdruck geben.

Nun mußten diese selbstbewußten Männer sich dem fügen, was vom großen Haufen beschlossen wurde, darunter Tausende, die nichts zu verlieren gehabt hatten; von deren Stimmen hing es nun ab, wann sie die Arbeit wieder aufnehmen durften. Diese Solidarität war ihnen jetzt ein Joch, das man um ihren Nacken gelegt hatte, das sie zwang, in gleicher Reihe und im gleichen Schritt mit Leuten zu gehen, die ganz andere Absichten und Lebensanschauungen hatten, als sie, die ehrlich und zielbewußt nach oben Strebenden.

Darüber murrte man. Man murrte, aber man wagte es doch nicht, offen davon in den Versammlungen zu reden. Hans Thordsen hatte das einmal versucht, da war ihm von hinten her das Wort „Verräter" zugerufen worden. Die Zustimmung, die sich eben schüchtern hervorgewagt hatte, war verstummt; er war mit flammendem Rot im Gesicht zurückgetreten.

Nachher aber konnte er nicht schlafen. Das Wort „Verräter" klang ihm in den Ohren, und in langer, stiller Nacht kam es ihm zum Bewußtsein, daß etwas Wahres an dem Wort war. Anderes freilich, als der Schreier es meinte. – Hans Thordsen kannte die Stimmung, er fühlte den Druck, der auf den alten und einsichtigen Arbeitskollegen lag. Er wußte auch, daß es vielen an Selbständigkeit des Denkens und an Freimut fehlte, öffentlich ihre Meinung auszusprechen und danach zu handeln. Er aber hatte die Einsicht. Und er fand den Mut in dieser Nacht. Er hatte den Feuerbrand des Streiks in die Menge werfen helfen. – So hatte er nun auch die Pflicht, die Wahrheit zu sagen, wenn sie auch hart und bitter war! – Es mußte gesagt und gezeigt werden, daß nur die Solidarität der Wahren und Einsichtigen das rechte, feste Band ist, daß aber die Faulen und Schlechten in jedem Organismus zum Krebsschaden werden, der von innen heraus die besten und festesten Gefüge zerstört.

Als der Morgen graute, da war sich Hans Thordsen klar darüber, was er tun mußte. Wenn er schwieg, so traf ihn das Wort, das man ihm zugerufen hatte, dann war er ein Verräter an der Wahrheit und an seinen Genossen, das sagte ihm sein Gewissen. Es ließ ihm keine Ruhe mehr.

Am Vormittag um 11 Uhr wurde die gestern angesagte Versammlung der Schauerleute eröffnet. Um 9 Uhr hatten andere Gewerke getagt. Diese hatten mit Mehrheit den Beschluß gefaßt, weiter zu streiken. Sie halfen nun die großen Sagebielschen Säle füllen und mischten sich unter die Schauerleute. Ein Referent meinte, die Arbeiter hätten den guten Willen gehabt, eine friedliche Einigung herbeizuführen. Er schilderte dann, daß der Hafen mit Schiffen blockiert sei, daß jeden Tag die Lage schwieriger würde für die Reeder und daß jeder Tag ihnen Hunderttausende koste. Er sprach auch davon, daß der Zuzug von Arbeitswilligen sich allerdings gemehrt habe, daß diese aber nicht zu gebrauchen seien. Soweit war alles noch angenehm zu hören. Dann aber erklärte der Redner, daß die Lage dennoch sehr ernst sei, nur mit Einsetzen aller Kraft sei der Sieg zu erringen. Zum Schluß hieß es, daß die Streikkassen geleert seien, die Beiträge aus dem Inlande spärlicher flössen, und daß vom Auslande nicht viel mehr zu erwarten sei; man müsse wahrscheinlich die Unterstützungsgelder herabsetzen. Da ging ein Murren durch die Versammlung, und höhnische Rufe wurden laut. Die hatten früher nur den Gegnern der Bewegung gegolten, jetzt richteten sie sich gegen die Freunde und Führer. Es gelang aber dem Redner, die Stimmung wieder zu heben, denn er sprach nun vom Volkswillen, der selbst über sein Wohl und

Wehe zu entscheiden habe, und davon, daß die stolzen Gegner doch andere Anschauungen bekommen hätten von der Macht der Arbeiter. Sie würden sich in Zukunft hüten, wieder mit ihnen anzubinden. Die Abstimmung aber, die nachher stattzufinden habe, müsse allen Hafenarbeitern Gesetz sein. Man sei gemeinsam eingetreten in den Kampf, nur eine Mehrheit aller Klassen der Hafenarbeiter könne den Streik als beendet erklären. Damit schloß er.

Lauter Beifall von vorne und einige wenige „Oho-Rufe" von hinten tönten durch den Saal. Hans Thordsen hatte sich gleich bei Beginn zu Worte gemeldet, er trat mit festem Schritt an das Rednerpult. Zunächst legte er dar, was ihn veranlaßt hatte, hier in diesem Saale für den Streik zu stimmen und zu reden. Man hörte lautlos zu. Seine schlichten Worte machten Eindruck, sie waren warm und überzeugend. Er sprach dann von seinen Erlebnissen während des Streiks und den Erfahrungen, die sie alle gesammelt hatten. Da wurde man hin und wieder unruhig. Er hielt einen Augenblick inne, dann richtete er sich hoch auf, und mächtig hallte seine Stimme durch den Saal, in dem sich Kopf an Kopf die Menschenmenge drängte:

„Nun wissen wir, daß der Streik aussichtslos ist. Wer das nicht weiß, der will es nicht wissen, oder er ist blind!" Wie ein Donnerschlag fiel das Wort in die Versammlung; es rauschte und wogte. Er fuhr fort: „Was ich euch gesagt habe, ist die Wahrheit, die reine Wahrheit! Wer mich hier niederschreien will, der hat Furcht, die Wahrheit zu hören. Ihr tüchtigen, braven Genossen, die ihr mich als ehrlichen Mann kennt, hört mich an! – Ich bin mit ehrlichem Willen und Mut in diesen unseren Kampf eingetreten. Ich habe getan, was ich konnte. Das habe ich gerne getan, so lange ich davon überzeugt war, daß wir auf dem rechten Wege waren. Ich habe aber keine Lust, nach der Pfeife der Schreier und solcher Leute zu tanzen, die nichts zu gewinnen und zu verlieren haben. Darum sage ich: Die Arbeiter, die zu Beginn des Streiks wirkliche Arbeiter waren und in Arbeit standen, die wollen in ihrer großen Mehrzahl die Arbeit wieder aufnehmen. Diesen Arbeitern allein, zu denen ich gehöre, nur diesen steht die Entscheidung darüber zu, ob der Streik beendet werden soll oder nicht. Wir wollen also jede Sektion für sich abstimmen und dann" – „Verfluchter Verräter", schrie nun von der linken Seite her eine rauhe Stimme, und als Hans Thordsen hinblickte, verschwand ein rotes, aufgedunsenes Gesicht hinter dem breiten Rücken des Vordermannes. – Zu spät!

„Verräter?" rufst du, rief Hans Thordsen. „Komm doch hier mal herauf, auf die Tribüne, damit die Genossen sehen, was du für einer bist! Dein Gesicht wird zeigen, was für Leute es sind, die mich „Verräter" schimpfen. Das sind eben die Leute, die Verrat an unserer Sache geübt haben. Das Schlimme aber ist, daß sich viele ehrliche Arbeiter von diesen beeinflussen lassen. Unsere Führer müssen es selbst einsehen, daß wir den Sieg nicht mehr gewinnen können, daß es nur noch gilt, eine schmähliche Niederlage abzuwenden. Aber man hat Bedenken, das gerade heraus zu sagen. Warum? – Weil die Drohnen „Verräter" schreien, weil dann urteilslose Menschen es nachreden, und weil man leider mit dem großen Haufen rechnen muß, der bei jedem Mißerfolg das „Kreuzige ihn!" schreit. Ich aber fürchte mich nicht, ich will es gerade heraus sagen – – –"

Nun brach er los, der Tumult. Man schrie „Schluß! Raus! Abstimmung!" Man johlte und pfiff. Dazwischen aber hörte man auch kräftige Rufe: „Ruhe! Weiter reden lassen! Der Mann hat recht!" So hallte es eine Weile durcheinander, und schon erhob sich der überwachende Beamte. – Hans Thordsen stand ruhig auf seinem Posten, seine Augen blitzten über die brandende Menge hinweg; ihm war es, als wenn er ein gutes Schiff unter den Füßen und das Steuerrad fest in der Faust hätte, während der Sturm durch Stagen und Wanten schrillte und die brausenden Wogen über die Reeling stürzten. Ein überlegenes Lächeln glitt über seine Züge, als er die Gruppen betrachtete, die ihn niederschreien wollten. – Er hatte sich nicht getäuscht. Dies Gefühl gab ihm Ruhe und Sicherheit.

Als der Polizeiwachtmeister seinen Helm aufsetzte und aufstand, da flaute plötzlich der Lärm ab. Man erwartete die Auflösung der Versammlung. Der Beamte zögerte. – Diesen Moment benutzte Hans Thordsen, er trat einen Schritt vor, bis hart an die Rampe, und mit dröhnender Stimme, jedes Wort scharf betonend, rief er den Versammelten zu:

„Einen Augenblick nur hört noch zu und dann tut, was ihr wollt! - Eins habe ich während dieser Zeit gelernt, und mancher andere mit mir. Diese Erkenntnis können die Schreier nicht niederbrüllen, denn die Spatzen pfeifen sie in Hamburg von allen Dächern: Wir haben zu viel faulen Ballast mit uns herumschleppen müssen. Die Solidarität ist ein herrlicher Gedanke, sie hebt den Schwachen und macht den Starken hilfsbereit. Wo sie aber der Schlechtigkeit und Faulheit als Deckmantel dienen muß, da treibt sie krankes Blut durch alle Glieder. - Der Streik ist verloren! - Eine Lehre aber sollen wir daraus ziehen: nicht die Schlechten und Schwachen, die Faulenzer und Trinker können unsere Schlachten schlagen, denen helfen auch keine besseren Löhne. Wir brauchen Männer mit klarem Sinn und festem Willen! Nur bessere Menschen können bessere Verhältnisse schaffen. Wenn wir die Welt reformieren wollen, dann müssen wir zuerst bei uns selbst anfangen." Er trat zurück, dann wandte er sich noch einmal kurz um und mit Donnerstimme rief er hinein in die erregte Versammlung: „Ein „Verräter" an unserer Sache, an seinen Freunden, an seiner Familie ist, wer die Wahrheit erkannt hat und doch aus Feigheit schweigt."

Wieder tobte der Sturm im Saale; hier und da bildeten sich Gruppen, die einander anschrien. Hans Thordsen trat ruhig zurück, stieg langsam die Treppe hinab in den Saal und begab sich zu seinen Arbeitskollegen. Zwanzig Mann verließen mit ihm die Versammlung. Manche Faust erhob sich drohend, aber keiner wagte es, den entschlossenen, breitschultrigen Männern zu nahe zu treten. Als sie am Saalausgange waren, blickte Hans Thordsen sich um, da sah er, daß immer mehr sich ihm anschlossen. „Streikbrecher!" schrien andere, aber das ehrlos machende Wort prallte ab von den Männern, die ihrer ehrlichen Überzeugung folgten.

Während in diesen Tagen unten an den Kais die Wogen gegeneinander brandeten und erregte Menschen den Arbeitsnachweis der Stauer umlagerten, saß oben im Seemannskrankenhaus an Peter Ottsens Bett der Tod auf der Lauer. Jeden Morgen in der Frühe erkundigte Meta Norgaardt sich, wie es dem Kranken gehe. Seit vier Tagen bekam sie die Auskunft: „Man kann nichts weiter sagen, der Mann liegt noch immer still und ohne Bewußtsein. – Kommen sie morgen nur mal wieder!"

Es war sechs Tage nach der Einlieferung des Schwerverletzten, da hieß es: „Kommen Sie doch mal heute nachmittag um 3 Uhr vor, Fräulein, dann ist Besuchszeit, dann dürfen Sie ihn mal sehen."

„Ich weiß nicht, ob ich abkommen kann", sagte sie mit einiger Verlegenheit. – Am Nachmittag war sie aber da. „Er kennt mich ja doch nicht", sprach sie leise vor sich hin, als sie die lange Treppe am Stintfang hinaufstieg, die zum Krankenhaus führt. „Er liegt ja ohne Besinnung. Ich muß den Mann aber wiedersehen, den ich lieb hatte, und der mir so viel Leid bereitet hat."

„Gehen Sie nur hinein", sagte der freundliche Portier. „Hier die Treppe hinauf. Oben fragen Sie einen der Wärter."

Der eine der beiden Wärter, die an einem Fenster des Korridors standen und sich über den Streik unterhielten, zuckte auf ihre Frage die Achseln und zog die Stirn in bedenkliche Falten. „Der Doktor hatte erst gar keine Hoffnung, Fräulein. Aber vielleicht wird's doch noch. Wir tun, was wir können."

„Gehen Sie nur mal zu ihm hinein!" sagte der andere. „Hier die zweite Tür links. In der Ecke am Fenster, hinter dem grauen Schirm liegt er."

„Ich möchte ihn nicht stören." Sie wurde nun unschlüssig und blickte vor sich nieder.

„Das tun Sie auch nicht. Er liegt ohne rechte Besinnung

still hin. Er wird Sie kaum kennen. Gehen Sie ruhig zu ihm."

Sie ging mit leisen Schritten den Korridor entlang, klinkte vorsichtig die Tür auf und ging hinein. Die beiden sahen ihr nach und tauschten ihre Ansichten aus:

„Donnerwetter! Nicht mehr so ganz neu, aber ein famoser Fuchs!"

„Was für Augen das Frauenzimmer hat!"

„Gewiß ihr Bräutigam, der Kerl, den die Konstabler mit dem Schädelbruch und den eingetretenen Rippen brachten."

„Viel Freude wird sie an dem aber wohl nicht mehr erleben."

Meta Norgaardt sah sich scheu um in dem großen Raum. Links in der Ecke war der graue Schirm, der den Schwerverwundeten von den anderen etwas absonderte. Es war Besuchstag. An den meisten Betten standen Frauen und Kinder, die den Gatten und Vater begrüßten, ihm von daheim berichteten, ihn aufmunterten und trösteten.

Sie schritt zwischen den Lagerstätten hindurch der anderen Seite zu. Eine alte Frau kam ihr entgegen, die war wohl auch zum ersten Male hier, sie blickte suchend nach rechts und links und fragte Meta, ob sie nicht wüßte, wo – – –. Diese hörte kaum, sie schüttelte den Kopf und antwortete leise: „Das kann ich Ihnen leider nicht sagen." – Ihre Blicke waren auf den Wandschirm gerichtet. Sie sah in diesem Augenblick eine hohe, kräftige Gestalt dahinter hervortreten. Zwei klare Augen blickten sie fragend an. Heiß stieg ihr das Blut ins Gesicht, als wenn sie auf verkehrten Wegen ertappt wäre. Mit ernstem Gruß ging Hans Thordsen an ihr vorüber. Sie wollte ihn anreden, fand aber keine Worte. Er nickte noch einmal und ging hinaus. Gleich darauf stand sie allein am Lager.

Da lag er ganz stille und hilflos, der einst ihr so übermütig in den Weg getreten war. Die Augen, die heiß und verlangend sie angeblickt hatten, lagen in dunklen Höhlen unter den buschigen Brauen, fest geschlossen. Fahl war sein Gesicht; die Stirn und der Hinterkopf waren umhüllt mit weißen Binden; ein starrer Zug lag um den Mund. Kein Atemzug war zu hören.

Sie trat hinter den Schirm, daß die Leute ihr Gesicht nicht sahen, dann faßte sie nach der Stuhllehne, ihr zitterten die

Knie. Lange starrte sie ihn an mit finsterem Blick. Vor ihre Seele trat wieder die Erinnerung an jene Stunde, wo er sie von sich gestoßen hatte, wo er ihr Geld geboten hatte, um sie für ihre heiße Liebe und unauslöschliche Schande zu entschädigen. Das Bild hatte sich eingebrannt in ihre Seele. Oft, wenn wilder Schmerz sie quälte, war der Balsam, den sie für sich fand, das Verlangen nach Rache gewesen. Ihre Einbildungskraft hatte ihr aber andere Bilder gemalt, als dies hier: Sie selbst hatte ihn demütigen wollen. –

Als sie dann in dem schmutzigen Kohlenarbeiter diesen Mann erkannte, der so stolz und reich gewesen war, da war ihr erster Gedanke: „Nun ist er wirklich in meine Hand gegeben." – Sie wollte aufschreien: „Ihr Männer, das ist einer von denen, die ihr eigenes und ihrer Kinder Hab und Gut vergeudet haben, und die nun gekommen sind, euch und euren Kindern das Brot zu stehlen. Schlagt ihn nieder!"

Dann sah sie, wie jene hinterrücks über ihn herfielen, wie er sich mit der Kraft der Verzweiflung gegen die Übermacht wehrte, wie man ihn schlug und mit Füßen trat. Und dann sah sie seine Augen starr auf sich gerichtet. – So hatte er sie angesehen, als sie im treibenden Boot lag, als vor ihnen die todbringende Flut rauschte und schäumte; damals hatte sie ihn fest an der Hand gehalten. In diesem Augenblick erglomm tief unten in ihrem Herzen ein Funken, den der jahrelang geschürrte Haß doch nicht ausgelöscht hatte. Da lohte wieder die Flamme auf. – Und vielleicht hatte sie ihm in dieser Minute zum zweiten Male das Leben gerettet – –.

Ein leises Stöhnen kam vom Bett her, ein kurzes krampfhaftes Husten folgte. Die Finger zuckten und zitterten auf der Bettdecke, als tasteten sie nach etwas Verlorenem. Die Augenlider öffneten sich langsam und blieben dann halb offen stehen. Der Kranke suchte den Kopf zu wenden, als wenn er unter ihrem Blick Schmerzen empfände. Dann lag er wieder wie leblos. – – Da legte sie leise die Hand auf seine Stirn, ganz leise. Und wie ein Kindertraum glitt ein Lächeln über die Züge des Mannes; einen Augenblick nur, dann lag er wieder ganz still. Sie hörte nur seine kurzen Atemzüge.

Gleich darauf klingelte es auf dem Korridor, die Besuchszeit war abgelaufen, sie ging. Draußen traf sie wieder den freundlichen Wärter, er redete sie an. Sie nahm sich zusammen. Sie sei zufällig hinzugekommen, als der Mann überfallen worden sei, und habe ihn als Landsmann wiedererkannt. Weiter ginge sie die Sache nichts an. Wenn der Wärter ihr durch Postkarte weitere Nachricht geben wolle, so sei ihr das bequemer und von ihm recht freundlich. Nachdem sie ihre Anschrift und ein reichliches Trinkgeld gegeben hatte, ging sie fort.

Am nächsten Sonntag kam eine Karte an, mit der Auskunft, daß es dem Kranken besser gehe, die Krises sei überstanden, Heilung sei zu hoffen. Und dann stand noch da: „Er hat nach der Dame gefragt, die er an seinem Lager gesehen hat. Kommen Sie doch am nächsten Dienstag wieder, liebes Fräulein." Als sie das gelesen, riß sie die Karte in kleine Stücke.

An diesem Abend klopfte Hans Thordsen an ihre Tür, sie fuhr zusammen, besann sich aber gleich und rief laut: „Herein!"

„Ich wollte dir nur Nachricht bringen, wie es Peter Ottsen geht", fing er ganz ruhig an. „Ich hörte eben, daß du nicht wieder dagewesen bist."

Las sie einen Vorwurf aus seinen Worten heraus, oder war es eine innere Stimme, die unbequeme Erinnerungen weckte? Sie war sich selbst darüber nicht klar, aber aus einem unbehaglichen Gefühl heraus sagte sie kurz: „Morgen geh' ich selbst hin." Er sah sie ruhig an: „Na, dann wirst du ja erfahren, daß es ihm besser geht. Weiter habe ich dann nichts zu sagen." – Er wandte sich nach der Tür. Seine Ruhe reizte sie.

„Einen Augenblick noch!" rief sie. „Laufe doch nicht gleich wieder fort, ich wollte dich etwas fragen." Sie wußte im ersten Augenblick selbst nicht, was sie nun sagen sollte. Etwas, das ihn, den Stolzen, kränkte, mußte es aber sein. Ihre Augen funkelten. Dann flog über ihr Gesicht ein spöttisches Lächeln: „Na, nun bist du wohl von deinem Thron herabgestiegen, Hans Thordsen?"

„Wie meinst du das?"

„Ich hörte, du seiest einer der ersten gewesen, die die Flinte ins Korn geworfen haben und wieder unters Joch gekrochen sind."

„Es war meine Überzeugung, daß es so recht war", seine

Stimme klang noch immer ruhig, aber das Blut stieg ihm in die Schläfen.

„Schade! Du hattest zuerst so schöne Worte!" – Seine eiserne Selbstbeherrschung reizte sie immer mehr, darum setzte sie nach kurzem Zögern hinzu: „Und bist doch zum Streikbrecher geworden!" – Das saß.

Er fuhr auf: „Dich erkenne ich nicht an als Richter meiner Gesinnung und meiner Taten, Meta Norgaardt. Hier ist mein Richter!" Er schlug an seine Brust. „Du bist ein Weib, darauf verläßt du dich, wenn du mich beschimpfst. Sonst haben mir das Wort nur feige Schreier nachgerufen, die ich verachte." Er trat an sie heran und faßte mit harter Hand ihren Arm. In den blauen Augen leuchtete es auf; sie aber mußte unwillkürlich den Blick senken, als er fortfuhr: „Du solltest mich besser kennen, Meta! Und darum solltest du dich schämen, mich für ehrlos zu erklären. Das wolltest du doch damit sagen!"

Ein Stärkerer war über sie gekommen, das fühlte sie wohl, aber aus ihr heraus blickte der Birkfuchs: „Dann verteidige dich gegen den Vorwurf, wenn du kannst!"

Eine Weile schwieg er, dann sprach er ruhig: „Meine Gründe habe ich zur rechten Zeit und am rechten Ort ausgesprochen. Tausende haben sie gehört und die Verständigen haben sie gebilligt. Dir will ich etwas anderes sagen, damit du weißt, wer ich bin."

„Das ist wohl nicht mit ein paar Worten gemacht." Der Spott klang immer noch durch die Worte hindurch. „Setz' dich, Hans Thordsen!"

„Du hast recht. Laß mich ausreden, nachher magst du mich verurteilen, wenn du willst."

„Als damals die Sturmflut über unsere Heimat ging, verlor Thomas Ottsen seine Schafe, die armen Falshöfter verloren mehr. Am meisten nahm sie den Armen. Sie nahm ihnen das Bett unter dem Leibe weg. Sie brach ihre Kisten auf und schwemmte den Hausrat fort. Und was brachte sie? – Sie wühlte Sand und Schlamm aus der Tiefe und warf es den Menschen in die Häuser und Gärten, sie brachte Krankheit und Tod."

„Warum erzählst du mir das heute? – Was hat das mit

dieser Sache zu tun?" unterbrach sie ihn ungeduldig. Er ließ sich nicht beirren:

„Ich sage dir, Meta, hier ist auch eine Sturmflut gekommen, und die schwemmte mehr fort als die meisten Menschen sahen. – Was fleißige Männer und sparsame Hausmütter mit jahrelangem Mühen zusammenbrachten, das riß die Flut heraus und warf es in die Trödlerläden und Leihhäuser. Und wie manche Existenz ist vernichtet. Es gehen viele traurig umher und suchen nach einer Brotstelle. Es gibt aber auch Leute, die tun's nicht: sie sind ins Faulenzen und Trinken gekommen und finden nicht mehr den Weg hinaus. In manchen Häusern und Familien wühlt diese Flut weiter, bis Mann, Frau und Kinder zu Grunde gehen. Am meisten tut es mir leid um die armen Kinder! Viele treiben schutzlos in der Flut – so wie du einst, Meta!" – Sie sah nicht mehr spöttisch zu ihm herüber, sie war ernst geworden während er sprach. Als er ihren Namen nannte, fuhr sie auf:

„Gut, daß du mich erinnerst. Mit mir und mit diesen Leuten wurde der brennende Wunsch groß, das Elend, das auf den Niederen lastet, abzuwälzen. Wenn du aufgewachsen wärst wie ich, Hans Thordsen, würdest auch du so fühlen wie ich und wie andere, die früh schon hassen lernten. Dieser Haß muß den Menschen aufpeitschen aus dem Schlaf; es muß Kampf und Sturm geben, sonst kann Neues nicht entstehen. Das Neue aber – – –"

„Es kommt nicht nur darauf an, daß Neues entsteht, es muß Besseres entstehen!" unterbrach er sie. „Der Haß kann nicht aufbauen; die Baumeister, die ihn als Mörtel gebrauchen, mögen sich hüten, daß sie nicht von den einstürzenden Trümmern ihrer Burg begraben werden! – Wer Haß säet, verdirbt das Volk. – Es sind Deutsche, es sind Menschenbrüder auf beiden Seiten. Von Gottes und von Rechts wegen sind sie aufeinander angewiesen. Sie sollten gemeinsam das Feld bestellen, Güter erzeugen und es lernen, sie gerechter zu verteilen. Sie sprechen die gleiche Sprache hüben und drüben, aber sie verstehen sich nicht.

Ich habe einmal gelesen, daß die Menschen, die während des dreißigjährigen Krieges aufgewachsen waren, nichts anderes kannten, als den Krieg. Die Heere zogen hierhin und dorthin gegen einander, der Wohlstand ganzer Länder und Gemeinden wurde aufgezehrt und vernichtet, die Männer gingen arbeitslos umher, die Weiber und Kinder bettelten, die Besitzenden vergruben ihr Gold; Handel und Wandel stockte. – Als dann der Ruf „Friede!" durchs Land klang, da wußte man nicht, was das war. Nur einzelne alte Leute erhoben dankbar die Hände gen Himmel, die Jungen kannten nur Krieg und Kampfgeschrei. – So geht es auch in unserer Zeit. Das Geschrei, das im Heerlager kriegführender Scharen groß geworden ist, hat von früh auf nur das Evangelium vom Klassenhaß gehört und glaubt blindlings daran. – Wir alle müssen besser werden, um bessern zu können. Sonst ist es ein ewiger, widerwärtiger Kampf, und der, der gerade oben ist, zerfleischt den Schwächeren."

„Das wird immer so sein, so lange es ein Mein und Dein gibt, so lange Schwache und Starke, Einfältige und Kluge nebeneinander wohnen",warf Meta ein. „Kampf muß sein, sonst gibt es keinen Fortschritt! – Das Wort habe ich von dir gehört."

„Aber ein ehrlicher Kampf mit anständigen Waffen soll es sein!" rief er. „Man muß dahin kommen, daß man im Andersdenkenden nicht gleich den schlechten Kerl wittert, und nicht hinter jeder guten Absicht zuerst den schwarzen Schatten sucht. Wir, die Lebenden, werden's nicht so weit bringen. Dies Geschlecht muß umherziehen in der Wüste, bis die gestorben sind, die aus Pharaos Land den Haß mitnahmen. Die Männer, die in die Posaunen stießen, als die Mauern Jerichos fielen, sind nicht mehr gewesen, als die Kinder Israels sich ihre Heimstätten bauten. Ein neues Geschlecht mußte heranwachsen. – Durch Selbstzucht muß unser Volk in allen seinen Gliedern erstarken. Mit lauterer Gesinnung soll es in den Kampf ziehen!"

Langsam und stockend hatte er zuerst gesprochen. Dann schüttelte er die Hemmungen ab, und ihm kamen die Worte, als wenn er eine Schrift läse. Die stand eingegraben in seinem Herzen. Manche Stunde hatte er in stiller Nacht daran gearbeitet. Er schwieg. Meta Norgaardt sah starr vor sich hin. In ihr wogte der Kampf. Er wußte es. Endlich sprach sie mit müder Stimme:

„So hoch kann ich nicht fliegen!"

„Du kannst es doch! Ich kenne dich besser."

„Du?" Sie schüttelte den Kopf. „Ich bin im Kriege verdorben."

„Das bist du nicht." Er faßte ihre Hand.

„Gegen dich bin ich doch schlecht gewesen!" Eine brennende Röte stieg ihr in die Wangen. „Zu schlecht!" fügte sie leise hinzu und zog hastig ihre Hand zurück.

„Und doch hast du dich zu gut gehalten für mich." Es lag kein Vorwurf in seiner Stimme. Sie klang auch nicht so stark und hell wie vorhin. – Meta Norgaardt erwiderte zunächst nichts, sie dachte aber daran, wie oft sie diesem Manne unrecht getan, und wie schwer sie ihn heute gekränkt hatte. Da fand sie ein Wort, das sie sonst nicht gekannt hatte: „Verzeihe!" – Er drückte schweigend ihre Hand und suchte ihre Augen. Sie aber sah starr vor sich hin, da ging er. – –

Drei Tage später erhielt Hans Thordsen einen Brief, der trug keine Überschrift oder Anrede. Er lautete:

„Nun ist es doch gekommen, wie es kommen sollte, ich bin wieder ins Krankenhaus gegangen. Ich wollte nicht mit ihm sprechen, ich wollte nur noch einmal nach ihm sehen. Wenn es ihm besser ging und er am Leben blieb, so sollte er für mich tot sein. Er schlief, da faßte ich noch einmal seine Hand zum Abschied. – „Wenn du mit ihm seinen Weg hättest gehen dürfen, dann wäre es anders gekommen!" – so sprach es in mir. Und dann wurde das heiße Mitleid Herr über den alten Haß, den ich oft geschürt hatte. Ich fühlte seine Hand zucken in der meinen und sah ihm in die Augen, die waren voller Tränen. Wie dann alles so ganz anders gekommen ist, als ich wollte, das kann ich dir nicht sagen, Hans Thordsen. Ich konnte nicht anders. Ich will mein Bekenntnis kurz machen. Meine Wünsche wurden ja erfüllt; er ist heruntergestürzt von der Höhe. Möge Gott mich nicht mehr strafen dafür! – Nun will ich, die ich doch seine Braut war, ihn an die Hand nehmen und ihm zeigen, wie man durch den Schlamm hindurch kommt. Wir werden den Weg finden. Aber nicht hier. – Wir wollen weit fort, wo uns niemand kennt. Ich raffe meine Ersparnisse zusammen und verkaufe mein Geschäft. Sobald er gesund ist, legen wir die Hände ineinander und reisen nach Amerika. Alles liegt dann hinter uns, ein neues Leben voller Arbeit soll anfangen. Gib mir die Gewißheit, Hans Thordsen, daß du mir nicht zürnst, sonst kann ich nicht ruhig sein. Ich konnte aber nicht anders handeln, als ich tat! Meta Norgaardt

Hans Thordsen überflog den Brief mit schnellen Blicken, dann warf er ihn auf den Tisch und sprang auf. Als er den Türgriff in der Hand hatte, trat er wieder zurück ins Zimmer und nahm den Brief nochmals in die Hand. Nun las er Wort für Wort. Es dämmerte, es wurde dunkel, er saß immer noch am Fenster und starrte aufs Papier. - Endlich stützte er beide Hände schwer auf den Tisch; wie ein müder Mann, so stand er da. Es war ihm wie einst, als er von seinem Schmerzenslager im Glasgower Krankenhause aufstand und zum Krüppel geworden war. Er tastete mit unsicheren Händen nach seinem Hut, steckte den Brief in die Brusttasche und ging die Treppen hinunter. In der Hafenstraße, vor ihrem Hause blieb er stehen. Es war Licht in der Stube, aber er ging nicht hinein. Jetzt nicht! So nicht! - Er ging weiter. Dunkel und leer lag der Ponton am Fischmarkt, er schritt die Treppen hinunter, setzte sich auf einen der kleinen grünen Fährdampfer und fuhr nach Steinwärder hinüber.

Tot und still lagen die hohen Fabrikgebäude. Kein Hammerschlag ertönte in den weiten Hallen der Schiffswerften, grau und dunkel hoben sich die langen Kranmasten und Aufrichter der Hellingen vom Abendhimmel ab. Keine Hand regte sich an den Kais, die Straßen waren menschenleer. Hans Thordsen drückte den Hut tiefer in die Stirn. Der Westwind kam von See und brauste ungehemmt über die Niederung der Elbarme her, er rauschte im trockenen Schilf, er drängte die schwerbeladenen Schuten im Schanzengraben aneinander, daß sie ächzten, er kämpfte mit den Gasflämmlein an der letzten Brückenlaterne, er stemmte sich gegen die Brust des einsamen Wanderers und kühlte ihm die brennende Stirn. Grau lag vor ihm das Land, kein Weg war zu sehen, der über den rauhen, aufgewühlten Boden hinwegführte. Alles schwarz und tot. Und doch war hier unter seinen Füßen auch blühendes Leben gewesen. - Im letzten Frühling hatte er an einem schönen Maimorgen hier irgendwo gestanden und sich darüber gefreut. In fröhlicher Lust hatte der Rohrsänger im Schilf gesungen. Schimmernde Käfer und flinke Libellen, fleißige Bienen und bunte Schmetterlinge waren vom gelben Hahnenfuß zum rötlichen Wasserdost, von der stolzen Blumenbinse zum bescheidenen Vergißmeinnicht geflogen. Inzwischen war alles grünende und blühende, lustige und liebende Leben begraben worden unter schwarzem Elbschlamm der Bagger. Tief unten ruhte es modernd.

Auch in seinem Herzen war es Frühling gewesen. Freiheit und Brüderlichkeit war der Osterglockenklang. Fröhliches Selbstvertrauen wuchs empor, und ganz im Stillen hegte und pflegte er im sonnigen Winkel einen Rosenstrauch. Den hatten gierige Hände aus dem Boden gerissen und auf den Weg geworfen. Er hatte ihn ziehen wollen, daß zwischen den Dornen Rosen aufblühten, denn er wußte, daß der Stamm im inneren Kern gut war.

Die Glocken, die so voll klangen, die zum Kampf für das Wohl der Arbeitsbrüder riefen, waren zersprungen. Haß und Bosheit hatten am Strange gezogen. Unter Unverstand und Mißgunst begraben lag sein Hoffen. Eins aber war ihm bisher geblieben! – Nun hatte sich eine Hand aufgereckt aus der Tiefe und die Rose gebrochen. – Nein! Sie selbst hatte sich ihm hingegeben.

„Hans Thordsen, du bist ein Träumer, du bist ein Narr!" pfiff ihm der Wind in die Ohren. Der Zollbeamte, der am Köhlbrand hinter dem Deich vor dem eisigen Westwind Schutz gesucht hatte, faßte das Gewehr fester an, als quer über das rauhe Land eine dunkle Gestalt auf ihn zukam. Der Wanderer schritt mit kurzem Gruß an ihm vorüber, den Deich entlang. Er ging planlos weiter und weiter. In Roß war noch Licht in den Häusern. Vom Fährhaus klang Gesang herüber. Einen Augenblick blieb er stehen, als er die lauten Stimmen und das Klirren der Gläser hörte. – Sollte er hinübergehen und sich mit an den Tisch setzen, um die Sorgen und den Gram fortzuspülen? – Warum nicht? – Die anderen nahmen das Leben nicht so ernst, nahmen es mit Pflichten nicht so genau, wie er. Was wollte er sich gegen den Strom stemmen, warum sollte er sich nicht auch einmal in den Strudel stürzen?! – Sein Kämpfen und sein Lieben war vergebens gewesen, darum fort mit dem Ballast! „Man muß sich mit dem Winde treiben lassen und das Leben genießen." – So lockte eine Stimme, und sie hemmte seinen Schritt.

Er fuhr mit der Hand über die Stirne, als könne er die Gedanken verjagen, die ihn quälten und lockten. Dann ging er weiter. - -

Als er seine Schritte heimwärts lenkte, lag schweigende Nacht auf dem Elbstrom. Er aber sah seinen Weg vor sich. „Auskämpfen!" - „Sich nicht werfen lassen, weder von Menschen noch vom Schicksal." - „Ausharren, bis deine Zeit kommt!" - Der ernste Wille gab den schwankenden Gedanken wieder eine feste Richtung. - -

Der Winter war gewichen, lange hatte er sich in diesem Jahre gewehrt; noch im März suchte er mit Schnee und anhaltender Kälte die treibenden Schollen der Elbe aneinander zu heften, so daß die kleinen Barkassen den Kampf aufgeben mußten; nur die kräftigen Schlepper konnten sich noch mit Mühe ihren Weg bahnen. Dann aber schlug plötzlich das Wetter um, linde Lüfte wehten vom Harburger Wald herüber, und zum Frühlingsanfang schien die Sonne vom wolkenlosen Himmel schier sommerlich. Da trieben die graugelben Eisschollen dichtgedrängt den Strom abwärts; es keimte und grünte neben den Stacks und an den steilen Ufern. Die Möwen verließen ihre Winterquartiere am Altonaer Fischmarkt und suchten auf den Elbwiesen hinter Blankenese ihre Nahrung, die Stare flöteten und schnalzten im Sonnenschein und jagten die zudringlichen Spatzen aus den altererbten Nistkästen. In den Wurzelfäserchen, unter moderndem Laub regte sich junges Leben, die Knospen an den Sträuchern dehnten sich und sprengten ihre braunen Hüllen, als der warme, belebende Strahl der Frühlingssonne sie traf. Neues Sehnen und Streben erwachte unter der winterlichen Decke und drängte ans Licht zum Leben.

An einem Sonntagvormittag war's, da stand hinter Oevelgönne am Elbstrande ein Mann und blickte in ernstem Sinnen hinaus auf den Strom. Über Hamburg lag eine dunkle Bank von Rauch und Nebel. Die Morgensonne tauchte empor über den Häusern und warf einen leichten rötlichen Schein durch den dunklen Vorhang. Der schwarze Rumpf eines Dampfers löste sich ab von der grauen Wand und schob sich ins Sonnenlicht. Er zog langsam vorüber an den Docks von Blohm & Voß;

zum Abschied dippte er dreimal die Flagge, dann nahm er seinen Kurs ins nördliche Fahrwasser.

Der Mann am Ufer legte die Hand über die Augen: „Da ist sie, die Hansa!" sagte er. Regungslos stand er auf einem Stack und blickte hinüber. Das Verdeck des Schiffes war dicht besetzt mit Menschen; es waren Zwischendecker, die hinausgebracht wurden zum großen Amerikadampfer, der bei Brunshausen lag. Die „Hansa" kam näher und näher. Der Mann am Strande ließ seine scharfen Augen vom Vordersteven bis zum Heck gleiten, er sah Gruppen und Gestalten und dazwischen hochgestapelte Gepäckstücke, er konnte aber die einzelnen Personen noch nicht erkennen.

Hart an der Reling stand ein Passagier im grauen Wettermantel; den Hut hatte er in den Nacken geschoben, mit düsterem Blick schaute er hinüber nach der Heimat. – Er sah drüben hinter der grauen Nebelwand das Bild eines alten, stolzen Bauernhofes. Meilenweit lag er weg, aber deutlich sah er die langen, niedrigen, weißgekalkten Wände mit den blanken Fenstern, darüber das grünbemooste Strohdach und den kleinen Glockenturm. Das war sein Geburtshaus, das war „der schönste Bauernhof in Angeln": Schnarstruphof! – Da waren sie: die graue Steintreppe vor der Haustür und die beiden schneeweiß gemalten Bänke daneben. Er sah sich selbst dort als Kind an der Mutter Seite, als Hausherrn mit fröhlichen Gästen, als Mann an der Seite seines Weibes! – Alles stand vor seinen Augen. Es lag dort drüben, weit drüben in unerreichbarer Ferne. – Und dann sah er, wie in der Frühdämmerung der Mann in einen Wagen stieg und sich vom Hofe stahl, weil ihm nichts mehr gehörte von all dem, das seine Väter mühsam erarbeitet und erworben hatten. – Kein Stein, kein Stück Holz gehörte ihm mehr! – –

Vom Ufer herüber winkte ein Mann mit einem weißen Tuch, seine hohe Gestalt hob sich scharf vom grauen Ufer ab. – Viele winkten ihm wieder zu, er aber sah nur die eine, die sich über die Reeling gebeugt hatte und in der hocherhobenen Linken ihr Tuch hielt. Das war ihr letzter Gruß an Hans Thordsen. –

Polnische Juden und starkknochige Landarbeiter aus

Schlesien und Posen drängten sich auf dem Verdeck umher. Sie sahen auch die Nebelbank, die dort hinter ihnen am Horizont lag. Dort lagen auch ihre Sorgen und ihre Armut, dort lag Entbehrung und Arbeitslosigkeit.

Ein Ruf war durchs Dorf gegangen: von Freiheit und einem besseren Dasein, von fruchtbaren Ländereien und blanken Dollars war viel geredet worden. Von Dorf zu Dorf, von Hütte zu Hütte war das weiter getragen; zuerst hatte man die Köpfe geschüttelt, dann hatte man gegrübelt und geplant. Ein Funke war hineingefallen ins Herz, und es hatte gedämmert hinter der grauen Alltagssorge. Was war es? – Wohin führte der Weg, der sich in der Ferne verlor? – Aus dem Dunkeln ins Helle sagten die Zuversichtlichen. – Sie hatten dann gespart und gedarbt, mehr noch als früher, sie hatten gearbeitet und geschleppt, schwerer noch als vorher, damit sie Groschen auf Groschen und Mark auf Mark legen konnten. – Als dann die Zeit gekommen war, hatten sie zusammengerafft, was sie besaßen an Geld und Geldeswert, an Betten und Handwerkszeug; was sie nicht mitnehmen konnten, das hatten sie verkauft, und dann hatten sie sich aufgemacht zur Reise ins Land ihrer Hoffnung.

Peter Ottsen hatte es anders gemacht. – Ach, wenn er doch die letzten zehn Jahre austilgen könnte aus dem Buch seines Lebens! Aber es ging nicht, es war zu spät! – Ein vierschrötiger Bursche sah ihm mit verschmitztem Lächeln ins Gesicht: „Mut, Bruder!" rief er ihm zu und reichte ihm die halbgeleerte Schnapsflasche. Er wandte sich unwillig ab. – Da legte die Frau, die hinter ihm stand, leicht die Hand auf seinen Arm. Er wandte sich hastig um, sah sie an, faßte ihre Hand und drückte sie. In ihren dunklen Augen aber leuchtete es auf und leise flüsterte sie: „Wir lassen hinter uns viel Dunkles und Schweres, Peter." Und als wenn sie seine Gedanken erraten hätte, setzte sie hinzu: „Aber wenn wir beide jetzt in voller Jugendfrische, den Kopf voller Hoffnungen und Träume, an dem Scheideweg ständen, würde es uns nützen? – Wer weiß, wohin wir dann in die Irre gehen würden?! – Nun hat des Lebens Sturm und Not uns sehend gemacht, nun werden wir unsern Weg finden!" – Da flimmerte es ihm vor den Augen, eine Träne rann ihm an der

Wange herunter, und er sagte leise: „Du hättest mich auf Schnarstruphof halten können." Sie deutete ruhig mit der Hand nach vorwärts: „Dort liegt für uns ein neues Leben." – „Mit Gottes Hilfe!" sagte er leise und drückte ihre Hand. Dann schaute er nicht mehr nach rückwärts.

Im Herbst dieses Jahres brachte der alte Lotse Carstensen zum letzten Mal ein Schiff nach Flensburg, dann legte er Ölrock und Südwester ab und zog zu seinem Schwiegersohn nach Schleimünde. Sein Nachfolger wurde Hans Thordsen; er war von den Absichten des Alten unterrichtet gewesen und hatte sich rechtzeitig gemeldet. – Der Abschied von Hamburg wurde ihm nicht schwer; er war ein Rad, das nicht mehr glatt im alten Getriebe ging. Er sprach zu viel von Selbstzucht, er hielt den Klassenhaß für nicht besser als den Rassenhaß, und er wollte den Himmel nicht ausschließlich den Spatzen überlassen. Aber als er ausschied aus den Reihen der Arbeitsgenossen, drückte ihm mancher brave Mann in ehrlicher Freundschaft die Hand.

Er wohnte dann in Falshöft im Hause, das seiner Mutter gehört hatte. An dessen Ostwand stand die lange Leiter, von der er Ausschau halten konnte. Zeigte ein Schiff draußen die Lotsenflagge, so wurde sogleich das Boot klargemacht und einer der drei Lotsen an Bord gebracht. Nach den Fahrten kamen dann Tage des Wartens und im Winter auch längere Zeiten der Untätigkeit. – Zwar hatte er seine Bücher, aber die Stille drückte doch den regen Geist des Mannes. Verkehr hatte er nicht weiter; die Bauern hatten ihre eigenen Kreise, der neue Lehrer war ein Mann, der zurückgezogen für sich lebte. – So saß Hans Thordsen denn in den langen Winterabenden und las, grübelte auch manchmal über das, was hinter ihm lag. Das Bild des Birkfuchses, der in Sturm- und in Sonnentagen ihm getrotzt und ihn gelockt hatte, verblaßte nun; das Bild des feinen Mädchens, das im Krankenhause ihn still und glücklich gemacht hatte, gewann wieder Farbe und Glanz. – Und dann fragte er sich: Denkt sie wohl noch an mich? –

Die „Dronning Marie", die ihn damals nach Glasgow gebracht hatte, machte noch häufig Fahrten von dort nach Flensburg und zurück. Eines Tages stand er als Lotse auf diesem Schiff. Als sie gegen leichten Westwind die langen Strecken der Außenförde aufkreuzten, hatte er nichts weiter zu tun und konnte seine Gedanken reisen lassen. – Da trat ihm denn all das wieder vor die Seele, was er nach seiner ersten Fahrt auf diesem Schiff in Glasgow und im schottischen Hochlande erlebt hatte. Und es wurde ein Sehnen in ihm wach. – Als sie hinter Holnis wieder im breiten Fahrwasser segelten, trat er an den Kapitän heran und sagte lächelnd:

„Ich möchte mit diesem Schiff wohl mal wieder eine Reise nach Schottland machen."

„Ernst oder Spaß?" fragte der Kapitän.

„Ernst! – Da ist etwas . . . . etwas, das ich nicht vergessen kann." Er hielt inne, sah vor sich hin und gab dann dem Mann am Steuer einen kurzen Befehl.

Der Kapitän lächelte, fragte aber als höflicher Mann nicht weiter, sondern sagte einfach: „Allright! – Kommen sie mit!"

Als die „Dronning Marie" vierzehn Tage später den Flensburger Lotsen bei Kekenis absetzte, wunderte sich der, als dort der Falshöfter Lotse Hans Thordsen an Bord stieg. Zum Fragen und Reden war aber nicht viel Zeit. – Hans Thordsen blieb auf der ganzen Reise wortkarg.

Als er zur Rückreise in Greenock wieder an Bord ging, nahmen am Kai Tom Bruce und Käte von ihm Abschied. Sie hielt seine Hand und sprach die Worte der Moabiterin Ruth:

„Wo du hingehst, da will ich auch hingehen; wo du bleibst, da bleibe ich auch. Dein Volk ist mein Volk und dein Gott ist mein Gott." –

Drei Jahre waren vergangen. Es war Sommer. Hans Thordsen saß mit dem Fernrohr auf der Leiter. Kein Schiff mit der Lotsenflagge war draußen auf der blauen Fläche zu sehen. Von den Noorwiesen kamen Heuduft und Kibitzgeschrei herüber. In der Ferne, von Westerfeld her sah er dann einen einsamen Wanderer übers Noor schreiten; an der schmalen Stelle, wo ein Brett über den Noorgraben gelegt ist, blieb er einen Augenblick stehen, blickte hinweg über das stille Land, das unter der dichten Grasnarbe, zwischen grünen Tannenwedeln und rötlichem Sonnentau, in seinen Gräben und Kolken so viele geheime Wunder birgt, und wandte sich der Birk zu. Hans Thordsen hatte das Glas auf ihn gerichtet und ihn erkannt. Es war der alte Lorenzen, sein früherer Lehrer, der seit Jahren im Ruhestand lebte und nun einmal wieder die Gegend durchstreifte.

Im Eichenkratt der Birk verschwand er. Vielleicht kannte er Meta Noorgardts Versteck, saß dort auf der morschen Holzbank oder lag im dichten Grase und horchte auf das alte, ewige Lied, das der Wind vom Strand herübertrug.

Nach einer Weile kam er wieder hervor aus dem Grün, ging am Birkhaus vorüber, blieb hier und da stehen, wohl um den dort üppig wachsenden Strandkohl und Meerstrands-Männertreu zu betrachten, und ging langsam auf der Drecht nach Falshöft zu.

Der Lotse stieg von der Leiter und ging dem Wandersmann entgegen. – Schon von weitem winkte ihm der Alte, und Hans Thordsen gedachte der Stunde, wo er ihm gesagt hatte: „Du gehst zur See, Hans Thordsen. Es steckt so in dir. Du kannst nicht anders!" – Und es war doch so ganz anders gekommen, als sie beide es sich damals gedacht hatten. – Dann streckte ihm sein alter Lehrer die Hand entgegen, sah ihm ins wettergebräunte Gesicht und rief ihm zu:

„Als ich vorhin am einsamen Strande der Birk lag, hast du mir gefehlt, Hans Thordsen!" –

„Ich?" fragte er zögernd. Und dann nach kurzem Sinnen: „Wenn ich dort liege, Herr Lorenzen, spricht so vieles auf mich ein, daß ich selbst wenig zu sagen weiß."

Der Alte nickte. „Ich glaube dir das! – Ich stand nämlich vor einem Dornengebüsch; wenn das nicht gewesen wäre, dann ständest du nicht hier. – Und es war doch nur ein dorniger Strauch, von dem man meinte, er sei zu nichts nütze!"

„Ohne Fritz Böhm hätte er auch mir nichts genützt." Hans Thordsens Stimme wurde hart. „Und den Menschen war d e r auch nur wie das Gestrüpp, das auf gutem Acker wächst." Er schwieg. Erst nach einer Weile sagte er: „Aber vor Gott war er m e h r!" –

Der Alte nickte. Sie gingen eine Weile stumm nebeneinander her, dann sagte Lorenzen: „Auch vor mir standen dort die Menschen wieder auf, die einst auf den Schulbänken vor mir saßen: „Hans Thordsen, Peter Ottsen, Fritz Böhm und die Rote, die ihr den Birkfuchs nanntet: Meta Norgaardt. Nach ihnen wollte ich dich fragen. Und auch von den Lebensschicksalen, die d i c h wieder an diesen Strand getrieben haben, wollte ich mehr wissen."

„Stürme waren es!" Hans Thordsen faßte ihn unter den Arm. „Das alles läßt sich aber nicht mit drei Worten sagen. Kommen Sie mit mir, bleiben Sie ein paar Tage bei uns!"

Der Alte zögerte, zog die Stirn in Falten und meinte schließlich: „Wird deiner Frau das auch recht sein? - Ich bin ein einfacher Mann, und sie soll eine feine Frau und von weit her sein."

„Na, dann sehen sie sich die Frau nur mal an!" Hans Thordsen lachte und zog den Alten mit sich fort. „Sie werden ihr willkommen sein!"

Hans Thordsen hatte ihn im Wohnzimmer aufs Sofa genötigt, dann war er hinausgegangen in die Küche und hatte seine Frau verständigt. Nun saßen sie nebeneinander und fingen an, von früheren Zeiten zu reden. Der Lehrer zeigte auf das Ölbild eines Schiffes, das in China gemalt war. Hans Thordsen erzählt ihm, daß das der Teeklipper sei, auf dem er die schnellen Reisen gemacht habe; sein Gastfreund hörte aber nur halb zu. Er horchte auf leise Tritte im Nebenzimmer und schaute nach der Tür. - Es dauerte nicht lange, dann öffnete sie sich, und herein trat eine schlanke Frau mit feinen, freundlichen Zügen; sie trug ein schwarzlockiges Mägdlein auf dem Arm.

„Wir beide wollen uns dem Lehrer und Freunde meines Mannes vorstellen", sagte sie und reichte dem Gast mit gewinnendem Lächeln die Hand. „Gib auch Händchen, Anna!"

Der Alte hatte sich wohl überlegt, was er sagen wollte. Er drückte der Frau die Hand, streichelte der Kleinen die Wange und sagte zu Hans Thordsen: „Also eine Britanniafahrt hast du unternommen, wie unsere Urväter vor 1500 Jahren es taten, damals als noch in den Wäldern unserer Küsten Bären und Wölfe hausten und die Biber auf Beverö ihre Burgen bauten. – Sie zogen westwärts, die Angeln, eroberten die Inselreiche, gaben dem Lande den Namen und dessen Bewohnern manche Charaktereigenschaft. Nicht das schlechteste Blut der Engländer stammt von hier."

Hans Thordsen lächelte. Er wußte von der Schule her, daß der alte Lehrer das alles gerne betonte. Dann sagte er: „Ich bin nicht mit so kühnem Mut ausgezogen. – Nicht wahr, Käte, ich kam wie ein müder Wanderer, der nach etwas Verlorenem sucht, und ich klopfte in Aberfoyle recht bescheiden an eure Tür."

Eine helle Röte stieg auf in ihrem Gesicht. Nach einem kleinem Zögern – wohl um in der fremden Sprache die rechten Worte zu finden – sagte sie: „Aber dann bliebst du nicht in unserem Lande, wie die alten Angeln, sondern wie ein rechter Seeräuber brachtest du mich hinüber in dein Land." –

Bald saßen sie beim duftenden Kaffee. Lorenzen fragte. Hans Thordsen berichtete. Frau Käte paßte gut auf und warf hier und da ein kurzes, treffendes Wort mit in die Rede. –

Am Abend dieses Tages saßen die drei im Lotsenboot, segelten hinaus auf die See und dann um die Birk herum. Aus seinem Sinnen heraus sagte der alte Lehrer: „So hat sich für dich alles zum besten gewendet."

Hans Thordsen schwieg eine Weile, dann sprach er bedächtig: „Wer auf hoher See fährt, kann wohl aus dem Kurs getrieben werden." Er faßte die Hand seiner Frau, die neben ihm saß. „Du hast lange nach mir ausgesehen, Käte, ich aber mußte durch dunkle Tage hindurch, bis ich am Horizont wieder das helle Licht blinken sah, das mir den Weg wies." Sie nickte und hielt seine Rechte fest; auch in seiner Linken lag das Steuer sicher. Dann sagte sie: „Wir mußten beide reifen: du in Stürmen, ich in der Stille." –

Die Sonne stand dicht über den Spiegel der Förde. Sie sandte ihre letzten goldenen Strahlen hinter einem Wolkensaum empor und färbte den Westen purpurn. Das Wasser am Ufer schimmerte und glühte wie flüssiges Metall. Dicht über dem Noor lag weißer, feiner Nebel; wie eine dunkle Wand ragte einsam das Niebyer Kliff daraus hervor. – Erst als sich die Umrisse des Birkhauses schärfer vom Strand abhoben, fragte der Alte: „Hast du in den letzten Jahren etwas von Peter Ottsen und Meta gehört?" – Es kam das etwas zögernd heraus, als ob er wüßte, daß er hier vorsichtig antippen müßte.

Hans Thordsen blickte auf; es klang ganz ruhig, als er antwortete: „Peter Ottsen hat mir geschrieben. In Canada sind sie. Sie müssen hart arbeiten, so schreibt er, aber er bebaut wieder die eigene Scholle, und Meta streckt die Füße unter den eigenen Tisch. Ein Junge ist da. Sie sind zufrieden und froh." Nach einer Weile setzte er hinzu: „Allerhand Achtung!"

„Vor wem?"

Er besann sich nicht lange: „Vor beiden! – Es gehört mehr Mut dazu, aus Trümmern sich sein Glück zu zimmern, als es in jungen Jahren auf festem Grund zu bauen!"

Er ließ das Boot in den Wind gehen und wendete. Sie fuhren dem Landungsstege zu. Leise plätscherten die Wellen am Kiel. Keiner sprach ein Wort. Hans Thordsen und sein junges Weib schauten – Hand in Hand – über die schimmernde Flut hinweg nach der stillen Heimat, dem Hafen ihres Glücks.

ENDE